LES ORPHELINS DE WINDRASOR

TOME 3/3

D1699751

Paul CLÉMENT

Post-Apo Éditions
59144 Wargnies-le-Grand
contact@paul-clement.com
www.paul-clement.com

Couverture et design : Arthur Clément

PARTIE 1

RETROUVAILLES

Dortoirs garçons

Salles de classe

Potager

Gardiens

Bibliothèque

Jardin

Hall des adoptions

Galerie

Ruines

Donjon

Administration

Potager

Cour

Dortoirs filles

Entrée

Salles de classe

1

THÉODORE

Non ! s'écria le garde qui avait fait irruption dans l'antre du Duc en découvrant toute l'horreur de la scène.

Une seule seconde, un unique regard circulaire, lui avaient suffi pour comprendre ce qui s'était produit. Ou du moins pour faire sienne la version évidente des faits qui s'était jetée sur lui à son entrée, tel un prédateur qui ne desserrerait plus jamais la mâchoire : le gosse les avait tués.

Le corps figé dans une position grotesque – à genoux, les fesses nues orientées vers le plafond, et la tête plongée dans les étoffes de sa couche –, le Duc baignait dans son sang, autruche ridicule au plumage couvert d'hémoglobine.

— Non ! s'exclama à nouveau l'homme.

Mais derrière ce cri ne se cachait ni peine pour le sort du monarque, ni honte à l'idée d'avoir failli à son devoir en laissant sans surveillance la porte qu'il aurait dû garder envers et contre tout ; il n'y avait que terreur. L'édifiante prise de conscience qu'il venait de commettre la pire erreur de sa vie ; probablement la dernière…

Son collègue et lui s'étaient fait berner et ils allaient en payer le prix fort.

— Non ! répéta-t-il en se tournant vers les deux enfants gisant au sol à sa droite.

Comme le Duc avec lequel elle était entrée quelques minutes auparavant, la fillette trempait maintenant dans une mare rougeâtre, son épaisse chevelure rousse éparse sur le ventre de son meurtrier.

Pauvre gamine… pensa-t-il, soudain envahi par le remords.

Cette petite était loin d'être l'unique enfant qu'il avait laissé pénétrer en ces lieux pour satisfaire les lubies les plus inexplicables du Duc, et il avait vu défiler bien des visages depuis qu'il avait pris ses fonctions. Certains avaient disparu du jour au lendemain sans que l'homme ne sache jamais vraiment quel sort leur avait été réservé. Mais les rumeurs étaient suffisamment nombreuses pour lui glacer le sang. C'était cependant la première fois qu'il se sentait coupable d'avoir si longtemps fermé les yeux sur ce manège effroyable.

Pauvre gamine... Si jeune...

Son cœur fit un bond dans sa poitrine.

Par un cruel jeu de l'esprit, le visage de la morte avait brusquement revêtu les traits de sa propre fille et l'homme, qu'une inquiétude folle avait saisi à la gorge, fit tout pour se la figurer saine et sauve. À cette heure-ci, elle devait aider sa mère dans les cuisines du palais. Mais combien de temps y serait-elle encore en sécurité ?

Tremblant, le garde réalisait qu'il aurait été incapable de compter le nombre de fois où l'homme étendu parmi les draps, linceuls davantage souillés par sa monstruosité que par son sang, l'avait menacé d'inviter sa fille dans cette horrible pièce. Et cet immonde chantage n'avait pas été le seul moyen de pression du Duc pour lui rappeler l'importance de taire ce qui se produisait derrière ces portes. Le trépas du souverain venait certes d'émousser puis de briser la lame de cette épée de Damoclès suspendue au-dessus de sa tête depuis tant d'années, mais il ne pouvait s'arracher à la conviction que l'ombre du Duc ne cesserait jamais de les mettre en danger, lui et sa famille.

Ce dérangé avait eu ce qu'il méritait. Tué par un de ses petits anges. Pourtant comment aurait-il pu s'en réjouir ? La faute allait lui échoir et toutes les personnes qui lui étaient chères seraient inévitablement aspirées dans une spirale de vengeance.

À moins que...

Ignorant l'assassin – cet avorton nouvellement arrivé au palais et à présent tétanisé par l'atrocité de ce qu'il avait commis – le garde tourna les talons et se hâta en direction des lourdes portes. Il pouvait foncer en cuisines, emporter sa femme et sa fille avec lui et partir loin d'ici, tout recommencer à zéro.

Mais ses espoirs d'échapper à son destin se brisèrent presque aussi vite qu'ils s'étaient formés lorsque deux autres hommes en armes accoururent dans la salle.

— Votre Sublimité ! paniqua l'un d'eux en se précipitant auprès de son supérieur, comme si la profonde entaille dans la gorge de l'homme n'avait été qu'une blessure superficielle qu'il était encore possible de soigner.

— Qu'est-ce qui... balbutia le second, un type arborant une longue moustache que la peur faisait frémir, avant de se retrouver muet.

Ce qu'ils avaient devant les yeux était tout bonnement inconcevable. Pourtant, leur incrédulité silencieuse ne tarda pas à se transformer en cris proches de l'hystérie que l'esprit affolé de Théodore, trempé de sang et d'urine, le corps secoué de spasmes nerveux, enregistra soudain. Mais cela ne fut pas suffisant pour chasser les accablantes pensées qui clouaient le garçon au sol.

Maladroitement, il tenta néanmoins de se dégager de l'entrave du cadavre d'Anastase.

— Bouge pas ! intervint aussitôt le moustachu en tirant son sabre.

La pointe vint effleurer la gorge de l'orphelin sans que ce dernier ne réagisse pour autant.

Les yeux rivés sur la fillette, Théodore avait l'impression d'avoir quitté son corps et d'assister impuissant à cette scène, pauvre spectre passant par là. Il n'était qu'un spectateur en proie à un effroi glaçant. Un spectateur misérable qui commençait tout juste à réaliser qu'il était en fait bien plus que ça ; c'était lui le protagoniste principal de ce drame et, pire encore, le coupable idéal.

Les mots du moustachu confirmèrent ses craintes.

— Saloperie de meurtrier ! s'énerva l'homme en donnant un coup de pied dans la broche ensanglantée qu'Anastase avait laissé tomber avant de trépasser, pour éloigner l'arme de celui qui venait de prendre la vie du Duc.

Cette accusation et le tintement du métal terminèrent de ramener l'orphelin à la réalité ; ou du moins s'y essayèrent.

— Elle... pas moi, bredouilla-t-il d'une voix chevrotante. Mais à quoi bon ?

Le soldat qui le menaçait était arrivé à la même conclusion que son collègue ; à celle à laquelle tous parviendraient.

— Comment a-t-il pu entrer ? paniqua le troisième, celui qui s'était précipité auprès du lit central.

— Ils nous ont piégés ! se défendit le garde qui se savait condamné.

Peut-être pouvait-il encore inventer une excuse et s'éclipser.

— Qui ça, ils ?

— Lui et le mongolien. Ils étaient là, dehors. Ils ont assommé Savinien pour faire diversion et le débile s'est enfui. Florinard le pourchasse, répondit-il en songeant à son collègue toujours aux trousses du géant et au valet évanoui qu'il avait abandonné dans le couloir en entendant les cris de la fillette.

Bizarrement, à présent qu'il se remémorait la scène, elle n'avait pas semblé hurler de peur. Toutefois, l'homme écarta rapidement cette pensée.

— C'est pas vrai... Qu'est-ce qui vous a pris de quitter tous les deux votre poste ? s'agaça le moustachu.

Il soupira. Il avait beau avoir été en faction un peu plus loin, lui aussi risquait d'en prendre pour son grade. Seule sa coopération pleine et totale pourrait l'aider. Il devait le pré-venir.

Le cœur battant à tout rompre à l'idée de ce qui les atten-dait, il décolla la pointe de son sabre du cou du véritable responsable de ce cauchemar, sans pour autant le lâcher du regard. Un geste de l'orphelin et il rendrait lui-même justice, ici et maintenant. Mais le garçon couvert de sang ne réagit pas, pas plus qu'il ne chercha à esquiver le coup que l'homme lui porta soudain à l'arrière du crâne.

Le choc fut tel que Théodore eut à peine le temps d'entendre le nom d'Hippolyte avant de sombrer dans l'inconscience.

***

Terrorisés, les petits anges pleuraient de plus belle. Pendant la nuit – une terrible nuit froide et sans sommeil – la majorité d'entre eux avaient réussi à reprendre le contrôle de leurs sanglots, mais le lever du soleil, que seul trahissait l'étroit jour sous la porte renforcée de leur cellule, avait ravivé leur désespoir. Ils vivaient leurs dernières heures dans ce monde ignoble. Et qu'importait leur innocence...

Qu'as-tu fait Théodore ? avait hurlé Faustine lorsque les gardes l'avait jetée, ainsi que les autres, dans cette pièce humide où l'orphelin avait été conduit. Les mots mêmes qu'Anastase avait criés en se donnant la mort... ces mots qui hanteraient Théodore pour l'éternité quoi que l'au-delà lui réserve.

Et effectivement, qu'avait-il fait, si ce n'était tout de travers ? Il avait voulu intervenir dans une affaire qui le dépassait de très loin. Il avait voulu déplacer les pions de ce vaste échiquier qu'est le monde, sans pourtant connaître toutes les règles et nuances de ce jeu de réflexion. Il s'était cru capable d'influencer le cours du destin, de faire échouer à lui seul un complot dont les tenants et aboutissants lui échappaient.

Pour quels résultats ? Un vain sacrifice, le sien, et les condamnations injustes de Bartholomée et des petits anges. Il était pathétique et il n'avait pas fini de l'être.

— Je suis désolé, tellement désolé ! craqua-t-il, ajoutant ses pleurs à ceux des autres enfants.

— Ferme-la ! s'emporta Gualbert qui, d'un bond, fut sur lui et lui enfonça son poing en pleine face.

Et, tout comme la veille il avait encaissé sans réagir le coup du garde, Théodore ne tenta pas plus d'éviter l'attaque. Il la méritait.

— Arrête ! intervint Natalina qui retint le bras de Gualbert. Ça ne sert à rien…

— C'est sa faute ! Il aurait dû laisser faire Anastase ! contra le garçon mal proportionné.

Il avait cru chaque mot du récit des événements que leur avait fait Théodore, mais ne pourrait jamais lui pardonner. Comment l'aurait-il pu ?

— La culpabilité d'Anastase aurait été évidente ! ajouta-t-il, convaincu que, sans l'intervention de Théodore, ils n'auraient pas été mêlés au meurtre.

— Et Hippolyte nous aurait condamnés de la même manière… souffla Faustine qui avait troqué colère contre désabusement. C'est ce taré l'assassin…

Elle cajolait Aliaume, le petit blondinet, qui pleurait dans ses bras. Il avait fallu qu'ils se trouvent dans une situation désespérée pour qu'elle accepte de lui témoigner un peu d'affection.

— Je suis désolé… répéta Théodore que les mots de Faustine n'avaient aucunement consolé.

Il savait qu'elle avait raison, mais cela n'importait plus.

Bientôt, comme Hippolyte l'avait juré, on viendrait les chercher… pour une dernière balade. Une marche de pénitence jusqu'aux gibets qui les attendaient. Comme ce salaud avait eu l'air heureux en leur annonçant sa sentence !

L'espace d'un instant, l'orphelin atterré et blotti contre le mur rugueux de la cellule revit le faciès rougeâtre d'Hippolyte et revécut pour la énième fois la scène qui avait suivi la découverte par l'énergumène du corps de son père. Tout lui apparaissait avec une clarté édifiante : l'hystérie à laquelle l'homme avait cédé ; sa promesse de faire un exemple de tous ces sales bâtards que son père chérissait plus que lui ; son chagrin qui sonnait si faux, si forcé ; le souvenir que ce zouave était, à y réfléchir, celui qui avait fourni l'arme du crime à Anastase, et surtout, comment ce monstre que Théodore avait détesté dès leur première rencontre, avait paru ravi à l'idée de se débarrasser d'eux. Mais, comme le reste, se perdre en conjectures n'avait plus d'importance. Théodore avait voulu jouer dans la cour des grands et il avait perdu. Qui avait gagné n'était plus qu'un détail.

— Pas mourir ! couina soudain Bartholomée que Florinard, le garde lancé à sa poursuite, avait fini par rattraper et qui avait rejoint Théodore dans ce sombre cachot peu avant les petits anges.

Malgré toutes les horreurs qui lui étaient tombées dessus ces dernières semaines, lui aussi avait compris que, cette fois-ci, c'était la fin. Sa volonté de vivre n'y ferait plus rien.

Soulignant l'immuabilité de leur sort, des bruits de pas résonnèrent subitement dans le couloir, s'amplifièrent, et se turent juste derrière la porte. Le verrou fut tiré et les sombres visages d'un groupe de soldats, un morceau d'étoffe noire noué à la ceinture en signe de deuil, apparurent.

— Sortez, un par un, ordonna d'une voix sèche l'homme qui tenait les clés.

Au cours de cette longue nuit, tous s'étaient imaginé le visage de leur bourreau et voilà qu'il venait de se matérialiser devant eux.

Un front large, un nez épaté, de petits yeux mornes et une barbe épaisse étaient les principaux éléments qui le composaient. Mais il y avait aussi cette profonde ride du lion qui sembla se creuser davantage lorsque les condamnés, trop effrayés pour bouger, tentèrent vainement de se faire oublier. Comme si cela était possible…

— Magnez-vous ! s'énerva-t-il en arrachant violemment Aliaume à l'étreinte de Faustine qui avait eu le malheur de s'installer près de la porte.

Conscient que cela ne servait plus à rien de lutter, Théodore fut le premier à se lever et à avancer.

— Allez, viens, Barth, dit-il.

Il sortit de la cellule sous les regards mauvais de la dizaine de gardes qui occupaient le corridor, dépassa le type qui maintenait Aliaume, puis tout devint noir. Mais personne ne l'avait assommé aujourd'hui et l'épais sac de jute que l'on venait

d'enfiler sur sa tête était le seul responsable de cette obscurité.
Un élan de panique menaça de l'emporter. Non, il voulait voir.
Il ne voulait pas mourir dans le noir ! Mais la raison, les dernières parties encore saines de son esprit ravagé, parvinrent à
le calmer. Ils finiraient bien par lui retirer cette maudite
cagoule... du moins l'espérait-il.

Une main le poussa dans le dos et il tituba en avant tandis
que des bruits de lutte s'élevaient derrière lui.

— On a rien fait ! hurla Faustine.

— Laissez-nous ! gémit Gualbert.

Ils ne tardèrent cependant pas à capituler et se turent. La
procession se mit alors réellement en route. Plusieurs minutes
s'écoulèrent ainsi, avant que Théodore, plongé dans ce noir
accablant, annonciateur de la pénombre éternelle qui les attendait, ne réalise que leurs errances au sein du palais avaient pris
fin.

Incapable de contenir l'éclat du soleil qui brillait à l'extérieur, la toile glissée sur son visage rayonnait à présent de
nuances grisâtres et beiges. Mais ils n'étaient ni dans l'immense cour par laquelle on accédait au palais ni dans ses
calmes jardins. Non, ils avaient quitté l'enceinte de la demeure
ducale et arpentaient les avenues de la capitale.

Tout autour d'eux les voix se firent progressivement plus
nombreuses et les insultes se mirent à fuser, si bien que
Théodore sut que, d'un moment à l'autre, ils allaient se
retrouver face à ces cordes qui bientôt cesseraient de pendre
mollement sans but.

Pourtant, alors que leur cortège allait grandissant – en
témoignaient les cris et la pluie diluvienne d'aliments gâtés qui
s'abattaient sur eux –, ils continuèrent à avancer... Jusqu'à ce
que les invectives qui les avaient accompagnés depuis leur
sortie du palais ne soient réduites au rang de simples chuchote-
ments par le brouhaha tonitruant qui s'éleva subitement en
contrebas de la rue qu'ils empruntaient.

En un instant, les cris mêlés et incohérents s'organisèrent
autour d'une seule idée.

— À mort ! À mort ! clamait la foule, les uns réellement mus par ce désir de vengeance qui avait détruit tant d'hommes et de femmes au cours des siècles, les autres, simplement impatients de voir le spectacle commencer.

Aveugle, Théodore ne pouvait qu'imaginer les centaines, les milliers peut-être, de visages haineux qui devaient les fixer. Puis, une main se posa sur sa tête, tira le sac en arrière et l'orphelin recouvra la vue. Son imagination, comme lui, resta sans voix.

Combien étaient-ils à s'être rassemblés sur cette place où avaient été dressées les potences dans la nuit ? Il lui aurait fallu des heures pour tous les compter ; des heures dont il ne disposait plus. Écrasé par le poids de tous ces yeux avides de sang, Théodore parcourut du regard les gibets avec autant d'appréhension que de dégoût.

Hippolyte n'avait pas perdu de temps et avait vu les choses en grand. Les meurtriers de son père – ainsi qu'il les avait tous qualifiés bien que Théodore ait été le seul à se trouver sur les lieux du crime – ne seraient pas exécutés dans l'intimité du palais.

Au contraire.

Tous à la capitale devaient les voir trépasser, savoir ce qu'il en coûtait de s'en prendre à l'autorité ducale.

Et tous étaient là.

Tous avaient répondu présent à l'invitation.

— Pitié ! beugla Gualbert dont le sac de jute venait d'être retiré.

— Assassin ! siffla une vieille femme qui lui lança un projectile.

Leur arrivée avait déclenché un véritable mouvement de folie meurtrière parmi les spectateurs. Ils voulaient du sang. Et pas qu'un peu.

— Allez ! Avancez ! ordonna le garde qui menait la procession en constatant que ses collègues, chargés de délimiter un couloir jusqu'au gibet, peinaient de plus en plus à contenir la foule.

Théodore fut heureux de lui obéir même si chaque pas le rapprochait de l'inévitable.

— À mort ! À mort ! hurlaient toujours les habitants de la capitale.

Tête baissée, l'orphelin avança à vitesse constante jusqu'à l'échafaud, mais ralentit devant la marche tant redoutée, celle dont les sœurs le mèneraient sans état d'âme au sommet de cette estrade où la mort le guettait, nœud coulant prêt à se refermer. Une violente poussée dans le dos l'obligea néanmoins à y poser le pied, puis à gravir les suivantes...

À présent que tous sur la place l'apercevaient, la clameur s'intensifia et Théodore sentit une nouvelle fois sa vessie flancher sous la terreur.

— Jusqu'au bout, pisseux ! cria le garde.

Les yeux braqués au sol, incapable de retenir ses larmes, il dépassa la première corde suspendue à sa droite. Puis une autre, et encore une autre. Au niveau de la huitième, la dernière de la longue rangée, il s'arrêta.

La vision trouble, il tourna la tête et passa en revue cette malheureuse brochette de condamnés dont il faisait partie : Aliaume, Bartholomée, Faustine, Gualbert et Natalina, à la droite de laquelle deux hommes furent conduits à leur tour. L'esprit ailleurs, Théodore ne reconnut pas les deux gardes dont il s'était joué la veille.

Ses yeux fixaient la trappe découpée dans le plancher sous la corde qui lui était destinée. Bientôt celle-ci s'ouvrirait sous ses pieds et tout serait terminé. D'un coup si sa nuque se brisait sous la violence du choc, ou avec une terrifiante lenteur si ses cervicales résistaient, le condamnant alors à agoniser la gorge écrasée. Comme il aurait aimé ignorer tout cela ! Mais Théodore oubliait rarement ce qu'il avait lu et sa curiosité l'avait parfois entraîné vers des ouvrages au contenu épouvantable. Sur les méthodes d'exécution pratiquées dans le Duché et ailleurs, il n'en savait que trop.

Finissez-en ! hurla-t-il pourtant intérieurement, se faisant l'écho du souhait le plus cher du public.

Mais il lui restait une épreuve à surmonter.

— Silence ! beugla soudain un homme avec un résultat étonnant.

Le vacarme avait laissé place à un silence presque irréel. Tous retenaient leur souffle. Les vagissements d'un nouveau-né s'élevèrent un instant puis cessèrent.

— Messire Hippolyte ! ajouta-t-il pour annoncer l'arrivée de l'énergumène.

Quelques cris de joie et un "Vive le Duc !" tentèrent de rompre le calme de la foule, mais celui-ci tint bon.

Surpris, le jeune homme qui arborait une tenue noire toujours aussi ridicule, salua la foule sans y récolter l'écho souhaité.

Il se racla la gorge.

Finissez-en ! implorait Théodore qui préférait mourir plutôt qu'entendre les calomnies de ce psychopathe.

— Mes chers...

— Non ! s'égosilla Théodore, fou de rage et d'indignation, se moquant bien, au point où il en était, des conséquences de son intervention.

Mais jamais il n'aurait l'occasion de les connaître.

À sa gauche, un mouvement de foule, ponctué de hurlements, fit soudain vaciller l'horrible assemblée qui s'était amassée sur la place pour assister à l'exécution. Les spectateurs paniqués se jetaient les uns sur les autres pour fuir les sabots et les roues folles de la voiture qui venait de jaillir d'une des rues attenantes.

— Écartez-vous ! criait le conducteur alors que derrière lui plusieurs enfants faisaient tournoyer d'étranges lanières au-dessus de leurs têtes.

Mais Théodore n'avait d'yeux que pour la fillette assise à ses côtés.

2

IPHIS

Poussez-vous ! s'époumonait Vulfran en faisant claquer les rênes devant lui.

Ses trois chevaux, Robuste, Virevoltant et Délicate, fonçaient au milieu de la foule qui s'écartait tant bien que mal à l'approche de leurs lourds sabots.

— Encore quelques mètres ! cria Iphis pour couvrir les hurlements de panique qui s'élevaient de la masse humaine qui avait envahi la place. On peut y arriver !

C'était un plan suicidaire, mais malheureusement le seul à lui être venu à l'esprit après avoir entendu le héraut annoncer l'exécution imminente d'orphelins de Windrasor qu'elle avait aussitôt su être Théodore et Bartholomée. Elle n'aurait pas pu rester les bras croisés malgré l'état de Vulfran.

À présent, tout le succès de leur manœuvre reposait sur la rapidité de son exécution et sur l'effet de surprise. Cependant, alors que la voiture lancée à pleine vitesse n'avait couvert que la moitié de la distance qui la séparait du gigantesque échafaud, les gardes commençaient à réagir sous les ordres d'un Hippolyte fou de rage.

Mais la prompte réorganisation de leurs adversaires n'était pas l'unique difficulté à surmonter et Iphis, qui n'avait eu d'yeux que pour Théodore – le condamné le plus proche – depuis leur arrivée sur la place, fut confrontée à un autre aléa : Bartholomée et Théodore n'étaient pas les seuls à avoir levé un regard plein d'espoir vers eux. D'autres enfants étaient sur le point d'être exécutés.

Les chanteurs du Duc… pensa Iphis en reconnaissant la petite bande qui avait accompagné le souverain chez les Fontiairy. Elle ne pouvait pas les abandonner à leur sort. Elle devait les aider.

De suicidaire, leur folle mission venait de devenir impossible.

— Stop ! hurla un garde, une lance brandie devant lui, en tentant de harponner Délicate.

Il ne put terminer son geste et s'effondra le crâne en sang.

— En plein dans le mille ! s'écria avec enthousiasme Pic-Rouille qui, juché sur le toit de la roulotte, rechargeait déjà sa fronde.

Il avait encore du pain sur la planche.

— On peut y arriver, répéta Iphis qui sentait la peur gagner Vulfran.

La situation n'était pas aux épanchements du cœur, mais Iphis ne put retenir ses mots. Cet homme, cet ami qui avait encaissé tant de coups pour la protéger, qui lui avait fait confiance et avait accepté de se lancer dans cette opération complètement insensée, était la meilleure chose qui lui soit jamais arrivée.

— Je t'aime, Vulfran.

— Moi aussi, répondit-il, les joues rosées.

Comme revigoré, il claqua les lanières et les chevaux accélérèrent, prêts à combler les derniers mètres les séparant de la scène.

Et pourtant...

Tout se passa très vite ; trop vite.

— Pendez-les ! beugla Hippolyte qui avait battu en retraite et s'égosillait derrière deux gardes chargés de le protéger de potentiels projectiles.

En un instant, les deux soldats condamnés et Natalina se retrouvèrent la corde autour du cou. Trois trappes s'ouvrirent et, malgré l'affolement d'une partie de la foule, des cris de contentement s'élevèrent.

— Non ! cria Gualbert qui se précipita sur sa voisine pour essayer de la soulever ; en vain.

Le massacre avait débuté, mais Iphis et ses compagnons pouvaient encore atteindre l'échafaud à temps et sauver certains des condamnés, à commencer par Théodore et

Bartholomée à présent sans surveillance. Les soldats qui les avaient escortés avaient en effet bondi de l'estrade et faisaient maintenant front. Ils étaient le dernier obstacle, un obstacle de fer et d'acier.

Les chevaux ! paniqua Iphis, mais, une fois encore, les tirs des Pantouflards, en équilibre précaire sur le toit de la roulotte, firent mouche, ne laissant que deux hommes debout.

— Ya ! encouragea Vulfran, pourtant conscient que ses amis équins risquaient d'être blessés.

Il était trop tard pour faire demi-tour.

Un choc soudain, accompagné d'un hennissement de douleur, résonna et la voiture fut secouée dans tous les sens. Pic-Rouille rattrapa de justesse un de ses compagnons surpris par le brusque cahot. Mais la roulotte ne s'arrêta pas ; elle filait.

— Arrêtez-les ! beugla Hippolyte qui semblait maintenant décidé à se jeter dans la mêlée.

Mais les gardes qui l'entouraient le retinrent et refusèrent d'obtempérer. Ils avaient déjà perdu un Duc la veille et ne laisseraient pas Hippolyte sans protection alors que pleuvaient de lourds morceaux de charbon sur les soldats pris au dépourvu.

— Théodore ! hurla Iphis quand la voiture fut enfin à proximité de l'échafaud.

Leurs regards se croisèrent l'espace d'un instant.

— Vite ! glapit le garçon qui se rua sur Aliaume et Bartholomée qu'il prit par la main. Courez !

Obéissants, tandis que réagissaient enfin les hommes en armes qui avaient pendu les deux gardes et Natalina, ils filèrent le long du bord de l'estrade, cherchant l'élan qui les sauverait. Dans leur dos, la roulotte fonçait, allait les dépasser.

— Faustine ! Gualbert ! ajouta Théodore.

Mais il n'avait plus le temps de s'occuper d'eux.

— Maintenant ! cria Iphis.

— Sautez ! renchérit Théodore qui resserra ses doigts autour de ceux de ses compagnons.

Et, sans un regard en arrière, ils bondirent dans le vide que la masse de la voiture remplaça subitement.

— Allez, on s'tire ! Trop tard pour les autres ! paniqua Pic-Rouille que Bartholomée avait failli éjecter du toit en atterrissant.

Pourtant, les derniers condamnés n'avaient pas capitulé.

Esquivant un coup d'épée, la fille aux cheveux noirs parvint à entraîner dans sa course le garçon mal proportionné dont l'intervention maladroite n'avait fait que précipiter la mort de Natalina. Mais, alors qu'ils approchaient de l'extrémité de l'estrade, prêts à tenter le saut de la dernière chance sur la voiture, Gualbert s'effondra, la pointe d'un sabre fichée entre les côtes.

— Saute ! beugla Théodore qui savait que la moindre hésitation serait fatale à Faustine.

Et elle s'élança à son tour du haut de l'échafaud.

Les yeux écarquillés, Iphis eut le sentiment que le temps venait d'être suspendu. Les cheveux s'agitant dans les airs, la bouche grande ouverte dans un cri qui semblait silencieux, les muscles tendus, l'adolescente paraissait voler... jusqu'à ce que le sol ne vienne à sa rencontre.

Pic-Rouille ne s'était pas trompé : c'était trop tard.

— Vite ! Vite ! s'exclama le voyou tandis que d'autres soldats qui avaient essayé de contrôler le mouvement de panique rappliquaient, fusils à la main.

Les jambes brisées, Faustine tenta de se traîner, mais sitôt la roulotte passée, la foule se referma sur la malheureuse et l'avala dans un déchaînement sauvage.

— Accrochez-vous ! ordonna Iphis dont le visage était couvert de larmes.

Elle ne savait plus sur quel pied danser.

Ils avaient certes réussi à récupérer Théodore et Bartholomée, mais à quel prix ? L'exécution des chanteurs du Duc était peut-être inéluctable, mais ils venaient de condamner deux d'entre eux à des morts encore plus horribles. Mais le moment de larmoyer n'était pas arrivé. C'était déjà un miracle d'avoir fendu la foule sans trop de dégâts et que leur équipe soit indemne.

— Par là ! indiqua Pic-Rouille auquel Vulfran, le corps secoué de tremblements, obéit.

Et ainsi, ils quittèrent cette maudite place, filant dans une avenue bondée dont l'affluence ne tarda néanmoins pas à se dissiper. Presque toute la population était partie assister au macabre spectacle.

Soudain, des cors d'alarme résonnèrent dans toute la ville et il n'en fallut guère plus pour rappeler à Iphis et ses amis qu'ils étaient loin d'être tirés d'affaire car si, sans montures, les soldats présents sur la place avaient rapidement abandonné toute idée de poursuite, ce n'était qu'une question de minutes avant que la traque ne débute.

Et leur voiture ne risquait pas de passer inaperçue !

— J'reconnais ce signal ! Vont cond'mner toutes les issues ! s'exclama Pic-Rouille.

— Qu'est-ce qu'on fait ? paniqua Iphis.

— La prochaine à droite. Faut disp'raître, dit Pic-Rouille qui se tenait derrière Vulfran.

— Entrez là-dedans ! intervint justement le maigrichon qui s'écarta pour dégager la petite fenêtre qui lui servait en partie de dossier.

— Vulfran a raison, vous allez tomber. Dépêchez-vous ! le seconda Iphis qui glissa sur la banquette pour leur libérer le passage.

— L'avez entendue ! s'impatienta Pic-Rouille.

Ses trois compagnons, bien que plus âgés, se hâtèrent d'obéir et se faufilèrent à l'intérieur de la roulotte toujours en pleine course.

— À vous ! s'exclama Iphis. On n'a pas de temps à perdre.

— Barth ne passera… commença Théodore qui, malgré l'effroi, n'avait jamais été aussi heureux de voir Iphis.

— Je m'occupe de lui ! le coupa-t-elle.

— Non, tu entres aussi, trancha Vulfran.

Mais, alors qu'ils pénétraient dans la ruelle couverte d'immondices que Pic-Rouille avait indiquée, la question ne se posa soudain plus.

Venant des toits, une ombre prodigieuse se déplia brutalement au-dessus de leurs têtes et atterrit au milieu des orphelins terrorisés.

Théodore poussa un hurlement de douleur et de peur lorsque le nouveau venu se releva sans se soucier de la jambe du garçon sur laquelle il était tombé.

— Arrête les chevaux ! rugit l'homme en saisissant les rênes par-dessus l'épaule de Vulfran.

En dépit des encouragements effrayés de leur maître qui tenta de garder le contrôle des brides, les animaux furent bien trop heureux de mettre fin à cette course folle.

Au même moment, trois autres individus jaillirent devant la roulotte enfin immobilisée.

— Tu croyais pouvoir me fausser compagnie ! s'amusa Octave qui, d'un revers de la main, envoya le maigrichon et Pic-Rouille voler dans les airs.

Surpris par l'attaque, il s'écrasèrent contre les pavés crasseux de la rue déserte.

— Non ! s'écria Iphis qui se leva pour se porter à leur secours.

Mais Octave ne lui en laissa pas le temps et l'agrippa par les cheveux.

— Lâche-moi !

Le géant passa la fillette sous son bras gauche et bondit aux côtés des chevaux, sous les yeux écarquillés de Théodore, Bartholomée et Aliaume.

— Lâche-moi ! répéta Iphis qui refusait d'accepter la réalité.

Comment avaient-ils pu la retrouver si vite, si loin et à un moment pareil ? Et que faisaient-ils là ?

Sautillant de joie, tandis que Gédéon s'efforçait de le maîtriser, conscient que les compagnons d'Iphis pouvaient se montrer dangereux, Édouard scandait le nom d'Iphis.

Non !

Elle ne voulait pas retourner chez les Fontiairy, servir de jouet à ce gamin que ses parents avaient fait pourrir jusqu'à la moelle.

Non, elle voulait rester avec Vulfran, cet homme qui…

— Laisse-la tranquille !

… malgré ses blessures ne l'abandonnerait pas aussi facilement.

Le visage grimaçant, le maigrichon aux cheveux frisés s'était relevé et retenait Iphis par la jambe.

— Lâche-la ! aboya-t-il.

Mais que pouvait un David désarmé face à Goliath ?

— T'en as jamais assez, toi ! grogna Octave qui balança son poing dans la figure déjà amochée de Vulfran, ignorant les dents qu'Iphis venait de planter dans son avant-bras.

— Vulfran ! cria Iphis en relâchant la pression de ses mâchoires.

Le nez brisé, son ami gisait au sol mais, toujours conscient, se hissait déjà vers Octave.

— Arrête ! paniqua-t-elle, sachant que Vulfran s'était engagé dans un vain combat. Arrête, je t'en supplie !

Mais, alors qu'Octave le fixait d'un air amusé, Vulfran refusait de céder et referma ses doigts autour de l'énorme cheville du gardien.

— Lâche-la, souffla-t-il.

— Dernière chance, minable, le prévint Octave.

L'étreinte se renforça.

— Arrête ! hurla Gédéon quand l'homme souleva sa lourde botte au-dessus du crâne du maigrichon.

Mais, tout comme le cri d'Iphis, son ordre tomba dans une sourde oreille.

— Vulfran ! s'égosilla Iphis au bruit des os qui se brisaient.

Les côtes écrasées par l'étau des bras d'Octave, elle se démena avec rage et battit des pieds et des mains ; elle n'arrêterait que quand ce salopard serait mort. Jamais une telle haine ne l'avait envahie et l'afflux d'émotions menaçait de lui faire perdre la raison.

Pas Vulfran ! Pas Vulfran !

Le géant l'ignora et rejoignit le trio.

— Pourquoi ? s'indigna Gédéon.

— J'ai la gamine, c'est tout ce qui compte, rétorqua Octave en frottant sa botte contre les pavés.

Il se tourna vers Édouard tandis que Croque-Miaou, excitée par l'odeur du sang, donnait du fil à retordre à Philibert qui la tenait en laisse.

— N'est-ce pas, Monsieur ?

Le garçonnet qui avait dévoré la scène du regard, laissa la joie le submerger.

— C'est moi, Iphis ! Je suis si content de te revoir ! s'exclama-t-il.

— Bon, ne traînons pas là, on a eu ce qu'on voulait. Laissons les autorités s'occuper de ceux-là, siffla Philibert en indiquant les orphelins tétanisés sur le toit.

— Vous irez nulle part ! intervint soudain Pic-Rouille qui avait retrouvé ses esprits.

Ses camarades avaient quitté la roulotte pour venir à sa rescousse et leurs frondes tournoyaient au-dessus de leurs têtes.

Cette fois, David ne se laisserait pas faire.

PLACIDE

E n dépit de ses maigres forces, Placide talonnait Fradik dont les longues jambes torturées se dépliaient telles les pattes d'une gigantesque araignée qui aurait revêtu une ample cape pour masquer l'amputation de ses six autres membres. Mais l'étoffe, que les hommes de Fromir et les tortionnaires n'avaient pas réussi à lui faire enlever, avait elle aussi été victime d'horribles mutilations ; elle ne cachait plus grand chose de l'état désastreux de l'Ignoble. En lambeaux, elle battait silencieusement dans le dos de l'immense créature ou restait collée, engluée de sang, à sa peau ravagée.

À présent, la silhouette de Fradik occultait complètement le ciel étoilé que les trois fugitifs avaient repéré à l'extrémité du couloir dans lequel ils avaient débouché quelques secondes auparavant et qu'ils remontaient le plus discrètement possible.

Ils approchaient… seraient bientôt à l'air libre.

Placide reprenait enfin espoir, lui dont le plan d'évasion était tombé à l'eau pour une simple question de centimètres. La vérité était là : sans l'arrivée miraculeuse de Spinello, il aurait été incapable d'atteindre Crassepouille, le garde qu'il avait endormi grâce à la décoction que Maria avait utilisée sur Asmodée, et aurait dû attendre, impuissant, la relève ou que l'homme se réveille, plus furieux que jamais.

Heureusement, par un jeu de circonstances stupéfiant, son ami avait surgi de nulle part. Maintenant, ils devaient fuir et surtout ne pas faire de bruit.

— Non ! le fit soudain sursauter la voix de Spinello dans son dos.

Avant même que Placide ne réalise ce qui venait de se produire, Fradik fit volte-face, le dépassa et se jeta sur Spinello qui, terrifié, bredouillait :

— Ils peuvent pas faire ça...

Mais ni Fradik, ni Placide n'avaient le temps de l'interroger sur les raisons de son affolement.

— Cours ! s'écria l'Ignoble qui avait glissé un Spinello livide sous son bras.

Placide fit taire les protestations de son corps engourdi et mal nourri et s'élança vers la sortie.

Fradik resta derrière lui, visiblement prêt à le protéger de son corps tandis que les gardes, alertés par le cri du garçon, écartaient la porte entrebâillée devant laquelle le trio de fuyards avait tenté de passer sans se faire remarquer. Ils envahissaient le couloir.

— Eh là ! Arrêtez-vous !

— Sonnez l'alarme ! Ils s'échappent !

En un instant, alors que les fugitifs quittaient enfin le couloir où ils avaient été repérés, un tintement assourdissant s'éleva à proximité. Mais il ne devait pas toute sa puissance à la taille de la cloche qui lui donnait naissance ; l'agencement de la cour fermée au milieu de laquelle les trois fuyards s'étaient immobilisés y était pour beaucoup.

En apercevant les étoiles, ils avaient cru avoir atteint les toits et terrasses de l'édifice. Il n'en était pourtant rien. Les cellules avaient été construites sous le niveau du sol et ils n'étaient pas montés suffisamment. Ils étaient pris au piège d'une des nombreuses cours intérieures des prisons de Straham.

Entourée de hauts murs sombres qui, par un jeu cruel d'optique, avaient laissé le ciel étoilé s'afficher au bout du couloir, la place était néanmoins desservie par une multitude de passages dont la plupart résonnaient déjà de l'agitation provoquée par le signal d'alarme.

La cloche aboyait ses ordres sans discontinuer. Elle ne se tairait pas avant que l'on ait mis la main sur ces misérables qui avaient cru pouvoir fuir par cette si belle nuit. Comment avaient-ils osé troubler son sommeil ?

Malgré l'urgence de la situation et les gardes qui approchaient, Placide réalisa avec amertume que cet endroit n'aurait jamais pu retenir un Fradik en pleine possession de ses moyens. Comme Ern'lak dans les falaises entourant Windrasor, il aurait surmonté ces obstacles verticaux de pierre et de briques avec cette habileté propre aux Ignobles. Il les aurait emportés, Spinello et lui. Ils auraient fui ; auraient laissé derrière eux cet endroit de cauchemar. Mais un simple coup d'œil au visage déchiré par la douleur de Fradik suffisait pour comprendre que cela n'adviendrait pas. Pire, l'Ignoble ne pourrait plus porter Spinello bien longtemps. Sans prévenir, tandis que Fradik analysait aussi rapidement que possible leurs options, Placide se retourna et gifla Spinello.

— Arrête ça tout de suite ! Bouge-toi ! s'énerva-t-il. On a besoin de toi !

Stupéfait, Spinello le fixa, ses lèvres se mouvant en silence comme s'il s'apprêtait à répéter ce qu'il avait entendu et qui l'avait mis dans cet état quasi cataleptique. Avec son visage couvert de crasse, il avait l'air d'un fou. Mais la soudaine violence de Placide avait fait son effet.

— Ils sont là ! hurla un soldat qui venait d'entrer dans la cour, aussitôt suivi de ses collègues.

Seules quelques secondes s'étaient écoulées depuis que l'alerte avait été donnée et, pourtant, la prison ne tarderait pas à grouiller de gardes déterminés et revanchards.

— Par là ! s'exclama Spinello qui n'eut guère à se débattre pour que l'étreinte de Fradik se relâche.

Revenu à la raison, il prit les devants et courut vers un passage voûté dont l'extrémité était baignée par l'éclat de la lune. La sortie s'y trouvait peut-être. Mais, à peine Spinello et Placide avaient-ils fait un pas dans le tunnel qu'une torche vint en éclairer l'intérieur. D'autres gardes affluaient et fonçaient sur eux.

— Montez ! leur indiqua Fradik quand, battant en retraite, les deux orphelins se rendirent compte que l'escalier à leur droite était dorénavant leur seule échappatoire.

Les soldats dont Spinello avait surpris la discussion seraient bientôt sur eux et les nouveaux arrivants refermaient inévitablement l'étau.

Les jambes inégales de Placide avalèrent les marches et l'orphelin manqua de renverser Spinello lorsque ce dernier stoppa subitement au sommet de l'escalier. *On est foutus !* s'inquiéta Placide avant de comprendre ce que tramait Spinello.

— Aide-moi ! s'exclama son ami.

Retenant un hurlement de douleur quand leurs doigts se posèrent sur le métal surchauffé, Placide et Spinello attendirent que Fradik émerge à son tour des escaliers et tendirent les muscles.

— Maintenant ! cria Spinello.

Puisant dans ce qu'il leur restait d'énergie, les orphelins déversèrent une vague ardente dans les marches. Le premier garde à s'être élancé à leurs trousses gémit de douleur lorsqu'un charbon brûlant l'atteignit au visage. Secouant la tête dans tous les sens, il ne vit pas arriver le lourd brasero ovale qui le percuta de plein fouet, le projetant en arrière sur ses collègues.

Ignorant leurs doigts brûlés, Placide et Spinello n'avaient pas pris le temps d'apprécier l'efficacité de leur diversion ; ils gravissaient un autre passage couvert dans lequel Fradik s'était engouffré, laissant dans son sillage des étendues noirâtres de sang toujours plus importantes.

Ses blessures se sont rouvertes, il ne va pas tenir, s'inquiéta Placide qui savait qu'ils ne pourraient pas s'enfuir sans Fradik, surtout s'ils continuaient à monter ainsi.

S'ils ne trouvaient pas très vite un moyen de quitter la prison, ils seraient définitivement piégés.

— Fradik ! cria-t-il lorsque l'Ignoble trébucha et s'effondra sur les dernières marches.

Placide se précipita sur lui et l'aida tant bien que mal à se relever.

— Vite ! ajouta Spinello.

Éparpillés et succombant déjà au froid de la nuit, les charbons ardents n'allaient pas retenir leurs poursuivants très longtemps.

— Allez, Fradik ! l'encouragea Placide qui accueillit l'assistance de Spinello avec un léger soupir de soulagement.

Mais l'Ignoble était à bout. Chaque pas était un supplice, chaque mouvement un calvaire qui le privait encore un peu plus du sombre liquide qui le maintenait en vie.

— Élias nous attend ! renchérit Spinello qui, indifférent au sang de la créature et à sa chair parfois à vif, poussait de toutes ses forces pour l'obliger à repartir en avant.

Comme la gifle que Placide avait assénée à Spinello, l'évocation de son ami parut ranimer Fradik.

— Ça va aller ! Passez devant !

Les garçons obéirent et débouchèrent sur une des terrasses qu'ils avaient cru atteindre un peu plus tôt. À leur gauche, délimitée par une rambarde en bois brinquebalante, celle-ci donnait sur le cœur de la prison où les soldats, tous réveillés par la cloche toujours folle, pullulaient et bloquaient toutes les issues. Leur salut ne pourrait venir que de l'autre côté.

— Par là ! s'écria Spinello en sprintant vers le muret de pierre qui fermait la terrasse à leur droite.

Placide se jeta à sa suite mais, comme son ami, s'immobilisa en constatant la hauteur du précipice qui se tenait à présent devant eux. Le vertige s'empara aussitôt de lui et il crut perdre l'équilibre.

Les doigts ancrés au sommet du muret, il scrutait l'obscurité de la rue qui séparait la prison des bâtiments alentour. Au-delà, les tuiles des toits des habitations les plus proches reflétaient l'éclat de la lune, pâle mer mouvementée au milieu de laquelle la prison n'était qu'un navire chahuté, qu'une galère où des fers leur seraient bientôt passés aux chevilles.

— On continue ! paniqua Placide en indiquant l'unique porte par laquelle ils pouvaient encore espérer s'échapper. Allez !

Mais l'Ignoble ne bougea pas.

— Frad...

— Continuez ! Je vais les retenir, lâcha-t-il.

Folie !

L'escalier qu'ils avaient gravi s'apprêtait à déverser un véritable flot de soldats. Qu'espérait-il faire dans son état ?

— Ça ne sert à... voulut répliquer Placide, mais il ne put terminer sa phrase.

Leur ultime issue s'était refermée à son tour. Ou plutôt s'était ouverte.

— Où est Élias ? rugit l'homme aux cheveux gris qui venait de faire son apparition.

Ses yeux bleus étaient plus lumineux que la lune, plus brillants que l'éclat du sabre qu'il brandissait devant lui.

Et Fromir n'était pas seul.

Mais Placide ne voyait que lui, cet homme transpirant la suffisance. Cet homme si fier de la peur qu'il suscitait chez autrui. Cet homme plus terrifiant encore que lors de leur première rencontre ou lors de leur entrevue dans la salle de torture.

Tout ne s'était pas passé comme il l'avait prévu et il était fou de rage.

— Où est Élias ? beugla-t-il de plus belle tandis que les premiers poursuivants encerclaient Fradik.

Prêts à intervenir au moindre signal, les hommes de Fromir le laissaient mener la danse. Certains ricanaient, d'autres fixaient l'immense créature mourante que leurs collègues menaçaient de leurs armes. Et Fromir avançait.

Les deux orphelins étaient pris en tenaille, dos au gouffre.

— Ne le laisse pas me... sanglota Placide qui recula jusqu'à ce que le muret lui interdise toute retraite.

Spinello avait fait une promesse à Anselme et Asmodée.

Comme Élias, il mourrait en essayant de sauver son ami.

— N'avance plus ! hurla-t-il en extirpant le pistolet qu'Élias lui avait confié.

Il tira le chien en arrière et pointa l'arme sur Fromir qui s'immobilisa.

— Pose cette arme, ça ne sert plus à rien. Dis-moi où est Élias et je t'épargnerai peut-être, dit-il calmement.

— S'il approche, tue-le ! intervint Placide qui ne put s'empêcher de constater à quel point lui aussi avait changé.

Il y a quelques semaines, il avait été si soulagé que Spinello revienne sur sa sentence et décide d'épargner Octave. Et maintenant…

— Moi qui me suis montré si agréable avec toi… plaisanta Fromir en plongeant son regard glacial dans celui de Placide.

L'homme fit un pas en avant, son sabre toujours à la main.

— Lâche ton arme et dis-leur de reculer ! cracha Spinello en montrant Fradik, à présent à genoux et qui tenait difficilement ses adversaires à distance.

Sans un mot, Fromir fit non de la tête et s'esclaffa pour détourner l'attention de Spinello. Mais le discret changement de posture du colonel n'échappa pas à Placide.

— Spin' ! cria-t-il quand l'homme bondit soudain vers son ami.

Spinello enfonça la gâchette.

Le sang gicla.

Mais le mousquet était resté muet.

SPINELLO

L a situation était catastrophique et Spinello peinait à masquer son effroi. Encerclé et assailli de toutes parts, Fradik ne tiendrait plus longtemps. Les tibias au sol, visiblement incapable de se relever et baignant dans son sang, il repoussait ses agresseurs de ses griffes acérées, mais chacune de ses attaques était plus faible que la précédente. Ils allaient le tuer, ici et maintenant !

Mais que pouvait bien y faire Spinello ?

Pas grand-chose.

Seul un ordre de cet homme au regard froid et terrifiant pouvait faire cesser ces assauts.

— Lâche ton arme et dis-leur de reculer ! menaça Spinello en indiquant Fradik sans pour autant quitter des yeux le militaire aux cheveux gris qui se tenait devant lui.

Leur unique chance de s'en sortir était de prendre le dessus sur cet homme, de lui faire comprendre qu'il ne plaisantait pas, qu'il était prêt à faire feu. Pourtant, le canon pointé dans sa direction ne semblait guère inquiéter son opposant. Pire, il s'en amusait, comme s'il avait connu mille situations similaires et s'en était toujours tiré sans la moindre égratignure. Mais Spinello n'avait aucun autre levier d'action ; guère d'autre choix.

S'il l'abattait, ses hommes les massacreraient sur-le-champ. Non, il ne pouvait que compter sur l'attachement de cet homme à sa propre vie et espérer que son comportement, à l'image du rire qu'il laissa subitement échapper, n'était que du théâtre, une façon de ne pas perdre la face devant ses soldats. Mais, au cri soudain de Placide, il sut que ce type-là ne voyait en lui qu'un ridicule enfant armé. Un enfant armé qu'il chargea sans prévenir.

La poussée d'adrénaline que l'avertissement de Placide avait envoyée dans les veines de Spinello lui permit de réagir avec la plus grande célérité et il pressa aussitôt la détente du mousquet. L'homme était en plein dans sa ligne de mire. Il ne pouvait pas le manquer. Et pourtant, rien ne se produisit. L'arme gisait dans sa main, morceau de métal inerte et trompeur.

Spinello gémit de douleur lorsque la lame du sabre mordit à pleines dents dans la chair de son bras. Le coup fut si violent, si précis, si puissant, que les doigts du garçon qui enserraient le mousquet n'eurent même pas le temps de relâcher leur étreinte. Accompagnant le membre sectionné et l'inutile pistolet, ils s'écrasèrent au sol aux pieds du garçon horrifié que l'attaque avait envoyé contre le muret.

La suite se passa bien trop vite pour que Spinello ne réalise vraiment l'atroce mutilation dont il venait d'être victime. D'un bond aussi prodigieux qu'inattendu, Fradik jaillit soudain de la mêlée, bouscula Fromir, se saisit des deux orphelins et s'élança dans le vide. Un saut suicidaire, celui de la dernière chance.

Suspendue dans les airs, la silhouette des trois fugitifs parut un instant sur le point de succomber à l'attraction terrestre, prête à s'écraser en contrebas contre les pavés souillés de Straham, mais, poussé par le hurlement de souffrance de Spinello, Fradik avait puisé en lui une réserve de force insoupçonnée qui leur permit de franchir la rue. Le sang de la créature et celui de Spinello mêlés dans un nuage de perles à l'odeur métallique, ils atterrirent lourdement sur le toit d'un des bâtiments qui entouraient la prison.

Fradik geignit et ses jambes, qui avaient accusé la majeure partie du choc, se dérobèrent sous lui. Un orphelin sous chaque bras, il roula dans la pente, incapable de se retenir.

C'est alors que Spinello revint à la réalité. Le cerveau saturé par la souffrance qui émanait du moignon sanguinolent qui dépassait de son épaule droite, l'état de choc menaçait de l'emporter à tout moment. Il hurla autant de douleur que d'effroi lorsqu'il vit le bord de la toiture arriver à toute vitesse. Ils allaient tomber ! Ils allaient mourir et il ne pourrait rien faire pour aider tous ceux qu'il avait laissés à Windrasor et que cet homme dont les soldats avaient parlé avait juré de massacrer. C'était terminé. Ils tombaient.

Étrangement conscient de tout ce qui l'entourait, Spinello ressentait autant la chaleur de son propre sang contre sa peau que celle timide des rayons de la lune ; le tintement de la cloche avait disparu et seuls subsistaient dans son esprit les cris des rapaces nocturnes venus débarrasser la ville de certains nuisibles ; les traits des visages encore gonflés de sommeil d'un couple s'incrustèrent même sur sa rétine avec une étonnante précision quand, dans leur chute, ils passèrent, fugaces, devant la fenêtre derrière laquelle se tenaient les deux villageois. Était-ce ainsi que l'on percevait le monde avant de mourir ? Cette interminable chute, qui n'avait en fait duré qu'une fraction de seconde, ne leur fut néanmoins pas fatale.

Les garçons toujours sous le bras, Fradik atterrit miraculeusement sur un auvent qui accueillit leur arrivée avec un terrible son de déchirure. Pourtant, le tissu que le propriétaire de la boutique avait oublié de replier pour la nuit, tint bon.

Il s'écoulerait des mois avant que le commerçant ne se lasse de raconter à ses clients l'histoire de cette toile dont de terribles criminels s'étaient servis pour s'enfuir et de comment, blessés mortellement, ils y avaient laissé d'épaisses taches de sang qu'il ne manquait jamais de montrer.

Mais, pour l'heure, le sort avait, semblait-il, décidé d'accorder un peu de répit aux fugitifs et, alors que, au loin, Fromir beuglait des ordres à ses hommes, Spinello perçut une autre voix avant de succomber à la douleur.

— Vite, Frad' ! Monte !

L'orphelin s'évanouit.

***

Le sommeil de Spinello – pour autant que l'on puisse qualifier ainsi l'état dans lequel l'orphelin se trouvait – fut des plus agités. Le roulement des muscles du cheval qui le transportait et les obstacles du chemin qu'ils empruntaient n'en étaient toutefois qu'en partie responsables. Spinello était engagé dans un duel fratricide entre son corps et son esprit. L'un, exsangue, était prêt à abdiquer, tandis que l'autre menait un combat acharné pour que l'enfant blessé ne capitule pas.

Il n'avait pas le droit de mourir ainsi ! Mais, dès qu'il ouvrait les yeux, entrevoyait les pâles silhouettes des arbres qui défilaient sur le bas-côté, le monde des songes l'emportait aussitôt.

Il dormit, puis ses paupières s'entrouvrirent un instant.

— Tiens bon, petit, l'encouragea la voix qui était venue à leur secours à Straham. On doit d'abord les semer. Tiens bon !

Élias, qui l'avait placé devant lui, tenait les rênes d'une main. De l'autre…

Submergé par un élancement de douleur, Spinello sombra de nouveau dans l'inconscience.

Il sommeilla, toujours en proie aux cahots de la route et aux secousses de l'affrontement qui s'opérait en lui.

Puis, une partie de la tourmente qui agitait son corps cessa brusquement. Malgré l'épuisement et les délires, il sentit deux mains le saisir sous les aisselles et le descendre de cheval.

— Dépêche-toi d'allumer un feu ! ordonna Élias, paniqué.

Que faisaient-ils ? Où étaient-ils ?

Mais Spinello céda encore une fois à l'obscurité.

Pas pour longtemps.

Ses dents se refermèrent sur un objet dur qu'il aurait sans mal identifié comme une tige écorcée sans l'afflux de douleur qui s'empara brutalement de son corps.

— Tiens-le bien !

Les hurlements de Spinello s'étouffèrent dans sa gorge et il cambra le dos, avant de retomber violemment contre le fin matelas de voyage sur lequel on l'avait installé.

— Spin', ne meurs pas, je t'en supplie, sanglota la voix de Placide.

Elle semblait si loin… tellement loin.

Une odeur de cochon brûlé fut la dernière chose à laquelle l'esprit éreinté de Spinello s'accrocha.

Il dériva…

***

— Il faut continuer, protesta Fradik d'une voix faible. Ils vont nous retrouver.

— Si on fait ça, vous allez mourir ! s'emporta Élias qui à entendre sa voix n'avait pas dû dormir une seule seconde depuis qu'ils s'étaient arrêtés.

— S'ils nous trouvent ici, ce sera pareil…

— Nous devons prendre le risque, on ne…

Spinello écarta les paupières et discerna le visage de Placide, assis à ses côtés.

— Élias ! s'exclama aussitôt ce dernier. Il se réveille !

La tête lourde, Spinello cligna des yeux, gêné par la lumière qui baignait l'entrée de la grotte dans laquelle ils étaient.

— Comment te sens-tu, mon garçon ? s'enquit Élias en s'accroupissant près de Spinello.

Peau pâle et sale, les deux compagnons du blessé avaient l'air d'avoir été tirés de leur tombe.

Mais qu'aurait pensé Spinello si un miroir lui avait révélé son propre reflet ?

— Je suis épuisé, répondit-il, conscient que cela n'était qu'un euphémisme.

Même parler exigeait des forces dont il ne disposait pas ; il se sentait fourbu et son bras droit l'élançait furieusement.

Il le souleva et découvrit avec horreur, mais guère de stupeur, ce qu'il en restait. Il avait su ce qui l'attendait, même si une partie de lui avait espéré que tout cela n'avait été qu'un horrible cauchemar.

— Je suis désolé… souffla Élias, les yeux baissés. Tout est de ma faute…

Spinello ne l'écoutait que d'une oreille ; il fixait le moignon, contenant les haut-le-cœur qui l'assaillaient.

— Placide m'a raconté ce qui s'est passé... J'aurais dû savoir que la poudre serait mouillée... Je n'ai même pas pensé à te...

— C'est pas grave, le coupa Spinello d'une voix étonnamment forte.

Ces quelques mots lui firent tourner la tête. Mais il n'avait pas terminé. Il n'avait pas interrompu Élias pour tenter de le réconforter, lui expliquer que cet accident leur avait au contraire certainement sauvé la peau, que, sans la blessure de Spinello, Fradik n'aurait peut-être pas trouvé la force de les emporter dans le vide. Autre chose le hantait, l'obsédait.

— On doit aller à Windrasor ! s'exclama-t-il en essayant de se redresser à l'aide de sa main gauche.

— Eh ! Ne bouge pas ! le gronda Placide qui le plaqua doucement contre le matelas.

Élias l'observait, un air décontenancé sur le visage.

— Ils vont les massacrer ! poursuivit Spinello.

— Calme-toi !

L'orphelin se mit à tousser. Chaque quinte lui arrachait une grimace de douleur.

— Bois ça, lui dit Élias en portant à ses lèvres le goulot d'une outre en peau de chèvre.

Spinello ne le réalisait pas encore, mais ce simple geste lui serait à présent impossible. Il allait devoir apprendre à tout faire d'une seule main.

— Qu'est-ce que tu voulais dire ? s'enquit Élias quand le garçon eut étanché sa soif.

Et Spinello, contrôlant difficilement son inquiétude, leur raconta ce qu'il avait entendu. La mort du Duc, son assassinat par des orphelins de Windrasor, la promesse du fils du souverain de raser complètement l'orphelinat.

Scandalisé, Placide se mit à protester contre cette injustice, tandis qu'Élias et Fradik échangeaient un regard dans le plus grand silence.

— Nous devons faire quelque chose, trancha finalement Spinello.

Élias se retourna vers lui.

— Le fils du Duc est un fou dangereux… S'il a vraiment dit ça, alors l'orphelinat est condamné.

— Pas si nous nous dépêchons ! s'emporta Spinello que Placide maintint une fois de plus allongé.

— Dans notre état, nous ne pouvons rien faire.

— On peut les prévenir !

— Cela ne sera pas suffisant… Ils ne nous croiront pas et d'ailleurs comment pourrions-nous aider tant de personnes à s'enfuir ? À moins que…

Élias pivota à nouveau vers Fradik dont les yeux ternes semblaient avoir retrouvé un peu de leur éclat.

— À moins que ce ne soit le moment que nous attendions, suggéra l'Insaisissable. Je crois que l'heure est venue de rendre visite à ton père…

ERN'LAK

Une dizaine de jours plus tôt.

C omme Ern'lak l'avait annoncé quelques jours auparavant, l'heure était enfin arrivée ; celle de quitter pour toujours ce lieu maudit, cette prison au fin fond de laquelle ils avaient été retenus autant par leur propre lâcheté et un honneur bêtement exacerbé que par la cruauté des Hommes.

L'Ignoble pouvait être fier de lui. Quoi que le futur réserve dorénavant aux siens, il avait réussi là où d'autres avant lui avaient lamentablement échoué, écrasés par le poids de toutes ces règles que tous avaient, depuis des décennies, juré de respecter et de suivre à la lettre. Mais lui avait refusé de capituler, il avait fait plier les conventions, avait convaincu et même rassemblé. Les séquelles des agissements de Cyriaque, qui avait réussi à manipuler certains des siens en leur faisant de vaines promesses, mettraient des années à se dissiper complètement, mais, en ce jour, les Ignobles ne faisaient à nouveau plus qu'un ; qu'ils aient été trompés par Cyriaque ou non.

Les créatures qu'Ern'lak avait une à une fait prisonnières n'avaient en effet eu d'autre choix que d'ouvrir les yeux sur le véritable visage de l'instigateur en apprenant sa disparition. Il était parti. Il les avait abandonnées. Une fois encore, elles avaient succombé à une supercherie et à la perfidie de l'Homme. Toutes ses promesses de liberté et d'un endroit où mener une vie réellement digne, en échange de leur silence et de leur coopération, n'avaient été que de vaines paroles et il leur avait fallu tout ce temps pour le réaliser.

Désabusé, Grorl, l'Ignoble sur lequel Cyriaque avait assurément eu la plus grande influence, avait craché au sol en apprenant la nouvelle puis avait hurlé qu'il regrettait de ne pas avoir tué lui-même les orphelins, avant de soutenir que sans leur refus d'assassiner ces gamins, Cyriaque n'aurait pas eu besoin d'Agrippa et aurait tenu parole. Mais, même chez un être aussi déséquilibré, un tel degré de désillusion n'avait guère perduré. Ses convictions s'étaient finalement effritées et il n'avait pas tardé à tomber à genoux pour demander pardon à celui qu'il voyait à présent comme leur sauveur, quand bien même ce dernier ne leur promettait que liberté et ne pouvait garantir qu'ils trouveraient un jour un lieu où s'établir en paix. Mais, entre une chimère ayant déguerpi aux côtés de Cyriaque, et l'espoir véhiculé avec autant de passion par Ern'lak, Grorl, comme les derniers récalcitrants, avait rapidement fait son choix.

C'était ainsi, sous le signe de l'unité, que le grand départ s'annonçait enfin.

— Tout est prêt, annonça Erg'rika, une Ignoble discrète en laquelle Ern'lak avait trouvé une alliée précieuse ces derniers jours.

Lorsque le directeur lui avait appris la fuite de Cyriaque, soulignant alors plus que jamais leur besoin de partir au plus vite, Ern'lak avait bien cru ne pas être à la hauteur de la tâche qu'il s'était confiée et il ne l'aurait vraisemblablement pas été sans l'assistance d'Erg'rika et d'une poignée d'Ignobles qui l'avaient secondé avec courage et détermination. Ils n'avaient pas grand-chose à emporter, ne laisseraient que des ruines derrière eux, mais planifier une telle manœuvre commune en si peu de temps était un vrai défi pour ces êtres habitués à un immobilisme quotidien. Mais ils y étaient parvenus.

Ern'lak leva les yeux au ciel où s'accumulaient de volumineux nuages chargés de pluie. La nuit était sombre et bientôt des trombes d'eau viendraient ajouter à la noirceur ambiante. De quoi disparaître sans laisser de traces. Mais eussent-ils voulu quitter Windrasor par la grande porte, qui les en aurait empêchés ? Probablement personne, et certainement pas le directeur de l'orphelinat qui avait en définitive accepté de leur laisser un peu d'avance avant de signaler leur disparition. Il n'avait en revanche rien dit de ses intentions concernant Cyriaque, dont Ern'lak lui avait révélé la trahison. Mais peu importait. Le passé était le passé, seul comptait l'avenir et le moment de se glisser dans la nuit loin d'ici était venu.

— Assure-toi que tout le monde se trouve bien au point de rendez-vous, dit-il en tournant les yeux vers les pics rocheux au-delà desquels des dizaines d'orphelins, eux aussi condamnés, rêvaient, inconscients de toutes ces créatures qui avaient décidé de fuir leur tanière.

Quoi qu'il advienne, cet endroit ne lui manquerait pas et même son empathie à l'égard de ces enfants, pour lesquels la plupart des siens ne ressentaient qu'indifférence, ne pourrait le retenir.

Il n'avait qu'une vie et il la dédierait à son peuple. D'autres devraient venir en aide à tous ces malheureux.

— Je vous rejoins, je dois lui parler, ajouta-t-il avant de s'enfoncer pour la dernière fois dans les souterrains qui l'avaient vu naître.

Car, aussi unis soient-ils ce soir-là, il en restait un qui avait refusé d'entendre raison.

— Ta faiblesse te perdra, siffla Araknor dès qu'Ern'lak pénétra dans les cachots.

— Ne confonds pas faiblesse et miséricorde, Araknor, bien que je doute que tu connaisses la signification de ce mot.

L'éclat rougeoyant des yeux de l'ancien leader s'estompa et l'immense créature souffla bruyamment par le nez. Il savait que son combat à lui était terminé.

— As-tu bien réfléchi ? Ma proposition tient toujours, mais je dois avoir ta parole, poursuivit Ern'lak.

— Jamais je ne la donnerai à quelqu'un qui n'en a pas, répliqua Araknor avec une véhémence fort éloignée des excès de rage auxquels il avait succombé ces derniers jours.

— Beaucoup aimeraient que tu sois des nôtres, répondit Ern'lak avec calme.

— Des nôtres…

— Alors, es-tu certain ?

— Je ne peux rien te promettre. Si tu ouvres cette grille, je te tuerai. Ou du moins, j'essayerai.

Ern'lak en avait parfaitement conscience et il ne comptait pas offrir une telle opportunité à Araknor sans qu'il ait juré de lui prêter allégeance et de le suivre.

— Alors je ne peux rien faire pour toi.

— Qu'il en soit ainsi.

Les yeux des deux créatures se croisèrent et une brève compréhension réciproque les traversa, prenant un instant le pas sur leur animosité.

Un courant d'air glacial s'engouffra dans la salle et fit tourbillonner des volutes de poussière.

— Adieu, Araknor, dit finalement Ern'lak en tournant les talons.

— Ern'lak !

— Je dois partir…

— Tu sais que tu aurais dû me tuer. Tu le devrais encore.

Était-ce un piège piètrement posé ? Une manière d'obtenir de lui un dernier duel fratricide ? Ou bien le début d'autre chose ?

— Trop de sang a déjà coulé.

— Crois-tu que ces barreaux rouillés me retiendront ?

— Ils l'ont fait jusqu'ici, mentit Ern'lak qui savait parfaitement que l'Ignoble, même privé de nourriture, en viendrait certainement à bout.

Mais il était encore plus probable que le directeur et ses sbires reviennent fouiner par ici. Que ferait alors Araknor ? Ern'lak ne s'en souciait guère. Il connaissait suffisamment leur ancien leader pour savoir que sa fierté l'empêcherait de les pourchasser pour tenter de les ramener à ce que lui appelait la raison et qu'Ern'lak considérait comme folie. Seul dans ces ruines, peut-être donnerait-il corps aux dizaines d'histoires sur les Ignobles que les orphelins se racontaient le soir pour se faire peur, ou peut-être se ferait-il définitivement oublier. Dans tous les cas, Ern'lak doutait fort de recroiser un jour sa route.

— Adieu, cette fois-ci, conclut Ern'lak.

Et il fonça dans les couloirs, pressé de retrouver les siens.

— Prends soin d'eux ! beugla Araknor.

L'écho de ce cri de détresse accompagna Ern'lak jusqu'à la sortie où un mur d'eau l'accueillit et détrempa aussitôt ses longs vêtements noirs. Il rêvait du jour où les siens et lui pourraient revêtir autre chose que ces tissus rêches et nauséabonds dans lesquels on leur avait appris à dissimuler leur corps. Mais ce moment n'était pas encore venu.

Sans un regard en arrière, il se précipita au cœur de l'orage et traversa les ruines, naviguant parmi les obstacles comme en plein jour. De ce lieu, il pouvait se figurer avec précision la moindre pierre, la moindre plante et il était grand temps que cela change. Il avait besoin d'inconnu, de devoir ouvrir grand les yeux, d'éveiller tous ses sens pour parcourir un monde qui lui était étranger.

Habile sur ses jambes et poussé par l'excitation grandissante qui le gagnait, il ne lui fallut que quelques secondes pour arriver là où tous s'étaient donné rendez-vous.

Malgré l'acharnement de la pluie, le spectacle était magnifique. Ils n'étaient que quatre-vingt-treize et pourtant, où qu'il regarde, les siens occupaient l'espace. Aussi loin qu'il s'en souvienne, et cela représentait de nombreuses décennies, jamais Ern'lak n'avait vu autant de ses congénères réunis à l'extérieur de leur antre. Les battements de son cœur, auquel la nature, ou plutôt la lie de l'humanité, avait offert un rythme des plus lents, s'accélèrent.

Que cela devienne la normalité, souhaita-t-il en rejoignant Erg'rika.

— Nous sommes prêts, l'informa-telle.

Rayonnant, Ern'lak tourna sur lui-même en embrassant du regard chacun des siens : ce groupe d'anciens tremblotants qui quitteraient pour la première fois de leur longue vie cet endroit ; ces deux mères qui, par miracle, avaient donné cette année naissance à deux petits auxquels quelques mois seulement suffiraient à donner taille humaine ; et même Grorl, juché au sommet d'une colonne à moitié effondrée. Puis il leva la main et indiqua la direction à suivre.

Il prit la tête de la file qui se forma naturellement derrière lui et s'engouffra entre deux pics rocheux jusqu'à déboucher au bord de cette plateforme où, dans une autre vie, il avait conduit un petit groupe d'orphelins. Mais, ce jour-là, il descendrait avec un tout autre poids que celui de ces pensionnaires sur le dos : celui de l'espoir de tout un peuple. Son peuple.

6

THÉODORE

Tout s'était passé bien trop vite et, les yeux écarquillés, Théodore essayait de mettre de l'ordre dans ses pensées. Pourtant, alors que les questions se bousculaient dans son esprit – qu'est-ce qu'Iphis et Octave faisaient là ? Ce garçonnet était-il celui dont Bartholomée lui avait parlé ? –, c'était une terrifiante ribambelle d'images qui le clouait au toit de la roulotte qui avait fendu la foule pour venir à leur rescousse : Natalina qui se balançait au bout d'une corde, la poitrine de Gualbert transpercée par l'acier et la masse humaine qui se refermait sur le corps brisé de Faustine. Mais l'horreur ne s'était pas cantonnée à la place où Bartholomée, Aliaume et lui auraient également dû être exécutés, elle les avait pourchassés jusque dans cette ruelle où un homme, Vulfran comme l'avait appelé Iphis, agonisait le crâne broyé.

L'orpheline et ses compagnons avaient pris des risques insensés pour se porter à leur secours ; ils avaient échappé aux garnisons ducales, avaient fait un pied de nez aussi mémorable que sanglant à Hippolyte, mais c'était l'ombre de Windrasor qui se dressait en travers de leur chemin. Et Théodore, comme Bartholomée, se retrouvait paralysé.

Si seulement Spinello était là...

Heureusement, la couardise de Théodore, qui avait bien vu où sa témérité et sa curiosité maladives l'avaient conduit, n'était pas une faiblesse partagée.

— Vous irez nulle part ! s'exclama soudain le garçon au visage couvert de crasse qu'Octave avait éjecté quelques secondes auparavant.

Juché sur le toit de la voiture, Théodore sentit la tension s'élever d'un cran alors que les aboiements du chien se mêlaient aux hurlements de rage d'Iphis. La bête surexcitée glapissait et tirait sur sa laisse, prête à se ruer sur le malheureux Vulfran.

Ignorant les quatre enfants armés avec un mépris presque palpable, Octave agrippa brutalement les cheveux d'Iphis.

— Ferme-la !

Puis, la fillette sous le bras, il tourna le dos.

— Allons-y.

Mais il n'avait pas vu ce dont était capable la petite troupe. Un projectile s'écrasa dans son dos massif et, ne pouvant retenir un cri de douleur, il fit volte-face. Si le sacrifice de Vulfran l'avait amusé, l'audace suicidaire de ces gamins l'avait mis hors de lui.

— Libérez-la ! intima le garçon qui venait de tirer.

— Vous allez le regretter... menaça Octave.

Le bras droit replié, coude tendu vers ses adversaires pour se protéger le visage, le gardien fit un pas vers ses assaillants tandis que le petit leader cherchait visiblement du regard un autre projectile. Soudain, la chienne fila entre les jambes d'Octave et se précipita vers les garçons. Déséquilibré, le géant ne put parer le boulet de charbon qui le heurta en pleine poitrine. Le souffle coupé, il s'effondra sur son séant.

— Vulfran ! sanglota Iphis toujours retenue par le géant quand le chien se jeta sur le visage ensanglanté du maigrichon.

Le désespoir de la fillette eut l'effet d'un uppercut sur Théodore, mais ce fut de nouveau le garçon au visage souillé qui vint à son secours. Il s'empara brusquement de l'arme d'un de ses camarades et sans relâcher les lanières de la fronde abattit de toutes ses forces la pierre sur le dos du chien. L'attaque fut une réussite et, couinant de douleur, l'animal bondit en arrière et se carapata la queue entre les pattes.

— Croque-Miaou ! s'énerva le garçon potelé qui avait semblé si heureux de voir Iphis. Comment osez-vous lui faire du mal ? Tuez-les !

Stupéfait, Théodore resta bouche bée. Ce n'était pas un ordre donné en l'air !

— Vous allez voir, les merdeux ! menaça l'homme auquel la chienne avait échappé en rejoignant Octave qui s'était relevé.

Il tira subitement un mousquet de sa ceinture, déterminé à en faire usage, mais, touché à la tempe, s'écroula avant même d'avoir pu pointer l'arme vers ses opposants. Les quatre courageux, comme Vulfran un peu plus tôt, se retrouvèrent alors face à Octave.

Leur chef, le dernier encore armé, voulut faire tourner la fronde qui lui avait permis de repousser le molosse, mais il n'en eut pas le temps.

Octave fonçait sur eux en hurlant.

En dépit de l'intrépidité dont ils avaient fait preuve, tous comprirent qu'ils ne survivraient pas à la charge et à la colère de ce forcené. Ils décampèrent en vitesse. Mais dans des directions opposées.

— Pic-Rouille ! cria Iphis alors que le garçon, à la différence de ses compagnons, courait droit sur l'homme enragé.

Le voyou jaillit en avant, tentant de frapper comme il l'avait fait sur la chienne, mais Octave arracha les lanières de cuir de ses mains et l'attrapa par le col en plein vol.

— Lâche-le ! s'époumona Iphis.

Dans leur dos, le petit rondouillard encourageait le géant.

— Je vous hais, les mômes, grogna Octave qui resserra ses doigts autour de la gorge de Pic-Rouille.

Là, c'en était trop ! Théodore devait faire quelque chose. Mais, pour la troisième fois, le garçon et sa bravoure le laissèrent sans voix quand il réalisa que le voyou s'était volontairement jeté dans les bras de l'homme.

Dans un violent réflexe, comme s'il venait d'être piqué par une quelconque guêpe, attirée par les odeurs sucrées de vinasse qui emplissaient la rue, le gardien se débarrassa soudain du dénommé Pic-Rouille qu'il projeta contre un mur.

La piqûre n'avait néanmoins rien d'ordinaire et Théodore fut replongé quelques heures en arrière. Les yeux fous et saisi par la douleur, Octave libéra Iphis qui, sitôt au sol, recula sans lâcher le géant des yeux. Les deux mains plaquées sur sa gorge, l'homme regardait le sang s'échapper à gros bouillons entre ses énormes doigts.

Là où l'incision d'Anastase avait été nette et précise, le garçon n'avait pas fait dans le détail et une large plaie irrégulière déchirait la carotide du gardien.

Théodore n'avait pas besoin d'en voir davantage pour savoir comment cela allait se terminer. Bientôt le caniveau qui coupait la chaussée en son milieu se gorgerait des litres de sang de ce monstre que Théodore n'aurait jamais pensé recroiser un jour.

Octave n'avait toutefois pas dit son dernier mot et, alors que ses forces le quittaient aussi rapidement que son sang, il esquissa un pas en direction du garçon sonné qui l'avait condamné à mort. Aux pieds du voyou, un petit couteau à la lame rouillée s'enorgueillissait du travail accompli. Groggy, l'enfant était sans défense. Il allait le tuer !

Théodore se décida enfin à intervenir. Il avait beau n'avoir jamais eu l'audace de Spinello face au gardien, il sauta de la voiture et fonça sur l'homme, déterminé à le renverser. Pourtant, lorsqu'il le percuta, il eut l'impression de heurter un mur aux joints certes effrités mais qui ne vacillerait pas avant que le dernier morceau de mortier qui maintenait ses briques ensemble ne soit tombé. Tant qu'il resterait une goutte de sang en lui, Octave refuserait l'inéluctabilité de sa mort. Cependant, sa ténacité ne put rien face au coup de boutoir qui le projeta soudain à plusieurs mètres de Pic-Rouille.

— Barth !

La charge du géant venait de sonner le glas pour Octave. Elle marquait la fin de la tourmente pour les pensionnaires de Windrasor qu'il avait traqués sans répit depuis leur fuite de l'orphelinat. Dans un dernier râle, il succomba.

— Non ! gémit Iphis tandis que le dernier homme encore debout la tirait par la manche et tentait de l'éloigner de son ami agonisant auprès duquel elle s'était précipitée.

— Regarde ce que tu as fait ! s'énerva-t-il.

Mais son agacement cachait bien mal la peur qui l'habitait. Cet homme à l'accoutrement ridicule n'était pas une menace ; il se soumettrait avant de recevoir le moindre coup.

Alors, sans hésitation, lui qui avait dû compter une fois de plus sur l'intervention d'un autre, Théodore bondit sur l'homme auquel il décocha un prodigieux coup de pied. La raideur des vêtements que le Duc lui avait offerts et qu'il portait depuis la veille n'atténua pas la violence de l'attaque.

Le type dégarni relâcha aussitôt Iphis et tomba à genoux, les mains sur son entrejambe. En d'autres circonstances, un tel spectacle aurait suscité l'hilarité de l'assistance, mais même le garçonnet qui avait réclamé la mise à mort de Pic-Rouille et de sa bande ne riait pas. Il s'était approché et semblait perdu. Il n'avait pas imaginé que les choses se passeraient ainsi.

— Iphis… bredouilla-t-il.

Une gifle fulgurante l'envoya au sol.

— Maître, couina l'homme que Théodore avait attaqué.

Mais, comme le garçonnet, il récolta ce qu'il avait semé et Iphis, le visage déchiré par le chagrin, lui brisa le nez d'un coup de genou.

Hébété, Théodore l'observait avec fascination. Était-ce bien cette fille qui l'avait si souvent aidé à trouver des ouvrages à dévorer à Windrasor ?

— Il ne faut pas rester là ! paniqua un des camarades de Pic-Rouille qui était revenu sur ses pas.

La bataille n'avait duré que quelques minutes, mais l'écho de la cavalcade lancée à leur poursuite se rapprochait.

— Oui, filons ! rajouta Pic-Rouille.

Il se releva en grimaçant, sans manquer de ramasser cette lame qui lui avait encore sauvé la mise. Il ignora le petit potelé qui se roulait au sol en pleurant et agrippa la rambarde qui permettait de se tracter à la place du conducteur.

— Entre dedans, toi ! ordonna-t-il à Aliaume toujours allongé sur le toit.

— On ne peut pas l'abandonner ! sanglotait Iphis qui caressait le visage ravagé de Vulfran.

L'homme avait succombé à ses blessures, sans un dernier mot.

— On a pas l'temps, Iphis !

Le fracas des sabots s'amplifiait.

— Barth, aide-moi, intervint Théodore qui souleva Vulfran par un bras.

Cela ne servait à rien d'essayer de raisonner Iphis maintenant, ils ne feraient que perdre un temps précieux. Autant agir, et vite.

— Monte, s'il te plaît, ajouta-t-il quand la fillette voulut s'emparer des pieds de Vulfran.

L'orpheline, épuisée mentalement, le fixa un instant puis obéit.

Bartholomée saisit les chevilles de la dépouille et les deux orphelins contournèrent la voiture en silence. Mais, alors qu'ils s'apprêtaient à y monter par la porte tenue ouverte par un des compagnons de Pic-Rouille, le gamin au visage écarlate se précipita soudain dans la roulotte.

Ignorant Aliaume qui s'était faufilé par la petite fenêtre et avait pris place sur la banquette qui occupait le fond du compartiment, il se jeta au milieu des coussins et se recroquevilla, comme pour passer inaperçu.

La tête glissée par le fenestron pour s'assurer que Bartholomée et Théodore s'occupaient bien de son ami, Iphis cracha de colère en voyant l'enfant et tenta de s'introduire à l'intérieur.

Une main la retint.

— Faut y aller. Plus tard, lui dit Pic-Rouille qui, sitôt tous les passagers à bord, secoua les rênes sans obtenir la moindre réaction des chevaux paniqués. Allons-y, s'il te plaît !

Déboussolée, Iphis claqua finalement de la langue et Robuste, Virevoltant et Délicate se mirent en route. Mais tout entrain les avait abandonnés. Ils savaient ce qu'ils transportaient...

7

SPINELLO

A moins que ce ne soit le moment que nous attendions, avança Élias, les yeux plongés dans ceux de Fradik. Je crois que l'heure est venue de rendre visite à ton père...

Un lourd silence s'installa entre les deux amis, comme si l'un et l'autre tentaient de mesurer les implications des propos d'Élias.

Spinello ne voyait vraiment pas ce que le père – que ce mot lui paraissait étrange pour parler du géniteur de Fradik ; les Ignobles formaient-ils réellement des familles ? Faisaient-ils des enfants comme les Hommes ? – de l'Ignoble venait faire ici. L'explication vint néanmoins d'elle-même.

— Araknor, mon père, était à notre tête à Windrasor lorsque... nous sommes partis. Il l'est probablement encore aujourd'hui.

— Et il va nous aider, comme Ern'lak ? intervint Placide, assis auprès de Spinello.

— Ce n'est pas si simple. Disons que nous ne nous sommes pas quittés en très bons termes et qu'il ne porte pas les Hommes dans son cœur, comme la majorité des miens. Ern'lak est... un cas à part.

— Mais sans sa collaboration et celle de tes frères, nous ne pourrons rien faire, ajouta Élias.

Bien qu'égaré dans les brumes de son esprit fatigué, Spinello se remémora ces ruines à travers lesquelles Ern'lak les avait guidés le jour de leur fuite et parmi lesquelles les Ignobles devaient habiter. Combien étaient-ils ? Comment survivaient-ils dans pareil endroit ? Il y avait tant de choses qu'il ne savait pas d'eux... Et pourtant, la réussite de leur plan allait, semblait-il, dépendre de leur bon vouloir.

— Il ne s'opposera à Hippolyte que s'il se sait menacé, que si ce malade rompt ouvertement leur maudit pacte, argumenta Fradik sans masquer son mépris pour cet homme et cet accord dont il parlait.

— Des jours sombres s'annoncent pour les Insaisissables. Le Duc nous accordait un semblant de tolérance. Il n'a jamais lancé de grandes offensives contre nous. Mais j'ai bien peur qu'un tel massacre en guise de début de règne ne fasse qu'accroître le goût du sang de son rejeton. Nous n'avons pas le choix. Nous trouverons les mots justes pour convaincre ton père.

— Allons-y alors ! s'exclama Spinello dont la tête se mit aussitôt à tourner.

Un élancement de douleur en provenance du moignon grossièrement cautérisé par ses compagnons le traversa et il serra les dents. Il ne voulait pas sombrer.

— Ne résiste pas, lui intima Élias. Repose-toi ; je te promets que nous allons tout tenter pour sauver Windrasor. Nous ne resterons pas les bras croisés…

Les bras croisés…

Bien plus tard, Spinello apprendrait à s'amuser de ces ironies lexicales, mais pour l'heure, son esprit était ailleurs. Dans des limbes dangereux où l'attendaient, implacables, des images du carnage à venir.

***

Lorsqu'il reprit connaissance, Spinello fut surpris par l'air frais qui battait contre ses joues et par les secousses qui accompagnaient chaque foulée du cheval d'Élias. D'un bras passé autour de sa taille, l'Insaisissable le maintenait contre lui.

— Élias… chuchota Spinello.

— Tu es réveillé.

— On va à Windrasor ? demanda-t-il d'une voix faiblarde. Tout son organisme luttait.

— Nous en prenons la route, oui. Mais nous devons faire une halte avant. Fradik et toi…

Il se tut soudainement et ralentit à l'approche d'un chêne gigantesque qui coupait la route en deux. Étrangement, les autres arbres, qui enserraient jusqu'alors la piste au point d'arrêter les rayons de la lune, semblaient se tenir à distance dans une sorte de respect sylvestre. Mais, quand Élias commença à contourner le tronc massif du vénérable, Spinello réalisa que la raison était tout autre. Ils ne le respectaient pas. Ils le craignaient…

— L'Arbre aux Morts, commenta sinistrement Élias.

Et il n'y avait pas besoin de chercher bien longtemps pour comprendre d'où lui venait son nom.

Baignés par l'éclat lunaire qui se frayait un chemin dans le chiche feuillage du chêne isolé, des restes de cordes, parfois en partie engloutis par la croissance de l'arbre, témoignaient de l'usage qu'on avait fait de ses imposantes branches.

Une vague de froid se glissa sous les vêtements maculés de sang de Spinello lorsqu'il constata qu'ils n'étaient pas les seuls signes de la fonction du chêne. Abandonnant sa parure de boue, le chemin avait opté pour un ornement à la blancheur sinistre. Un revêtement qui craquait sous les sabots de leurs montures.

— J'espère qu'il sera là, dit Fradik qui chevauchait à présent au côté d'Élias.

Placide était juché devant lui, les yeux fermés, endormi ou cherchant à fuir l'horreur de cet endroit.

— Nous serons bientôt fixés. Maintenant, plus un bruit, nous approchons, répondit Élias qui força son cheval à adopter un pas lent et calme.

Ils délaissèrent l'Arbre aux Morts et la frondaison ne tarda pas à se refermer de plus belle au-dessus d'eux. Ils progressaient à nouveau dans une obscurité quasi totale, mais Élias semblait savoir où il allait. Leur destination se fit rapidement connaître et une première bicoque s'arracha péniblement à la pénombre. Sa façade abîmée, rongée par le temps, se fondait presque avec la forêt qui l'étouffait. Quelques mètres plus loin, la victoire de l'Homme sur la Nature se fit cependant plus nette. Organisé autour d'une place creusée de sillons gorgés d'eau, un groupe de bâtiments brinquebalants se dessinait.

Spinello voulut interroger son héros, mais la tension d'Élias était palpable. Il ne les avait pas intimés au silence pour rien. Où qu'ils soient, ils n'y avaient pas que des amis.

Ils avancèrent aussi discrètement que possible puis firent le tour de la bâtisse la plus imposante, la seule à posséder un étage aménagé sous son épais toit de chaume. À l'arrière, des écuries aux box ouverts sur l'extérieur formaient un L avec le corps du bâtiment. Un grognement les accueillit.

— Rouston, ici, ici, viens, murmura Élias.

Un énorme cabot aussi noir que la nuit apparut soudain devant eux.

— Chut… souffla l'Insaisissable en essayant de calmer son cheval.

Le chien jappa et Élias sauta de sa monture pour caresser la tête de l'animal qui, indifférent à la boue, se laissa tomber sur le dos et tendit son ventre aux poils ras.

Fradik mit pied à terre à son tour et, malgré son état, aida Placide à en faire autant. Comment l'Ignoble pouvait-il avoir récupéré si vite ? Méfiant, il parcourut les alentours du regard et, la longe à la main, entraîna son cheval vers les écuries.

— Élias, chuchota-t-il sur un ton pressé.

L'homme se redressa, tout comme le molosse qui tenta de lui faire la fête.

— Rouston, le gronda-t-il sans hausser la voix.

Bien dressée et suffisamment âgée pour savoir se contenir, la bête parvint à surmonter son excitation. Sa queue n'en battit pas moins l'air quand Élias emboîta le pas de Fradik pour aller attacher son cheval tout au fond de l'écurie, à l'abri des regards indiscrets.

— Allez, viens, dit-il en attrapant Spinello par la taille.

L'orphelin retint un cri lorsque les bras d'Élias se refermèrent autour de lui.

La douleur s'était tout particulièrement propagée à son flanc droit, mais son corps tout entier n'était que souffrance.

— Élias… murmura-t-il en réalisant que son héros comptait le garder dans les bras.

— Chut, le coupa-t-il en l'emportant à l'extérieur.

Rouston toujours sur les talons, ils se dirigèrent vers l'unique porte bancale qui reliait l'arrière-cour au bâtiment.

Élias y tapa doucement, puis, après plusieurs secondes, plus fortement.

Le silence revint et Élias se préparait à frapper de plus belle quand le battant s'écarta subitement. La pointe d'une baïonnette les fixait avec colère.

— Salut, Florimond.

— Élias ! s'étonna l'inconnu au fusil en baissant aussitôt son arme. Entrez vite, entrez.

Il se poussa pour les laisser passer et referma sans attendre la porte qu'il verrouilla avec précipitation.

— Je me demandais qui ça pouvait bien être… poursuivit-il en allumant une lampe à huile.

La lumière envahit brusquement la pièce et, ébloui, Spinello ferma les paupières un court instant. Lorsqu'il les rouvrit, le dénommé Florimond arborait une expression de parfaite stupéfaction.

— Qu'est-ce qui vous…

— C'est une longue histoire, l'interrompit Élias. On a besoin de toi.

— Installez-vous à côté. Je vais réveiller Armance.

Il confia la lampe à Placide auquel il accorda un regard surpris et s'éclipsa.

Les visiteurs nocturnes pénétrèrent dans une vaste remise aux murs couverts d'étagères surchargées dont une large table occupait le centre.

Du bric-à-brac sous lequel croulaient les meubles naissaient des milliers d'ombres hétéroclites que la petite flamme vacillante faisait danser. Ainsi éclairées, les parois de la pièce semblaient fourmiller d'étranges créatures affamées.

D'un simple coup d'œil, il était difficile d'identifier la fonction première de cet endroit. L'usure régulière du plateau central, certains outils et instruments qui y étaient disposés ainsi que les odeurs mêlées qui y planaient en donnaient toutefois une bonne idée. Florimond et sa femme avaient dû passer des centaines d'heures ici à parfaire leurs connaissances en sellerie, à construire et réparer de multiples objets en bois, à coudre et à broder.

Fort heureusement, leurs compétences ne s'arrêtaient pas là :

— Montrez-moi vos blessures ! s'exclama une forte femme en entrant à son tour.

Elle se tourna vers Fradik qui s'était laissé choir sur un tabouret, ses longues jambes étendues devant lui.

— Lui, d'abord, dit-il en indiquant Spinello.

Les grands yeux noisette d'Armance s'écarquillèrent encore davantage en découvrant l'affreuse mutilation dont le garçon avait été victime.

— Pose-le là.

D'un geste du bras, elle déblaya une partie de la table et Élias y coucha Spinello.

Le changement soudain de position fit monter les larmes aux yeux du garçon, mais la douleur ne fut rien comparée à celle qui le parcourut quand Armance manipula son épaule.

— Florimond, va chercher une autre lampe, ordonna-t-elle en s'accaparant la lanterne.

— On a fait ce qu'on a pu... murmura Élias dont la voix trahissait l'incertitude.

— Vous avez bien fait... je n'aurais rien pu faire de plus. Je sais recoudre de banales plaies, mais là... C'est arrivé quand ?

— Hier, dans la nuit.

Armance plongea ses yeux dans ceux de Spinello et lui caressa délicatement le front.

— Tu ne vas pas apprécier, mais je vais devoir nettoyer ta blessure pour la garder propre, l'empêcher de sentir.

L'orphelin avala sa salive et acquiesça timidement.

Placide qui s'était précipité à ses côtés, lui prit la main et la pressa avec force.

— Ça va aller, mec. Pense à la tête d'Asmodée quand il va te voir. Il risque pas de la ramener avec ses dents manquantes...

Spinello voulut rire, mais le premier ricanement s'étrangla dans sa gorge.

— Ne l'agite pas, gronda Armance.

Florimond revint, une lampe dans chaque main.

— Un baquet d'eau, bien chaude ! Et... Non, je pense que je trouverai ici ce qu'il faut pour recoudre Fradik, ajouta-t-elle.

— Occupe-toi du garçon, répéta l'Ignoble quand Armance s'approcha de lui.

— L'eau doit chauffer. En attendant, il faut te déshabiller.

— Pas sûr que tu aies envie de voir ça...

— J'ai déjà soigné des chiens avec les tripes à l'air. Les sangliers ça ne pardonne pas.

Et pourtant, elle ne put retenir un "oh" d'effroi au moment où l'Ignoble écarta une partie de sa cape en lambeaux.

— Voilà ce qu'on fait aux monstres comme moi, soupira Fradik.

Armance prit une grande inspiration.

— Rien que je ne puisse soigner, dit-elle comme pour se donner du courage en s'accroupissant devant l'Ignoble.

Malgré son calvaire, Fradik resta aussi silencieux que lors de ses séances de torture à la prison quand la femme retira, fragment après fragment, l'étoffe que le sang de l'Ignoble avait fait fusionner avec sa chair. Pour nettoyer et refermer ses plaies, elle devait d'abord le peler à vif.

L'odeur du sang ne tarda pas à remplacer toutes celles qui imprégnaient les lieux et Spinello sentit les doigts de Placide se refermer un peu plus fort autour de sa main. Il aurait aimé pouvoir se redresser et le prendre dans ses bras. Mais c'était impossible et pas uniquement à cause de son amputation.

— Tiens, bois ça, lui dit Florimond qui était revenu avec plusieurs chopes remplies d'eau.

L'homme à la barbe clairsemée lui souleva délicatement la tête et porta la chope à ses lèvres.

Spinello accueillit le liquide avec joie et sentit aussitôt une infime partie de son corps se détendre.

— L'eau chaude arrive, ajouta-t-il en jetant un regard inquiet vers Fradik et sa femme. Voilà déjà des linges propres et des ciseaux.

Il fit mine de repartir, mais Élias le retint par la manche et le prit à part. Mais pas suffisamment pour que leurs mots échappent aux deux orphelins.

— J'avais peur que vous ne soyez plus là, avoua-t-il. Ça fait si longtemps. Rouston a bien changé.

— Toi aussi, l'ami. Je suis heureux de vous revoir, même si...

— Les circonstances auraient pu être meilleures.

Florimond hocha la tête.

— Merci pour tout, poursuivit Élias.

— J'ai plus d'une dette envers toi. Tu sais que je ferai tout pour vous aider.

— Je le sais.

Ils échangèrent un regard lourd de sens.

— L'eau... dit simplement Florimond.

Mais Élias le retint une nouvelle fois.

— Ôte-moi juste d'un doute. Tu les as encore ?

Surpris par la question, Florimond souffla, amusé, par le nez.

— En fait, non, tu n'as pas changé d'un poil.

Il ricana puis continua :

— Bien sûr. Ce n'est pas le genre de chose qu'on risque d'égarer.

Il tourna les talons.

Quelques secondes plus tard, il revenait les bras chargés d'un baquet d'où s'élevait un épais nuage de vapeur.

— Ça va aller, répéta Placide.

Mais, conscient de ce qui l'attendait à présent, Spinello avait déjà mis autant de distance que possible avec son corps.

8

IPHIS

Sans l'adrénaline de la course-poursuite et Pic-Rouille qui lui indiquait, paniqué, quelle direction prendre, Iphis aurait certainement capitulé. Elle serait restée dans cette horrible rue où Octave et ses compagnons leur avaient tendu une embuscade, assise à l'avant de la roulotte, le regard dans le vide à attendre que l'on vienne la capturer. Mais, tandis que leurs poursuivants se rapprochaient inexorablement, que les cors d'alarme mettaient la ville sens dessus dessous, l'orpheline parvenait encore à repousser le moment fatidique où le chagrin la submergerait.

— Là, ralentis, just'là, arrête-toi !

C'était un miracle qu'ils aient réussi à progresser sans accident dans le dédale de venelles dans lequel Pic-Rouille les avait guidés et, devant la réaction du petit voyou, Iphis craignit le pire : ils étaient bloqués. Ils allaient devoir abandonner les chevaux, la roulotte et… le corps de Vulfran, pour continuer à pied.

Iphis jeta un coup d'œil inquiet en arrière. Par chance, la rue était déserte et aucune fenêtre ne perçait les façades. C'était un lieu oublié où s'amoncelaient les immondices, un lieu que les soldats ducaux ne tarderaient cependant pas à investir comme tout le reste de la capitale.

Un grincement soudain fit sursauter Iphis et Délicate, dont le flanc droit avait été entaillé dans l'affrontement sur la place, hennit de crainte.

— Fais-les entrer par là ! s'exclama Pic-Rouille qui avait bondi dans la rue.

Il avait comme écarté un pan de mur. Mais, à y regarder de plus près, le portail qu'il venait d'ouvrir n'avait rien de ces passages secrets savamment masqués qui abondaient dans les romans d'aventure qu'Iphis avait lus à Windrasor. Les planches qui en constituaient l'armature avaient été couvertes du même torchis souillé que les murs qui encadraient la porte dérobée et occultaient l'entrée d'un passage voûté. Pourtant, malgré sa simplicité, cette grossière supercherie des Pantouflards allait probablement leur sauver la mise.

— Ça va être juste, remarqua Iphis en commandant à l'attelage apeuré de s'engager dans le sombre tunnel.

Récalcitrant, Robuste piétina sur place, puis céda et s'engouffra avec lenteur à la suite de Pic-Rouille qui tentait de le rassurer.

Forcée d'effectuer un virage particulièrement serré, Iphis crut un instant que la manœuvre serait impossible, mais la roulotte, comme si elle avait été conçue au centimètre près pour ce jour, frôla les murs, craqua, fut secouée par l'irrégularité du sol, puis s'enfonça avec succès sous la longue voûte qui s'étirait sur une vingtaine de mètres, jusqu'à un portail similaire à celui qu'ils venaient de franchir.

À peine les animaux s'immobilisèrent-ils que Pic-Rouille se jetait entre leurs pattes et rampait sous la roulotte pour aller refermer l'accès. Un grincement, plus discret que le précédent, s'éleva et l'obscurité envahit aussitôt le passage. Ils avaient réussi. Ils avaient disparu.

Mais comment Iphis aurait-elle pu s'en réjouir ? Les larmes lui montaient déjà aux yeux.

La voix de Pic-Rouille qui pressait les passagers de sortir par la porte arrière et de le suivre sous la voiture, lui donna le semblant de courage dont elle avait besoin pour tenir, ne serait-ce qu'encore un peu.

Pas avant qu'ils ne soient en sécurité...

Un à un, les enfants s'extirpèrent de sous la roulotte et se regroupèrent devant les chevaux.

Même la pénombre ne parvenait pas à cacher les mines dévastées que certains affichaient.

— Iphis, t'viens ? demanda Pic-Rouille qui s'approcha et lui tendit la main.

Il était peut-être le seul à ne pas s'être laissé affecter par la morosité ambiante. Enfin presque.

— C'est dégoûtant là-dessous, pesta Édouard en émergeant à son tour.

Iphis bondit sur le timon qui séparait Virevoltant et Délicate et sauta à côté du garçonnet qu'elle bouscula sans ménagement.

— Tout est de ta faute !

— Pas maint'nant, Iphis, paniqua Pic-Rouille qui tenta tant bien que mal de l'immobiliser. Peuvent encore nous entendre.

Mais ces mots devaient sortir.

— Je te hais ! beugla-t-elle avant d'exploser en sanglots.

Incrédule, Édouard la fixait les yeux grands ouverts, incapable de concevoir qu'il puisse être le sujet d'une quelconque détestation.

Il aurait voulu rétorquer mais, en dépit du peu de jugeote dont il pouvait faire preuve dans ce genre de situation, il se tut.

— Pic-Rouille, filons, lança un des Pantouflards qui avait eu le courage de participer à cette folle mission.

Il entraîna Édouard vers l'unique porte qui donnait sur le passage couvert.

— Entre là-dedans, ordonna-t-il en le poussant sans ménagement. Vous autres, venez aussi.

Théodore, Bartholomée et le petit blondinet qui les accompagnait obéirent et disparurent à l'intérieur, sans un mot. Il n'y avait rien qu'ils puissent dire pour réconforter Iphis. Quant à l'heure des remerciements et des explications, elle viendrait plus tard.

— Bec-de-Lièvre et moi, on va s'occuper de ton ami, dit un autre Pantouflard, un grand garçon dont le duvet brun ne tarderait pas, à l'entendre, à faire tomber les filles.

— Vulfran, sanglota Iphis que la colère avait brusquement désertée.

L'étreinte de Pic-Rouille se desserra, mais ses bras ne quittèrent pas la jeune fille.

— Vulfran… répéta-t-elle.

— J'suis dés'lé, murmura-t-il, visiblement mal à l'aise.

Il patienta, puis s'écarta doucement.

— On peut pas rester là. On parl'ra de tout ça à Tréfonds, d'accord ?

Iphis acquiesça en réalisant à quel point le sort s'était joué d'elle ces derniers jours. Quelques heures auparavant, elle faisait ses adieux aux Pantouflards presque certaine de ne plus jamais les revoir, convaincue que Vulfran et elle allaient bientôt repartir pour de nouvelles aventures, que plus jamais l'ombre des Fontiairy ne viendrait assombrir sa vie, et voilà où elle en était. Vulfran était mort, Édouard l'avait retrouvée et elle reprenait déjà la direction de Tréfonds.

— Passe devant, indiqua Pic-Rouille.

Sans surprise, la porte donnait sur une volée de marches qui plongeaient sans crainte dans les ténèbres. Les échos des voix des enfants qui les avaient précédés parvinrent à Iphis, mais elle les ignora.

Elle se retourna juste à temps pour voir Bec-de-Lièvre et son compagnon se glisser sous la voiture. Elle devait leur faire confiance.

— Qui va s'occuper des chevaux ? demanda-t-elle.

— Je ferai envoyer quelqu'un, peuvent rester là pour l'moment. Pas idéal, mais trop dang'reux de les déplacer maint'nant.

— Délicate est blessée.

— Quelqu'un s'en occup'ra, fais-moi confiance.

Iphis hocha la tête et descendit dans l'obscurité.

***

— Tu vas ramener des inconnus tous les jours ? protesta un Pantouflard armé qui refusait de les laisser entrer.

— Fais pas chier, Pouille-Crâne. Ouvre-nous et ferme-la, s'énerva Pic-Rouille.

— C'est le bordel là-haut, paraît qu'y a des gardes de partout. Si ça se trouve ce sont des espions, eux là.

Il parcourut la petite troupe d'un œil accusateur.

— Puisque j'te dis qu'sont avec nous !

— Désolé, moi je veux pas de…

Le jeune garde glapit lorsqu'une main se faufila entre les barreaux, l'agrippa par le col et le plaqua violemment contre la grille dont il surveillait l'accès.

— Tu vois mon pote là derrière, menaça Iphis en désignant Bartholomée qui devait baisser la tête pour ne pas toucher le plafond.

Elle resserra son emprise, consciente qu'elle ne pourrait retenir bien longtemps le garçon, de deux ou trois ans son aîné.

— Si tu crois que ta foutue porte va l'empêcher de passer, tu te trompes lourdement. Alors tu nous ouvres tout de suite ou on s'en occupe nous-mêmes.

Iphis, pas plus que les autres, n'en revenait de ce qu'elle était en train de faire. Cela ne lui ressemblait pas… Était-ce la rage qui parlait ? Et pourtant, son coup d'éclat fonctionna.

— C'est bon, capitula le Pantouflard. Mais j'en parlerai au Grand Pantouflard.

— Il sera ravi d't'entendre chouiner, j'en suis sûr, rétorqua Pic-Rouille en franchissant la porte à présent déverrouillée.

Pouille-Crâne grogna et s'écarta pour les laisser passer, un à un.

Bartholomée, qui fermait la marche, précédé d'Édouard, salua le garde d'un petit mouvement innocent de la main et le Pantouflard sut aussitôt qu'il avait été berné. Mais il était trop tard.

Pour la deuxième fois en vingt-quatre heures, Iphis découvrait la vaste nef où avait été bâtie Tréfonds. Le tunnel qu'ils avaient emprunté débouchait néanmoins directement au sein de la cité souterraine et n'offrait pas la vue plongeante avec laquelle Iphis avait pu embrasser toute l'immensité de la ville. Toutefois, comme elle, malgré les péripéties qu'ils venaient de vivre, ses compagnons s'émerveillèrent.

— Bienvenue à Tréfonds, dit Pic-Rouille qui ne leur laissa pas le temps de s'extasier et leur fit signe de le suivre.

Ils passèrent devant la large terrasse où le voyou et Iphis avaient joué aux cartes, puis arrivèrent enfin là où s'était tenu le repas au cours duquel elle avait appris à mieux connaître cette bande d'hurluberlus. Attablés, plusieurs Pantouflards qu'Iphis reconnut, planchaient sur un vieux plan miteux.

— Iphis ? s'étonna le garçon à la peau translucide qui siégeait en leur centre, comme si la fille avait été la seule à faire son apparition.

Il ajusta son écharpe malodorante.

— Pic-Rouille, qu'est-ce qui se passe ? C'est qui, eux ?

— Des amis d'Iphis, commença-t-il.

Puis il lui raconta tout. La panique d'Iphis qui l'avait rattrapé avant qu'il ne regagne les égouts ; le recrutement en vitesse de quelques courageux pour lui prêter main forte ; la mise en œuvre de ce plan suicidaire qui leur avait permis de sauver certains des condamnés ; et l'embuscade dans laquelle ils étaient tombés.

— Vous êtes fous ! s'exclama le Grand Pantouflard qui avait eu du mal à se retenir de couper le récit de Pic-Rouille. Vous auriez dû me consulter ! Vous auriez pu mourir !

Se rendait-il seulement compte que certains, chers à Iphis et à Aliaume, y avaient justement laissé la vie ?

— Si tu dois en vouloir à quelqu'un c'est à moi, intervint Iphis qui avait fait abstraction de la maladresse du Grand Pantouflard.

— Ils vont être recherchés partout ! Ils ont tué le Duc !

— C'est faux ! cria Théodore. J'ai essayé de l'en empêcher...

Tous les regards se tournèrent vers lui.

— J'ai... J'ai pas le temps de tout vous expliquer, continuat-il.

Il fit un pas en avant, s'exposant encore davantage.

— Je ne pourrai jamais vous remercier suffisamment... Iphis, je suis vraiment désolé.

Des larmes perlèrent aux coins de ses yeux.

— Mais nous devons partir au plus vite, tous nos amis sont en danger.

Iphis sentit son cœur, déjà malmené, faire une nouvelle embardée lorsque Théodore plongea ses yeux humides dans les siens.

De qui parlait-il ?

— Hippolyte a promis de raser Windrasor. Il va tuer tout le monde ! Les pensionnaires, les profs, tout le monde, même Razonel ! On doit les prévenir !

— Vous ne pouvez pas partir ! contra Pic-Rouille qui avait compris où Théodore voulait en venir.

Mais Iphis avait vu bien plus loin que le petit voyou. Elle savait. Savait que rien ni personne ne pourrait empêcher Théodore de retourner à Windrasor et que, quoi qu'il ait fait et lui soit arrivé, il ne laisserait pas filer cette opportunité d'agir pour une cause qu'il jugeait de plus grande importance que sa misérable personne. Et il n'était pas le seul.

— On doit partir, annonça Iphis. Il faut qu'on quitte la ville au plus vite.

Les yeux écarquillés, Théodore fondit en larmes.

Un long silence s'installa alors que chacun ruminait ses pensées.

Le Grand Pantouflard fut le premier à le rompre.

— Je pense que j'ai un moyen, souffla-t-il. Mais, d'abord, vous me devez plus d'explications.

PLACIDE

Placide se réveilla en sursaut, trempé de sueur. Il écarta violemment les draps dans lesquels, fourbu, il s'était glissé avec tant de joie dans la nuit, et s'assit au bord du lit. Des bribes de cauchemar le hantaient encore. Tous ces visages ensanglantés… Quirin, Attale, même les petits Venceslas et Séraphin... Pas un seul de ses amis encore à Windrasor n'avait été épargné. Pas même Bartholomée, qu'il aurait tant aimé savoir en vie, mais que ce monde cruel avait probablement emporté lui aussi.

Déterminé à ne pas se laisser submerger par les émotions, Placide secoua la tête et parcourut la pièce du regard.

La veille, Florimond s'était empressé de fermer les volets de son unique fenêtre ; non pas pour préserver un Placide endormi de l'assaut de la lumière du jour, mais pour garder secrète l'arrivée dans la nuit de ses visiteurs.

Les battants en bois n'empêchaient néanmoins pas les rayons du soleil de se diffuser à l'intérieur, se glissant dans chaque interstice avec la force d'une rivière prête à balayer tout barrage que l'on bâtirait en travers de son cours.

La chambre n'avait visiblement pas été habitée depuis des lustres, vraisemblablement depuis l'époque où le nombre de voyageurs et de marchands ambulants avait commencé à décroître. Ce carrefour commercial autrefois bondé avait sombré dans l'oubli et il n'y avait guère plus que l'Arbre aux Morts pour alimenter sa notoriété aujourd'hui. Une chance pour Placide et ses compagnons qui n'auraient jamais pu espérer y passer inaperçus quelques années auparavant. Mais, à l'heure actuelle, alors que Fromir devait remuer terre et ciel pour les retrouver, s'y terrer s'avérait des plus judicieux. Et pourtant, il faudrait bientôt repartir.

Trop éreinté, la veille, il s'était écroulé de fatigue avant de pouvoir profiter du reste d'eau chaude qu'Armance lui avait porté après s'être soigneusement occupée des blessures de Spinello et de Fradik. Tout juste avait-il ôté ses vêtements souillés par les semaines à croupir en prison avant de succomber à l'épuisement.

À présent requinqué, malgré l'horreur du cauchemar qui l'avait arraché au sommeil, il ne pouvait ignorer le baquet qu'Armance avait laissé à sa disposition. Plus aucun nuage de vapeur ne s'en échappait, mais peu importait pourvu qu'il puisse se débarrasser de cette couche de crasse malodorante qui recouvrait sa peau. Il se saisit du linge que leur hôtesse avait placé au bord du bac et le trempa dans le liquide, avant d'apercevoir le petit morceau de savon posé en équilibre sur la poignée. Armance avait pensé à tout. Placide sourit et s'attaqua à l'hideuse carapace qui l'étouffait depuis trop longtemps.

Lorsqu'il eut terminé sa toilette, l'aspect cristallin de l'eau n'était plus qu'un lointain souvenir et le fond du baquet refusait dorénavant de se montrer. Placide, quant à lui, se sentait revivre. Après le confort d'un vrai lit et le bonheur purificateur d'une telle ablution, il ne lui manquait plus que le plaisir d'un repas digne de ce nom, qui lui ferait oublier la consistance pâteuse et répugnante du gruau dont il s'était parfois volontairement privé pour tromper Crassepouille à Straham.

Mais d'abord, il devait voir Spinello, s'assurer que tout allait bien. Nu comme un ver, il se pencha sur le tas nauséabond de vêtements – ces tissus en lambeaux méritaient-ils seulement d'être ainsi qualifiés ? – qu'il avait délaissés au pied du lit et sentit l'embarras le gagner. Il ne pouvait quand même pas les remettre… Non, il ne pouvait s'y résoudre et pas uniquement à cause de leur odeur. Ces habits sur le dos, il avait connu bien trop de malheur et ils allaient avoir besoin de chance dans les jours à venir ; et pas qu'un peu.

Il fit un pas en direction de la porte – Florimond et Armance pourraient sûrement remédier à son problème vestimentaire – puis s'immobilisa, hésitant. Toute sa vie, il avait pris ses bains en groupe à Windrasor et, comme tous les orphelins, n'avait guère de pudeur, mais, ce jour-là, s'afficher ainsi, dans de telles circonstances, lui paraissait particulièrement incongru. Alors, sans réfléchir davantage, il s'approcha du lit, arracha la couverture en laine et s'y emmitoufla.

— Ah, te voilà enfin ! lança Florimond lorsque Placide entra dans une pièce à vivre aux fenêtres calfeutrées par d'épais rideaux.

Élias et Fradik qui, jusque-là, discutaient assis face à face sur des chaises dont l'élégance tranchait avec le reste du mobilier, se turent, l'air surpris, en le voyant débarquer dans cet accoutrement improvisé. Eux aussi semblaient avoir repris du poil de la bête, quoique les gestes de l'Ignoble restassent erratiques et hésitants. Mais qu'il se tienne et bouge ainsi relevait déjà du miracle. Les soins d'Armance, qui avait vaillamment recousu les plaies parfois béantes de Fradik la veille, avaient fait des merveilles.

Justement, la femme, que l'exclamation de son mari avait interpellée, pénétra à son tour dans la pièce. Un petit rire s'échappa de ses lèvres fines quand elle aperçut Placide.

— Viens avec moi, lui dit-elle en lui faisant signe de la suivre.

L'orphelin obéit, mais ne put détourner ses yeux d'Élias. De cet homme, il ne savait pas grand-chose, voire rien ; si ce n'était qu'il avait réussi à gagner la confiance de Spinello. L'avait-il mal jugé après leur édifiante rencontre au *"Bouillon du Félin"* ? Pourtant, en entrant à la suite d'Armance dans une pièce attenante où Spinello se reposait, Placide sentit à nouveau la rancœur qu'il avait éprouvée à son égard l'envahir.

Élias avait beau les avoir sauvés, il n'avait pas hésité à envoyer Spinello seul au cœur de la prison. Disposait-il toujours ainsi de ceux qu'il appelait ses amis ?

Pour l'heure, Placide préférait garder ses réserves pour lui.

— Eh ! dit-il en s'asseyant au bord de la banquette où son copain avait été installé pour passer la nuit.

Spinello ouvrit les yeux et sourit.

— Tu sens bon, ça change, plaisanta-t-il.

— Toi aussi, constata Placide en réalisant qu'Armance avait pris soin de Spinello avant de le coucher. Elle l'avait sans doute veillé toute la nuit.

— Tu te sens mieux ? hasarda-t-il.

— Comme quelqu'un qui a perdu un bras... souffla Spinello. Mais, oui, ça va. J'ai pas le choix, il faut qu'on...

— Voilà ce que j'ai trouvé pour vous, le coupa Armance, les bras chargés d'une pile de linge qu'elle déposa aux pieds de Spinello.

Elle déplia une tunique qu'elle contempla un instant, un air de nostalgie sur le visage.

— Nos garçons, ça fait longtemps qu'ils sont partis, vous savez. En tout cas, je suis bien contente d'avoir gardé tout cela.

Puis, s'adressant à Placide :

— Lève-toi pour voir.

Elle maintint le vêtement devant le garçon et hocha la tête.

— Tiens, habille-toi, lui dit-elle en lui tendant d'autres habits. Ça devrait faire l'affaire.

Placide la remercia du plus profond de son cœur pour tout ce qu'elle avait fait pour eux et lui tourna le dos pour enfiler sa nouvelle tenue. Une odeur de renfermé s'en dégageait, mais cela ne minimisa en rien son bonheur.

— Tu dois avoir faim, commença-t-elle avant qu'Élias n'apparaisse dans l'encadrement de la porte et ne l'interrompe.

— Nous allons partir.

Non, pas déjà !

Mais Placide l'avait su dès son réveil. La route les attendait.

Rien n'empêcherait Spinello de se porter au secours de ses amis, et où qu'il aille, il irait.

Confirmant ses pensées, l'orphelin blessé se redressa péniblement et fit mine de sortir du lit.

— Non, pas vous, ajouta Élias.

Spinello voulut intervenir mais l'homme le fit taire d'un signe.

— Pendant que Fradik et moi nous rendrons à l'orphelinat, Florimond ira chercher des renforts au camp.

— Mais ils n'arriveront jamais à temps. Vous allez avoir besoin de nous ! protesta Spinello.

— Le fils du Duc est un homme fier et... étrange. Il est sûrement déjà en chemin, mais il ne voyagera pas à bride abattue. Il a besoin de son petit confort et cela le retardera. Je connais les Miens en revanche et sois certain qu'ils feront tout pour nous rejoindre au plus vite si jamais nous devons nous battre.

Placide avait du mal à envisager une autre possibilité.

À deux, ils ne pourraient rien contre les gardiens de l'orphelinat. Et ils n'étaient pas assurés de trouver une quelconque assistance du côté du père de Fradik. Et tout cela, Spinello le savait très bien lui aussi. Il ne comptait pas négocier.

— Tu as vu ce dont j'étais capable, le provoqua-t-il en rappelant à Élias les responsabilités qu'il lui avait confiées à Straham.

— Et, par ma faute, tu es gravement blessé, déplora l'Insaisissable.

— Je ne supporterais pas que cela arrive à mes amis à Windrasor. Vous allez m'enfermer, me ligoter peut-être pour m'empêcher de venir ?

Sous les yeux médusés d'Armance qui n'osait s'immiscer dans la conversation, Spinello se leva, se moquant quant à lui entièrement de sa nudité.

Tous fixaient sa blessure.

— On vient ! s'exclama-t-il en tentant maladroitement d'enfiler ses vêtements.

— J'aurai essayé, capitula Élias avec néanmoins une certaine fierté dans le regard.

Cela lui plaît, songea Placide avec amertume.

— Ce n'est pas une bonne idée, intervint Armance qui invita Spinello à se recoucher.

— Ma décision est prise. On n'a pas le choix, dit-il tandis que Placide l'aidait à mettre ses bas.

— Vous avez intérêt à vous en sortir, après tout le mal que je me suis donné, gronda-t-elle avant de tourner les talons.

Agacée, elle bouscula Élias qui se tenait toujours dans l'encadrement de la porte et s'éloigna.

— Attendez au moins d'avoir mangé avant de déguerpir ! lança-t-elle par-dessus son épaule.

— Je l'adore, admit Élias qui rit de bon cœur.

Placide aurait aimé en faire autant, mais il savait que tout ne se passerait pas comme prévu. Rien ne se passait jamais comme prévu. Et, pourtant, il se sentait lui aussi prêt à s'engager dans ce défi insensé.

— Quand partons-nous ? demanda-t-il.

— Tu l'as entendu comme moi. Après avoir avalé quelque chose.

Placide ricana bien malgré lui.

10

THÉODORE

Je vois, conclut celui qui se faisait appeler le Grand Pantouflard et qui avait réussi à convaincre Théodore de tout lui raconter en détail malgré l'urgence de la situation.

Cela n'aurait de toute façon servi à rien de foncer tête baissée dans la gueule du loup ; Théodore en avait parfaitement conscience. La ville était sens dessus dessous et des dizaines de patrouilles la quadrillaient, exploitaient toute information sur les fugitifs et fouillaient habitation après habitation. Les fuyards n'auraient pas fait vingt mètres avant d'être repérés.

L'orphelin fit un pas en retrait, désireux de s'affranchir de toute l'attention qu'il avait attirée sur lui, mais ses yeux croisèrent ceux d'Iphis et il fut frappé par le poids du chagrin qui pesait sur les frêles épaules de la petite bibliothécaire. Sans qu'il ne s'explique comment, ni pourquoi, elle était venue à leur secours et son ami, que ce monstre d'Octave avait massacré, y avait laissé la vie. Et voilà que, sitôt en sécurité dans cette étrange cité souterraine, il alourdissait encore le fardeau de la fillette. Était-il lui aussi devenu un monstre ?

Honteux, Théodore baissa le regard et attendit qu'un autre prenne le relais.

— Quelle histoire… ajouta le curieux adolescent qui semblait diriger cet endroit que le petit voyou avait nommé Tréfonds.

Il se tourna vers Théodore, Bartholomée et Iphis.

— Vous pensez vraiment qu'il était sérieux ? Qu'il va se rendre à l'orphelinat pour tous les tuer ?

Théodore s'était lui aussi posé ces questions que le bon sens dictait en effet de soulever ; mais quiconque avait un jour rencontré Hippolyte pouvait y répondre sans mal. Théodore aurait tout donné pour que ce ne soit que des paroles en l'air, que l'écho d'une colère et d'une tristesse bien réelles. Mais il était prêt à parier sa vie que le fils du Duc – le nouveau Duc après son intronisation officielle – agirait comme il l'avait promis.

Sans l'intervention miraculeuse d'Iphis et de ses amis ce matin, il serait mort. Une seconde chance lui avait été offerte. Alors, il ne faillirait pas une nouvelle fois.

— Il a tué Natalina, Faustine et Gualbert ! Des innocents ! cria Aliaume qui n'avait pas vraiment de raison d'abonder dans le sens de Théodore mais qui, comme les autres rescapés, avait depuis longtemps forgé une véritable haine à l'encontre de ce sinistre personnage.

— Oui, il n'hésitera pas, renchérit Théodore. Nous devons partir au plus vite.

— En effet, concéda le Grand Pantouflard. Le plus tôt sera le mieux.

Il se pencha vers son voisin de table et murmura à son oreille. Ce dernier hocha la tête, s'extirpa du banc sur lequel ses camarades et lui étaient installés et il bondit tel un chat, avant de disparaître dans les dédales de Tréfonds.

— Comme je vous le disais, je crois savoir comment vous faire quitter la ville, mais ça ne sera pas facile et je ne souhaite pas mettre de Pantouflards en danger.

Iphis voulut intervenir, pour le remercier ou lui demander des précisions peut-être ; personne ne le saurait jamais. Ses lèvres se figèrent et son regard s'assombrit un peu plus.

Sans prévenir, elle courut vers les deux garçons qui venaient d'apparaître avec leur triste chargement.

Le gamin potelé qui, plus tôt, avait ordonné la mise à mort de Pic-Rouille et de ses compagnons, se lança après elle, mais stoppa à quelques mètres de l'orpheline, comme si une barrière invisible l'empêchait d'approcher davantage. Ou bien se montrait-il raisonnable. Un qualificatif que Théodore, même s'il ne le connaissait pas encore, avait déjà bien du mal à lui attribuer.

Il avait vu de quelle manière Iphis avait cloué le bec au Pantouflard qui avait d'abord refusé de les laisser entrer à Tréfonds. Comment réussissait-elle à se contenir, à ne pas se jeter sur lui et à terminer ce qu'elle avait commencé en le giflant ?

— L'ont tué. Pas bien, dit Bartholomée, au côté de Théodore. Nous toujours vivants.

Il sourit.

— Aider les copains, maintenant.

— Oui, Barth. On va les aider.

Cet éclat d'innocence que Théodore n'aurait plus imaginé voir briller chez son ami, lui redonna un semblant d'espoir. Ils devaient se serrer les coudes et peut-être y parviendraient-ils. Ensemble.

Hésitant, il esquissa un pas vers Iphis, en larmes, la tête posée sur le torse sans vie du courageux maigrichon, mais s'arrêta quand Pic-Rouille le dépassa en trombe.

Le petit voyou s'accroupit auprès d'Iphis et tenta de la consoler.

Théodore n'entendait pas ce qu'il lui disait, mais l'orpheline ne tarda pas à plonger son visage dans le creux du cou du jeune Pantouflard. Il n'y avait qu'à voir l'état dans lequel elle se trouvait pour se convaincre qu'elle entretiendrait des remords toute sa vie... Elle regretterait de les avoir sauvés et Théodore ne pouvait rien y faire, si ce n'était s'évertuer à rendre sa peine aussi supportable que possible et sauver les pensionnaires de Windrasor, ou du moins s'y essayer.

Théodore soupira et, suivi de Bartholomée et d'Aliaume qui ne le lâchaient plus d'une semelle depuis leur arrivée à Tréfonds, rejoignit le garçonnet qui sautillait d'un pied sur l'autre, visiblement prêt à se précipiter sur Iphis. Mais la présence du voyou qui avait terrassé Octave ne l'y incitait guère.

— Comment tu t'appelles ? lui demanda Théodore même s'il le savait déjà.

Il n'en doutait plus : ce gamin était celui dont Bartholomée lui avait brièvement parlé au cours de leur voyage vers la capitale ; l'enfant des aristocrates qui avaient adopté Iphis et chez lesquels Bartholomée avait été séparé de Spinello, Placide, Asmodée et Anselme.

Le bambin tourna un regard désinvolte vers lui.

— Édouard de Fontiairy. Fils de Monsieur et Madame les marquis de Fontiairy, confirma-t-il sans s'enquérir en retour du prénom de son interlocuteur.

Cela ne l'intéressait pas.

— Tu connais Iphis ? insista Théodore qui là aussi pouvait anticiper la réponse, mais qui voulait surtout en apprendre plus sur ceux qui avaient fait virer la mission de secours miracle d'Iphis et de ses amis au cauchemar.

— C'est ma copine. Père et Mère me l'ont offerte.

Me l'ont offerte !

— Elle s'est enfuie quand…

Il fronça les sourcils en fixant Bartholomée, comme s'il le reconnaissait enfin.

— Ses copains ont mis le bazar à la maison !

— Placide rien fait, gronda Bartholomée.

— Si c'est vraiment ta copine, tu aurais dû la laisser partir, intervint Théodore.

— Mais elle est à moi ! se scandalisa-t-il.

Par chance, Iphis, Pic-Rouille et les deux garçons qui portaient le cadavre de Vulfran s'étaient éloignés. Théodore n'aurait pas donné cher de la peau du garçonnet si Iphis l'avait entendu.

— C'est une personne, elle ne peut pas t'appartenir, contra-t-il.

Autant argumenter avec un mur.

— On me l'a donnée pour qu'elle soit ma copine. Et puis arrête de m'importuner ou…

Il se tut. Venait-il seulement de réaliser que, là où il était, nul ne lui viendrait en aide ?

— Tu as vu ce qu'ils ont fait à tes gardes du corps, en profita Théodore. Tu ferais mieux d'être bien sage, si tu veux pas de problèmes.

— Si tu veux pas de problèmes, répéta Bartholomée.

— Vous n'oseriez pas… siffla Édouard en bombant le torse.

Il suffit à Aliaume de lever la main pour lui rappeler la correction qu'Iphis avait commencé à lui infliger. Elle pouvait très bien reprendre, ici et maintenant.

Quelqu'un se racla la gorge dans leur dos.

— Le Grand Pantouflard m'a demandé de vous trouver un endroit pour vous reposer, dit la fillette aux cheveux ébouriffés qui s'était manifestée.

À cette simple idée, Théodore sentit la fatigue l'envahir, une fatigue autant physique que psychologique.

— Elle est où Iphis ? s'inquiéta soudain Édouard.

La fille au visage aussi sale que celui de Pic-Rouille l'ignora et leur fit signe de la suivre.

Ils obéirent.

*****

Lorsque Théodore se réveilla, il n'avait aucun moyen de connaître l'heure qu'il était. La gorge et les yeux lui piquaient affreusement, mais ses muscles s'étaient enfin détendus.

À ses côtés, dans le baraquement où on les avait menés, Aliaume et Bartholomée dormaient toujours. Des autres − Iphis et Édouard en tête − il n'y avait aucune trace.

Pourvu qu'il ne se soit pas enfui et n'ait pas prévenu ses affreux comparses, songea-t-il en se remémorant la violente attaque des hommes qui accompagnaient Édouard.

Mais comment un tel gamin aurait-il pu passer inaperçu et retrouver la sortie ? Théodore n'avait pas vraiment de raison de s'inquiéter. Néanmoins, incapable de se rendormir, il gagna la terrasse à l'avant de la cabane.

Partout, torches, lampes et braseros s'efforçaient de tirer la sinistre cité de l'obscurité de la nef où elle avait été bâtie. Visiblement, l'agitation qui remuait la surface s'était propagée à Tréfonds et la nouvelle de leur arrivée avait déjà fait le tour de ses habitants.

En contrebas de la plateforme du haut de laquelle Théodore observait la ville, un petit groupe de Pantouflards s'était réuni et discutait en le pointant régulièrement du doigt.

L'orphelin avait bien une idée de ce qu'ils racontaient.

Si vous saviez la vérité, vous seriez bien déçus…

Les pensées les plus sombres recommençaient à l'assaillir et il craignait à présent de ne plus être en mesure de les esquiver. Il devait s'occuper, faire n'importe quoi, au risque d'y succomber.

Tandis que dans son dos, les respirations parfois saccadées de ses camarades trahissaient l'agitation de leurs rêves, Théodore s'appuya à la rambarde, le regard perdu dans le vide. Ici, il n'y avait rien qu'il puisse faire. Il était condamné à patienter.

— Théodore, le fit soudain sursauter une voix affaiblie d'avoir trop pleuré.

Il ne l'avait pas entendue monter.

— C'est l'heure, annonça Pic-Rouille en se hissant sur la terrasse à son tour.

— L'heure ? le questionna-t-il.

— Le Grand Pantouflard a bien réfléchi, il veut qu'vous partiez tout d'suite.

— Je l'ai convaincu, ajouta Iphis. Hippolyte nous cherche partout dans la capitale. On doit en profiter pour prendre de l'avance. Sinon on n'arrivera jamais à temps.

Théodore n'en aurait attendu pas moins de la Iphis débrouillarde qu'il avait connue à Windrasor.

— On n'a pas une minute à perdre alors, dit-il en tâchant de cacher son malaise.

La rougeur des yeux d'Iphis lui crevait le cœur.

— Je vais réveiller Bartholomée, continua-t-il.

Il s'approcha de l'encadrement et se retourna.

— Vous savez où est Édouard ?

Les mâchoires de l'orpheline se resserrèrent ostensiblement.

— En bas, il attend, répondit le voyou.

— On devrait l'abandonner dans… commença Iphis.

— On en a disc'té, Iphis. On peut pas faire ça, la coupa Pic-Rouille qui apparemment ne tenait pas rigueur au garçonnet d'avoir exigé sa mort.

— Il le mériterait… souffla-t-elle, battue.

Théodore comprit alors ce que cela signifiait.

— Il vient avec nous ?

L'expression d'Iphis fut la seule réponse dont il avait besoin.

— Moi aussi, le surprit Aliaume dont le visage trahissait les restes de fatigue.

Théodore voulut l'en dissuader ; il n'en eut pas l'occasion.

— Je sais que ce sera dangereux, mais je ne peux pas rester dans cette ville. Peut-être que je trouverai… je sais pas… un endroit, quelqu'un pour s'occuper de moi en chemin.

À ces mots, Iphis quitta la plateforme avec précipitation.

— Elle s'en remettra, dit Pic-Rouille. Elle est bien plus forte que nous tous. Bon, réveillez votre ami, le Grand Pantou-flard n'aime pas attendre.

Et ainsi, cinq minutes plus tard, les trois orphelins, Aliaume et Édouard étaient prêts à fuir la ville.

— Surtout ne vous dispersez pas, vous auriez tôt fait de vous égarer, expliqua Feule-Chat. Restez vigilants et avancez en silence. Pic-Rouille fermera la marche.

— On va retourner dans ces… voulut se plaindre Édouard.

Imitant à la perfection l'animal dont il tirait son nom, leur futur guide qui ne devait guère avoir plus de deux ans qu'Édouard, cracha sans le lâcher des yeux. Boudeur, le gar-çon lui tourna le dos et s'éloigna du groupe, les bras croisés.

Ce fut Iphis qui initia les adieux.

— Encore merci pour tout ce que vous avez fait pour nous. Rien ne vous obligeait à aider des inconnus comme nous, mais vous l'avez fait.

— Nous n'aidons que ceux qui le méritent, trancha le Grand Pantouflard. Et je suis heureux d'avoir fait ta connais-sance. Nous nous reverrons.

Si Théodore avait prononcé ces derniers mots, il savait qu'ils auraient sonné comme un odieux mensonge et, pourtant, dans la bouche de l'adolescent, ils avaient quelque chose d'étrange, de quasi mystique. Tour à tour, Iphis enlaça les garçons qui avaient accompagné Pic-Rouille lors de leur mission suicide, Noire-Suie et le Grand Pantouflard lui-même.

— Je n'oublierai jamais ce que vous avez fait non plus, avoua finalement Théodore.

Les Pantouflards hochèrent la tête.

— Bon courage ! Ce soir nous boirons à votre santé ! lança Bec-de-Lièvre.

Des rires parcoururent une partie de l'assemblée, mais l'allégresse du Pantouflard n'atteignit aucun des fuyards. Pour eux, la soirée allait être longue.

— On y va, ordonna Feule-Chat qui prit la tête de la procession.

— Allez, Barth, dit Théodore en lui saisissant la main.

Ensemble, ils quittèrent cette singulière cité qui, le temps de quelques heures, leur avait offert calme et sécurité sans rien demander en échange.

Feule-Chat les conduisit d'abord dans des galeries où tous, sauf Bartholomée, pouvaient progresser sans le moindre mal, ou presque. Il y avait toujours une flaque ou un ruisseau nauséabond à enjamber, des familles de rats à esquiver et des toiles d'araignées à écarter. Très vite, Théodore réalisa que Feule-Chat les menait dans des passages dont seuls de rares Pantouflards devaient connaître les issues. Personne ne s'y aventurait jamais, mais pour traverser la ville sans regagner la surface, bien trop dangereuse et où un couvre-feu avait été ordonné – comme le leur avait rapporté leur guide –, ils n'avaient guère le choix.

L'inquiétude avait pris le pas sur le comportement ronchon d'Édouard – les menaces de Feule-Chat de le laisser en pâture aux rats s'il continuait à gémir dès qu'il en apercevait un n'y étaient d'ailleurs pas étrangères – et le groupe progressa lentement mais sûrement. Sans protestations.

— On y est presque, indiqua leur guide après plus d'une heure à se faufiler à l'unique lumière des lampes que Pic-Rouille et lui avaient apportées.

Théodore se sentait éreinté, mais un seul coup d'œil à Bartholomée qui avait dû ramper bien plus souvent qu'eux et s'était cogné un nombre incalculable de fois la tête, suffisait à lui rappeler que, comme Édouard, il n'était pas en droit de se plaindre.

Une cinquantaine de mètres plus loin, Feule-Chat s'immobilisa, plaqua un doigt contre sa bouche pour leur faire comprendre de se taire puis éteignit sa lampe à huile. Une tache claire et circulaire apparut aussitôt sur la paroi du tunnel à quelques pas de là où ils s'étaient arrêtés.

Voilà notre issue, songea Théodore en oscillant entre soulagement et préoccupation.

On ne leur avait pas dit où Feule-Chat les mènerait et l'orphelin sentait le doute revenir à la charge.

Il emboîta malgré tout le pas à Édouard qui le précédait et tourna dans la galerie perpendiculaire que la lumière des étoiles tentait péniblement d'arracher à l'obscurité.

Il l'entendit alors. Le bruit de l'eau. Ce clapotis puissant qui lui avait échappé jusque-là.

Surpris, il rejoignit Feule-Chat qui lui indiqua, sans un mot, la barque amarrée devant la bouche du conduit dans lequel ils se tenaient. Seule une paire de rames y attendait pour leur prêter main forte.

SPINELLO

Quelques jours plus tard.

Même sous la torture, Spinello n'aurait jamais reconnu à quel point ce voyage le faisait souffrir. Alors, mètre après mètre, kilomètre après kilomètre, il serrait les dents et s'efforçait d'oublier sa douleur. Il aurait tout le loisir de se reposer et de guérir lorsque ses amis et les autres pensionnaires de Windrasor seraient tirés d'affaire. Mais, pour l'heure, il devait tenir bon et se concentrer sur ce qui l'attendait.

Si on lui avait dit, des semaines auparavant, alors que ses compagnons et lui peinaient à survivre dans les bois et tentaient de semer leurs poursuivants, qu'il reprendrait un jour, de son plein gré et avec une telle détermination, la route de l'orphelinat, il n'en aurait pas cru un traître mot. Mais la vie en avait décidé de la sorte et chaque minute, chaque seconde, les rapprochait de leur destination.

Malgré la douleur cuisante qui irradiait de son épaule jusque dans son cou, il pivota doucement la tête et scruta le visage fermé d'Élias.

Depuis leur départ de chez Armance et Florimond, les fugitifs n'avaient guère échangé que quelques mots. Non seulement le danger rôdait – au détour de chaque virage, des soldats ducaux pouvaient surgir –, mais chacun semblait également mener sa propre bataille intérieure.

Les yeux de nouveau tournés vers la piste, Spinello se demandait quelles idées accaparaient son héros. Éprouvait-il lui aussi cette honte tenace, ce sentiment d'hypocrisie qui l'avait submergé dès l'instant où il avait décidé que rien ne l'empêcherait de porter secours à tous les orphelins de

Windrasor alors même qu'il les avait abandonnés, sans intention de revenir, le jour où ses amis et lui s'étaient enfuis de l'orphelinat ? Car il ne devait pas se mentir : la nuit de leur départ, il savait parfaitement ce que réservait l'avenir à la vaste majorité des pensionnaires ; il l'avait su dès le moment où il avait quitté la nurserie à Windrasor pour rejoindre les Grands.

Ainsi, tandis qu'il aurait joui de sa liberté, combien d'entre eux auraient été envoyés à la guerre pour y servir de chair à canon bon marché ? Et que dire de la dizaine – de la quinzaine peut-être ? – de miraculés qui auraient été adoptés avant d'atteindre l'âge fatidique ? Auraient-ils eux aussi eu le bonheur de faire partie d'une famille aussi aimante que celle qui avait recueilli Iphis ?

Spinello soupira en se remémorant le visage ravagé de la fillette qu'il avait aperçu le jour où Bartholomée n'en avait fait qu'à sa tête et s'était jeté dans la gueule du loup.

Lorsqu'il avait compris qu'il allait devoir s'échapper de l'orphelinat, au risque d'y être assassiné, il s'était montré égoïste et s'était laissé contaminer par un pragmatisme et une logique qui lui avaient dicté d'accepter son impuissance et lui avaient ordonné de fuir et de tenter de vivre sa vie loin de l'ombre de Windrasor.

Il avait fallu que la menace d'une mort plus imminente encore que l'horreur d'un envoi au front ou que celle d'un meurtre pour d'obscures raisons, soit dirigée vers ces orphelins qu'il considérait pour certains comme des frères, pour qu'il prenne réellement conscience de sa lâcheté et de son hypocrisie. Mais, à présent, même s'il devait y perdre la vie, il ne reculerait plus.

Chacun de ses actes clamerait haut et fort qu'il n'avait pas oublié sa famille, qu'il ne lui avait pas tourné le dos et, surtout, que jamais il ne capitulerait face à ce système injuste sur lequel Windrasor avait bâti sa réputation. Et si Élias partageait sa détermination, lui qui, des années auparavant, avait vraisemblablement abandonné des amis avec autant d'amertume que Spinello, rien ne pourrait les arrêter ; pas même cet Hippolyte, le nouveau Duc, dont les Insaisissables avaient brossé le plus horrible des portraits.

Épuisés, tout comme leurs montures pour qui les pauses avaient été trop peu nombreuses, les fugitifs passèrent une autre nuit à la belle étoile, sans même oser allumer un feu. Ils avaient déjà suffisamment nargué le sort le soir où une lame chauffée à blanc dans les braises d'un foyer dressé en urgence avait sauvé la vie de Spinello.

Alors, ils grelottèrent, conscients que le risque n'était plus uniquement de se faire attraper, mais de condamner tous les pensionnaires qu'ils s'étaient jurés de sauver. Trop de vies dépendaient d'eux et le temps pressait.

Malgré la fatigue, ils reprirent leur route au petit matin et, s'enfonçant dans les fourrés au moindre son de voix ou de sabots en approche, continuèrent sans jamais se retourner.

Plusieurs jours se succédèrent et, en dépit des circonstances défavorables à sa convalescence, Spinello commença à accepter l'idée qu'il finirait par s'habituer à la perte de son bras. Parfois même, son esprit dérivait et il s'imaginait vieillir avec ce membre en moins – vieillir, quelle idée incongrue –, mais, dès que l'horizon se dégageait, il revenait au présent et plongeait le regard aussi loin que possible à la recherche des pics rocheux de l'orphelinat. Néanmoins, dans un étrange jeu du chat et de la souris, ils n'apparurent jamais, pas plus que les terribles volutes de fumée que le garçon craignait d'apercevoir à tout instant dans le ciel. Et pourtant, ils approchaient – Spinello le sentait au plus profond de lui – et si Windrasor ne brûlait pas encore, alors ils pouvaient encore arriver avant le massacre.

Leur périple ne tarda d'ailleurs pas à prendre des airs de voyage dans le temps pour Spinello et Placide. Et, tandis que les heures s'obstinaient à défiler avec cette lenteur accablante pour quiconque se sait dans l'urgence, le soleil amorça enfin sa courbe descendante et flirta bientôt avec la cime des grands pins qui peuplaient les environs.

— Nous allons devoir contourner Launkeston, indiqua Élias, rompant le silence prolongé dans lequel s'étaient murés les voyageurs depuis plusieurs kilomètres.

À l'évocation de la bourgade où une partie de leurs malheurs avait débuté et où Octave avait failli les capturer, Spinello ne put s'empêcher de penser à Barnabé, cet homme étrange qui leur était venu en aide sans les connaître. Cet homme qui...

Un simple regard vers Placide lui confirma que son ami avait eu la même idée que lui.

— Je sais où nous pouvons passer la nuit en sécurité, annonça Spinello.

Les quatre fuyards plongèrent à nouveau au cœur de la forêt, évitèrent avec prudence la ville, pour finalement émerger des bois là où de longues colonnes de wagons abandonnés étaient alignées.

Bizarrement, le spectacle de ces bêtes d'acier, terrassées par des décennies sans merci et la rouille, fit remonter en Spinello des sentiments bien différents de ceux qui l'avaient envahi quand il avait posé les yeux sur ce cimetière de métal pour la première fois. Cet appel au voyage dont les compartiments avaient résonné avait disparu. Il ne restait que les tristes spectres d'un passé pourtant pas si lointain pour errer en ces lieux d'oubli. La vue du wagon de Barnabé lui comprima davantage le cœur.

Les planches qui protégeaient les fenêtres étaient cassées en de nombreux endroits et pendaient mollement au bout de clous rouillés qui, bientôt, rendraient l'âme à leur tour. Les vitres qui avaient survécu au saccage du temps avaient trépassé et gisaient, brisées en mille morceaux. Même la porte du compartiment, au sein duquel l'homme les avait accueillis avec tant de gentillesse, était ouverte.

— C'est là, souffla Spinello.

— Je pense qu'on peut laisser les chevaux ici, dit Fradik qui descendit de sa monture en grimaçant avant d'aider Placide à mettre pied à terre.

Silencieux, un air nostalgique sur le visage, Élias en fit autant avec Spinello, attacha son cheval à l'échelle qui permettait de grimper sur le toit du wagon, puis se dirigea vers l'entrée de la planque de Barnabé dans laquelle il glissa la tête.

— C'est une bonne idée, Spinello, mais peut-être devrions-nous dormir dans une autre… commença-t-il en se détournant vivement.

Mais, à peine eut-il quitté le marchepied que Spinello se hissait à grand mal à sa place. Là, sur la seule portion du sol encore éclairée par les rayons de lumière qui s'engouffraient par les plaies laissées béantes par l'inspecteur Melchior et ses hommes, comme si le soleil avait voulu s'assurer que Spinello mesure toute l'étendue des conséquences de leur rencontre avec Barnabé, une large tache rougeâtre l'attendait. Pire, elle le fixait, le jugeait.

L'orphelin, incapable de détacher son regard de la flaque de sang séché, se mordit la lèvre et entra.

— Spinello, c'est pas la…

— Barnabé nous a accueillis à bras ouverts, se contenta-t-il de répondre.

Il soupira. Si ses amis et lui avaient choisi une autre voiture, et il n'en manquait pas, ils n'auraient sans doute jamais troublé le quotidien de Barnabé. L'homme serait toujours en vie… et Octave, ou cet inspecteur que le gardien avait mis à mort, les aurait attrapés…

— Non, dormons ici, ajouta-t-il, bien conscient de tout ce qu'ils devaient à Barnabé.

Le garçon évita la sinistre tache, s'avança vers l'amas d'étoffes au fond du compartiment, là où un groupe de rongeurs, sûrement ceux qui avaient dévoré toutes les provisions de l'ancien résident, avait visiblement décidé de nicher, et y préleva une couverture d'un vert pâle. Maladroitement, encore loin d'être habitué à l'absence de son bras droit, il la déplia au-dessus du sang séché.

Je ne t'oublie pas Barnabé, je te le promets, mais Placide n'a pas besoin de voir ça.

Ceci fait, ils investirent les quartiers de celui qui, comme Spinello ne tarda pas à l'apprendre, avait fait partie des Insaisissables des années durant.

— Le frère d'Ambroise ! s'étonna-t-il, le cœur lourd à l'idée que, des deux frères, l'un soit mort pour eux et l'autre ait été blessé par balle.

— Un ami rare… souffla Fradik qui s'était montré peu loquace depuis qu'il s'était installé à l'intérieur.

— Il nous a quittés du jour au lendemain, sans un mot, expliqua Élias.

L'homme poursuivit, fit le récit de plusieurs anecdotes desquelles Barnabé ressortait toujours grandi sans qu'Élias ne paraisse pour autant sélectionner lesquelles narrer pour valoriser son ancien compagnon, puis l'épuisement triompha de la nostalgie. Le wagon sombra dans le silence.

Ils repartirent peu avant l'aube, encore plus reconnaissants envers Barnabé qui, même mort, leur avait offert un semblant de confort pour une nuit, évitèrent les routes principales et poussèrent leurs chevaux au galop à la moindre occasion.

Puis, sans que les deux orphelins ne s'en rendent réellement compte, le temps fut complètement remonté et, bouche bée, ils se retrouvèrent au pied de cette falaise par laquelle Ern'lak leur avait permis de s'évader. Une fois de plus, Windrasor leur était tombé dessus sans prévenir. Mais, cette fois-ci, ils l'attendaient.

Le rythme cardiaque de Spinello s'accéléra lorsque Fradik s'approcha de la paroi rocheuse.

C'était à eux, maintenant, d'écrire le futur.

IPHIS

Près d'une semaine plus tôt.

L orsque la lumière de la lampe de Feule-Chat disparut, aussitôt imitée par celle de la lanterne de Pic-Rouille, Iphis expira de soulagement. Cette extinction des feux ne pouvait signifier qu'une chose : ils arrivaient. Ils allaient enfin quitter ces tunnels nauséabonds. Un instant tout fut noir autour d'elle, puis ses yeux s'habituèrent au brusque changement de luminosité. Elle sut alors qu'elle ne s'était pas trompée : la sortie était proche ; en témoignait le pâle halo qui nimbait la sombre silhouette courbée de Bartholomée qui la précédait.

Sans un mot, le groupe se remit en marche et, après quelques pas, Bartholomée bifurqua dans un conduit à leur droite.

Iphis le suivit, heureuse de voir les épaules du gaillard s'entourer d'une lumière plus intense encore. Ils touchaient au but. Et pourtant, il s'immobilisa de nouveau.

Était-ce déjà le retour des ennuis ?

Iphis voulut questionner Pic-Rouille du regard, mais la carrure de Bartholomée les condamnait à la pénombre.

— On est arr… commença Aliaume qui se tenait entre Iphis et Pic-Rouille, mais ce dernier le fit taire.

Où qu'ils se trouvent, le danger ne devait pas être loin pour que les Pantouflards, qu'Iphis avait d'abord pris pour une simple bande de voyous à peine organisée, se montrent aussi disciplinés et attentifs.

D'un coup, la crasse des tunnels au sein desquels les Pantouflards s'étaient établis, lui sembla moins répugnante. Un peu de saleté contre un abri sûr, ce n'était finalement pas cher payé. Mais avait-elle seulement le choix ? Ils ne pourraient pas rester éternellement terrés à Tréfonds, pas sans condamner Windrasor à la destruction. Quoi qui les attende, il lui fallait, comme aux autres, faire confiance aux Pantouflards et à leur plan pour s'enfuir de la capitale.

Iphis tendit l'oreille et, comme Théodore quelques secondes auparavant, perçut enfin le son caractéristique de l'eau contre la roche. Pas celui des immondes canaux dans lesquels ils avaient dû patauger, à défaut de pouvoir les éviter, ni celui des caniveaux qui se déversaient sous la ville. Celui de...

Le fleuve, réalisa-t-elle en se souvenant du port fluvial que Vulfran avait évoqué.

Il avait décrit un endroit charmant où mouettes et chats se disputaient les têtes de poissons d'eau douce que de vastes embarcations colorées ramenaient de la région des Lacs, plus au sud. Il avait promis de l'y amener…

Iphis, que le chagrin avait ravagée plus tôt dans la journée, lors du rapide enterrement de son ami, chassa de son esprit toutes les images accablantes qui menaçaient de lui replonger la tête sous l'eau. Surtout, ne pas penser à cet horrible cimetière où son ami devrait reposer pour l'éternité, ni aux râles des malades condamnés à dépérir dans ce "mouroir" dont Pic-Rouille avait parlé en lui faisant visiter la cité, sans oser y mettre les pieds.

Par chance, la lourde carcasse de Bartholomée se remit en branle, et Iphis revint à la situation présente.

Plaqué contre la paroi du conduit, Feule-Chat laissa passer le géant et lui indiqua quelque chose en contrebas. Peu rassuré, l'adolescent s'assit, permettant enfin à la pâle clarté de la nuit d'inonder une partie du tunnel.

La surface légèrement chahutée par le vent du fleuve se révéla aux yeux d'Iphis. Masse agitée aux nuances argentées et obscures, celui-ci s'étendait jusqu'à une muraille dont le sommet était caché par la perspective et l'entrée du tunnel. La taille imposante des blocs de pierre qui la constituaient laissait néanmoins peu de doute sur sa nature. Ici, le fleuve longeait les remparts de la ville, ceux-là mêmes qu'Iphis avait franchis avec Vulfran sans imaginer qu'un jour ils pourraient essayer de la retenir prisonnière de la capitale.

Tandis que Bartholomée tentait péniblement de prendre place à bord du modeste canot sur lequel Théodore et Édouard avaient déjà embarqué, Iphis se glissa à son tour jusqu'à la sortie du conduit.

Monter dans une telle embarcation, comme tant de ses héros littéraires l'avaient fait, était pour elle une grande première, et pourtant, elle n'en ressentait aucune excitation. Rien que de l'inquiétude à l'idée de ce qui les attendait et pouvait encore leur tomber dessus. Rien n'était joué.

Une soudaine bourrasque menaça d'ailleurs de déséquilibrer Bartholomée, mais, vaillant, le gaillard battit des mains sans émettre le moindre son et parvint à s'asseoir, un air presque aussi terrifié que celui d'Édouard sur le visage. Non seulement, ils avaient failli chavirer, mais avec la charge de Bartholomée, le niveau de l'eau s'était dangereusement approché du rebord de la barque.

Hésitante, Iphis se retourna vers Feule-Chat, mais celui-ci lui fit signe de se hâter. Quoi qu'ils aient prévu pour la suite, faire des allers-retours n'était pas au programme. Le bateau devrait tenir le coup.

Iphis – quoique son poids fût une charge bien insignifiante – posa avec prudence un pied à l'arrière du canot pour ne pas le déstabiliser, et enjamba le rebord.

Elle s'assit sur le dernier banc, le seul encore libre.

Devant elle, Bartholomée occupait tout le rang central et faisait face à Théodore et Édouard qui avaient réquisitionné l'avant.

Iphis sentait l'insistance du regard du garçon potelé, mais elle refusait de le lui rendre.

Je devrais te donner à manger aux poissons.

Chassant sa colère, l'orpheline aida Aliaume à embarquer puis se décala pour lui laisser de la place auprès d'elle. Le sombre liquide menaçait plus que jamais de déborder. Ils allaient devoir éviter les gestes brusques ou ils finiraient à l'eau.

Non ! Non ! Non !

Iphis faillit crier lorsque Pic-Rouille bondit sans prévenir entre Bartholomée et les deux garçons à l'avant. La barque tangua dangereusement et de l'eau aspergea les pieds des passagers, avant qu'elle ne retrouve sa stabilité. Ils n'étaient pas passés loin de la catastrophe.

Un instant, Pic-Rouille et Édouard qui n'avait, quant à lui, pas pu retenir un couinement de surprise, furent la cible de regards assassins puis tous, inquiets, sondèrent l'obscurité alentour.

Quelqu'un les avait-il entendus ?

Instinctivement, les yeux d'Iphis se portèrent d'abord en l'air, vers le bord du quai. Le visage de celui qui, bientôt, profiterait de la riche récompense promise par Hippolyte à quiconque leur mettrait la main dessus, pouvait surgir à tout moment.

Mais personne n'apparut.

De l'autre côté, là où le rempart servait également de digue, le parapet qui surmontait la muraille paraissait désert. Ils l'avaient échappé belle. Ils ne devaient toutefois pas perdre davantage de temps.

Alors, tandis que Pic-Rouille murmurait à l'oreille de Bartholomée, Iphis se tourna vers Feule-Chat et lui tendit la main. Mais la mission du garçon s'arrêtait là. Le Pantouflard fit non de la tête et détacha la corde fixée à l'entrée du conduit qui leur servait d'amarre.

— Bonne chance, susurra-t-il dans un soupir qui manqua de se perdre dans la brise qui agitait le fleuve.

Puis, il disparut à reculons. Dans le noir, ses yeux avaient plus que jamais la forme de ceux d'un chat. Brillants, ils s'évanouirent dans l'obscurité quand la barque se mit soudain à avancer.

Iphis n'avait même pas entendu Bartholomée se saisir des rames ni les plonger dans l'eau. Maintenant, malgré tous les efforts du garçon pour les introduire avec discrétion dans le liquide mouvementé, elle ne percevait plus que ce bruit toni-truant. Ils allaient se faire prendre !

Et pourtant, l'embarcation progressait et personne ne semblait les avoir repérés.

Debout, en équilibre précaire, Pic-Rouille scrutait la pénombre et faisait signe à Bartholomée à la moindre alerte. Un éclat de voix leur parvenait, ils s'immobilisaient. Des torches se reflétaient dans l'eau, ils s'arrêtaient.

Personne ne vint cependant s'intéresser à ce qui se trouvait sur le fleuve... jusqu'à ce qu'ils stoppent le long d'une large péniche accostée à une centaine de mètres du conduit d'où ils s'étaient extirpés.

Iphis sursauta lorsqu'une voix masculine, en provenance du bateau, leur ordonna de se dépêcher.

— Y a plusieurs patrouilles dans le port. Vite, insista-t-elle.

Seul l'entrain de Pic-Rouille qui escaladait déjà le bastingage grâce au filet qui en pendait, convainquit Iphis de se fier à cet inconnu.

Elle entreprit l'ascension à son tour et en un rien de temps, tous furent à bord, même Édouard que l'effort avait assommé.

Une grande toile tendue couvrait un vaste espace de chargement au centre de la péniche.

— Rentrez là-dessous et pas un mot, les pressa l'homme qui souleva un pan de la bâche.

Le cœur d'Iphis fit un bond quand, l'espace d'une seconde, l'intérieur fut timidement éclairé.

Ces couleurs-là, elle les aurait reconnues parmi mille.

La roulotte de Vulfran !

Comment avaient-ils fait pour échapper à la vigilance des gardes et l'amener jusque-là ? Mais l'heure n'était pas aux questions. Elle se faufila sous la toile à la suite de Pic-Rouille, rapidement suivie des autres.

— Cachez-vous au fond. On va y aller, ajouta le type qui, malgré son crâne glabre n'avait probablement pas plus d'une vingtaine d'années.

Il relâcha le tissu et l'obscurité, totale et intransigeante, avala le petit groupe.

Sans repères dans le noir, Iphis eut un mouvement de recul quand Pic-Rouille lui saisit la main.

— Formons une chaîne, lui murmura-t-il à l'oreille.

Elle passa le message à son voisin dont elle enlaça les doigts, mais leur manœuvre perdit tout son sens lorsque des lampes à huile illuminèrent tour à tour l'extérieur, plongeant l'espace de chargement où les enfants se trouvaient dans une atmosphère grisâtre. La panique menaça d'envahir Iphis, mais le calme affiché par Pic-Rouille la rassura. S'il s'était agi d'une patrouille, les lumières seraient d'abord apparues du côté des quais, pas du fleuve. Ce n'était que le batelier qui préparait leur départ.

Étayant son raisonnement, un bruit de tissu claquant au vent résonna soudain et la gabare prit de la vitesse. Dehors, son unique voile gonflait le ventre avec fierté.

Nous partons ! se réjouit Iphis tandis que Pic-Rouille, qui lui tenait toujours la main, la tirait en avant.

Prenant la direction que leur sauveur leur avait indiquée, les fugitifs longèrent la roulotte. C'est alors qu'elle les vit. Iphis n'avait pas voulu se faire de faux espoirs, mais son cœur s'emballa de plus belle.

Débarrassés de leurs harnais, les trois chevaux, les trois amis de Vulfran, avaient été installés dans un box et somnolaient.

L'orpheline esquissa un pas vers eux afin de vérifier si on s'était bien occupé des blessures de Délicate, mais Pic-Rouille la retint. Il avait raison ; ils n'étaient pas encore tirés d'affaire. Iphis ravala son enthousiasme et suivit le garçon jusqu'à une pile de barriques, derrière laquelle tous se réfugièrent. Ils n'avaient plus qu'à attendre, à croiser les doigts.

Quelques minutes s'étaient écoulées dans le plus grand silence quand la gabare commença à ralentir. Des voix s'élevèrent du quai le plus proche.

— Arrêtez-vous !

Visiblement, l'inconnu avait prévu cet obstacle et sitôt l'ordre donné, son bateau vint percuter avec douceur la rive avant de s'immobiliser complètement.

— Attachez bien l'amarre ! ordonna-t-il. Je vous rejoins.

— Non, restez à bord ! aboya celui qui les avait stoppés. Je vais monter !

Cette fois-ci, c'était terminé...

Mais Iphis aurait dû savoir que les Pantouflards et leurs amis avaient plus d'un tour dans leur sac.

— Pourquoi un départ aussi tardif ? interrogea l'homme à présent sur le pont.

— Ça ne me plaît pas plus qu'à vous de devoir naviguer à une heure pareille, grogna le batelier.

— Vous savez bien qu'aucun navire ne peut quitter le port, ni entrer, jusqu'à nouvel ordre. Expliquez-vous !

— C'est vous qui vous expliquerez auprès du comte de Burowniak si j'arrive en retard !

Visiblement, le nom de ce personnage eut l'effet escompté sur le soldat qui resta sans voix.

— Des jours qu'il attend son carrosse et on vient seulement de me l'apporter. Vous voulez le voir, proposa l'homme qui fit mine de soulever la toile.

— Non, peu importe... Je... La ville...

— On peut s'arranger, suggéra le batelier. Mon patron m'a donné toute liberté pour que le comte soit livré à temps. Après tout, c'est un ami cher de notre nouveau Duc.

Même si la discussion parvenait quelque peu étouffée aux fugitifs, il aurait été impossible de se méprendre sur l'origine du tintement métallique qui s'ensuivit.

— Libérez la chaîne ! beugla le garde de nuit en empochant discrètement la bourse que le batelier lui avait tendue.

Un lourd objet percuta l'eau à l'avant de la péniche et Iphis réalisa avec joie qu'on venait de leur libérer le passage. Et pourtant, elle ne pouvait s'empêcher de trembler. Une grande partie du plan des Pantouflards avait reposé sur les talents de persuasion du batelier et sur l'avidité du garde en poste et elle

avait grand mal à croire qu'il avait fonctionné. C'était folie !
Mais qui était-elle pour les juger, elle qui, le matin même,
avait convaincu ses amis de se lancer dans une mission encore
plus suicidaire ?

Seule comptait une chose : ils avaient réussi et la gabare,
voile à nouveau hissée, repartait déjà en avant. Et personne
n'était mort. Du moins, personne d'autre...

SPINELLO

Je ne comprends pas, dit Fradik en s'écartant de la falaise qui plongeait le petit groupe dans l'ombre.

Élias claqua des talons et fit approcher sa monture de celle de son ami.

— Qu'y a-t-il ?

— C'est étrange. On dirait que le passage a été emprunté, il y a peu.

Spinello leva douloureusement la tête vers la paroi, mais, pour lui, tout se fondait dans la masse obscure de la roche de ces pics qui l'avaient retenu prisonnier de si longues années. Ce que Fradik voyait, il n'en avait aucune idée et ne serait-ce que retracer du regard le trajet qu'il avait suivi dans le noir sur le dos d'Ern'lak lui paraissait impossible. Ce rocher qu'il apercevait là-haut pouvait bien être le promontoire auquel il les avait menés comme un quelconque affleurement.

— On est descendus par là avec Ern'lak il n'y a pas si longtemps que ça, avança-t-il néanmoins, même si leur fuite lui semblait s'être produite des siècles auparavant.

— Non, c'est plus récent encore, rétorqua Fradik. Plus d'un des miens est passé par là.

— Tu crois qu'ils ont été prévenus ? demanda Élias. Les gardes de Straham étaient bien au courant.

Une vague d'espoir envahit soudain Spinello. Élias avait raison ! Les geôliers avaient su très vite ce qui s'était produit à la capitale. Et s'ils avaient pu connaître si tôt les intentions de cet Hippolyte, ses amis avaient pu en avoir vent également.

— Cela signifierait que quelqu'un aurait fait dépêcher un oiseau messager depuis la capitale et…

— Que cela aurait été suffisant, compléta Élias.

Il prit une grande inspiration, exhala puis continua :

— Mais je n'y crois pas vraiment. Le directeur actuel a peut-être des amis à la capitale qui auraient pu l'informer… mais bon, les gens appréciés à la cour ducale ne finissent pas en poste à Windrasor. Et cela n'expliquerait pas les traces que tu as découvertes. Même convaincu du danger, j'imagine difficilement un directeur de Windrasor perdre un seul instant pour avertir les tiens… Il se serait d'ailleurs probablement moqué du sort des orphelins…

— On a peut-être envoyé un message directement au père de Fradik, suggéra naïvement Placide, juché devant l'Ignoble.

— Non, les miens vivent isolés du monde. Il n'y a aucun moyen de les contacter. Il doit y avoir une autre…

— Frad', le coupa Élias. Allons voir et nous serons fixés.

Cela ne servait effectivement à rien de se perdre en conjectures. Les deux cavaliers s'éloignèrent de la paroi rocheuse et entrèrent de nouveau sous le couvert des arbres. Comme au cimetière ferroviaire, Spinello ne put s'empêcher de constater à quel point cet endroit, où il avait fait ses premiers pas en dehors de Windrasor, avait à ses yeux déjà perdu une partie de sa magie. Mais, aussi cruel le monde extérieur se soit-il montré envers ses amis et lui, il refusait de nourrir trop de regrets. Il aurait en revanche tout le temps d'en avoir s'ils échouaient.

— Tu t'en sens toujours capable ? s'enquit Élias en fixant Fradik, comme si ce dernier pouvait encore dire non.

Sans lui, il leur serait impossible de s'introduire à Windrasor sans être immédiatement interpellés d'autant qu'il leur fallait d'abord contacter les Ignobles. Mais la découverte de Fradik ne venait-elle pas de bouleverser leurs plans ?

— Il le faut bien, répondit l'Ignoble en descendant de sa monture avec un peu plus d'aisance que la veille.

Même s'il semblait se porter mieux d'heure en heure, il ne pouvait mentir à personne : il faudrait des semaines avant qu'il ne récupère toutes ses capacités. Pire, les efforts auxquels il devrait consentir allaient irrémédiablement ralentir sa guérison et certaines de ses plaies risquaient de se rouvrir.

Fradik aurait néanmoins été le dernier à se plaindre.

Élias mit également pied à terre et accrocha son cheval à un arbre avant de soulever Spinello.

Les jambes tremblantes, l'orphelin détourna les yeux, honteux d'avoir tant de mal à supporter son propre poids, lorsque ses chausses touchèrent le sol. Il avait insisté pour venir, il ne pouvait pas faillir.

Sois aussi fort que Fradik. Allez !

Élias contourna sa monture et farfouilla dans le paquetage fermement attaché à la selle. Il en tira un sac qu'il passa en bandoulière ainsi qu'une miche de pain, parmi les dernières provisions qu'Armance et Florimond leur avaient offertes. Il mordit dedans à pleines dents et la tendit à Spinello qui grimaça quand, d'instinct, il voulut lever un bras droit inexistant.

Élias lui accorda un sourire désolé, mais Spinello ne sut s'il était lié à sa blessure ou aux propos que son héros tint dès qu'il eut maladroitement attrapé le morceau de pain de la main gauche :

— L'un de vous deux va devoir rester là.

— Mais je croyais que... se braqua aussitôt Spinello.

— On ne sait pas ce qui nous attend là-haut ; encore moins à présent et... ce sera sûrement dangereux, l'interrompit Élias.

— Mon père est du genre imprévisible, surenchérit l'Ignoble.

— Et si nous avons besoin de fuir, Fradik pourra porter l'un d'entre vous, pas les deux. Et de toute façon, quelqu'un doit s'occuper des chevaux. Si tout va bien, nous n'en aurons pas pour longtemps.

Après tout ce qu'il avait vécu, cette dernière phrase aurait pu arracher un rire amer à Spinello, voire l'amuser, mais il n'avait pas le cœur au sarcasme. Il avait la sensation d'avoir été poignardé dans le dos.

Ils allaient le laisser là ! Lui, le blessé, le garçon devenu inutile ! Et c'est ainsi qu'Élias le lui annonçait, même si ses arguments étaient difficilement discutables.

Les lèvres serrées, rendu muet autant par la colère qui menaçait de le submerger que par la raison qui lui intimait de garder son sang-froid, Spinello fixait ses pieds. S'il croisait le regard d'Élias, il exploserait en sanglots. De rage, de frustration ou, tout simplement d'épuisement, cela restait à voir.

— Je vais m'occuper d'eux, annonça soudain Placide.

Les yeux de Spinello s'illuminèrent. Il les leva vers le visage fatigué de son ami.

Placide lui sourit.

— Les autres seront heureux de te revoir, dit-il.

La faiblesse de ses jambes oubliée, Spinello bondit à ses côtés et le serra contre lui de son bras valide. Qu'il aille là-haut était peut-être une bêtise, mais Spinello en avait un besoin vital et Placide l'avait compris.

— T'es le meilleur, mec, chuchota-t-il à l'oreille décollée de son copain.

— T'as intérêt à revenir, le mit en garde Placide en s'écartant l'air grave, bien que le bonheur qu'avaient suscité les mots de Spinello puisse encore se lire sur ses traits tirés.

— Il est temps alors, annonça Élias.

L'homme ajusta l'arme qui pendait à sa ceinture.

— Nourris-les et ils resteront calmes, mais si tu entends quoi que ce soit, cache-toi et attends notre retour, d'accord ? ajouta-t-il à l'attention de Placide.

L'orphelin hocha timidement la tête. L'inquiétude avait repris le dessus.

— Ça va aller, le rassura Spinello qui n'osa cependant pas prétendre que l'affaire serait rapidement pliée ainsi qu'Élias l'avait suggéré.

Combien de temps seraient-ils partis ? Il n'en savait rien et il ne voulait pas donner de faux espoirs à son ami.

Et pourtant, il ne put s'empêcher de rajouter :

— J'essaierai de savoir ce qui est arrivé à Barth…

À ces mots, un silence gênant s'installa entre les deux garçons. Même Élias et Fradik auxquels ils avaient tout raconté – la culpabilité de la mère de Barth comme la capture imprévue de leur ami – semblaient retenir leur souffle, mais Placide se contenta une nouvelle fois d'acquiescer, avant de baisser les yeux. Spinello soupira discrètement. Placide ne lui avait pas entièrement pardonné sa décision de fuir le domaine des Fontiairy, mais ce n'était pas le moment de remettre le sujet sur le tapis.

— Bon, allons-y, lança Élias qui prit le chemin de la falaise dont il était descendu bien des années auparavant.

Tous lui emboîtèrent le pas et se retrouvèrent au pied de la paroi verticale.

— Élias, à toi d'abord, indiqua Fradik en s'accroupissant.

— Désolé, mon ami, s'excusa l'Insaisissable en pensant à la souffrance supplémentaire qu'il allait lui imposer lors de l'ascension.

Un instant, Spinello crut que l'Ignoble ne pourrait pas se relever avec Élias sur son dos, mais, au prix d'un effort visible, la créature déplia ses longues jambes.

Elle dirigea ses griffes vers la roche.

— T'étais plus léger la dernière fois, plaisanta-t-elle probablement pour détourner l'attention de sa souffrance.

— Et toi en meilleure forme.

— Je suis toujours dans la fleur de l'âge, moi, rétorqua Fradik qui projeta subitement son bras droit en l'air.

Et ainsi, les deux acolytes s'élevèrent mètre après mètre là où – aurait-on cru – seuls des oiseaux auraient pu nicher, portés par leurs ailes vaillantes.

Mais, tout comme Ern'lak avait rendu l'impossible, réalité, Fradik défiait toutes les lois de la physique, connues comme inconnues.

— Qui aurait cru qu'on reviendrait ici… souffla Spinello lorsque leurs silhouettes emmêlées disparurent derrière une avancée rocheuse.

— Moi… Je l'ai longtemps souhaité après notre fuite, même si je sais maintenant que cet endroit ne nous apportera jamais rien de bon, répondit Placide.

Spinello oubliait parfois que son ami avait toujours eu des rêves bien différents des siens. Des rêves auxquels il avait renoncé pour l'accompagner.

— Tu crois vraiment que ce sont des orphelins de Windrasor qui ont tué le Duc ? demanda Placide en changeant de sujet. Ça me paraît complètement insensé.

Spinello ne pouvait en revanche pas en dire autant. L'orphelinat n'était pas réputé être un pensionnat de bons garçons, loin de là, et il n'avait aucun mal à se figurer des dizaines d'orphelins qui auraient été capables de commettre un tel acte. Certains l'auraient même fait sans se poser de questions. Il ne voyait juste pas pourquoi, ni comment.

Il s'était plus d'une fois interrogé à ce propos au cours de leur voyage, profitant des rares moments où il parvenait à garder les idées claires pour remuer cet entrelacs d'énigmes, mais pas l'ombre d'une explication satisfaisante ne s'était présentée. Pour lui, une seule chose était sûre : toute cette histoire était forcément liée aux meurtres qui avaient précédé leur évasion. Mais, là encore, il ne percevait qu'une partie du mystère.

— Tout ce que je sais c'est que le coupable a trahi tous ses amis en tuant ce type. Et c'est à nous d'essayer de réparer ça.

— J'espère que les Ignobles accepteront d'écouter Fradik, confia Placide.

— Moi aussi… Ah ! Le revoilà !

Spinello indiqua la créature qui avait entamé la descente. Elle avait l'air de moins souffrir.

Les deux amis se dévisagèrent. C'était l'heure des au revoir.

— Bon, pas de bêtises, d'accord ? dit Spinello.

— C'est toi qui dis ça.

Tout reste de tension qui avait pu subsister entre eux s'envola.

Spinello ricana et ils se sourirent.

Côte à côte, ils contemplèrent l'incroyable spectacle que Fradik leur offrait. Sans le poids d'Élias, il descendait avec une grâce qui faisait oublier l'état déplorable dans lequel il se trouvait. Agile, il bondit en un rien de temps auprès des orphelins.

— À ton tour, siffla-t-il en s'agenouillant.

De près, son élégance était bien moins évidente.

De lourdes gouttes d'une sueur rance coulaient sur son visage reptilien et son souffle court laissait échapper une odeur bestiale.

— Tiens-toi bien, conseilla-t-il quand Spinello fut sur son dos.

Mais Spinello ne comptait pas en faire autrement, surtout avec un seul bras !

— Salue les copains pour moi ! s'exclama Placide lorsque Fradik s'élança à l'assaut de la paroi.

Très vite, alors que Placide était réduit à un point minuscule, Spinello sentit l'appréhension le gagner. Si la plongée dans l'obscurité cramponné à Ern'lak l'avait fortement marqué, cette escalade le terrifiait plus encore, d'autant que les râles de Fradik étaient de plus en plus nombreux. Et pourtant, l'Ignoble tint bon et ne tarda pas à agripper le bord du promontoire où les attendait Élias. Il s'y hissa péniblement et se laissa tomber à genoux.

— Je suis vieux, Élias a raison... ironisa-t-il, avant de reprendre son sérieux.

— Merci, Fradik, dit Spinello dont le bras gauche fourmillait douloureusement d'avoir trop serré l'Ignoble.

Élias, qui surveillait l'entrée du passage qui menait à l'avancée rocheuse, les observait.

— Frad', on te suit. Spinello, je pense qu'il vaut mieux qu'on se fasse oublier tous les deux. Laissons Frad' faire, OK ?

L'orphelin opina de la tête. Il savait quel serait son rôle dès lors qu'ils quitteraient le territoire des Ignobles pour pénétrer sur celui des orphelins.

— Allons-y, annonça Fradik en se relevant.

Comme lors de leur fuite, la passe qu'ils empruntèrent pour rejoindre les ruines de la forteresse de Windrasor était battue par le vent. Mais, cette fois-ci, il les poussait vers l'intérieur, comme conscient lui aussi de l'urgence.

Spinello se retrouva sans voix en découvrant, en plein jour, l'étendue des vestiges qu'il avait parcourus de nuit. Toute sa vie, il avait vécu à quelques centaines de mètres de cet endroit, et il le voyait pour la première fois pour ce qu'il était, un impressionnant témoignage de la grandeur passée de Windrasor. La zone était bien plus vaste qu'il ne l'avait cru et chaque mètre carré interpellait son imagination. Là gisaient les restes circulaires d'une tour qui aurait assurément ridiculisé le donjon de l'orphelinat ; ici les dernières pièces métalliques d'un des tout premiers canons importés d'Aristie ; et plus loin, des mosaïques qui devaient décorer les quartiers des officiers.

Mais le passé n'était pas ce pour quoi Spinello était revenu.

— Par ici, indiqua Fradik qui enjamba un muret que Spinello dut escalader tant bien que mal.

Tandis que Fradik et Élias ne cessaient de jeter des regards à droite puis à gauche, Spinello se concentra sur les obstacles toujours plus nombreux qui menaçaient de le faire trébucher.

Ses guides s'immobilisèrent soudain.

Au milieu de la cour pavée où ils se tenaient, un passage sinistre s'ouvrait dans le sol.

C'est là que Théo a suivi Octave, réalisa Spinello.

Là qu'il allait se glisser dans l'antre des Ignobles.

— Quelque chose ne va pas ? s'enquit Élias en constatant l'hésitation de Fradik.

— J'ai un mauvais pressentiment, confia la créature.

Elle avança, méfiante, jusqu'à l'ouverture du souterrain.

— Restez là, ajouta-t-elle.

Fradik baissa la tête et s'introduisit à l'intérieur. Il réapparut peu après, une torche à la main.

Élias s'en saisit et s'empressa de l'enflammer. Parés à braver l'obscurité tapie au fond des galeries, Spinello et lui entrèrent à leur tour.

— Ces affreux tunnels ne m'ont pas manqué, lança Fradik.

Et il ne fallut en effet que quelques pas à Spinello pour comprendre ce que ressentait l'Ignoble. Car, si l'orphelinat tombait en décrépitude et subsistait uniquement grâce aux travaux menés par les pensionnaires, cet endroit avait depuis longtemps dépassé le stade où une simple réparation de façade aurait été suffisante. Il aurait fallu tout raser pour reconstruire… ou attendre que tout s'effondre définitivement.

Instinctivement, Spinello se rapprocha d'Élias qui le précédait et tâcha de faire taire les voix qui lui hurlaient de ne pas s'enfoncer dans un lieu pareil. À tout instant, il craignait de voir surgir un Ignoble tel qu'il se les était représentés avant de rencontrer Ern'lak et Fradik, mais rien ne survint. Les tunnels étaient déserts, parfaitement silencieux.

Après plusieurs minutes, le trio déboucha dans une vaste nef que la torche d'Élias tenta d'arracher à l'obscurité ; en vain. L'air y était plus respirable que dans les galeries ; rien n'y trahissait cependant la présence du moindre habitant.

— C'est pas normal… vraiment pas normal, lâcha Fradik en s'efforçant de contenir ses émotions.

Que ressentait-il ? Se réjouissait-il que les siens aient manifestement quitté Windrasor ou s'inquiétait-il face à l'incertitude de ce qui leur était arrivé ?

— Ils sont peut-être partis avec les orphelins, avança Spinello qui se serait raccroché à n'importe quelle illusion pour savoir ses amis en sécurité.

— Désolé Spinello, les enfants sont encore là, confia Fradik. Je les ai entendus quand nous étions dehors.

Jusque-là, il s'était bien gardé de partager cette information. Mais Spinello n'eut pas le temps de se lamenter. Un brusque son métallique résonna sous la haute crypte.

— On dirait que nous ne sommes pas seuls finalement, dit Élias.

— Par là, les enjoignit Fradik qui se précipita en avant sans se soucier de ses blessures, ni de ses camarades qu'il devança rapidement.

Spinello et Élias s'élancèrent après lui, mais ne tardèrent pas à devoir le suivre uniquement au bruit que sa cape faisait en claquant dans l'air.

Ainsi guidés, ils coururent jusqu'à ce que le son se taise et que Fradik réapparaisse subitement devant eux, immobile dans l'encadrement d'une arche au creux de laquelle une porte massive avait autrefois dû se loger.

— Toi ! siffla une voix d'un ton venimeux.

Un frisson parcourut Spinello qui se rapprocha un peu plus d'Élias. Même les Ignobles de ses cauchemars n'avaient pas de voix aussi terrifiantes.

— Bonjour, Père, répondit Fradik en masquant sa surprise. Il franchit l'arche.

— Alors comme ça tu es encore en vie...

— En as-tu un jour douté ?

Un bref silence se fit entre les deux créatures.

— Non, mais j'aurais préféré te savoir mort. Comment oses-tu revenir ici ?

Un violent bang ponctua la question d'Araknor.

— Comment oses-tu ? beugla-t-il de plus belle.

Fradik ignora la colère de son géniteur.

— Que fais-tu là ? demanda-t-il avec calme.

Le pourquoi de cette étrange question – Araknor n'était-il pas ici chez lui ? – s'expliqua dès qu'Élias et Spinello rejoignirent leur compagnon.

Emprisonnée, aussi invraisemblable que cela puisse paraître, elle que Fradik avait affirmé être à la tête des Ignobles, la créature les observait avec une haine palpable. Une haine qui illuminait d'un halo rougeâtre les barreaux qui la retenaient prisonnière et sans lesquels elle les aurait certainement déjà attaqués.

— Et voilà ton humain et... Oh ! Un de nos misérables fugitifs, cracha-t-il avec dédain en apercevant Élias et Spinello.

Surpris qu'il le connaisse, Spinello s'efforça de soutenir le regard d'Araknor, mais capitula face à la malveillance qui s'en dégageait.

— Je t'ai posé une question, insista Fradik, quant à lui bien décidé à tenir tête à son père.

— Et pourquoi devrais-je te répondre ? Tu n'as aucun droit ici.

Araknor se jeta une nouvelle fois sur les barreaux rouillés et de la poussière tomba du plafond duquel la créature avait commencé à les déloger.

— Où sont les autres ? poursuivit Fradik, sans se laisser impressionner.

— Je devrais te tuer !

La puissance du bond de Fradik fit basculer Spinello en arrière. Suspendu à la grille, il enserrait la gorge d'Araknor.

— Oui, tue-moi, vas-y. Ne sois pas aussi lâche que ce maudit Ern'lak, le provoqua Araknor avant de se soustraire brutalement à la poigne de son fils.

Ses yeux brillaient plus que jamais.

— Si tu en as la force… ajouta-t-il avec mépris. Si jeune et pourtant si faible !

— Frad', intervint Élias qui tira son ami en arrière.

Toujours au sol, Spinello expira de surprise lorsque son héros brandit violemment sa torche vers Araknor.

— Où sont les tiens ? cria-t-il.

— Vermine ! aboya la créature qui tenta de saisir Élias à travers les barreaux.

Mais on ne l'appelait pas l'Insaisissable pour rien.

Araknor poussa un gémissement de douleur quand Fradik lui tordit le bras.

— C'est ça que tu attendais d'Ern'lak ? asséna Fradik qui avait maintenant la certitude que le jeune Ignoble était lié à l'emprisonnement de son père.

La douleur avait visiblement ramené Araknor à un semblant de raison.

— Il n'en aurait pas été capable… souffla-t-il.

— Il les a emmenés, c'est ça ? demanda Fradik.

De nouveau le silence envahit les cachots.

— Et tu n'as rien pu faire… continua-t-il.

Battue, la créature grogna.

Ce fut alors que Spinello réalisa pleinement ce que tout cela signifiait. Les Ignobles ne pourraient pas secourir les orphelins. Il n'y avait plus qu'eux trois pour faire front.

— Dites-moi qu'il est parti avec les orphelins, pas vrai ? trouva-t-il le courage de demander en se redressant, bien que Fradik lui ait déjà affirmé le contraire.

Un rire sinistre fut la seule réponse qu'il obtint. La seule réponse dont il avait besoin pour retomber à genoux.

— Spinello, rien n'est perdu, intervint Élias.

— Les gardiens ne nous croiront jamais, ils ne nous laisseront pas faire !

— Vous arrivez trop tard ! hurla avec joie Araknor. Vous allez tous payer !

Abattu, Spinello repensa à tous ses amis.

Qu'allait-il dire à Placide, à Anselme et à Asmodée ? Qu'il avait échoué si près du but ? Non, il ne pouvait pas l'accepter. Il s'était fait la promesse – dut-il y perdre la vie – de tout faire pour venir en aide aux pensionnaires, à risquer le tout pour le tout. Et il comptait bien la tenir.

D'un bond, il fut sur ses pieds.

— On n'a pas le choix, dit-il avec détermination. On doit convaincre le directeur.

IPHIS

Près d'une semaine plus tôt.

De longues minutes, peut-être même une heure, s'étaient écoulées depuis que la gabare avait franchi l'immense portion des remparts de la capitale qui enjambait le fleuve.

À l'intérieur, toujours cachés, les fugitifs n'avaient pas pipé mot depuis que, peu désireux de se mettre à dos ce comte de Burowniak que le batelier avait mentionné et, surtout, monnaie trébuchante en poche – une somme dont la provenance n'intéresserait personne dans son entourage pourvu qu'elle mette davantage de mets sur la table –, le garde chargé de contrôler les entrées et les sorties fluviales avait ordonné l'immersion de la chaîne qui interdisait le passage sous la gigantesque arche et souhaité bon vent à l'homme à l'origine de sa bonne fortune.

Libérée de l'emprise de la capitale, l'embarcation filait dorénavant sur le large cours d'eau, charriée par l'impétuosité du courant et du vent qui gonflait sa voile unique.

La cité devait être loin. Et pourtant, les fuyards, Édouard y compris, gardaient le silence, chacun plongé dans ses pensées. Ils l'avaient échappé belle et tous le savaient.

— Vous pouvez sortir ! les fit soudain sursauter une voix différente de celle du batelier.

Malgré toutes les horreurs vers lesquelles l'esprit d'Iphis s'évertuait à la pousser avec une insistance sadique, une partie plus terre à terre de son cerveau s'était tout de même demandé comment un homme pouvait diriger seul pareille embarcation. Elle avait enfin la réponse. Et visiblement, le nouveau venu n'était pas inconnu de tous.

— Raton ! s'exclama Pic-Rouille avec enthousiasme en s'extirpant de la masse de ses compagnons dissimulés derrière une pile de tonneaux.

— C'est Augustin, maintenant ! protesta gaiement l'adolescent qu'Iphis ne tarda pas à découvrir.

Signe que tout danger était écarté, le garçon avait relevé une large portion de la toile qui couvrait l'espace de chargement où le groupe de recherchés avait trouvé refuge.

La lumière des lanternes que le batelier avait allumées avant leur départ ne se contentait à présent plus de filtrer à travers l'épais tissu ; elle se précipitait par la brèche, s'efforçant de tirer de l'obscurité toutes ces formes qu'Iphis n'avait fait que discerner jusque-là. Celles de ces sacs de toile, de ces caisses et de ces barriques – les véritables marchandises – entassées à la va-vite sur le côté pour libérer l'espace central où était garée la roulotte ; celle de cette rampe en bois appuyée contre la voiture et qui avait probablement permis de la hisser à bord ; ou encore celle, mouvante, des trois chevaux auxquels le tangage de la gabare déplaisait tout particulièrement.

L'orpheline secoua la tête lorsqu'elle se rendit compte que ses yeux tentaient déjà d'identifier toutes les issues possibles. Non, elle ne pouvait pas laisser l'instinct prendre ainsi le dessus. Elle avait été traquée, s'était retrouvée bien trop souvent dans le rôle de la proie, mais elle ne devait pas céder à ces réflexes de bête sauvage ; pas ici, pas après avoir réchappé à tout ce qui leur était arrivé. Alors, déterminée à garder autant le contrôle de sa nature animale que de ses émotions, elle porta son attention sur l'adolescent dont la silhouette lui rappela aussitôt celle de Vulfran. *Pas de larmes, pas maintenant...*

Maigre et élancé, il ne partageait cependant que cette allure filiforme avec Vulfran. En lieu et place de l'abondante chevelure frisée de l'amoureux des livres, se dressaient sur son crâne des poils ras et secs. Un visage tout en longueur, un nez saillant ainsi que des incisives disproportionnées terminaient d'expliquer l'origine du surnom par lequel Pic-Rouille l'avait salué.

— Tu ne me présentes pas tes amis, dit-il en esquissant un pas en direction de la pile de tonneaux.

Amis. Que ce mot devait sembler étrange à Pic-Rouille qui, il y a encore quelques jours, voire quelques heures, ne connaissait aucun des fugitifs pour lesquels il avait risqué sa vie.

Pourtant, il ne se déroba pas et se retourna vers eux.

— Voici Iphis, commença-t-il, arrachant par là-même un léger sourire à l'intéressée.

Car, si le garçon l'avait, lui, dès le lendemain de leur rencontre qualifiée d'amie lorsque le Grand Pantouflard et ses lieutenants leur étaient tombés dessus, l'urgence de la situation n'avait pas réellement permis à Iphis de réfléchir à ce qu'était réellement Pic-Rouille pour elle. La réponse était désormais évidente. Rien ne l'avait obligé à les accompagner et il était là ! Iphis était même prête à parier qu'il serait à ses côtés jusqu'au bout. Alors, tandis qu'il hésitait sur les prénoms des autres enfants, elle vint en aide à son ami :

— Et voici Théodore, Bartholomée et Aliaume, c'est bien ça ?

Le blondinet hocha la tête.

— Et lui ? s'enquit Augustin, en pointant Édouard du doigt.

Le garçonnet se faufila entre Barth et Théodore, le menton levé.

— Édouard de Fontiairy. Fils de Monsieur et Madame les marquis de Fontiairy, répondit-il.

— Ignore-le, lâcha Iphis qui ne se remettait toujours pas de la présence d'Édouard.

Tant qu'il serait avec elle, elle serait en danger. Ses parents ne cesseraient jamais de le rechercher. Ils remueraient ciel et terre pour leur bébé et Iphis était certaine que la traque qu'ils mèneraient ridiculiserait sans mal celle que leur fils avait lancée pour la retrouver. Ils auraient dû le reconduire en surface à la capitale, l'abandonner n'importe où et laisser quelqu'un d'autre s'occuper de lui.

Ou bien une meute de chiens, pensa Iphis en foudroyant le garçonnet du regard.

Toutefois, malgré la rancune qu'elle entretenait à son égard, lui dont l'égoïsme avait entraîné la mort de Vulfran, Iphis commençait à comprendre que la décision du Grand Pantouflard de l'accueillir lui aussi n'était pas uniquement née de la pitié qu'un tel bambin – pour autant qu'il se taise – pouvait inspirer. Sitôt avait-il mis les pieds à Tréfonds, qu'il était devenu un danger pour les Pantouflards comme pour la mission suicide de Théodore et Iphis. S'ils espéraient atteindre Windrasor à temps et y sauver tout le monde, mieux valait que leurs intentions restent secrètes aussi longtemps que possible, quitte à supporter le garçonnet encore un moment.

Elle devait être patiente, n'avait qu'à l'ignorer. Quand tout serait rentré dans l'ordre, ils n'auraient alors plus qu'à se débarrasser de lui. Naturellement, ses parents finiraient par le récupérer et redistilleraient le poison de leur minable éducation dans ses veines de gamin pourri-gâté, mais de cela Iphis se moquait bien pourvu qu'elle n'ait plus à le recroiser de toute sa vie.

— Il plaisante, hein ? demanda Augustin qui n'en croyait pas ses oreilles.

— Non... soupira Pic-Rouille.

Lui aussi se serait bien passé de présenter Édouard.

— Feule-Chat ne m'en a rien dit, se plaignit Augustin en frottant les poils hirsutes qui poussaient sur ses joues.

— Il ne posera pas de problèmes, intervint Iphis qui ne voulait surtout pas qu'Édouard fasse tout capoter.

Elle n'en était néanmoins pas vraiment convaincue.

— Tu veux pas rentrer à la maison ? demanda justement le garçonnet.

À la maison...

Ces simples mots faillirent lui faire lâcher prise.

Était-il seulement capable de comprendre que sa maison, ou du moins ce qui en avait été le plus proche pour elle, se trouvait là, à bord, avec eux ? Mais cette roulotte n'était plus qu'une coquille vide maintenant que Vulfran n'était plus là... et tout cela était sa faute.

Des dizaines de réparties cinglantes lui traversèrent la tête, mais Théodore eut l'intelligence d'esprit d'éloigner Édouard avant qu'Iphis ne se laisse emporter par la colère.

— J'espère que tu as raison, intervint finalement Augustin. On va faire comme Feule-Chat nous a dit alors...

À l'air interrogatif de ses passagers, il réalisa qu'il en savait davantage qu'eux sur ce qui les attendait.

— Vous allez au nord, c'est ça ? les questionna-t-il.

— Oui, au nord, à Windrasor, précisa Théodore.

— Oui, ça me revient. Maximo a dit que c'était vers Launkeston.

— Et on peut s'rendre jusque là-bas en bateau ? s'enquit Pic-Rouille qui n'avait probablement aucune idée de la géographie du Duché.

Était-il jamais sorti de la capitale ?

Iphis avait tant de choses à apprendre sur lui, à lui apprendre.

— C'est là le problème. Enfin votre problème.

Ça aurait été trop facile, songea Iphis.

— Actuellement, nous nous dirigeons plein nord, mais la Désirable ne tardera pas à couler vers l'est et il n'y a pas d'autres voies navigables pour nous. Mais hauts les cœurs ! On s'est donné du mal pour que vous n'ayez pas à finir à pied, poursuivit Augustin, tout sourire, en posant une main contre la roulotte.

La rage d'Iphis se dissipa à l'idée de bientôt reprendre la route avec Délicate, Robuste et Virevoltant.

Sans Vulfran cela ne serait pas pareil, mais elle n'aurait au moins pas à abandonner les trois chevaux.

— Il y a de nombreux pontons illégaux sur la rive, on vous déposera au plus proche de votre destination. En voguant jour et nuit et si le vent reste favorable, on y sera d'ici trois jours d'après Maximo. Ensuite vous devrez vous débrouiller seuls.

— Merci, dit Iphis pour qui ces trois jours à bord de la gabare s'annonçaient autant comme un calvaire, celui de l'attente de l'inaction, que comme un répit bienvenu.

— Ouais, merci, la seconda Théodore.

— Bah, Feule-Chat ne nous a pas vraiment laissé le choix. Il aurait eu l'air fin si on avait refusé. Mais entre Pantouflards, on se serre les coudes, même si on a quitté le nid. Pas vrai ?

L'adolescent passa l'assistance en revue, arrêta son regard un instant supplémentaire sur Édouard qui semblait s'être lancé dans l'inspection de la cargaison et poussa un léger soupir.

— Je vous aurais volontiers proposé de vous reposer. Mais va falloir patienter encore un peu.

Il tendit un doigt vers Bartholomée.

— Bartholomée, c'est bien ça ? Viens avec moi. Je vais avoir besoin de toi, dit-il.

Le géant tourna un regard inquiet vers Théodore, comme s'il requérait son approbation, puis obéit quand ce dernier lui fit signe que tout allait bien et qu'il pouvait suivre Augustin.

Presque de la même taille, mais de musculatures fort différentes, les deux garçons sortirent de l'espace de chargement pour revenir quelques secondes plus tard, de lourdes caisses dans les bras.

— Au travail, tout le monde ! lâcha Augustin en déposant brusquement la sienne à ses pieds.

Dans les pots, la peinture remua de manière désordonnée puis se cala à nouveau sur le roulis de la gabare.

15

THÉODORE

Non mais, Barth, regarde-toi ! s'esclaffa Théodore lorsque le gaillard se tourna vers lui, le visage barré d'une large traînée de peinture d'un bleu profond. L'expression ahurie de l'adolescent accentuait encore le comique de son apparence enfantine.

Même Iphis, qui avait eu bien du mal à cacher son désarroi en réalisant que les fringantes couleurs orange et bordeaux de la roulotte ne seraient bientôt plus qu'un lointain souvenir, émit un rire cristallin en découvrant la figure barbouillée de Bartholomée.

— Viens, Barth, ajouta Théodore en saisissant un chiffon déjà englué de peinture dont un coin avait survécu à l'affront du liquide foncé.

Il grimpa sur une caisse pour se mettre à la hauteur de l'adolescent.

— Ferme les yeux, allez.

Il frotta l'étoffe sur le front de son copain avec un soin quasi maternel et la marque, encore fraîche, commença à disparaître.

Bartholomée plissa les paupières quand Théodore frôla son arcade sourcilière, douloureuse d'avoir reçu coups sur coups les semaines précédentes.

— Pardon, s'excusa Théodore qui s'efforça de nettoyer la peau de son ami avec une plus grande délicatesse.

Mais la grimace de Bartholomée avait suffi à lui rappeler que rien n'était terminé et que l'époque des dérouillées à répétition était loin d'être révolue.

Cela faisait deux jours qu'ils avaient embarqué à bord de la gabare et, d'ici vingt-quatre heures, le moment d'abandonner la sécurité de l'embarcation de Maximo, de poursuivre sur la terre ferme et de se précipiter vers un danger certain, mais inévitable, serait là. Il n'y avait néanmoins pas là de quoi entamer la détermination de Théodore, sinon sa bonne humeur, car, quoi qu'il arrive, il retournerait à l'orphelinat pour essayer de prévenir tous ses occupants de la sentence qui avait été prononcée à leur encontre à la capitale.

— Merci, copain ! lança Bartholomée à peine Théodore eut-il écarté le chiffon.

L'intervention du garçon n'avait pas été parfaite et des pigments de peinture étaient toujours incrustés sur le front du gaillard, mais Bartholomée ne risquait au moins plus de frotter une manche innocente sur son visage et de tacher un peu plus les vêtements que Maximo leur avait dégotés.

Théodore n'avait d'ailleurs jamais été si heureux de se dévêtir que l'avant-veille. Se débarrasser de ces habits ridicules que le Duc lui avait offerts le jour de sa mort et dans lesquels Théodore avait dû macérer de longues heures dans le sang, l'urine et les immondices arrachés aux égouts qui l'imprégnaient, avait marqué pour lui une véritable résurrection. Il s'était senti revivre en enfilant les vêtements de toile rêche et mal taillés qu'Augustin leur avait distribués. Aussi imparfaits soient-ils, il ne les aurait troqués pour rien au monde.

À vrai dire, seuls Édouard et Pic-Rouille – pour des raisons bien différentes – avaient refusé de se changer. Justement, le duo auquel Maximo avait confié une tout autre tâche, tandis que Théodore, Bartholomée, Aliaume et Iphis repeignaient la voiture de Vulfran, se fit soudain entendre.

— J'en ai marre ! gémit Édouard pour la énième fois. Je veux jouer, moi. Où sont les jouets ? Et que font les cuisinières ?

Théodore n'en revenait pas d'un tel comportement. Édouard n'avait-il toujours pas saisi où il se trouvait ? Ni dans quoi il s'était embarqué en décidant de monter dans la roulotte de Vulfran à la capitale ? L'effarement de Théodore ne pesait cependant pas lourd devant la rage qui semblait s'emparer d'Iphis dès qu'elle entendait le garçonnet. Peut-être ne l'avait-elle pas toujours détesté avec autant de force mais, à présent, sa colère était on ne peut plus palpable. Pour elle, il était le principal responsable du massacre de Vulfran. Et cela, elle ne le lui pardonnerait jamais.

Heureusement, Pic-Rouille avait découvert comment faire taire Édouard. À la moindre protestation du bambin, le voyou sortait la petite lame rouillée dont il tirait son surnom et la faisait tourner avec adresse entre ses doigts.

Les yeux comme des soucoupes, Édouard n'attendit même pas la deuxième révolution du couteau pour se remettre à la tâche. Il avait vu ce dont Pic-Rouille était capable et ce simple rappel était tout ce dont il avait besoin. Et visiblement, il préférait encore démêler des filets de pêche plutôt que de vérifier si Pic-Rouille oserait réellement s'en prendre à lui.

Théodore soupira, soulagé de voir que la confrontation qu'il craignait tant entre Iphis et Édouard n'aurait pas lieu cette fois-ci non plus. L'entendre rire était tout de même plus agréable.

— L'autre côté est terminé, le fit soudain sursauter Aliaume qui s'était glissé sous la voiture et dont la tête était apparue à ses pieds.

L'orphelin descendit de la caisse et marqua un pas en retrait pour inspecter le flanc dont Bartholomée et lui s'étaient chargés.

— Qu'est-ce que tu en penses, Iphis ? demanda-t-il, regrettant presque aussitôt sa question.

Le sujet de la roulotte était sensible et il venait de mettre les deux pieds dans le plat.

— Ça va, ne t'inquiète pas, répondit-elle en constatant son air gêné. On a bien travaillé. Quelques coups de pinceau par-ci par-là et il n'y aura plus qu'à espérer qu'elle sera sèche pour demain. En tout cas, personne ne pourra la reconnaître au premier abord.

Le Grand Pantouflard avait tout prévu. Il ne s'était pas contenté d'élaborer un plan pour les aider à sortir de la ville. Il avait fait tout son possible pour faciliter leur voyage jusqu'à Windrasor, quitte à prendre des risques insensés pour charger la roulotte à bord et ne pas les abandonner sans moyen de transport. Et il n'avait eu qu'à écouter le récit des mésaventures d'Iphis et de Théodore pour mettre tout cela au point. Théodore n'en revenait tout bonnement pas.

Peut-être un jour… songea-t-il en réalisant qu'il aurait aimé avoir le temps d'apprendre à connaître un garçon aussi étonnant qu'épatant.

— Qui a faim ? demanda subitement Augustin en se faufilant sous la toile de l'espace de stockage.

Un air frais et agréable le suivit. Théodore présenta sa joue à la brève caresse rafraîchissante dans une bien vaine tentative d'oublier la chaleur suffocante qui régnait sous l'épais tissu sur lequel un écrasant soleil de printemps s'acharnait. Et c'était sans compter la lourde odeur de peinture qui avait depuis longtemps assailli les lieux.

L'orphelin n'aurait eu qu'à repousser la bâche pour enfin pouvoir respirer et tenter de chasser le mal de tête qui l'assommait, mais Maximo le leur avait formellement interdit, surtout de jour. C'était trop dangereux, même s'ils avaient croisé bien davantage de biches et de cerfs venus paître en bordure du fleuve – des créatures qui n'avaient que faire des histoires des Hommes et de la prime promise par Hippolyte – que d'êtres humains.

Mis à part quelques hameaux bâtis sur les rives de la Désirable et de courtes portions de route qui en longeaient parfois la berge, les traces de civilisation avaient été des plus rares et leur voyage les avait essentiellement menés au cœur de forêts tout aussi immenses que celles qui entouraient Windrasor. En revanche, le risque de croiser une autre embarcation était quant à lui permanent et, plus d'une fois, les fugitifs avaient entendu Maximo saluer un bateau ami qui remontait vaillamment le courant.

C'était donc dans la moiteur de l'air surchargé de relents de peinture que ce nouveau déjeuner s'annonçait.

— Moi ! répliqua Édouard qui abandonna son travail et accourut vers l'échalas au visage de rongeur.

Augustin lui tendit un petit pain dans lequel avaient été émiettés avec soin des morceaux de poisson grillé.

— C'est quoi, ça ?

Comme les autres, Augustin l'ignora. Édouard avait protesté ainsi à chacun des repas et l'adolescent avait vite compris lui aussi que cela ne servait à rien d'entrer dans son jeu. Il mangerait ce qu'on lui apportait, ou ne mangerait pas. C'était aussi simple que cela.

Théodore remercia Augustin lorsqu'il reçut sa portion, et s'assit en tailleur au côté de Bartholomée qui dévorait déjà sa part.

— Tu manges avec nous ? le questionna Théodore.

— Non, je vais rester avec Maximo. On verra ce soir.

Théodore acquiesça, conscient qu'Augustin, comme Maximo, se tenait volontairement en retrait. Il connaissait certes Pic-Rouille, mais pourquoi se serait-il lié d'amitié avec des enfants mus par des objectifs aussi fous que les leurs ? Théodore ne pouvait que partager son point de vue. Alors, comme les jours précédents, l'adolescent termina la distribution et s'en fut en leur souhaitant un bon appétit.

Aliaume, Iphis et Pic-Rouille rejoignirent Théodore et Bartholomée et complétèrent le cercle initié par les deux amis.

— Iphis ? demanda le petit voyou en indiquant Édouard d'un mouvement de la tête.

Le garçonnet se tenait à l'écart et alternait les regards circonspects entre l'intérieur de son sandwich et le petit groupe.

L'orpheline soupira.

— C'est bon, il peut venir.

Pic-Rouille n'eut pas besoin de répéter les propos d'Iphis.

Édouard fonça vers eux, agitant son épaisse bedaine, et s'installa entre Théodore et Aliaume, pile en face d'Iphis à laquelle il adressa un sourire dans lequel Théodore put lire de l'affection. Une affection étrange, mais bien réelle.

— Quand on rentrera, on mangera une énorme tarte aux pommes ! annonça-t-il de but en blanc, sans préciser de qui il parlait.

Mais Théodore savait que ce moment, quelle que soit la compagnie qu'Édouard espérait, n'adviendrait pas. S'il retrouvait son domicile, il s'y bâfrerait seul.

Pour le garçonnet, tout cela n'était qu'une parenthèse dans son quotidien d'enfant choyé, qu'une anomalie qui finirait par rentrer dans l'ordre.

Il ne se doutait pas que plus rien ne serait comme avant.

— Tarte aux pommes, répéta Bartholomée qui devait certainement se rappeler celles que sa mère avait préparées à l'orphelinat.

Elle lui avait toujours gardé la plus belle part.

— Non, pas toi ! siffla Édouard, sans réelle intention de le blesser, simplement pour exposer un fait. Juste Iphis et moi.

Évidemment...

— Pourquoi ? intervint soudain Iphis en plongeant son regard dans celui du bambin.

Déstabilisé, le garçonnet pencha la tête sur le côté en même temps que son pain dont s'échappa une partie de la garniture.

— Pourquoi tu ne m'as pas laissée partir ? précisa l'orpheline. Qu'est-ce que tu veux ?

La voilà, pensa Théodore qui craignait de voir cette confrontation prendre des proportions ingérables. Il avait vu de quelle façon Iphis avait réussi à les faire entrer à Tréfonds, comment elle avait fait plier à sa volonté le Pantouflard chargé de protéger l'accès à la cité souterraine.

Personne ne paraissait cependant prêt à intervenir. Tous fixaient Édouard et attendaient sa réponse.

— Ben, t'es ma copine, je voulais te retrouver.

Il plissa le front.

— Pourquoi t'es partie d'abord ? On s'amusait bien.

Le calme et la maturité avec lesquels Iphis répondit laissèrent Théodore pantois.

— J'espère qu'un jour tu comprendras...

Elle se leva et poursuivit :

— Mais les vrais amis n'engagent pas des tueurs pour se revoir.

Elle tourna le dos et disparut dans le box des chevaux d'où des sanglots mal étouffés ne tardèrent pas à percer le silence.

— Je ne voulais pas, moi, finit par dire Édouard tandis que chacun mangeait sans réel appétit.

Théodore se souvenait pourtant de l'excitation qui avait envahi le garçonnet à la vue du sang et de son absence d'hésitation lorsqu'il avait commandé la mise à mort de Pic-Rouille et de ses compagnons... S'il n'avait pas souhaité en arriver là, il l'avait bien mal caché.

Voyant que personne ne pipait mot, Édouard tourna les yeux vers Pic-Rouille et continua :

— Et puis, il est mort, d'abord. Tu l'as tué.

Décidément, tu ne comprends vraiment rien, songea Théodore, incrédule.

Comment pouvait-on être ainsi déconnecté de la réalité ?

Il avait côtoyé des enfants horribles à Windrasor, mais aucun ne lui avait jamais paru aussi incapable d'empathie. Pas même les frères Helrik. C'était inconcevable. Il ne doutait cependant pas un instant qu'un jour, s'il n'avait pas déjà été écrit, un livre tenterait de répondre à ses interrogations. Mais ce jour n'était pas venu. Déjà, le présent se rappelait à lui.

— Cachez-vous ! leur ordonna soudain Augustin qui avait repassé la tête sous la toile. J'avais oublié, mais nous arrivons à une écluse. Vous finirez après, désolé.

C'était la quatrième qu'ils allaient devoir franchir et les fugitifs commençaient à y être habitués. Alors, comme le soir de leur montée à bord, tous – y compris une Iphis aux yeux humides – se réunirent à l'arrière de l'espace de stockage, derrière une haute pile de barriques, pendant que, dehors, Augustin repliait la voile unique de la gabare pour la faire ralentir.

Théodore aurait adoré pouvoir mettre le nez dehors pour voir fonctionner les portes et vannes de cet ouvrage hydraulique dont il avait étudié la conception des années auparavant à la bibliothèque de Windrasor. Ce n'était toutefois pas aujourd'hui qu'il en apprécierait le savant mélange de simplicité et d'ingéniosité. Cela ne l'empêcha néanmoins pas d'essayer de se projeter à l'extérieur.

Il ferma les paupières.

— Nicodène n'est pas là ? s'étonna Maximo tandis que la péniche approchait du sas.

Jusque-là, il avait salué tous les éclusiers par leur prénom et avait semblé entretenir des relations très amicales avec la très grande majorité. Seul un homme, un certain Ignace, qu'ils avaient dérangé dans son sommeil, s'était montré agressif, mais Théodore avait mis cela sur le compte de l'heure tardive.

— Il est malade ! répondit un type sur un ton bourru. Je le remplace aujourd'hui.

Quel que soit ce qui mit la puce à l'oreille de Théodore, Maximo l'avait perçu lui aussi.

— C'est Onésine et leur fille qui prennent la relève habituellement. Elles vont bien ?

— Bien sûr. Avancez ! éructa l'homme.

À ce moment-là, nul doute que Maximo aurait fait demi-tour ou se serait arrêté si la manœuvre avait été faisable, mais le courant emporta irrémédiablement la gabare dans le sas. Comme à son habitude, Augustin s'empressa de sauter sur la berge pour amarrer le bateau aux bollards afin qu'il ne s'endommage pas lors du vidage de l'écluse.

— Qu'est-ce que… s'étonna soudain l'adolescent. Arrêtez ! Non !

Un plouf sonore se fit entendre.

Théodore ouvrit grand les paupières et constata que Pic-Rouille avait déjà tiré son arme.

— Augustin ! Vous êtes fous ! s'écria Maximo, hors de lui.

Il n'y avait plus de doute : il y avait un problème.

— Je sais pas nager ! paniquait l'adolescent au dehors.

— Attrape ça, Augustin !

Quelque chose heurta l'eau puis la voix de l'inconnu s'éleva à nouveau :

— Les gars, fouillez-moi tout ça !

— Vous ne pouvez… protesta Maximo.

— Sois sage et tu t'en sortiras peut-être, le coupa le type qui venait de monter à bord et l'avait rejoint à l'arrière du bateau.

— Qu'est-ce que vous espérez trouver ? s'insurgea Maximo. Je ne transporte rien de valeur !

— Ça c'est à nous d'en décider. Maintenant, silence ! Dépêchez-vous, les gars !

À cet instant, les pans de la toile furent violemment écartés et deux rustres apparurent.

Théodore qui les observait par l'interstice entre deux tonneaux se fit aussi petit que possible et plaqua la tête contre le bois, espérant que les types, des miséreux aux visages rongés par des barbes crasseuses, certainement pas des tendres, ne les remarqueraient pas.

La respiration inquiète de Bartholomée balayait sa nuque.

— C'est quoi cette odeur ? se plaignit l'un d'eux, un gringalet au visage sec.

— De la peinture, idiot, répondit son partenaire en donnant un coup de pied dans un pot à moitié vide. Allez, tu fouilles la voiture, j'inspecte le reste.

— Eh ! Adonis ! Y a des chevaux ! s'exclama le maigrelet avant même d'avoir vérifié le contenu de la roulotte.

— J'savais que la chance tournerait. On va pouvoir en tirer un bon prix !

— Et regarde-moi ça !

Le type, tout heureux de sa découverte, courut en direction des enfants, mais s'arrêta devant une caisse remplie de bouteilles dans laquelle Maximo avait pioché la veille, prétextant que personne ne s'en rendrait compte.

Pantouflard un jour, Pantouflard toujours, avait-il d'ailleurs remarqué.

— Eh, Amalric ! Y a à boire ici ! Et des chevaux ! cria-t-il pour être sûr que ses mots portent à travers la bâche.

Il se saisit d'une bouteille qu'il déboucha d'un geste expert.

— Prenez ce que vous voulez et partez ! lança Maximo avant de lâcher un cri de douleur.

— Je t'ai dit de te taire ! Dernier avertissement, me force pas à m'occuper de toi aussi ! menaça le prénommé Amalric. Parfait, les gars. Mais bougez-vous !

Les deux vauriens soupirèrent.

— Bon, Maurin, harnache les chevaux, ordonna Adonis. Je regarde vite fait ce qu'il y a d'autre.

— OK, répondit le nabot en fracassant la bouteille au sol.

Il rota bruyamment, fier de lui, puis avança vers les bêtes.

Pas les chevaux ! Elle ne...

Théodore se retourna subitement, mais il avait réagi trop tard.

— Laissez-les tranquilles ! cria Iphis qui avait bondi hors de leur cachette.

Maurin couina de surprise et fit volte-face.

— Eh ben, qu'est-ce qu'on a là ! se reprit-il.

— Amalric ! Y a une gamine aussi ! s'extasia Adonis qui avait interrompu sa fouille en entendant Iphis.

Tandis que Maurin la dévisageait d'un air stupide, Adonis s'approcha, une lueur que Théodore ne connaissait que trop bien dans le regard.

C'en était trop !

— Partez tout de suite ! rugit l'orphelin, plus faiblement qu'il ne l'aurait souhaité, en surgissant auprès d'Iphis.

— C'est pas vrai ! Vous êtes combien ? s'étonna Adonis, dont un œil semblait mu d'une volonté propre.

— Suffisamment pour nous occuper de vous ! menaça Pic-Rouille en s'extirpant lui aussi de derrière les tonneaux, son arme à la main.

Les deux hommes éclatèrent de rire à la vue du petit voyou.

— Vous occuper de nous ? s'amusa Maurin bien qu'il ne soit guère plus grand que les enfants.

Mais peu importait la taille de leurs agresseurs. Celle de leurs armes, de longues machettes rouillées dont les reflets cuivrés n'étaient pas uniquement liés à l'oxydation, était une raison suffisante de faire preuve de la plus grande prudence.

Maurin fit deux pas sur le côté.

— Y en a trois autres derrière, constata-t-il en passant un doigt sur la lame.

Découverts, Aliaume, Bartholomée et Édouard sortirent à leur tour.

— Il est costaud, le débile, plaisanta Adonis en apercevant Bartholomée.

— Arrêtez ! s'exclama soudain Augustin, détrempé, qui avait réussi à regagner la berge puis le bateau.

Ses yeux brillaient d'une colère farouche, trahissant son envie d'en découdre.

Et pourtant, il n'en découdrait pas. Un puissant coup à l'arrière du crâne le projeta subitement à l'intérieur et sa tête frappa violemment la voiture, emportant avec elle une bonne couche de peinture bleue.

— C'est quoi ce bordel ! pesta Amalric, en poussant à son tour Maximo sous la toile tendue.

Le batelier gémit en atterrissant au milieu du verre que Maurin avait répandu au sol.

— Des gamins et... une gamine, répondit Adonis sans lâcher Iphis du regard.

Mais Amalric s'intéressait à un tout autre passager. Il n'était pas le chef de leur minable bande pour rien. Il sentait l'or à des kilomètres à la ronde.

— Où est-ce que t'as eu ces vêtements ? demanda-t-il à Édouard en approchant.

— Ce sont les miens, pardi. Vous, vous feriez bien d'en acheter des neufs.

Théodore sentit les battements de son cœur accélérer. Pourquoi le garçonnet le provoquait-il ainsi ? Il ne pouvait pas ne pas voir leurs armes !

— T'as pas froid aux yeux, petit. Comment tu t'appelles ?

Le palpitant de l'orphelin fit une embardée, mais il n'eut pas le temps de faire taire le bambin.

— Édouard de Fontiairy. Fils de Monsieur et Madame les marquis de Fontiairy, récita-t-il.

Amalric céda à un rire gras de satisfaction.

— Messieurs, notre fortune est faite, s'enthousiasma-t-il.

Alors que Maurin et Adonis le fixaient avec des mines incertaines, Théodore avait quant à lui parfaitement compris où Amalric voulait en venir. Soit les parents d'Édouard avaient déjà lancé des avis de recherche dans tout le Duché et le voleur avait reconnu l'enfant, soit il allait rançonner les aristocrates. *Au moins, il ne semble pas savoir qui nous sommes*, tenta-t-il de se réconforter.

— Allez, prenez le gamin et oubliez le reste, décréta Amalric, toutes dents dehors.

Tremblant, Théodore craignait de pouvoir anticiper la suite des événements. Égoïstement, cela ne lui paraissait pourtant pas une si mauvaise chose. Si le trio partait avec Édouard pour finalement le rendre à ses parents, eux seraient débarrassés du garçonnet et pourraient poursuivre leur mission plus sereinement. Après tout, les brigands ne feraient jamais de mal à leur précieuse monnaie d'échange, non ?

Mais Adonis n'était pas d'accord et il le fit savoir.

— Je veux la gamine aussi, lâcha-t-il.

Cela était en revanche inenvisageable.

— T'approche pas ! cracha Pic-Rouille qui s'interposa entre Iphis et les vauriens.

— Toi, tu vas…

— Ferme-la, Adonis ! s'énerva Amalric. Donnez-nous votre petit copain et tout se passera bien.

— Non, moi aussi je veux la même, intervint Maurin qui s'était rapproché discrètement de Pic-Rouille.

— Vous êtes vraiment irrécupérables, siffla Amalric. Très bien, prenez-la aussi. Tirons-nous avant qu'un autre bateau se ramène.

Il tendit un bras vers Édouard, mais le retira en gémissant.

— Premier avertissement ! menaça Pic-Rouille.

Encore une fois, Théodore avait minimisé le courage et la grandeur d'âme du jeune Pantouflard. Ce dernier se moquait bien du pragmatisme, il n'était que bravoure et ne laisserait pas une bande de brutes ravir un enfant, même si celui-ci s'ap-

pelait Édouard et avait réclamé sa mort quelques jours auparavant.

Devant tant d'audace, Théodore sentit un besoin de tenir
tête lui aussi l'envahir. Il fit un pas en avant. Ce qu'il regretta
aussitôt. Une violente gifle l'envoya aux pieds de Pic-Rouille
qui s'effondra à son tour sous la charge de Maurin.

— Copain ! beugla Bartholomée qui, ignorant l'arme, se
jeta sur l'homme.

Surpris par la rage soudaine du géant, Maurin ne put esquiver l'attaque.

Les doigts de Bartholomée se refermèrent avec force autour
de son poignet. Un craquement sonore, suivi d'un cri aigu,
résonna et le criminel, les os broyés, laissa tomber sa machette
qui s'enfonça dans le bois à quelques centimètres du visage de
Pic-Rouille. Et pourtant, Bartholomée n'en avait pas fini avec
lui. Rugissant, il attrapa le nabot sous les aisselles et se précipita en avant. La rencontre entre le crâne de Maurin et la porte
arrière de la roulotte ne fut pas des plus heureuses.

Haletant, Bartholomée libéra l'homme et expira violemment par le nez. Il se tourna vers Adonis qui avait fait mine de
lever son arme.

— Partir ! hurla le gaillard.

— Vous l'avez entendu ! ajouta Pic-Rouille, prêt à bondir.

Ils l'avaient entendu, à n'en pas douter. Mais ils avaient
surtout vu de quoi il était capable et venaient de prendre
conscience qu'ils ne faisaient pas le poids face à cette bande-
là.

Son œil fou plus que jamais désorienté, Adonis s'empara
maladroitement du corps inconscient de son acolyte et disparut
à la suite d'Amalric qui n'avait pas demandé son reste. Ce
qu'ils auraient pu tirer d'Édouard et d'Iphis, ces lâches
l'avaient oublié.

— Raton, tu vas bien ? s'inquiéta Pic-Rouille en se ruant
auprès de l'adolescent tandis qu'Iphis aidait Théodore à se
relever.

Groggy et trempé, Augustin se redressa.

Bouche bée, les mains en sang, Maximo fixait Bartholomée.

Mais il revint bien vite à la réalité.

— Onésine, Nicodène ! paniqua-t-il.

Il se jeta sur ses pieds et sortit en courant en direction de la minuscule habitation qui jouxtait l'écluse.

— La raclée que tu lui as mise, Barth, s'émerveilla Pic-Rouille.

— Pas toucher copains, expliqua candidement le géant qui avait retrouvé son calme habituel.

— Il va falloir que vous repeigniez là ! plaisanta Pic-Rouille en indiquant la porte contre laquelle Bartholomée avait écrasé le visage de Maurin.

— Là aussi, ajouta Augustin en pointant du doigt l'endroit où sa propre tête avait percuté la roulotte.

Malgré le sang qui coulait de son cuir chevelu fendu, il souriait.

Mais leur tentative de détendre l'atmosphère échoua tristement.

— Ils les ont tués... annonça Maximo, déjà de retour, le souffle court.

L'émotion perçait dans sa voix.

— Même leur fille... Quel genre de monstres...

Le genre dont Théodore et ses compagnons se seraient bien passés, mais eux, au moins, s'en étaient tirés à bon compte. De là à s'en réjouir...

— Que fait-on ? demanda Augustin qui avait quant à lui frôlé la mort et se serait noyé sans la réactivité de Maximo qui lui avait lancé de quoi flotter.

Le batelier, un vilain hématome sur la joue, baissa ses yeux larmoyants puis réfléchit un instant.

— Je suis désolé les gars, mais vous allez devoir débarquer ici.

— Mais... voulut protester Théodore.

— On doit prévenir les autorités. Ces tueurs d'enfants ne doivent pas s'échapper.

C'est inutile ! Ils doivent déjà être recherchés ! pensa Théodore. Mais il garda ses réserves pour lui. Ce n'était pas à lui de décider et il ne pouvait pas se montrer insensible au sort de la famille de l'éclusier.

— Et rien ne dit qu'ils ne reviendront pas avec d'autres comparses. Ce genre… d'hommes est capable de tout, poursuivit Maximo.

— Et vous alors ? s'inquiéta Iphis. Qu'est-ce que vous allez faire s'ils reviennent ?

— Ne t'inquiète pas pour nous. On va continuer jusqu'au prochain village et on attendra de voir comment les choses tournent.

— Et s'ils parlent d'Édouard ? demanda Théo.

Le garçonnet lui décocha un regard noir, comme s'il venait tout juste de comprendre ce à quoi il avait réchappé, mais n'acceptait pas qu'on le lui reproche.

— Ce sera ma parole contre celle d'une bande de vauriens. Ceci dit, je doute qu'ils le crient sur les toits. Pas après ce qu'ils ont fait...

Maximo soupira, le cœur lourd.

— Si même le fleuve devient un coupe-gorge…

Tous pesèrent le poids de ses mots, puis Maximo se ressaisit.

— Augustin, installe la rampe. Vous, occupez-vous de harnacher les chevaux. Nous n'avons pas de temps à perdre.

Maximo n'aurait pas pu exposer de vérité plus réelle.

Les fugitifs allaient devoir débarquer plus loin que prévu de l'orphelinat et le destin se moquait bien de ce contretemps.

Quelque part, plus au sud, Hippolyte était déjà en route.

16

SPINELLO

Tu vas bien, Frad' ? s'enquit Élias lorsque le trio déboucha de l'antre des Ignobles sur la place dévastée. Son héros ne parlait pas de l'état physique de l'Ignoble ; Spinello le savait très bien. Car, quoi que Fradik ait pu dire au sujet de son père, le revoir dans ces circonstances ne pouvait pas l'avoir laissé indifférent ; pas après tant d'années. Mais, la tête enfouie sous sa capuche, la créature, dont les expressions faciales étaient habituellement déjà difficiles à lire, se gardait plus que jamais d'afficher toute émotion.

— Ne t'en fais pas, mon ami. Ça va.

Élias hocha la tête.

— Tu crois qu'il va réussir à sortir ?

À cette simple idée, Spinello frissonna.

— J'en suis persuadé, répondit Fradik, jetant de l'huile sur le feu de cette terreur que l'orphelin avait éprouvée en croisant le regard d'Araknor. La question est de savoir quand. Mais s'il décide de se mettre en travers de notre chemin, crois-moi, je m'occuperai de lui. Pour le moment, oubliez-le.

Il se tut un instant.

— Que faisons-nous ?

Une bonne question pour les trois compagnons qui n'auraient jamais imaginé tomber sur Araknor prisonnier et avaient cultivé l'espoir d'obtenir l'aide des Ignobles. Et dire qu'Élias avait osé croire que tout pourrait bien se passer.

Quelle présomption !

Désormais, il ne restait qu'une personne à laquelle ils pouvaient faire entendre raison : le directeur. Mais arriver jusqu'à lui n'allait pas être une mince affaire.

Élias prit les choses en main :

— Si on veut que le directeur nous écoute, nous devons le prendre au dépourvu. Et je doute que nous puissions entrer maintenant dans l'orphelinat sans nous faire repérer et semer la panique. Attendons la nuit. Qu'en penses-tu Spinello ? Après tout, tu connais mieux les lieux que moi.

L'orphelin n'en était pas si sûr. Il ne put néanmoins s'empêcher de ressentir une indéniable fierté en entendant son héros lui demander son avis aussi ouvertement.

Quand Donatien avait été envoyé au front trois ans auparavant – un épisode auquel Spinello préférait ne pas songer ; Donatien avait été plus qu'un frère pour lui –, Spinello s'était retrouvé bien malgré lui dans la peau de meneur à l'orphelinat. Certains y avaient peut-être vu un cheminement naturel pour celui qui avait toujours secondé le malheureux condamné dès ses quatorze ans, mais Spinello n'en avait pas moins été étonné de voir ses amis se tourner de plus en plus souvent vers lui, jusqu'à en faire officiellement leur leader établi.

Les mois s'étaient écoulés et, confronté à la dureté de la vie à Windrasor, il avait fini par assumer son rôle de chef. Il l'avait fait jusqu'à ce que le destin l'emporte loin du pensionnat. Mais, à y réfléchir, son évasion n'avait pas vraiment changé la donne. Après leur fuite, ses amis avaient continué à s'appuyer sur lui et ses choix, sans réellement avoir conscience du poids qu'autant de responsabilités pouvait représenter pour lui. Mais qu'importait, décider était devenu une seconde nature chez lui et, même s'il avait transféré une partie du fardeau décisionnaire à son héros depuis leur rencontre, les propos d'Élias n'avaient fait que renforcer son assurance.

— J'ai aucune envie d'attendre, mais tu as raison. À cette heure-ci, on ne passera pas inaperçus, c'est sûr.

Rongé par le désir de revoir ses amis et de les avertir au plus vite, exposer cette prudente réalité le faisait souffrir, mais il savait aussi que foncer tête baissée aux dortoirs ne causerait que panique. Or, pour être un succès, cette affaire devait être gérée avec tact et dans le calme. Et cela, seul le directeur pouvait l'assurer.

— Attendons, conclut-il.

— Parfait, dit Élias qui avança vers un muret contre lequel il s'adossa, assis à même le sol.

Il fit signe à Spinello de le rejoindre.

— Je ne crois pas qu'on trouvera d'endroit plus confortable dans ces ruines, plaisanta-t-il.

Hésitant, Spinello voulut lui rappeler que Placide était tout seul dehors, mais la vue d'une tache noirâtre et grandissante sur la cape de Fradik le fit changer d'avis.

L'Ignoble n'en avait peut-être rien dit, mais certaines de ses plaies s'étaient rouvertes et lui demander de redescendre, ne serait-ce que pour prévenir Placide, était dorénavant impensable. Son copain devrait tenir bon. Et Spinello était convaincu que Placide savait à quoi s'attendre. Il n'était plus le garçon naïf d'avant leur évasion. Il s'en sortirait... et probablement mieux qu'eux.

Quelque peu rassuré, Spinello s'accroupit auprès d'Élias et se laissa tomber sur les fesses.

— Un peu de repos ne nous fera pas de mal, suggéra l'Insaisissable.

Il n'avait pas tort.

***

Lorsque Spinello rouvrit les paupières, Élias le secouait légèrement par la manche.

— Il est temps, chuchota son héros en se levant.

L'orphelin cligna des yeux, incrédule. Il n'en revenait pas d'avoir dormi aussi longtemps ; surtout dans un lieu pareil.

À l'horizon, le soleil avait déjà disparu, abandonnant une nouvelle fois le monde à un règne nocturne que seuls ceux qui y survivraient pourraient qualifier de glorieux.

— Ça va aller ? s'enquit l'Insaisissable en lui tendant la main gauche.

Spinello l'accepta et le laissa le remettre sur pied. Ce sommeil inespéré lui avait fait du bien, mais la peur d'échouer tentait déjà de prendre le dessus. Serait-il à la hauteur ?

— Allons-y, piaffa Fradik, accroupi tel un étrange vautour, au sommet d'un mur effondré.

Il avait monté la garde, guetté le moindre bruit que tout danger potentiel ou bien son père, aurait pu produire. Rien ne s'était cependant passé. Mais l'impatience était là. Croissante. Fradik, silhouette plus sombre encore que les vestiges de l'ancienne forteresse de Windrasor, bondit de son perchoir et s'enfonça dans la pénombre.

Bien moins à l'aise dans l'obscurité, Élias et Spinello se dépêchèrent de lui emboîter le pas.

Tout autour d'eux, les ruines bruissaient de stridulations qui, sitôt le trio s'approchait-il des minuscules créatures qui en étaient responsables, s'arrêtaient pour reprendre dès qu'il s'éloignait. Néanmoins, une partie de cette zone oubliée du plateau de Windrasor semblait avoir été désertée de tous et les trois trouble-fêtes se retrouvèrent plongés dans un silence quasi total.

Seuls craquaient sous leurs pieds les résidus de plâtre des statues décrépites qui les entouraient et les fixaient de leurs regards sans vie. La nuit était noire, mais pas suffisamment pour masquer les expressions tantôt moqueuses, tantôt dévastées de ces pâles copies de stuc. Mais l'effroi que ces statues suscitaient n'était pas tant lié à leur apparence hideuse qu'à toutes les histoires dramatiques qu'elles murmuraient d'une voix unique et glaciale. Car, combien de ces pensionnaires dont les visages avaient ainsi été copiés puis abandonnés en ces lieux, avaient bien pu être adoptés et vivaient encore ? Et combien d'entre eux avaient au contraire péri dans cette guerre sans fin qui embrasait les contrées limitrophes du Duché ?

Spinello réprima un frisson en réalisant que les visages de Donatien et de tant d'autres qu'il avait connus, étaient forcément là, quelque part. Le garçon inspira et essaya de se concentrer sur ce qui les attendait, ses compagnons et lui. Les morts, les disparus et leurs fantômes ne pourraient pas les aider.

Spinello, Élias et Fradik poursuivirent leur chemin et, bientôt, les craquements sous leurs pieds cessèrent et les criquets se remirent à chanter. Leurs stridulations les accompagnèrent jusqu'à ce que s'élève devant eux le haut rempart qui les séparait de la cour des filles.

Fradik esquissa un geste dans sa direction, visiblement prêt à le gravir. Élias le retint et se dirigea vers l'unique porte qui le perçait puis tira une petite trousse de sa poche.

— Éclaire-moi, Frad', demanda-t-il.

Les yeux de l'Ignoble parurent s'embraser et une lumière rougeâtre s'en dégagea. Il se pencha au-dessus de son ami accroupi devant le battant.

Bouche bée, Spinello assistait au premier crochetage de sa vie. Et c'était une démonstration de maître. Un cliquetis rompit le silence.

Si on s'en tire, il doit m'apprendre à faire ça !

Mais l'heure n'était pas aux leçons.

— Spinello, je pensais passer par la bibliothèque, puis par le hall des adoptions, commença Élias.

— Par la bibliothèque oui, mais pas par le hall, le coupa l'orphelin. Ça nous forcerait à traverser le couloir qui mène aux quartiers de l'administration et à la nurserie. Il y a toujours des gardiens là-bas la nuit. Je connais un chemin.

L'Insaisissable écarta discrètement la porte et glissa la tête par l'entrebâillement.

— On te suit alors.

Spinello prit la tête, bien conscient de la frustration que devait ressentir Fradik à l'idée de dépendre ainsi de ses deux compagnons. Seul et en pleine forme, il n'aurait eu qu'à escalader l'immense coupole du hall des adoptions, sauter de toit en toit pour atteindre leur objectif, mais un tel périple était inenvisageable dans son état actuel, surtout avec Spinello ou Élias sur le dos.

Le trio s'engouffra dans la cour déserte en direction de l'immense édifice qui séparait cette partie de l'orphelinat de celle réservée aux garçons.

Dans leur dos, au-delà du potager, les dizaines de fenêtres du bâtiment des dortoirs des filles déversaient dans la nuit la pâle lueur des lampes qui éclairaient les chambrées et dont l'intensité était insuffisante pour révéler la présence des trois intrus qui se faufilaient dans les ténèbres.

Élias, qui avait repris les devants, s'immobilisa après une brève course en face de la majestueuse entrée de la bibliothèque.

— Ça va être compliqué, pesta-t-il en constatant la solidité du verrou qui maintenait les deux battants fermés.

— Par là alors, chuchota Spinello en leur indiquant une allée à leur droite.

Ils longèrent la façade de la bibliothèque jusqu'à un mur où s'ouvrait une petite porte, en tous points ridicule comparée à son inviolable aînée.

Élias n'eut pas à demander. Fradik se plaça dans son dos, s'accroupit, écarta les pans de son ample cape afin de dissimuler la lueur produite par ses yeux à quiconque arriverait derrière eux et éclaira la serrure. En un tour de main, Élias la crocheta.

Le jardinet dans lequel ils pénétrèrent n'avait pas changé depuis la fuite des orphelins et l'adoption de Théodore.

— Le "passage des lettrés", murmura Élias quand Fradik eut refermé la porte, comme si l'existence et le nom de ce lieu, auquel Théodore avait plusieurs fois fait allusion, venaient de se rappeler à lui.

Paisible, le minuscule parc, promesse d'un répit temporaire, s'offrait à eux mais aucun ne comptait profiter de son calme. Déjà, Spinello guidait ses compagnons vers l'entrée secondaire de la bibliothèque dont Théodore lui avait parlé. Il descendit la volée de marches qui y menait.

— Encore deux portes à franchir et nous serons dans la cour des garçons, expliqua-t-il.

— Pas la peine, siffla Fradik.

Sans prévenir, l'Ignoble bondit sur la paroi attenante à la bibliothèque – celle qui délimitait l'extrémité nord du jardinet

– avant de se hisser péniblement à son sommet hérissé de pointes de métal. En équilibre précaire, il sonda un instant la nuit, indifférent au sang qui coulait à nouveau le long de ses membres, puis se tourna vers ses compagnons.

— Attrapez ma main, ordonna-t-il en s'accroupissant et en tendant un de ses interminables bras secs.

Élias chassa l'inquiétude qui s'était brièvement gravée sur son visage et se plaça au pied du rempart mélange de roche et de briques, un mur de près de cinq mètres de haut que Spinello avait tenté d'escalader des mois auparavant sans y parvenir.

— Je vais t'aider, annonça-t-il. Ça va aller ?

Spinello acquiesça et laissa l'homme le soulever par les hanches. Les griffes de Fradik se refermèrent avec délicatesse autour du bras valide du garçon et l'Ignoble le tracta jusqu'en haut du mur.

— Accroche-toi, lui ordonna Fradik avant de se pencher pour hisser Élias.

Les doigts crispés autour d'un des barreaux sommitaux, Spinello ne pouvait détourner le regard des fenêtres éclairées du bâtiment des garçons.

Tel un papillon de nuit, il était en proie à une fascination quasi hypnotique et seule la hauteur du vide à ses pieds l'empêchait de voler aveuglément vers l'édifice. Même s'il ne pouvait pas voir d'ici la fenêtre du dortoir de ses amis – de son dortoir –, qui donnait sur les forêts immenses qui entouraient le plateau, il se figurait sans mal la scène qui devait se dérouler derrière les vitres sales. Chacun dans son lit ou réunis en petit groupe, ils parlaient de tout et de n'importe quoi ; rigolaient en attendant que les gardiens viennent éteindre les lampes et les obligent, souvent en vain, à dormir. L'extinction des feux ne mettait jamais fin à leurs discussions.

— Tu les verras bientôt, promit Élias dès qu'il l'eut rejoint.

À ces mots, Spinello secoua la tête pour se soustraire à l'attraction des lumières.

Accourir maintenant auprès de ses amis ne ferait que lui brûler les ailes.

Attentifs, les trois intrus observèrent la cour, son potager central et les torches qui y brûlaient.

— Vous voyez le mur, là-bas ? demanda Spinello lorsqu'il fut certain que personne ne se trouvait dehors. Je pensais entrer par les jardins derrière. Personne ne les surveille jamais.

Il espérait que cela n'avait pas changé depuis qu'il avait réussi à s'y introduire.

— J'aurais dû y penser, avoua Élias.

Fradik n'avait en revanche pas grimpé là-haut sans raison. Il avait anticipé le plan de Spinello.

— Bien, descendons, ajouta l'homme. Je passe le premier.

Fradik s'arrima à un barreau et saisit la main d'Élias qui, les deux pieds à plat contre le mur, se rapprocha du sol à mesure que l'Ignoble se penchait dans le vide. Quand ce dernier fut au maximum de son allonge, il fit un signe à Élias qui relâcha son étreinte et se laissa tomber sans un bruit.

L'épaule gauche en feu, Spinello l'imita à grand peine, mais réussit à surmonter sa douleur. Il atterrit dans les bras d'Élias.

— Ne traînons pas, siffla Fradik à peine toucha-t-il le sol.

Alors, sans perdre de temps, ils foncèrent vers le rempart que Spinello leur avait indiqué et répétèrent l'opération.

Cette fois-ci, la souffrance fut telle que Spinello ne put retenir un couinement de douleur, mais le son se perdit dans la nuit sans alerter personne, malgré la proximité des baraquements des gardiens.

Sale ordure, jura-t-il en se figurant le visage de celui qui l'avait condamné à ce supplice.

Il y a quelques semaines, il s'était échappé au nez et à la barbe d'Octave en escaladant ce mur et avait devancé le gardien jusqu'à pouvoir être le premier des orphelins à voir les nouveaux arrivants. Mais, ce soir, sans l'assistance de Fradik et d'Élias, cela lui aurait été impossible.

La faute à ce maudit Fromir.

Ce n'était cependant pas le moment de songer au militaire. Spinello chassa ces sombres pensées et emboîta le pas d'Élias à travers les jardins.

— Quelle porte ? lui demanda son héros en passant en revue les quelques vitres éclairées de l'édifice dont plusieurs brilleraient tard dans la nuit.

Pour les membres de l'administration, il n'y avait pas de couvre-feu, sinon celui imposé par leur organisme.

— Par là.

Spinello les conduisit à la porte qui lui avait permis de s'introduire dans le bâtiment le jour de l'arrivée des derniers orphelins, mais la trouva verrouillée. Visiblement, depuis sa petite plaisanterie, il avait été décidé que même ces accès seraient dorénavant condamnés la nuit. Mais cela ne les arrêterait pas et certainement pas Élias qui ressortit son attirail de crochetage.

Un léger déclic métallique s'échappa de la serrure et les trois compagnons échangèrent des regards entendus. C'était la dernière ligne droite. La plus dangereuse.

Élias prit une grande inspiration et abaissa la poignée.

C'était maintenant ou jamais.

La porte commença à s'écarter dans un silence des plus parfaits qu'une voix masculine rompit soudain.

— Monsieur le directeur se repose, il a eu une journée difficile. Vous devez patienter jusqu'à demain !

L'homme n'obtint pas de réponse. Il semblait parler tout seul.

— Il a demandé à ne pas être dérangé.

Ou à un mur.

— S'il vous plaît, implora-t-il.

Immobile, le trio n'avait pas osé refermer la porte et discerna enfin, par l'entrebâillement, un gardien visiblement dépassé par son interlocuteur.

Les bras écartés, il tentait de bloquer le passage.

— S'il vous plaît !

Des mains puissantes l'envoyèrent brusquement au sol et deux hommes, aux couleurs du Duché, apparurent à leur tour.

On arrive trop tard ! paniqua Spinello. *Les soldats sont déjà là !*

Mais son effroi ne fit qu'amplifier lorsqu'une voix glaciale résonna dans le couloir.

— Ferme-la et mène-nous à lui, bon à rien. Il doit s'expliquer et sur le champ.

— Mais... voulut protester le gardien qui ne récolta qu'un coup de botte dans l'abdomen.

— Tout de suite ! s'emporta Fromir dont les yeux bleus balayèrent fugacement l'obscurité d'où l'observaient Spinello et ses compagnons.

IPHIS

Deux jours plus tôt.

Les bras tendus devant elle, agitant par intermittence les rênes, Iphis n'en revenait toujours pas de la tournure qu'avaient pris les événements ces derniers jours – depuis le moment où elle avait entendu à la capitale le héraut annoncer la mise à mort prochaine d'orphelins de Windrasor.

Elle qui pensait avoir débuté une nouvelle vie avec Vulfran, loin de l'emprise de l'orphelinat et des Fontiairy, qui s'était même convaincue que, les mois passant, tous l'oublieraient et que Vulfran ferait officiellement d'elle son assistante, voilà que tous ses espoirs s'étaient envolés.

Tout était allé si vite. Trop vite. Et le pensionnat, comme les aristocrates, n'en avaient pas fini avec elle. Au contraire. Car c'était bien la direction de cette infâme prison que ses compagnons et elle prenaient à bord de la roulotte, n'accordant aux chevaux que de trop courtes pauses. Et, aussi invraisemblable cela soit-il, le rejeton des deux énergumènes qui l'avaient adoptée les accompagnait dans cette aventure.

Jusque-là, aveuglée par la colère, par la haine même qui la submergeait à la simple mention d'Édouard, Iphis avait été incapable de rationaliser le comportement du bambin. Tout comme elle ne s'expliquait pas son obsession pour elle – était-elle la seule ou bien la première à lui avoir jamais tenu tête ? –, elle ne comprenait pas plus sa présence à leurs côtés dans cette folle mission.

Il aurait pu rester chez lui, jouir du confort de sa petite vie d'enfant choyé, l'oublier puis la remplacer – son ignoble collection de mèches de cheveux n'en aurait que grandi. Mais non, il l'avait fait traquer, l'avait localisée, avait bondi à bord de la roulotte dans cette ruelle où Vulfran avait succombé à la monstruosité d'Octave et n'avait pas quitté Iphis depuis lors. Or, la fillette avait le plus grand mal à croire qu'Édouard était à ce point coupé de la réalité et qu'il agissait ainsi sans une bonne raison. En dépit de son jeune âge, ce que grimper à bord de la voiture pouvait impliquer pour lui, sa famille et son quotidien lui avait forcément traversé l'esprit. Il l'avait cependant fait sans hésiter, malgré la rage de celle qu'il avait eu tant de mal à retrouver.

Ces pensées mettaient Iphis mal à l'aise ; la terrorisaient même. Elle refusait qu'un enfant pareil se soit ainsi attaché à elle et ne voulait rien avoir à faire avec lui !

Pourtant, quelque part tout au fond d'elle-même – et cela l'effrayait bien davantage –, elle pressentait qu'elle finirait par lui pardonner tous les malheurs dont il était à l'origine… y compris la mort de Vulfran.

Quelle horreur ! Était-elle à ce point sans cœur pour envisager de faire preuve d'une telle miséricorde envers celui qui, indirectement, avait pris part au massacre du meilleur ami qu'elle ait jamais eu ? À moins que ce ne soit le cours normal des choses et que sa raison ait pris le contrôle de ses émotions pour lui rappeler qu'Édouard n'était en définitive que le produit d'une éducation laxiste ? Seuls ses parents et la société terrifiante à laquelle ils appartenaient étaient à blâmer. Iphis soupira et essaya de ne plus songer au garçonnet qui se reposait à l'intérieur en compagnie de Théodore, Bartholomée et Aliaume.

— T'vas bien ? s'enquit Pic-Rouille qui avait insisté pour s'asseoir auprès d'elle malgré son épuisement.

Depuis leur départ de la gabare de Maximo la veille, le petit voyou n'avait pas dormi une seule seconde. Il avait monté la garde toute la nuit, sûrement inquiet à l'idée que des vauriens comme Adonis, Amalric et Maurin leur tombent dessus, et avait refusé qu'on le relève. Il savait ce à quoi l'orpheline avait réchappé de justesse.

À présent, il lui était impossible de cacher la fatigue qui le faisait vaciller, les paupières lourdes. Il avait néanmoins encore la force de se préoccuper d'un simple soupir de son amie.

— Ça ira mieux quand tout sera fini… Quand nous atteindrons Windrasor avant cet Hippolyte et ses hommes, quand tout le monde sera sain et sauf…

Iphis ne croyait pas vraiment à la véracité de ces derniers mots, mais les prononcer lui rappelait qu'une telle issue n'était pas non plus impossible. Seulement très improbable.

Un sentiment de culpabilité s'empara soudain d'elle.

Était-elle en train de conduire son ami à sa perte ? Car, si Théodore et même Bartholomée – malgré son retard mental – savaient ce qui les attendait et pourquoi ils prenaient autant de risques, elle ne pouvait en dire autant de Pic-Rouille. Il n'avait jamais vécu à Windrasor, n'y connaissait personne, n'avait pas de raisons de mettre sa vie en danger… pas de raisons, mis à part elle.

Comme Édouard, réalisa-t-elle.

Sauf qu'elle ne voulait pas qu'il advienne le moindre mal à Pic-Rouille. Elle devait le convaincre de retourner à Tréfonds, auprès des Pantouflards, avant qu'il ne lui arrive malheur. Mais elle n'eut pas l'occasion d'aborder le sujet.

— T'vas faire quoi quand ce s'ra terminé ?

La question du garçon la prit au dépourvu.

Elle n'y avait pas réellement songé. Elle n'eut toutefois pas à chercher une réponse bien loin.

Délicate, dont la blessure avait été étonnamment bien soignée et que la fillette avait veillé à nettoyer lorsqu'ils avaient fait halte la veille, hennit légèrement et secoua vigoureusement la tête.

— J'imagine que je vais rester avec eux, dit-elle en indiquant l'attelage.

Les rêves de Vulfran n'étaient pas morts avec lui.

Si Édouard me laisse en paix, songea-t-elle avant de chasser cette sinistre pensée.

— Et toi ? demanda-t-elle.

Au milieu de son visage, marqué autant par la fatigue que par la crasse qu'il refusait d'enlever comme s'il en tirait une quelconque protection, deux grands yeux s'ouvrirent.

— J'crois que j'aimerais bien voyager, moi aussi. C'est beau ici, répondit-il en indiquant l'alternance de prairies et de forêts minuscules qu'ils traversaient depuis une bonne heure, cheminant de collines boisées en collines défrichées et herbeuses.

— Puis ça sent meilleur ici qu'à Tréfonds, ajouta-t-il en prenant une grande inspiration.

— Tu irais où ? poursuivit Iphis que la bonne humeur de Pic-Rouille apaisait.

— J'sais pas… Ça dépend de s't'veux bien m'prendre à lire, confessa-t-il en tournant la tête, rouge comme une tomate.

Iphis ne put s'empêcher de rire. Elle ne se moquait cependant pas du garçon qui avait soutenu que lire était un savoir inutile.

Elle riait de bonheur. Emportée par la joie, elle déposa un baiser sur la joue du voyou qui fixait le chemin sans oser croiser son regard. Cet élan de tendresse lui était venu tout naturellement et Iphis en rougit à son tour.

Durant toutes les années passées à Windrasor, elle n'avait jamais reçu de telles marques d'affection et n'en avait jamais donné. Mais les mots de Pic-Rouille, la douceur avec laquelle il les avait prononcés, avaient eu raison de ses réserves.

— Si tu me promets de bien travailler ! plaisanta-t-elle pour dissiper leur gêne réciproque.

— Et comment ! s'enthousiasma Pic-Rouille, écarlate.

Un tapement soudain les fit sursauter.

Pic-Rouille se décala sur le siège et ouvrit le fenestron dans son dos.

— Qu'est-ce qui se passe ? les interrogea Théodore, debout sur la couchette sous la fenêtre.

Les deux amis gloussèrent.

— Rien, rien, rien… bredouilla Pic-Rouille.

L'orphelin, une lueur malicieuse dans les yeux, les dévisagea tour à tour puis décida visiblement que cela ne le regardait pas.

— On est où ? demanda-t-il.

— On devrait bientôt arriver à Swansy, répondit Iphis.

— Ah ! Swansy la Glorieuse, c'est là que le premier Duc de Morenvagk est né, expliqua Théodore. On a bien avancé aujourd'hui.

— Oui, Robuste porte bien son nom, mais je crois que Délicate et Virevoltant commencent à fatiguer, ajouta Iphis qui, en plus de se soucier des chevaux qu'ils avaient déjà poussés à bout la veille, craignait de devoir traverser une autre ville.

Ils n'avaient pourtant pas le choix. La carte que leur avait remise Maximo était rudimentaire et leur interdisait de s'écarter des axes principaux au risque de se perdre. Il leur faudrait transiter par là, comme par les bourgades, parfois de simples hameaux, qu'ils n'avaient pu éviter. Une telle voiture, qui plus est pilotée par des enfants, ne risquait pas de passer inaperçue, mais c'était là leur seule option.

— Tu crois qu'on arrivera quand ? s'enquit Théodore.

Iphis réfléchit un instant.

— Si on continue à ce rythme, je dirais dans quatre ou cinq jours.

— En espérant être les premiers… soupira Théodore.

— Arrête ! s'énerva soudain Édouard à l'intérieur.

— Lâche ça ! répliqua Aliaume.

Théodore prit une grande inspiration.

— Surtout dites-nous si on peut vous remplacer. En attendant, je vais essayer de les calmer.

— On n'hésitera pas, répondit Iphis.

Le visage du garçon disparut aussitôt et Pic-Rouille referma la petite fenêtre après avoir brièvement constaté le remue-ménage à l'intérieur.

— Déc'dément, ils s'entendent pas les deux là.

— C'est pas facile de supporter Édouard aussi.

Le voyou haussa les épaules.

— J'l'aime bien, moi, en fait.

Iphis se retint de lui rappeler les événements de la capitale. Pic-Rouille aurait pu tout aussi bien y laisser la peau. Qui aurait parié sur lui face à Octave ? Mais ce n'était pas à elle de décider s'il devait en tenir rigueur à Édouard ou non.

— Direction Swansy, alors, trancha le garçon devant l'absence de réaction de l'orpheline.

Iphis acquiesça, la boule au ventre, consciente que mille dangers les guettaient.

Par chance, la taille de la ville n'était nullement proportionnelle à celle du gros point qui l'indiquait sur la carte et Iphis comprit rapidement que même la manière dont Théodore l'avait qualifiée – la Glorieuse – n'avait plus grand-chose de véridique. Swansy était entièrement morte, ou presque.

Ainsi, alors que des bâtiments étaient apparus sitôt avaient-ils franchi un pont en pierres qui enjambait un maigre bras d'eau, les premiers signes de vie ne se manifestèrent que plusieurs centaines de mètres plus loin.

Les abords de ce qui avait dû être une cité prestigieuse et élégante avaient été désertés et de nombreuses habitations tombaient en ruine et croulaient sous le poids de plantes grimpantes qui rappelaient à Iphis celle qui couvrait une partie de la demeure des Fontiairy. Sauf qu'il n'y avait ici rien du charme du jardin parfaitement ordonné des aristocrates, ni de la magie de la Nature sauvage. Les orphelins venaient de pénétrer sur un véritable champ de bataille que les Hommes avaient fui depuis longtemps. Swansy succombait et seuls quelques centaines d'habitants pouvaient encore s'enorgueillir d'y résider.

Un instant, Iphis crut même s'être trompée de direction, mais une gigantesque statue usée par les intempéries que Théodore identifia au premier coup d'œil, confirma leur position.

— C'est bien Furidor, le fondateur du Duché, exposa-t-il, la moitié du buste dépassant du fenestron.

— Les pigeons ont l'air de l'apprécier... plaisanta Pic-Rouille en montrant du doigt la troupe de volatiles qui s'était installée sur le bras tendu de l'ancien souverain.

— Hâtons-nous, intervint Iphis, sous les regards suspicieux de certains badauds.

Si la population était moins importante qu'elle ne l'avait craint, le centre de la ville restait fréquenté et elle ne voulait pas tenter le sort pour une leçon d'Histoire ; d'autant que, grâce aux provisions fournies par Maximo et Augustin, ils n'avaient aucune raison de s'arrêter.

Iphis rentra la tête dans les épaules lorsqu'elle aperçut un groupe de soldats postés à l'entrée de la cité et claqua des rênes, mais les hommes semblaient plus occupés à débattre des affaires de cœur d'un de leur camarade qu'à surveiller le va-et-vient des piétons et des chevaux. La roulotte, d'un bleu profond, ne suscita pas le moindre intérêt. Soulagés, les fugitifs quittèrent la ville.

Quelques kilomètres plus loin, l'orpheline sut, à la courbe du soleil et au rythme décroissant des chevaux, qu'ils ne pourraient pas mettre davantage de distance entre eux et la cité aujourd'hui et décida de chercher un endroit où passer la nuit.

Après une première tentative qui les vit s'enfoncer sur un chemin boueux aux ornières si profondes que la voiture faillit rester piégée, la seconde fut la bonne et, comme la veille, les fugitifs firent halte à proximité d'un ruisseau qui coulait le long d'une piste peu fréquentée. Ils n'auraient que cinq cent mètres à faire pour retrouver la voie principale, et personne ne risquait de venir les déranger ici, du moins l'espéraient-ils.

Leurs précédentes mésaventures, qui les avaient forcés à une manœuvre compliquée, leur avaient fait perdre de précieuses minutes et la nuit menaçait déjà de s'abattre sur eux.

Aliaume et Bartholomée aidèrent Iphis à détacher les chevaux pour les laisser paître en paix pour la nuit, pendant que Pic-Rouille et Théodore étaient partis ramasser du bois. Édouard avait accepté quant à lui de sortir les provisions. Il faisait même preuve de bonne humeur.

— Ce soir, c'est pain au poisson ! s'exclama-t-il quand Iphis approcha, feignant un quelconque intérêt pour ce repas qu'il avait qualifié la veille d'immonde, sans pour autant s'en priver.

L'orpheline l'ignora.

— Pic-Rouille et Théo ne sont pas revenus ? s'alarma-t-elle en constatant l'absence de ses amis.

Ils auraient déjà dû être de retour et le feu prêt.

Ils n'étaient cependant pas bien loin.

— Iphis… la fit soudain sursauter la voix tremblotante de Pic-Rouille dans son dos.

— Ah ! Vous voi…

Elle resta bouche bée, interdite.

Mais l'expression effrayée de Pic-Rouille n'y était pour rien. Elle n'avait d'yeux que pour l'immense créature qui se tenait au côté de Théodore. L'orphelin, qui leur avait raconté toute son histoire, n'avait donc pas menti : ils existaient ! Ils étaient là.

Elle ne put retenir un hurlement de terreur lorsque tous les environs s'illuminèrent d'une inquiétante lueur rouge.

18

ERN'LAK

ls ne nous feront rien ! s'exclama Théodore lorsque le cri de la fillette trouva un écho strident chez deux de ses camarades, un petit blondinet et un bambin enrobé qu'Ern'lak n'avait jamais vus à Windrasor.

Dès le départ de son peuple des ruines de l'ancienne forteresse, Ern'lak avait su qu'un long temps d'adaptation serait nécessaire à chacun des siens et que leur chemin serait jalonné de difficultés et de surprises, mais jamais il n'aurait imaginé recroiser un jour la route de Théodore, cet orphelin qu'il avait si souvent mis en garde contre sa propre curiosité.

Il aurait dû être mort, pas se trouver ici en plein milieu des bois à quelques jours de marche seulement de Windrasor. C'était tout bonnement incroyable ! Tellement incroyable qu'Ern'lak avait trahi sa présence aux yeux des deux enfants partis chercher du bois, à son tour victime de ce défaut qu'il avait tant reproché à l'orphelin.Il n'aurait pas pu rester caché. Il devait savoir ce qui s'était passé depuis le jour où Anastase, le fils d'Agrippa et Théodore avaient été adoptés par le Duc.

Mais, avant cela, restaurer le calme s'imposait.

— Erg'rika, reconduis tout le monde là où nous campions. Nous partirons plus tard. Je dois absolument m'entretenir avec ces enfants, dit Ern'lak en se tournant vers l'obscurité, nimbée de rouge, où se tenait son peuple.

Quoi que Erg'rika ait pu penser de ce nouveau contretemps, elle pour qui se terrer le jour était de plus en plus insupportable et qui attendait chaque nuit avec impatience, elle n'en fit rien savoir.

Elle vouait une confiance aveugle à Ern'lak et avait été son principal soutien quand, après près d'une semaine de voyage vers le nord, leur leader avait reconnu s'être fourvoyé sur leur destination. Demander aux siens de revenir sur leurs pas après tant d'efforts n'avait pas été une décision facile à prendre pour Ern'lak, mais les voir périr l'un après l'autre dans cette région que chaque journée de marche rendait moins hospitalière aurait été plus difficile encore.

De premières dissensions avaient mis leur entreprise en péril, mais Ern'lak avait su manier les mots pour les convaincre de faire demi-tour. Certains avaient menacé de continuer à s'enfoncer seuls au cœur des montagnes, tandis que d'autres, plus au sud, avaient failli succomber à la tentation de retourner à Windrasor ; mais tous, en fin de compte, étaient restés.

Conscient qu'à présent le directeur avait dû prévenir le Duc et ses plus proches conseillers du départ inacceptable des Ignobles – dont l'existence était un secret qui se voulait bien gardé –, Ern'lak aurait aimé mettre davantage de distance avec l'orphelinat, mais leurs harassants déplacements nocturnes ne les avaient guère portés bien loin ces derniers jours. Et voilà qu'il condamnait les siens à une nouvelle pause forcée. Il ne pourrait pas tester ainsi leur patience indéfiniment, surtout sous un tel prétexte…

Cette discussion sera ma dernière ingérence dans les affaires des Hommes, se promit Ern'lak.

Après cela, il ne laisserait plus rien se mettre en travers de leur chemin. Ils fileraient droit vers ce Sud ravagé par la guerre qui, comme Ern'lak l'avait réalisé au cœur des impitoyables montagnes du Nord, pourrait s'avérer une destination plus appropriée pour son peuple. Un lieu autrefois vibrant de vie que les Hommes avaient déserté. Un *no man's land* où ils pourraient recommencer à zéro sans avoir à compter sur la rudesse de la nature sauvage pour disparaître aux yeux du monde ; la folie des Hommes partis s'entre-tuer plus loin s'en chargerait pour eux. Cet endroit oublié et fui comme la peste renaîtrait de ses cendres grâce à eux.

D'abord, les enfants et leur histoire.

Comme Ern'lak le lui avait demandé, Erg'rika avait éloigné

le reste de la troupe et les environs étaient de nouveau plongés dans l'obscurité naissante.

— Coucou, Ern'lak ! intervint soudain celui qu'il avait espéré retrouver sain et sauf en apercevant Théodore.

Il n'y avait pas vraiment cru et pourtant...

Il est encore vivant ! Agrippa, il vit !

Bartholomée, nullement intimidé et qui venait de sortir de la roulotte, manquant de percuter Aliaume qui s'y était carapaté, s'approcha de l'immense créature.

— Pourquoi toi là ? demanda-t-il innocemment.

— Il est aussi monstrueux que celui de cette horrible auberge ! cracha subitement le petit garçon potelé qui était resté transi d'effroi jusque-là.

Surpris, Ern'lak hésita à le questionner, mais c'était avant tout le récit de Théodore qui piquait sa curiosité. Cette rencontre ne pouvait pas être le fruit du hasard.

— C'est compliqué, répondit-il à Bartholomée. Mais disons que mes amis et moi avons décidé de quitter Windrasor.

— Ils vont y massacrer tout le monde ! s'exclama Théodore à la seule mention du nom de l'orphelinat.

Ern'lak comprit enfin ce qu'ils faisaient là.

Évidemment...

D'une façon ou d'une autre, comme il l'avait lui-même anticipé, ils avaient appris ce qui attendait l'orphelinat et chacun de ses pensionnaires.

Cyriaque avait semé le vent d'une tempête qui s'annonçait dantesque et ils comptaient l'affronter.

— Le Duc est mort, pas vrai ? s'enquit-il.

— Anastase l'a tué... confirma Théodore, le regard baissé. Je n'ai rien pu faire.

Ce qui n'est pas mon cas...

Ern'lak s'efforça de chasser ces pensées.

S'il était intervenu et avait assassiné Cyriaque pour faire capoter le plan qu'on lui avait chargé de mener à bien, aurait-il réellement changé quelque chose ? Peut-être pour les Hommes. Le Duc aurait survécu, pour un temps du moins...

Mais qu'y aurait gagné Ern'lak ? Les siens ne l'auraient pas écouté et seraient encore prisonniers de Windrasor et de leurs propres règles. Et lui serait probablement mort ou condamné à l'exil. Et à quoi bon tenter d'imaginer un passé alternatif ? Ce qui était fait, était fait et, au final, tout s'était déroulé exactement comme il l'avait prévu ; ou presque. Les deux garçons adoptés par le Duc étaient toujours en vie et cela relevait du miracle.

— Je crois qu'on a des choses à se dire.

Théodore acquiesça et déposa les branches qu'il transportait près d'un petit cercle de pierres.

Un instant plus tard, le feu crépitait et l'orphelin faisait les présentations.

Ern'lak n'était pas au bout de ses surprises.

La petite bibliothécaire ! s'étonna-t-il. *Je ne l'avais pas reconnue.*

— Et voici Édouard.

— Édouard de Fontiairy, fils de Monsieur et Madame les marquis de Fontiairy, compléta le garçonnet.

Assis auprès du foyer qui, seconde après seconde, gagnait en intensité, Ern'lak dévisagea le bambin.

— Et que fais-tu là, garçon ? lui demanda-t-il, même s'il se doutait de la réponse.

— Je suis venu retrouver Iphis. On va bientôt rentrer à la maison.

L'intéressée lui lança un regard mauvais, mais Édouard n'en fut aucunement déstabilisé.

— Et vous êtes quoi au juste, toi et le type… la chose de l'auberge ?

Cette fois-ci, Ern'lak ne pouvait ignorer ses propos. Il devait savoir.

— Tu as rencontré un autre des miens ?

Se pouvait-il qu'il parle de Fradik ?

— Oui, un géant comme toi. Mais vous ne me faites pas peur. Mère dit toujours que seuls les enfants miséreux ont peur des monstres.

— C'est pas un monstre ! le coupa Théodore, mais Ern'lak lui fit comprendre d'un signe de la tête qu'un tel mot avait depuis longtemps cessé de le toucher.

Il savait que c'était ainsi que les humains au courant de leur existence les considéraient et comment les légendes avaient fait d'eux des créatures de la nuit dévoreuses d'enfants pas sages.

— Et sais-tu comment il s'appelait ?

Le garçonnet fit mine de réfléchir, puis haussa les épaules.

— Je ne sais plus vraiment, reconnut-il.

— Fradik ? suggéra Ern'lak.

Les yeux du garçon s'écarquillèrent.

— Comment tu le sais ?

Ern'lak tombait des nues.

Mais il ne fut plus le seul lorsque le bambin continua :

— Je l'ai rencontré avant que son chef et lui n'emportent Spinello et…

— Spinello ! s'exclamèrent Théodore et Iphis en chœur.

— Bah oui, on te cherchait, dit Édouard en se tournant vers Iphis. Puis ils sont partis alors qu'ils avaient promis !

Aussi étonné que les orphelins, Ern'lak les laissa assaillir le garçonnet de questions et Édouard fut le premier à raconter toute son histoire. Tous la découvraient en même temps.

— Et donc tu es allé à la capitale pour retrouver Iphis, résuma Ern'lak qui préférait revenir à son premier sujet d'inquiétude malgré l'excitation à l'idée que les orphelins qu'il avait secourus puissent avoir rejoint Élias et Fradik.

— Oui et il a tué Octave, relata-t-il en pointant du doigt le gamin au visage couvert de crasse qui avait accompagné Théodore pour ramasser du bois.

Depuis qu'ils s'étaient tous réunis autour du feu, le garçon que Théodore avait appelé Pic-Rouille n'avait pas ouvert la bouche et fixait Ern'lak d'un air soupçonneux. L'Ignoble qui ne s'en était pas soucié jusque-là réalisa soudain pourquoi ce dernier gardait la main droite dans sa poche. Il ne devait pas baisser sa garde.

— Je ne te ferai pas de mal, siffla Ern'lak. Tu peux lâcher ton arme.

— Ern'lak est notre ami, confirma Théodore.

Mais il fallut qu'Iphis lui fasse signe que tout allait bien pour que le garçon semble se détendre.

La créature se racla la gorge et scruta un instant les flammes, essayant de mettre de l'ordre dans son esprit agité.

— Et toi, Théodore ?

L'orphelin, heureux d'avoir des nouvelles de ses amis, même si l'état d'Asmodée n'était guère réjouissant, parut revenir à la réalité.

— C'était Cyriaque ! s'exclama-t-il.

Mais il n'apprenait rien à Ern'lak et le garçon le lut dans ses yeux.

— Tu le savais… ajouta-t-il.

L'Ignoble acquiesça sous le regard empli de reproches que lui adressait Théodore – comment aurait-il pu comprendre son inaction? –, et prit conscience, devant le silence qui s'ensuivit, que le garçon avait une bonne raison de ne pas formuler sa déception. Il attendait quelque chose d'Ern'lak et l'Ignoble savait déjà de quoi il retournait…

— Il est où maintenant ? l'interrogea Théodore, le visage fermé.

— Loin… siffla Ern'lak.

— Forcément…

L'orphelin soupira.

Ne me demande pas ça, mon garçon.

— Ern'lak, dit-il.

Théodore leva la tête, voulant se montrer plus brave et déterminé qu'il ne l'était.

— Je vais tout te raconter, mais avant tu dois me faire une promesse.

Je ne peux pas, petit. Je ne peux pas...

— Vous devez nous aider à sauver les enfants. Je t'en supplie, promets-le-moi.

Ern'lak ferma les yeux.

19

SPINELLO

L e regard de Fromir ne fit qu'effleurer l'endroit où se tenaient Spinello, Élias et Fradik. Il reporta aussitôt son attention sur le gardien que ses hommes venaient de frapper au ventre et qui s'était replié en position fœtale pour se protéger.

— Conduis-moi au directeur ! s'énerva Fromir.

Recroquevillé, le gardien croisa ses bras devant son visage, prêt à encaisser d'autres coups qu'il n'eut guère à attendre. Une pluie s'abattit sur lui et son obstination, aussi honorable soit-elle, s'effondra complètement.

— Arrêtez ! C'est bon ! gémit-il avant de mettre un genou au sol.

Lui non plus ne remarqua pas la porte légèrement entrebâillée. Il releva la tête et écarta les cheveux mi-longs qui lui collaient au front.

Lothaire, réalisa Spinello. *Lui !*

La dernière fois qu'il l'avait vu, il accompagnait Octave et l'avait aidé, avec Ozias, à les traquer ses amis et lui. Il n'éprouvait pour autant aucune rancune à son égard. Toute sa haine était dirigée vers l'homme qui l'avait mutilé.

— Debout ! Je suis las d'attendre ! s'impatienta l'officier.

Lothaire obéit et, la tête rentrée dans les épaules, s'adressa à Fromir :

— Par ici. Monsieur le directeur réside à l'étage.

Et, conscient qu'il regretterait encore plus le lendemain de ne pas avoir cédé immédiatement à la requête du militaire lorsqu'il devrait tirer son corps endolori de sa couche, il tourna les talons et disparut du champ de vision du trio tapi dans l'ombre. Un instant plus tard, le claquement des chausses des trois hommes n'était plus qu'un son lointain.

Spinello, qui avait retenu sa respiration pendant toute la confrontation, laissa l'air envahir ses poumons. Mais même les bienfaits purificateurs de la fraîcheur de la nuit n'auraient pu chasser son désespoir.

— On est arrivés trop tard ! paniqua-t-il.

— Pas sûr, rétorqua Élias.

Pas sûr ? Qu'est-ce que tu ne comprends pas ? C'est fini !

— On ne sait pas pourquoi il est là, poursuivit son héros.

Spinello était sans voix.

Comment Élias pouvait-il douter des raisons de la présence de Fromir ? Le nouveau Duc l'avait forcément envoyé faire ses sales besognes. Et ils allaient commencer par le directeur ou se servir de lui pour faciliter leur tâche. Ils n'auraient qu'à lui demander de réunir tous les pensionnaires puis à... Mais Élias et Fradik connaissaient mieux les Puissants que lui.

— Si Hippolyte l'envoie, il n'osera rien faire avant son arrivée… siffla Fradik. Élias a raison ; rien n'est perdu.

Vraiment ?

L'Ignoble écarta doucement la porte et glissa la tête par l'ouverture pour vérifier que le remue-ménage n'avait rameuté aucun autre gardien.

— Comment comptes-tu t'occuper de Fromir du coup ? ajouta-t-il quand il fut certain que le couloir était désert.

— Allons déjà voir ce qu'il veut au directeur. Spinello ?

La confiance affichée par ses compagnons rassura l'orphelin. Il reprit ses esprits.

— Très bien, je sais par où passer, dit-il, en ignorant la douleur cuisante qui menaçait de lui faire tourner de l'œil.

Il pénétra en vitesse dans les quartiers de l'administration. Pour lui, c'était un véritable bond dans le passé. Sauf qu'il ne courait plus vers le sommet de l'édifice pour saluer ces orphelins dont l'arrivée avait marqué le début de tous ces crimes mystérieux qui avaient rendu la vie à Windrasor plus infernale encore, il fonçait vers les terrasses de gravier du haut desquelles il avait humilié Octave pour la énième fois, pour leur sauver la vie à tous !

Alors, comme des semaines auparavant, il fila inaperçu dans les couloirs, monta étage après étage jusqu'à retrouver le froid printanier de l'extérieur.

— La chambre du directeur est juste en-dessous, indiqua-t-il en se précipitant contre la rambarde qui délimitait la surface plane des toits sur laquelle ils venaient de déboucher.

Élias se rua à ses côtés et se pencha au-dessus du vide.

— On peut sauter sur le balcon. Excellente idée, Spinello, le félicita-t-il.

Mais l'heure n'était pas aux compliments.

Fradik était déjà en position pour les aider à descendre. Ce qu'ils firent sans se poser de questions.

Le balcon, dont le directeur ne devait que rarement profiter à en croire l'épaisse mousse qui couvrait le sol, malgré tous les efforts consacrés à l'entretien de cette partie de l'orphelinat, était particulièrement étroit mais s'étirait sur toute la longueur de la chambre. Trois portes vitrées à double battant permettaient d'y accéder.

Répartis de part et d'autre d'une d'entre elles, les trois intrus scrutaient l'intérieur chichement éclairé.

Fromir était déjà là et se moquait royalement que sa colère porte au-delà du confinement de l'appartement du directeur.

— Comment est-ce possible ? beuglait-il en postillonnant sur le petit homme qu'il avait violemment tiré de son lit et agrippait par le col de sa chemise de nuit.

Le visage exsangue, le directeur semblait en état de choc, incapable d'émettre la moindre protestation.

— Hein ? C'est quoi cet endroit ? Une machine à fabriquer des traîtres ?

Le cœur de Spinello se serra.

Élias s'était trompé. C'était trop tard. Fromir était bien là pour exercer la vengeance ducale. Ils allaient devoir se battre pour survivre. Le sang coulerait et plus d'un mourrait.

— Je les tenais ! J'avais tout calculé et ils m'ont échappé à cause de ces maudits orphelins ! Tout est de votre faute !

Échappé ?

L'espoir rafflua.

Il parle de nous ! Pas des meurtriers du Duc !

Il n'y avait cependant là pas de quoi se réjouir. La rage aveuglait Fromir et il pouvait se montrer imprévisible, surtout depuis l'humiliation de la prison de Straham. Pire, il avait enfin trouvé un bouc émissaire pour se défouler. Un bouc émissaire dont le trio avait besoin.

— Je ne comprends pas… bredouilla le directeur.

— Tous des traîtres ! Le Duc a raison de vouloir rayer cet endroit de la carte !

Aussi pâle eût-il paru jusque-là, le directeur sembla se vider un peu plus de son sang à ces mots.

— Comment ? Qui êtes…

— Ferme-la !

Fromir libéra brusquement le directeur et le repoussa en arrière.

Chancelant, l'homme s'effondra grotesquement dans un fauteuil en acajou fermement rembourré.

Le militaire avait posé la main sur la garde de son sabre ; celui qui avait volé le bras de Spinello.

— Personne ne m'en voudra si je commence le travail, lâcha-t-il en tirant l'arme.

Fradik et Élias en avaient vu et entendu assez.

Telle une entité unique, dans une coordination que seule une amitié profonde et des années d'expérience pouvaient offrir, ils enfoncèrent la porte.

Fradik bondit sans hésiter sur le directeur et renversa le fauteuil au moment où le sabre de Fromir décrivait un arc de cercle en direction de la gorge du petit homme.

— Toi ! hurla Fromir, incrédule.

Élias ne lui laissa toutefois pas l'opportunité de se ressaisir et dégaina son mousquet qu'il pointa vers le dos de l'officier.

— Colonel ! cria un des hommes de Fromir posté à l'extérieur qui, alerté par les bruits de l'intrusion, avait ouvert la porte pour voir ce qui se passait.

Élias enfonça la gâchette.

Fromir se jeta au sol par réflexe et la balle se ficha dans son épaule, loin du cœur que l'Insaisissable visait. En un éclair, il fut sur ses jambes et courut vers la sortie.

— Repliez-vous ! ordonna-t-il en disparaissant par la porte.

Combien de temps allait-il mettre à réaliser qu'il n'avait que trois assaillants ?

Les intrus ne devaient pas traîner. Fromir ne tarderait pas à revenir avec des renforts.

— Qui êtes-vous ? bredouilla le directeur quand Fradik se releva.

Étendu sur le fauteuil renversé, le petit homme était couvert du sang de l'Ignoble des pieds à la tête.

— Frad' ! s'inquiéta Élias.

— Mes plaies… rien d'autre, siffla la créature qui se rua en grimaçant sur la porte qu'elle verrouilla au nez de Lothaire.

Cela ne les retiendrait pas longtemps, mais c'était mieux que rien.

— Le fils d'Araknor… souffla le directeur, éberlué.

Livide, il porta les yeux sur Élias, mais blêmit davantage encore lorsqu'il remarqua enfin Spinello.

— Que… Comment…

— On n'a pas le temps, le coupa Élias. Écoutez…

Mais l'agitation à l'extérieur l'interrompit à son tour.

— Aux chevaux, vite ! Il faut prévenir les autres ! cria Fromir.

Spinello se précipita sur le balcon par la porte dégondée et vit trois cavaliers galoper vers la grille d'entrée de Windrasor que le gardien en poste venait d'ouvrir sous la menace de leurs armes.

— Ils étaient que trois ! s'exclama-t-il.

— Tu l'as entendu… Il va revenir avec des renforts. Ils sont sûrement stationnés à Rasorburgh, expliqua Élias.

— On doit se dépêcher alors !

— Non, répondit Élias avec calme. On doit gagner du temps.

Il se tourna vers son ami.

— On n'a pas le choix… poursuivit-il à l'attention de Fradik.

Spinello n'y comprenait rien.

— Ça va aller, dit l'Ignoble qui attrapa le sac qu'Élias lui tendait.

L'orphelin le reconnaissait. C'était un présent de Florimond.

— On compte sur toi, l'encouragea Élias.

Fradik acquiesça et fila sur le balcon. Il s'évanouit dans un claquement de cape, laissant derrière lui une traînée de sang frais. La nuit l'avait avalé.

Dépassé par les événements, Spinello adressa un regard aussi confus que celui du directeur à son héros.

— Y a quoi dans ce sac ? demanda-t-il.

Élias sourit.

— De quoi faire boum… un gros boum.

20

PLACIDE

Des heures que ses amis étaient partis et Placide était toujours sans nouvelles, bonnes ou mauvaises.

— Si tout va bien, nous n'en aurons pas pour longtemps, dit-il à voix basse dans une piètre imitation d'Élias.

Mais le garçon ne recherchait aucun effet comique. Seul avec les deux chevaux, il voulait surtout briser le silence glaçant qui était tombé sur les bois depuis le départ de ses compagnons. Et il avait dormi assez souvent à la belle étoile pour savoir que cela n'était pas normal.

Comme Spinello, quoique avec moins d'enthousiasme, il s'était émerveillé devant l'étendue du répertoire de la forêt lors de leurs premières nuits hors de l'orphelinat. Le monde avait vibré de vie et l'air du chant des animaux et des insectes nocturnes. Il n'y avait là en revanche que ce silence irréel et toujours plus pesant.

Placide leva – pour la centième fois peut-être – la tête vers la falaise à la recherche de la moindre indication du retour de ses amis, mais l'obscurité était maintenant si épaisse qu'il n'en percevait qu'une masse grisâtre dépourvue de relief.

Plongé dans ce noir muet, privé du soutien de deux de ses sens, le garçon avait de plus en plus de mal à garder son calme. Son imagination, perverse sadique, s'acharnait sur lui et projetait dans son esprit fatigué des images à l'horreur indescriptible.

— Revenez, revenez, supplia-t-il.

Aucun mot n'aurait cependant pu hâter le retour de ses compagnons. Il devait se montrer fort et tenir bon. Mais, à mesure que le temps défilait, que Placide multipliait les scénarios monstrueux tels qu'il aurait été incapable d'en concevoir quelques semaines auparavant, il succombait à un pessimisme ravageur ; une première dans sa courte vie.

Il ne pouvait pas lutter. La nuit l'écrasait, les pensées abominables l'assaillaient et ce silence l'étouffait.

Il prit une grande inspiration.

Il avait survécu aux geôles de Straham ! Avait réchappé à ce Fromir ! Il ne pouvait pas laisser cette angoissante solitude le déchirer de la sorte. Il lui fallait néanmoins voir les choses en face : si ses compagnons n'étaient pas de retour d'ici peu, il allait finir par perdre la tête. Non, il ne pourrait pas résister !

Le souffle saccadé, il se rua auprès de la monture d'Élias, vague silhouette équine dont les contours se perdaient dans les ténèbres, et détacha sa longe. Quand il libéra le cheval de Fradik à son tour, l'animal lui adressa un regard témoin d'une lucidité étonnante. Le jugeait-il ?

— Dépêchez-vous ! s'exclama Placide en tirant sur les lanières de cuir pour les faire avancer.

Il suait d'effort et d'agitation lorsque les deux animaux acceptèrent enfin de le suivre à un rythme constant.

— Je serai là quand ils reviendront… psalmodiait-il, conscient, malgré la panique, que son comportement allait à l'encontre du bon sens.

Élias lui avait demandé de garder les chevaux et de les attendre. Pas de déguerpir au milieu de la nuit.

Que se passerait-il si ses compagnons redes-cendaient en son absence ?

— Je serai là… Je serai là, se répéta Placide toujours en proie à une vive terreur.

Pour le moment, il devait juste sortir de ces bois, se raccrocher à n'importe quel signe de vie et laisser ce sentiment de solitude se dissiper de lui-même. Il n'avait pas le choix : il devait aller à Rasorburgh, ou du moins s'en approcher suffisamment pour apercevoir une quelconque lueur, peut-être même celle de la taverne à laquelle les gardiens de l'orphelinat avaient fait si souvent référence. Il n'avait qu'à contourner le plateau et à se montrer prudent.

Dans l'obscurité, il regagna l'étroit chemin par lequel ses compagnons et lui étaient arrivés un peu plus tôt dans la journée avant de s'enfoncer dans la forêt. Il menait forcément au village.

— Tout va bien se passer, se rassura-t-il.

Ses amis comprendraient.

Juste un coup d'œil, le temps de retrouver mon calme.

Et pourtant, alors que le sentier débouchait sur une piste plus large, signe qu'il n'était plus très loin, Placide hésita.

Était-il en train de commettre la pire bêtise de sa vie ?

Il jeta un regard en arrière, sans vraiment discerner davantage que la forme des troncs les plus proches, et les sentit de nouveau : les doigts glacés de ce silence qui menaçait de le prendre à la gorge. Il ne s'était arrêté que quelques secondes et il était déjà sur lui !

— Non ! couina-t-il en s'élançant en avant en tirant de toutes ses forces sur les longes.

Ils comprendraient forcément ! Ils ne pouvaient ignorer quel courage cela exigeait d'attendre ainsi dans l'incertitude. Ils ne pourraient pas lui en vouloir de cette petite escapade. Et puis il serait de retour avant eux, n'est-ce pas ?

Juste un coup d'œil, se répéta-t-il.

Poussé par la peur, il força le pas. Mais une terreur d'une tout autre nature s'empara de lui lorsqu'un bruit de sabots retentit dans son dos. Qu'avait-il fait ? Comment avait-il pu croire qu'il pourrait gagner la périphérie de la bourgade sans croiser âme qui vive ? Sans perdre un instant, il entraîna les chevaux dans les fourrés et se tapit dans l'obscurité, indécis sur la marche à suivre.

Devait-il rebrousser chemin, au risque de succomber à cette panique qui, il n'en doutait pas, pourrait avoir des conséquences néfastes sur sa santé mentale ? Ou devait-il continuer jusqu'au village et espérer que la vue de Rasorburgh l'apaiserait d'une façon ou d'une autre ?

Ces questions s'évaporèrent subitement, comme si la voiture qui venait de le dépasser à toute vitesse avait brillé avec l'intensité d'un soleil. Pourtant, seule une pâle lueur en éclairait l'intérieur. Mais ce visage rapidement entrevu, Placide l'aurait reconnu parmi des milliers. Cette rondeur, cette candeur qui s'en dégageait. Ce n'était pas possible et pourtant...

— Bartholomée ! hurla-t-il en s'extirpant des buissons, indifférent à leurs branches acérées.

Son imagination l'avait peut-être trompé, mais il s'en moquait éperdument. Tout était oublié.

— Barth !

Mais la voiture s'éloignait.

Non ! Reviens !

Habité par une détermination ardente, Placide retraversa les fourrés et se hissa maladroitement sur le dos du cheval d'Élias et, imitant à la perfection les cavaliers qui l'avaient toujours guidé jusque-là, se lança à la poursuite de la roulotte.

— Barth ! Barth ! beuglait-il.

Il talonna l'animal avec insistance et galopa à bride abattue.

— Barth !

Une seconde, il lui sembla que la roulotte, tractée par trois chevaux, avait accéléré, mais celle-ci s'immobilisa brusquement au sommet d'une petite crête déboisée.

En contrebas, les dernières lumières de Rasorburgh brillaient, belles et rassurantes, sous le regard imperturbable de Windrasor. Placide ne les remarqua même pas.

Il sauta de son cheval et courut vers la voiture.

— Barth !

La porte arrière s'ouvrit à la volée sur le visage tant espéré. C'était vrai ! Il était encore vivant ! Et il était là !

— Copain Placide ? s'étonna le gaillard d'une petite voix où perçait l'incrédulité.

— Barth… chuchota Placide, le visage couvert de larmes.

— Copain Placide !

Le géant se précipita vers son ami, le souleva et le fit tournoyer dans une joyeuse pirouette. Son rire cristallin avait terrassé l'oppressant silence de la nuit.

Ils avaient cru ne plus jamais se revoir et pourtant le destin les avait enfin réunis.

— Pincez-moi ! intervint soudain une voix que Placide reconnut aussi vite qu'il avait identifié Bartholomée.

— Théo !

Les trois amis s'enlacèrent, ivres de bonheur.

Placide avait des centaines de questions à leur poser, mais elles attendraient. Il voulait profiter de l'instant présent, de cette réunion inespérée.

— Je suis si heureux, les gars, sanglota-t-il.

Quitter la forêt avait finalement été la meilleure décision de toute sa vie.

Il serra un peu plus fort ses deux amis sans chercher à savoir à qui appartenaient les quatre autres silhouettes enfantines qui se tenaient auprès de la voiture.

Ce fut Théodore qui rompit le premier leur étreinte.

— L'orphelinat est en danger, lâcha-t-il de but en blanc.

La réalité se rappelait déjà à eux.

— Je sais, répondit Placide. On est revenus pour essayer de faire quelque chose !

— On ?

— Oui, Spin' est…

Une puissante lueur, suivie d'un fracas assourdissant, l'interrompit. La nuit, brièvement éclairée, replongea dans une noirceur quasi totale.

— C'est l'orphelinat ! paniqua Théodore en indiquant le plateau d'où un épais nuage de poussière grisâtre s'élevait dans le ciel.

Le cœur de Placide avait cessé de battre.

— Il est où Spinello, il est où ? continua Théodore tandis que, sous leurs yeux ébahis, une portion gigantesque de roche s'effondrait dans un vacarme tonitruant.

Placide leva une main tremblante en direction de Windrasor.

La guerre venait de commencer et son ami était en première ligne.

PARTIE 2

UNE AUTRE VIE

1

SPINELLO

Mis à part le fauteuil renversé, la fenêtre vitrée dégondée et le sang qui maculait le plancher impeccablement lustré, rien n'annonçait encore la tempête au cœur de laquelle l'orphelinat allait bientôt plonger. L'œil du cyclone fixait l'établissement avec une malveillance aussi intense que la noirceur des nuages qui s'amoncelaient à quelques kilomètres, formant seconde après seconde un amas grondant et tourbillonnant. Le maelström qui agitait les pensées de Spinello était d'une tout autre nature.

Fromir et ses hommes venaient de déguerpir dans la nuit et auraient tôt fait d'être de retour avec des renforts. Et Fradik était parti, laissant Élias et Spinello s'occuper seuls du directeur.

L'homme n'était certes pas un danger immédiat – il avait toujours tiré son autorité de son statut – et Spinello avait entièrement confiance en Élias pour le maîtriser si cela s'avérait nécessaire, mais l'absence de Fradik, disparu dans l'obscurité avec un étrange chargement, lui pesait malgré tout. Ils s'étaient lancés dans cette folle mission à trois – à quatre en comptant ce pauvre Placide qui devait se ronger les sangs – et ils n'étaient plus que deux. La situation leur échappait… ou bien ne lui échappait-elle qu'à lui ? Spinello était certainement aussi désorienté que le directeur.

Pourquoi Élias ne m'a-t-il pas parlé du contenu de ce sac ? Un gros boum ? Qu'est-ce…

L'éclat du petit homme dont Fromir avait violemment troublé le sommeil, interrompit le fil des pensées du garçon :

— Que se passe-t-il ? rugit-il d'une voix toutefois bien moins assurée que lors de ses habituels discours à l'orphelinat.

Il avait peur, les questions se bousculaient dans sa tête, mais il voulait garder sa dignité et rasseoir son autorité. C'était son orphelinat !

Le visage et la chemise de nuit tachés du sang de l'Ignoble, il tenta maladroitement de s'extirper du fauteuil que Fradik avait fait basculer en se jetant sur lui pour le sauver du sabre de Fromir. Il ne fit que battre mollement des membres, telle une tortue centenaire qui se serait retrouvée sur le dos. Il ne l'aurait jamais admis, mais il était ridicule. Pathétique.

Élias rengaina son mousquet, contourna l'homme et redressa brusquement le siège rembourré.

— Restez assis ! ordonna-t-il lorsque le directeur fit mine de se lever.

Il prit lui-même place sur la banquette qui complétait le salon, ignorant le sang rougeâtre – celui de Fromir, se réjouit Spinello – qui avait aspergé les coussins.

— Écoutez, on n'a pas de temps à perdre, poursuivit l'Insaisissable tandis que Spinello se plaçait dans son dos, l'esprit toujours perclus de questions.

L'orphelin préférait les garder pour lui pour le moment.

Il savait ce qui allait se jouer à présent. Élias devait trouver les bons mots ; convaincre le directeur d'aider les orphelins à fuir Windrasor avant que Fromir ou Hippolyte ne les massacre tous.

— Que fait-il avec… essaya l'homme.

— Écoutez ! s'impatienta Élias en tapant du poing sur la table basse.

L'exquise théière en porcelaine et sa compagnie de tasses et coupelles qui avaient survécu au combat s'entrechoquèrent bruyamment. Dehors, au loin, le tonnerre fit écho au tintement des pièces du service les unes contre les autres.

— On vient de vous sauver la peau, alors taisez-vous et écoutez-moi, insista Élias.

Le directeur garda le silence, ses yeux paniqués virevoltaient, incapables de se fixer. Ils balayaient la pièce, sautaient du visage d'Élias à celui de Spinello, s'arrêtaient un bref instant sur la blessure de l'orphelin puis bondissaient vers la porte.

— Le Duc a été assassiné, lança Élias. Par des orphelins de Windrasor.

À ces mots, la bouche du directeur se crispa étrangement comme si Élias venait de lui apprendre cette édifiante nouvelle qui avait pourtant dû faire le tour du Duché. Il n'y avait cependant derrière ce rictus que peu de surprise. Avait-il su que cela arriverait ? Qui avait pu l'en informer ? Mais qu'il ait été au courant ou non, n'importait plus.

— Et vous avez entendu Fromir aussi bien que moi. Hippolyte a juré de venger son père en rasant l'orphelinat. Et il tuera tout le monde. Tout le monde. Vous comprenez ?

Spinello plongea un regard plein d'espoir dans celui du directeur.

Qu'aurait-il pu ne pas comprendre ? Il avait réchappé à la mort de justesse, il ne pouvait plus douter du sérieux de cette affaire. Pourtant, l'homme garda le silence. Ses yeux dérivaient de plus en plus souvent vers l'entrée à double battant de sa chambre. À quoi jouait-il ?

— Que fais-tu là, mon garçon ? demanda-t-il soudain en essuyant une traînée poisseuse de sang sur son front.

— Je suis venu aider mes amis ! Élias vous a…

La réponse de Spinello mourut dans sa gorge. Instinctivement, il savait qu'il venait de commettre une erreur.

— Élias Cartier, Fradik… de retour à Windrasor, exposa le directeur avec calme.

Spinello aimait de moins en moins la tournure que prenait cette discussion. Le temps pressait ; Fromir serait là d'un moment à l'autre et, cette fois, ses hommes et lui ne fuiraient pas devant deux adversaires dont un gamin mutilé.

C'était justement ce qu'Élias expliquait quand on tambourina à la porte verrouillée.

— Monsieur ! Vous allez bien ?

Spinello ignora les voix paniquées des gardiens que Lothaire était parti chercher.

— Vous devez nous aider, on doit quitter Windrasor avant l'arrivée d'Hippolyte.

Plus facile à dire qu'à faire maintenant que Fromir était là.

Et c'était sans compter sur les coups toujours plus puissants qui résonnaient dans la pièce.

Sous son masque d'hémoglobine, le directeur avait repris des couleurs.

— Ce Fromir… glissa-t-il, c'est après vous qu'il en avait, n'est-ce pas ?

— Nous sommes du même côté, répondit Élias, en éludant la question. Et si nous ne nous mettons pas d'accord très vite sur la marche à suivre, aucun d'entre nous ne s'en sortira vivant.

— Si ce que vous dites est vrai, que voulez-vous que nous fassions ? Que j'ouvre grand les portes de l'orphelinat et dise à tout le monde de décamper ? Comment croyez-vous que notre nouveau Duc prendrait ça ?

Spinello était à deux doigts d'exploser. Pourquoi se préoccupait-il de ce qu'Hippolyte en penserait ? Pourquoi s'obstinait-il à vouloir se montrer loyal envers un souverain qui avait décrété sa mise à mort sans autre forme de procès ?

Élias se leva et posa une main sur l'épaule du garçon.

— Vous savez qui je suis maintenant. Vous imaginez réellement que j'aurais remis les pieds ici si les circonstances ne l'avaient pas exigé ?

À l'extérieur, les coups se firent soudain plus violents. L'assaut des poings avait cédé sa place à celui d'un objet lourd et compact.

Ils vont enfoncer la porte ! paniqua Spinello.

— Oh ! Mais j'ai parfaitement saisi la situation… siffla le directeur en croisant les bras d'un air nonchalant.

Les deux battants volèrent subitement en éclats et cinq gardiens, menés par Lothaire, se précipitèrent à l'intérieur, abandonnant dans un fracas de plâtre la colonne décorative qui leur avait servi de bélier.

— Attrapez-les ! cria le directeur en bondissant du fauteuil.

Pris au dépourvu, Élias n'eut pas le temps de réagir, tout comme Spinello qui fixait, bouche bée, les mousquets que tenaient deux des gardiens. Jamais il n'aurait imaginé qu'ils disposaient d'armes à feu. Leur simple existence lui glaçait le sang – toute révolte des orphelins aurait donc été matée dans un bain de sang.

— Pose tes armes ! couina Darius, un des gardiens, en braquant la sienne sur Élias.

Cette immonde face de rat réprima les tremblements de sa main droite et répéta son ordre. En dépit de l'inexpérience évidente de ses adversaires, Élias obéit. Soumis à une telle pression, ils étaient peut-être plus dangereux que les hommes de Fromir.

— Vous allez le regretter, dit-il en se débarrassant lentement de son mousquet et de son sabre.

Il défiait le directeur du regard.

— Vous connaissez la réputation d'Hippolyte.

— Justement, je suis prêt à parier qu'il pardonnera à celui qui lui livrera l'Insaisissable, surtout quand je lui aurai expliqué que vous étiez là pour vous assurer que votre homme, le responsable de la mort de son père, était bien parti.

— Ordure ! beugla Spinello, fou de rage.

Il n'avait pas besoin de savoir qui était cet homme dont le directeur parlait ; tout cela n'était que mensonge ! Que d'affreuses calomnies !

Sans la secousse qui fit violemment trembler les murs, l'ossature même de l'orphelinat, Spinello lui aurait sauté à la gorge.

La détonation avait été aussi soudaine que puissante et deux des gardiens s'étaient jetés au sol par réflexe, les mains sur la tête. Élias ne put néanmoins pas profiter de cette diversion. Darius, tremblant, le tenait toujours en joue. C'était un miracle qu'il n'ait pas enfoncé la gâchette.

— Qu'a-t-il fait ? s'emporta le directeur. Qu'a-t-il fait ?

Venait-il seulement de se souvenir de l'existence de Fradik ?

— Il nous a fait gagner du temps, répondit simplement Élias, avec un léger sourire en coin. Le temps que vous reveniez à la raison.

Le directeur l'ignora et courut sur le balcon.

La nuit s'était teintée d'un voile grisâtre et étouffant, nuage de poussière toujours plus épais à mesure que la roche dévalait la pente dans un fracas tonitruant.

— Monsieur, que se passe-t-il ? s'inquiéta Lothaire, les mains plaquées sur ses côtes douloureuses.

— Ferme-la ! s'énerva le petit homme.

Il perdait ses moyens.

— On peut encore discuter, tenta Élias. Fromir ne pourra plus monter. On a encore un peu de temps. On doit s'organiser ensemble !

Ce n'étaient cependant que de vaines paroles.

— Enfermez-les ! beugla le directeur, hors de lui, en se hissant sur la pointe des pieds pour essayer de constater l'étendue des dégâts.

Une main saisit brutalement le bras gauche de Spinello, mais le garçon ne chercha même pas à s'arracher à sa poigne. Il ressassait certains des mots de son héros.

Fromir ne pourra plus monter. Fromir ne pourra plus monter.

L'horreur le submergea. Non seulement ils avaient échoué, mais ils étaient pris au piège.

2

THÉODORE

Placide n'avait fait que pointer du doigt les hautes falaises qui supportaient l'orphelinat sur leur dos millénaire, mais ce simple mouvement avait eu l'effet d'un uppercut sur Théodore. Le coup, aussi peu littéral soit-il, l'avait atteint en plein visage et la douleur le faisait chanceler.

Les bras ballants, le crâne à nouveau pris dans cet étau migraineux qui comprimait son esprit dans ses pires moments de doute, Théodore ne se sentait même pas la force d'ôter la chaîne qui maintenait fermées les portes de la cellule mentale à l'obscurité de laquelle il tentait d'astreindre tout sentiment de panique.

Tout lui échappait. Son impuissance lui sautait encore au visage, lacérant ses joues avec autant d'ardeur que l'odieux doigt tendu de Placide. Quelle pluie de malheurs allait cette fois-ci s'abattre sur eux ? Il refusait pourtant d'accorder le logis à cette fatalité pessimiste qui s'agitait à l'entrée de son âme et à laquelle, sans que Théodore ne le sache, son ami Placide avait failli succomber quelques minutes auparavant. Il devait hurler son désaccord ! Lui faire comprendre que lui, que le sort – du moins Iphis et ses amis – avait sauvé des griffes d'Hippolyte, ne céderait plus à ses appels. Ce soir, comme les nuits à venir, elle dormirait dehors, dans le froid glacial qui l'avait vu naître. Il ne tomberait pas dans ce marasme synonyme d'inaction. Il continuerait d'espérer quelles que soient les souffrances dont il serait victime au plus profond de lui-même.

Aussi bouillonnante soit sa détermination, il ne parvenait pas à reprendre le contrôle de son corps. Seuls ses yeux paraissaient abriter une once de vie. Ils balayaient sans interruption les parois rocheuses de Windrasor où dévalaient d'énormes blocs de pierre, formant dans leur sillage un brouillard de poussière de plus en plus dense. Paradoxalement, ce fut la panique de ses compagnons qui lui permit de se ressaisir.

— Faut y aller ! glapit Placide, les yeux exorbités par l'inquiétude.

La fatigue, la privation et la peur l'avaient rendu encore plus hideux que lors de leur dernière rencontre. Il n'était cependant pas l'incarnation d'une laideur qu'un certain sens esthétique commun aurait condamnée à une détestation aussi inévitable que dévastatrice ; il était le portrait de la plus vive anxiété ; une anxiété à laquelle seule la plus solide amitié avait pu donner naissance. Il était mort de peur pour Spinello et avait quant à lui fait sauter sans hésiter le verrou qui retenait la panique en lui.

— Spinello est là-bas ! ajouta-t-il, enfonçant un peu plus le clou du désespoir dans les chairs meurtries de ses amis.

Les pensées chahutées de Théodore le poussèrent toutefois, la boule au ventre, à verbaliser une autre crainte.

— Et Anselme et Asm' ? demanda-t-il, conscient que la réponse de Placide pourrait très bien abattre ses dernières résistances.

S'il leur est arrivé malheur...

L'hésitation de Placide lui fit envisager le pire ; son ami lui offrit néanmoins cette dose de bonnes nouvelles dont Théodore avait tant besoin pour garder la tête hors de l'eau et espérer nager jusqu'à une issue heureuse.

— Ils sont en sécurité, ne t'inquiète pas.

Soulagé, Théodore aurait malgré tout aimé en savoir davantage, mais Placide ne s'était pas montré aussi évasif sans raison. Ils avaient un problème plus urgent à régler.

— Vous croyez qu'ils ont fait exploser la rampe d'accès ? s'enquit soudain Iphis qui s'était approchée du trio d'amis qui, peu avant, baignait encore dans le bonheur des retrouvailles.

Théodore n'était donc pas le seul à avoir abouti à cette accablante conclusion.

Bien que ne l'ayant empruntée que deux fois dans toute sa vie – à son arrivée bébé au pensionnat, ce dont il ne gardait nul souvenir, et plusieurs semaines auparavant en compagnie des petits anges du Duc –, Théodore savait que cette rampe était l'unique voie d'accès à l'orphelinat. Il n'en existait pas d'autre. Du moins aucune qu'ils auraient pu suivre seuls, à pied ou à bord de la roulotte. Ern'lak s'était montré sourd à ses supplications et sans l'aide des Ignobles pour escalader les impitoyables flancs de Windrasor, utiliser le chemin dont Bartholomée lui avait parlé relevait tout bonnement de l'impossible.

Si l'accès avait vraiment été pris pour cible, tous ceux qui se trouvaient sur le plateau étaient dorénavant pris au piège et Théodore et ses compagnons n'avaient plus aucun moyen de les rejoindre.

— Où les copains ? s'alarma Bartholomée, tandis que Placide semblait chercher une réponse à la question d'Iphis dans le nuage de poussière au loin.

Mais Théodore s'en posait déjà une tout autre ; une qui virerait, il pouvait le parier, à l'obsession s'il n'obtenait pas très vite une explication : qui avait bien pu faire ça et pourquoi ?

Hippolyte était-il déjà là, prêt à appliquer en personne la sentence qu'il avait prononcée, ou avait-il envoyé des troupes pour commencer le massacre ?

Théodore avait la tête qui tournait à l'idée du carnage qui s'annonçait. Ce qui n'empêchait pas son esprit de bâtir des scénarios toujours plus horribles. Avaient-ils volontairement détruit l'accès pour affamer tous les résidents de Windrasor et les forcer aux pires ignominies ? Des images d'enfants faméliques et décharnés emplirent son crâne et il crut même entendre le craquement des os humains qu'ils rongeaient et se disputaient comme des bêtes. Ce n'était pourtant qu'Édouard qui avait marché sur une branche.

— Mère dit qu'il ne faut pas jouer avec les feux d'artifice, affirma-t-il, fidèle à lui-même.

Il n'avait pas saisi la gravité de la situation.

— Toi ! s'exclama Placide en l'apercevant.

Après le récit que le bambin avait fait de ses aventures avec Spinello et les autres fugitifs, et surtout de comment leurs chemins s'étaient séparés, Théodore comprenait sans mal l'étonnement de son ami.

— Te revoilà, toi, siffla le garçonnet comme s'il venait tout juste de reconnaître Placide.

Puis, un grand sourire illumina son visage.

— Je l'ai retrouvée sans vous, les menteurs ! J'ai même pas eu besoin de vous ! se félicita-t-il en esquissant un pas vers Iphis.

Mais l'orpheline, tout comme Placide, n'avait que faire de ses vantardises infantiles.

— Il faut aller voir, lança Iphis en faisant signe à ses compagnons de retourner à la voiture où les attendaient Pic-Rouille et Aliaume. On n'a pas de temps à perdre.

— On ne peut pas ! Hippolyte est peut-être déjà à Rasorburgh ! intervint Théodore.

Il aurait aimé laisser Iphis prendre les choses en main, mais ne pouvait pas accepter qu'elle fonce tête baissée.

— Ça change tout… ajouta-t-il sans davantage détailler ses pensées.

L'orpheline savait aussi bien que lui ce que la présence d'Hippolyte impliquait.

— Mais on ne peut pas laisser tomber… souffla-t-elle.

— Aider les copains, confirma Bartholomée.

Heureusement, Placide vint au secours de Théodore.

— Spinello n'est pas tout seul. Il est avec deux amis. Ils sont allés prévenir les autres ! Je devais les attendre plus loin dans la forêt. Ils vont peut-être revenir, ils sauront quoi faire.

L'appréhension parut soudain relâcher sa prise autour de la gorge de Théodore et le garçon sentit enfin l'air affluer dans ses poumons. Ils n'étaient pas les seuls à vouloir sauver les pensionnaires et ils avaient encore un atout de taille dans leur poche.

— L'Ignoble que vous avez rencontré à l'auberge est avec vous ! s'écria-t-il.

La surprise envahit une nouvelle fois les traits de Placide, mais il retrouva son air soucieux après avoir réalisé qu'Édouard avait dû leur raconter ce qui s'était produit au *"Bouillon du Félin"*.

— Oui. Venez, je vais vous montrer où c'est.

Théodore avait enfin de quoi nourrir sa détermination, un peu d'espoir à lui servir.

Tandis que Placide claudiquait aussi rapidement que possible vers sa monture qui, paisible, s'était arrêtée au bord de la piste, Théodore emboîta le pas de ses compagnons. Il se hissa sur le siège du conducteur puis directement sur le toit de la roulotte, comme ses sauveurs le jour de l'exécution à la capitale. Il ne voulait pas perdre Placide un instant du regard.

— C'qui, lui ? demanda Pic-Rouille qui reprit place après avoir aidé Iphis à monter à son tour.

— Un des garçons qui se sont échappés de l'orphelinat, expliqua Iphis qui, entre deux phrases, claqua de la langue à l'attention des chevaux. Un de ses amis, un des amis de Théodore, est parti prévenir les orphelins.

— Ah, c'est term'né alors ?

Pas vraiment... songea Théodore qui laissa Iphis exposer l'évidence.

— On dirait que l'entrée de l'orphelinat a été détruite. Ils sont probablement tous coincés là-haut. Non, rien n'est terminé. Rien...

Elle soupira.

— Tout le monde est à l'intérieur ?

Bartholomée, Aliaume et Édouard lui répondirent en chœur et elle fit claquer les rênes. Les trois chevaux opérèrent un demi-tour et s'élancèrent à la suite de Placide. Théodore ne put s'empêcher de songer à quel point son ami, à moitié avachi sur sa monture, offrait un spectacle saugrenu que bien d'autres auraient jugé risible. Et pourtant, dans cette sombre nuit, il était le seul à briller à ses yeux... leur dernière lueur d'espoir.

SPINELLO

Tandis que Darius l'entraînait hors de la chambre du directeur sans se soucier le moins du monde de son état physique, Spinello tentait de se convaincre que tout cela n'était qu'un cauchemar.

Le directeur refusait d'entendre raison et comptait même leur faire porter le chapeau pour l'assassinat du Duc afin d'essayer de sauver sa misérable vie. Et ce n'était pas tout… Élias avait laissé Fradik détruire l'accès à l'orphelinat ! Leur unique issue sans l'aide des Ignobles !

Abasourdi, le garçon se prit les pieds dans l'un des multiples tapis aux motifs irréguliers qui couvraient le sol à cet étage et s'étala de tout son long.

Darius, qui au lieu de le retenir avait volontairement relâché sa prise, couina de contentement et le frappa violemment du bout du pied.

Revanchard, il n'avait visiblement pas oublié l'humiliation de son petit bain forcé quelques semaines auparavant.

— Relève-toi !

— Inutile de le frapper ! gronda le directeur qui leur avait emboîté le pas.

Mais qu'il ait prononcé ces mots par pur réflexe – la violence physique sur les pensionnaires n'était pas tolérée ; on n'abîme pas la marchandise, aurait plaisanté Asmodée – ou conscient qu'il devait la vie aux deux prisonniers et à leur acolyte, importait peu. Il avait d'ores et déjà décidé de leur sort.

En d'autres circonstances, Spinello se serait débattu pour s'arracher à l'étreinte de Darius et lui aurait balancé une pique dont lui seul avait le secret, mais la situation ne s'y prêtait guère. Alors, toujours en proie à la plus grande confusion, il laissa le gardien à l'haleine fétide le remettre debout.

— Où voulez-vous qu'on les emmène ? demanda soudain Lothaire en grimaçant.

Chaque inspiration lui rappelait sa douloureuse rencontre avec les hommes de Fromir.

L'intervention du gardien prit le directeur au dépourvu. Dans le feu de l'action, il avait ordonné qu'on les enferme, mais n'avait pas réellement soupesé la question du lieu de détention. Cette partie de l'orphelinat n'avait rien d'une prison et si elle ne manquait pas de pièces pour recevoir les visiteurs et pour héberger le corps professoral, aucune n'avait été conçue et aménagée pour retenir des fugitifs ; et certainement pas le célèbre Insaisissable.

— Je... Dans... hésitait le directeur.

— Faites-moi confiance, Monsieur. Je connais l'endroit idéal, s'immisça Darius.

Au grand dam de Spinello, le petit homme l'écouta.

***

À peine les gardiens eurent-ils verrouillé la porte que le vent glacial de la nuit sembla s'en prendre aux deux prisonniers livrés à sa merci. Au loin, le ciel grondait et se striait d'éclats lumineux. Chaque déchirure de l'éther illuminait fugacement les alentours ; ce pic rocheux qui soutenait au-dessus de leurs têtes une aile encore utilisée des dortoirs des garçons, ces murs souillés et malodorants et surtout cette minable plateforme que le temps aurait déjà dû faire basculer dans cet abîme qui l'appelait à elle depuis de si nombreuses années.

Grelottant autant de froid que de fièvre, Spinello s'accroupit, indifférent à l'épaisse couche d'excréments qui imbibait le bois de leur promontoire, et s'adossa à la porte.

— Ça va aller, mon garçon... soupira Élias avant de se mettre à tousser, les narines et la gorge assaillies par les miasmes pestilentiels que les bourrasques soulevaient.

Mais cette odeur épouvantable était le cadet des soucis de Spinello. Il pensait à ses amis ; si proches et pourtant... Il était revenu pour les sauver, eux et les autres pensionnaires, et il avait échoué.

— Cet endroit tombe vraiment en ruine… constata Élias, un fond de mélancolie dans la voix. Quand j'ai vu où ils nous conduisaient, je ne m'attendais pas à ça.

Le vent, sifflant et agressif, mordit de plus belle dans leur chair. L'odeur des latrines se fit plus forte encore.

— J'ai passé beaucoup de temps dans cette salle avant qu'elle ne s'effondre… expliqua Élias.

Au cours de leur voyage vers Straham pour libérer Placide, Fradik et Isaïelle, l'homme ne s'était jamais montré très bavard à son propos. Ils avaient abordé de nombreux sujets, avaient partagé des souvenirs, avaient parfois refait le monde jusque tard avant de céder à la prudence qui leur dictait de se reposer, mais Élias ne s'était que rarement confié de lui-même. C'était un homme avare de paroles. Un homme d'action. Et le voir s'épancher ainsi avait quelque chose de terrifiant ; quelque chose qui nourrit la rancœur de Spinello.

— Je sais… J'ai vu tes initiales gravées...

Élias ne sentit pas l'amertume suinter des mots du garçon.

— C'était un des rares endroits où j'aimais venir. On y…

— Pourquoi ? le coupa Spinello.

L'orphelin avait l'impression de se retrouver des jours en arrière lorsqu'il avait cherché à comprendre ce qui avait motivé Élias à lui faire décider du sort d'Octave au *"Bouillon du Félin"*.

Malgré l'obscurité, hachée par les flashs de la tempête en approche, Spinello capta le regard désolé d'Élias.

— J'aurais dû vous en parler à Placide et toi, mais j'avais peur que sachant ce que nous transportions, vous nous preniez pour… pour des criminels. Les Insaisissables ne sont pas innocents, je le sais. Disons que nous nous battons pour une cause juste, contre un système, contre ce monde cruel…

Il n'avait rien compris.

— Non… Pourquoi tu as laissé Fradik faire exploser notre seule issue ?

Spinello connaissait la réponse, savait que sa rancœur à l'égard d'Élias était imméritée, mais comment aurait-il pu accepter la situation dans laquelle ils étaient enlisés... et pas dans la matière la plus agréable.

— Tu aurais préféré affronter à la fois les gardiens et les hommes de Fromir ?

— Je ne sais pas, avoua le garçon.

Sans doute aurait-ce été préférable, oui. Spinello avait juré de tout faire pour sauver ses amis et une mort au combat lui paraissait une meilleure issue que ce que Fromir et cet Hippolyte leur réserveraient... avant de tuer tout le monde. Spinello aurait pu se réjouir de savoir que le plan du directeur n'était qu'une illusion et que le petit homme regretterait rapidement de ne pas les avoir écoutés – comment pouvait-il croire qu'une personne prête à traverser le Duché avec des troupes pour aller massacrer des centaines d'innocents, se laisserait amadouer par la tête d'un insurgé, aussi célèbre soit-il, en guise d'offrande ; et par celle d'un banal orphelin comme lui ? –, mais il en était incapable. Se battre contre des ennemis physiques et éviter cette stupide bataille de convictions aurait été tellement plus simple.

— On aurait pu essayer. On aurait peut-être gagné, poursuivit l'orphelin.

Mais Spinello ne croyait en réalité pas un traître mot de ce qu'il avançait. Fromir et ses hommes n'auraient fait qu'une bouchée d'eux.

Le garçon ferma les yeux et vit apparaître les visages de ses amis, ceux-là même qu'il avait abandonnés le jour où il avait été forcé de fuir l'orphelinat. Ils n'étaient cependant pas les seuls à s'être invités à cette accablante procession. Sous ses paupières closes, défilaient également les visages inquiets, entraperçus quelques minutes auparavant, de tous ces professeurs, nourrices et cuisiniers tirés de leur sommeil par l'éclat de l'explosion et le raffut de la dispute dans les quartiers du directeur. Brunswick et son épaisse barbe rousse, Marvich et sa mèche de cheveux blancs qui s'entortillait comme les lettres qu'elle avait appris à tant d'enfants à dessiner sur son tableau noir, l'amusant Polivor, le seul à avoir jamais su se faire réellement apprécier des pensionnaires malgré son sens strict de la discipline, et tous les autres. Les traits de madame Agrippa traversèrent également son esprit avec une cruelle ironie lui rappelant ce à quoi son échec venait de tous les condamner.

— Ne désespère pas, petit. On a gagné du temps, c'est tout ce qui compte, et Fradik est encore…

Un raclement soudain laissa sa phrase en suspens.

Spinello fut aussitôt sur ses pieds.

— Eh ! Qui est là ? appela-t-il en fixant le trou des latrines dans la voûte au-dessus d'eux.

Plusieurs secondes s'écoulèrent dans le plus parfait silence. Avait-il tout imaginé ?

— Y a quelqu'un là-dedans ? hasarda une voix.

Ce n'était pas celle que Spinello aurait préféré entendre. Au moins, il l'avait reconnue.

— Putifare, c'est toi ?

— Comment tu me connais ? T'es qui toi ? Qu'est-ce que tu fous là-dessous ? Plus personne a été envoyé là depuis…

— Tais-toi et écoute-moi.

Spinello n'avait aucune envie de se perdre en bavardages avec l'aîné des frères Helrik.

— C'est moi, Spinello.

— Spinel… tu te fous de moi ! Attends que j'apprenne qui t'es vraiment et que je m'occupe de toi. Tiens, tu vas moins faire le malin…

L'imposant postérieur dénudé de Putifare obstrua le conduit et Spinello dut hurler pour traverser ce mur de graisse :

— Tu veux que je te rappelle combien de fois je t'ai mis une raclée, grosse fillette ?

Le fessier s'écarta.

— C'est vraiment toi ? Alors t'étais là depuis tout ce temps ?

Mais que racontait-il ?

— Écoute-moi, sombre buse.

Putifare ignora l'insulte.

Incrédule, il enchaîna :

— Certains disaient que toi et tes copains vous aviez réussi à vous enfuir. D'autres que les Ignobles vous avaient mangés. Et t'étais juste là ?

— Non, on était partis, mais on est revenus Placide et moi. Élias, Élias Cartier est avec nous !

— Quoi ? Tu me prends pour un crétin ?

— Il dit la vérité, intervint Élias.

— Y a un adulte avec toi ? s'étonna le gaillard.

— Élias, je viens de te le dire. On est venus pour vous sauver, mais le directeur nous a emprisonnés. T'as pas entendu l'explosion ?

— Je...

Le garçon semblait dépassé par les événements.

Dire qu'il avait gueulé aux petits de se rendormir, que ce n'était qu'un cauchemar.

— L'orphelinat va être détruit et tout le monde massacré, tu m'entends ? Tu dois nous aider.

— Que... Pourquoi tu me dis ça ?

Spinello rageait et pourtant il devait garder son calme.

— Parce que c'est ce qui va se produire si tu ne nous aides pas.

Et probablement si tu nous aides, songea l'orphelin avec tristesse.

— Il dit la vérité, confirma Élias.

Un nouveau moment d'hésitation s'empara de Putifare. Cela faisait beaucoup de choses à assimiler pour lui. Il devait en parler avec Tobie.

— Putifare, t'es toujours là ?

— Je réfléchis !

Ben voyons !

— Écoute ! Tu dois prévenir Quirin et Attale ; dis-leur que je suis là et qu'on a besoin d'eux. Raconte ce qui se passe à tous les autres orphelins et surtout ne croyez pas le directeur et les gardiens. Ils mentent !

Encore un silence.

— Gamin, si tu fais ça, je te montrerai à toi et à toi seul le chemin par lequel je me suis échappé, ajouta Élias.

Un bête stratagème qui fonctionna à merveille.

— Bon, d'accord. Mais vous avez pas intérêt à m'avoir raconté des salades.

— Merci ! s'enthousiasma Spinello qui n'aurait jamais pensé un jour devoir une telle chandelle à un individu de l'espèce de Putifare.

— Attends avant de remercier, s'amusa le garçon.

Sous les insultes de ceux qu'il avait accepté d'aider, il fit ce pour quoi il était entré dans cette pièce en premier lieu.

PLACIDE

L e chant des insectes nocturnes emplissait de nouveau l'air malgré l'acharnement d'un vent toujours plus pesant. Ronflant, il agitait les branches et les touffes d'herbe qui leur servaient de refuge, sans jamais les déloger ni interrompre leurs sinistres stridulations. Les bourrasques emportaient feuilles et branchages sans distinction d'âge, de forme et de couleur. Tous passaient entre les lames affûtées de ce hachoir géant, annonciateur des trombes d'eau à venir.

Les jeunes pousses, timides innocentes nées du printemps, étaient arrachées à leurs mères et catapultées dans les airs ; elles semblaient retomber avant d'être soulevées par un souffle puissant, et terminaient leur course un peu plus loin parmi leurs congénères dans un enchevêtrement de membres brisés.

Les branchages secs et dénudés se rompaient, émettant des craquements sonores, et se précipitaient sur la piste, pilonnant sans discontinuer le chemin sur lequel, quelques minutes auparavant, le profond silence de la nuit avait failli faire perdre la tête à Placide. Depuis, la vie avait repris ses droits, plus bruyante que jamais en dépit de l'orage.

Une nuée d'éclairs zébra le ciel à l'horizon et Placide eut le plus grand mal à se maintenir sur son cheval. Paniqué, l'animal se cabra en hennissant, puis hésita à suivre la monture de Fradik que Placide avait abandonnée pour s'élancer après la roulotte, et qui s'enfuyait à présent dans l'autre direction.

Il était trop tard pour la rattraper. Ils devaient d'abord retourner au lieu de rendez-vous et espérer que Spinello, Élias et Fradik soient de retour avec de bonnes nouvelles, aussi improbable cela fût-il.

Imitant l'Ignoble qui avait dirigé la bête au cours de leur périple depuis Straham, Placide parvint à la calmer et talonna ses flancs. Elle repartit comme une flèche en agitant la tête de gauche à droite, consciente de la tempête qui approchait.

La nuit, sombre et froide, fut brusquement éclairée et de premières gouttes, lourdes et glaciales, se mirent à tambouriner alentour.

Après une course folle, Placide reconnut enfin la discrète entrée du chemin qui les mènerait aux falaises. Agités en tous sens, les arbustes qui le bordaient refermaient leurs branches épineuses sur le passage au rythme des rafales de vent.

Placide tira les rênes en arrière pour faire stopper la bête récalcitrante et se laissa glisser de la selle sans lâcher les lanières. Un éclat de tonnerre, plus fort et surtout plus proche, suffit pourtant à les faire disparaître de ses doigts aux jointures blanchies.

— Reviens ! pesta-t-il après l'animal affolé tandis que la voiture qui l'avait suivi s'immobilisait au milieu de la piste.

— Placide, c'est encore loin ? cria Théodore, juché sur le toit, pour se faire entendre.

Comment un silence aussi terrifiant avait-il pu se transformer en pareil vacarme en si peu de temps ?

Et les gouttes dégringolaient toujours plus nombreuses et explosaient au moindre contact.

— Il faut continuer à pied. Votre roulotte est trop large, précisa-t-il en indiquant l'étroit sentier, fondu dans la nuit.

Un flash illumina brièvement la mine désapprobatrice d'Iphis, mais elle ne chercha pas à discuter.

— Il faut cacher la roulotte de Vulfran, furent ses seules paroles.

Ce que les enfants s'empressèrent de faire. Nichée entre deux chênes centenaires, étranges intrus dans cette forêt de pins, la voiture ne passerait pas inaperçue de jour, mais dans sa belle robe bleue elle était indiscernable dans le noir. Ils auraient le loisir de venir la recouvrir de branches fraîches s'il le fallait.

Ce fut donc sous une pluie battante, après qu'Iphis eut insisté pour détacher les chevaux et les emmener avec eux, que le petit groupe reprit sa route.

— Et s'ils ne sont pas là ? demanda Théodore qui talonnait Placide sous les torrents d'eau dont le couvert des arbres se gardait bien de les protéger.

Évidemment, Placide l'avait envisagé – c'était même terriblement probable, surtout après cette effroyable détonation –, mais il avait promis de les attendre et de garder les chevaux... deux canassons qu'ils ne reverraient jamais par sa faute. Peu importait. Il avait retrouvé Barth, Théodore et leurs amis, et rien que pour cela, ils lui pardonneraient la perte de leurs montures.

Iphis ne lui laissa pas le temps de répondre :

— Il faudra aller voir ce qui se passe à Rasorburgh.

— Personne ne nous verra dans la nuit, ajouta le garçon crasseux qui ne la lâchait pas.

Ils n'avaient pas tort.

— Vous croyez que c'est prudent si le Duc est déjà là-bas ? s'inquiéta Placide.

— Au moins, on sera fixés, rétorqua Iphis. Rester planté ici ne les aidera pas. On doit le faire.

— Oui, aider, confirma Bartholomée qui écartait les branches pour les deux plus petits.

— Mais si ça se trouve, ils seront là, osa Placide.

Ils ne l'étaient pas.

Il n'y avait que cette odieuse falaise aux parois dégoulinantes que des milliers de torrents dévalaient, que ces arbres aux troncs malmenés par le vent et que cette pluie, giflant leurs visages tournés vers les sommets inatteignables du plateau.

Non, ils n'étaient pas là et ne reviendraient sans doute pas.

— Qui reste ? s'enquit Iphis.

Elle s'était abritée au pied d'un pin et ses cheveux, à peine plus longs qu'avant sa fuite du domaine des Fontiairy, accueillaient une myriade d'épines résineuses et détrempées dont elle n'aurait pas le loisir de se débarrasser avant plusieurs heures. L'absence de Spinello et de ses compagnons ne l'avait visiblement pas étonnée.

Comme Placide, elle savait que rien ne serait facile.

— Placide, tu peux peut-être attendre avec Barth et les petits ? suggéra Théodore.

— Non ! protesta-t-il vivement à la grande surprise de son ami.

Que Théodore l'imagine plutôt rester en retrait ne le vexait pas – il aurait été incapable de s'offusquer de pareille chose. Il ne voulait tout simplement pas se tourner les pouces. Il n'avait pas passé des semaines emprisonné à Straham, vu son plan pour s'échapper échouer pour une question de centimètres, pour demeurer les bras croisés maintenant. Il avait accepté de laisser les autres monter à Windrasor, conscient de l'importance que cela revêtait pour Spinello. Là, il avait le choix.

Voilà que je pense comme Spin', songea-t-il avec un léger sourire.

— Non, j'aimerais venir aussi, trancha-t-il.

— Tu vas pouvoir faire tout ce chemin à pied ? lui demanda le garçon au visage souillé qui avait remarqué sa démarche claudicante.

À vrai dire, Placide n'y avait pas réellement pensé. S'il devait souffrir, il souffrirait. Il acquiesça en silence.

— Bon, Théodore, tu restes avec Bartholomée, Aliaume et Édouard alors, annonça Iphis.

La possibilité qu'elle ne prenne pas part à l'expédition n'avait même pas été évoquée. C'eût été une perte de temps.

— Non, je viens aussi ! s'exclama Édouard qui, subitement, semblait avoir oublié cette pluie qui le faisait tant pester.

— Hors de question ! s'énerva Iphis.

— Tu seras plus à l'abri ici, essaya le voyou, plus diplomate.

Mais tout grand sommet entre États aurait fini dans un bain de sang avec un négociateur comme Édouard.

— J'ai dit non ! Je viens.

Il se colla à Placide.

— Même lui, il vient !

Iphis fit un pas vers Édouard, le visage rouge de colère, mais Pic-Rouille la retint par le bras.

— Je m'occupe de lui, ne t'en fais pas, la rassura-t-il.

L'orpheline soupira.

— Ça va aller, Théo ?

— Oui, avec Barth avec nous, on ne craint rien. Et s'ils reviennent on ira vous chercher. Ne prenez pas de risques. On veut juste savoir ce qui se passe.

— Dis-leur de ne pas s'inquiéter, lança Placide, déjà prêt à partir.

Il avait peur que sa détermination ne soit soudain emportée par le vent. S'enfoncer dans les bois en pleine tempête, vers un danger certain, alors qu'il venait à peine de retrouver ses amis, ne lui ressemblait pas. Et pourtant, c'était lui qui prenait les devants...

Condamnés à une obscurité quasi totale par les nuages qui déversaient sur eux litre après litre d'eau, les orphelins n'avaient pas atteint la piste principale qu'Édouard leur tapait déjà sur les nerfs. La peur ne le rendait que plus irritable et chaque éclair le faisait sursauter.

— Je veux retourner dans la roulotte, chouinait-il tout en tentant d'écarter les habits détrempés qui lui collaient désagréablement au corps.

Agacée, Iphis suggéra qu'on l'y enferme, mais Édouard brailla plus fort à cette idée. Il préférait encore la pluie et l'orage à la solitude de ce compartiment de bois perdu dans la forêt.

— Tais-toi, s'impatienta celui qu'Iphis avait nommé Pic-Rouille en sortant un couteau de sa poche. Tu te tais ! Ils vont nous repérer !

Son intervention marqua la fin des protestations du garçonnet auquel même Spinello avait eu du mal à tenir tête. Il les suivit, tête rentrée dans les épaules et traîna des pieds dans la boue en imaginant la tête qu'aurait fait sa mère en le voyant dans cet état.

Après d'interminables minutes, peut-être bien une demi-heure, leur périple nocturne s'acheva enfin, à la différence de la tempête qui ne cessait de se déchaîner.

Une première vue plongeante sur le minuscule village de Rasorburgh suffit à leur faire comprendre que la bourgade était sens dessus dessous. Partout, les lanternes, vaillantes face à la tourmente, avaient été allumées et tiraient péniblement les constructions de l'obscurité.

De nombreux habitants avaient bravé la pluie et l'heure tardive et s'étaient réunis dans la rue principale. Mais à cette distance, le petit groupe était incapable de voir si des soldats se trouvaient parmi eux. Les responsables de l'explosion étaient pourtant forcément là quelque part.

— Approchons, suggéra Placide, sourd aux protestations d'une moitié de lui-même.

— Tout ce qu'on pourra apprendre nous servira, ajouta Iphis qui quitta précipitamment la piste.

Elle s'élança dans la pente qui surplombait le village puis s'immobilisa, bras écartés pour garder l'équilibre, après quelques pas.

— Passons par là. On s'arrêtera à la lisière de la forêt. On devrait avoir une bonne vue d'ensemble.

La pluie avait rendu le terrain quasiment impraticable et plus d'une fois Placide manqua de dégringoler. Il tint cependant bon et imita Édouard qui se laissait glisser sur les fesses, à présent indifférent à l'état de ses vêtements. Ses parents lui en achèteraient des neufs, sans même lui adresser la moindre remontrance. Ils seraient tellement heureux de le revoir.

À mi-pente, le brouhaha de la foule paniquée leur parvint et un éclair, dont les multiples branches parurent se déplier pendant une éternité lumineuse, leur révéla l'étendue des dégâts et confirma leurs craintes. La rampe d'accès à l'orphelinat s'était en partie effondrée ! Pourtant, bien que défigurée, la montagne de Windrasor s'élevait toujours aussi menaçante, forteresse plus imprenable que jamais dans le ciel gonflé de nuages tourbillonnants.

Une cinquantaine de mètres sous le couvert des arbres les mena à portée de vue de la grand-rue, celle-là même qui, plus loin, se resserrait puis se lançait à l'assaut du plateau. Un cavalier en revenait justement, galopant comme un forcené. Il stoppa à proximité de la foule parmi laquelle, un homme également à cheval et blessé à l'épaule, ordonnait à tous de rentrer chez eux. Un homme dont le visage glaça le sang de Placide qui marqua un pas en retrait. Pas lui, ce n'était pas possible !

— Placide ? s'alarma Iphis.

— Lui, là... souffla-t-il.

— Quoi, tu vois Hippolyte ?

Comment Placide, qui ne l'avait jamais rencontré, aurait-il pu le reconnaître ? Non, cet homme n'affichait rien de l'exubérance dont un Duc aurait pu s'affubler, il n'était que noirceur.

— Eh ! Mais c'est le monsieur de l'auberge ! s'exclama Édouard. Il va nous...

Placide le saisit par le bras avec violence.

— Aïe ! Tu me fais mal.

— Taisez-vous, soupira Pic-Rouille.

Mais Placide avait peur d'avoir compris. Sa terreur menaçait d'exploser en un accès de rage qui ne lui ressemblait pas.

— Le monsieur de l'auberge ? demanda-t-il, les dents serrées.

— Celui qui voulait savoir par où vous étiez partis, oui, confirma le garçonnet avec un regard noir en se massant le bras. Il est gentil.

Fromir ne leur était donc pas tombé dessus par hasard. Il n'avait pas passé ces jours horribles en prison séparé de ses amis sans raison... Tout s'expliquait.

La peur, d'une nature différente de celle que lui inspirait Fromir, submergea Placide. Il recula de nouveau, prêt à disparaître dans les buissons, à s'éloigner autant que possible de ce garçon. Jusqu'à quel point ce gamin allait-il leur porter malheur à tous ?

5

ERN'LAK

Ern'lak ouvrit les yeux. Les derniers rayons du soleil disparaissaient à l'horizon. Les couleurs, encore chaudes et contrastées quelques minutes auparavant, refluaient au loin, aspirées par les mouvements de la marée céleste. Le monde se parait de gris, de nuances d'un bleu profond et de ce noir qui, bientôt, envahirait tout. L'obscurité allait reprendre ses droits et les siens leur marche.

La créature, massée avec d'autres au pied d'une gigantesque falaise, se releva et s'étira. Ses os craquèrent et le son parut se propager à des kilomètres à la ronde, à travers l'étendue de collines et de vallons qui les précédaient. Il n'en était pourtant rien. Il suffisait d'avancer d'une centaine de mètres pour qu'oiseaux et insectes, diurnes et nocturnes, se livrent un combat dont la clameur couvrait tout autre bruit. Il n'y avait cependant aucun doute sur la faction qui en sortirait gagnante lorsque l'astre rayonnant céderait définitivement sa place à la lune.

Ern'lak laissa son regard se perdre dans l'immensité. Quelque part, là où ses yeux ne pouvaient le porter, mais où ses longues jambes le mèneraient, les attendait ce Sud tant convoité dont ils avaient emprunté la direction après leurs déboires dans les montagnes du Nord. La puissance des intempéries et la rigueur du climat ne leur avaient laissé d'autre choix que de rebrousser chemin et, pourtant, le doute ne le quittait jamais. Avait-il vraiment pris la bonne décision ?

À l'instar de ces lointains sommets qui s'étaient montrés si inhospitaliers, ces terres australes étaient nimbées de mystère. La guerre les avait ravagées, les hommes les avaient abandonnées, voilà tout ce dont il était certain.

Ce qui s'y trouvait réellement relevait en revanche de la fabulation, d'une fabulation dangereuse qu'il pourrait vite regretter. Mais ces incertitudes n'auraient pu supplanter sa fierté et la vigueur de l'espoir qu'il portait et qu'il avait réussi, petite flamme vacillante puis feu de camp rassurant et réconfortant, à faire brûler dans le cœur des siens. Pour la première fois depuis des décennies, son peuple avait fui cette prison où l'Homme, à force de chantage et de manipulations, avait cru pouvoir le retenir et le cacher aux yeux du monde.

— Allons-y ! s'exclama Ern'lak en tendant un bras en avant.

Comme tous les soirs, les corps parfois difformes, si sensibles à la lumière du soleil après tant d'années passées dans l'ombre de Windrasor, se déplièrent, prirent une forme humanoïde puis se mirent en route. Sombres silhouettes effroyables, les Ignobles s'organisèrent en une longue procession que tout humain aurait juré être en quête des portes de l'Enfer.

Il n'y avait pourtant rien de démoniaque à leur déplacement et un œil, aussi téméraire qu'observateur, aurait remarqué ces créatures plus lentes, tantôt chargées du poids d'un petit, tantôt de celui des années, que les plus jeunes et vigoureuses entouraient, prêtes à jaillir au moindre danger, véritable bouclier infranchissable d'étoffes déchirées et de griffes acérées.

Ern'lak s'en félicitait. Les siens étaient partis désunis, accablés par les dissensions provoquées par les manigances de Cyriaque, et voilà qu'ils faisaient front commun quand bien même chaque jour se montrait plus impitoyable pour leur organisme. S'ils avaient été humains, nombre d'entre eux seraient morts depuis longtemps. Ils ne devaient leur survie qu'à un métabolisme hors du commun qui leur permettait de subsister avec des doses ridicules de nourriture, malgré les efforts réclamés par leur éprouvant voyage.

Chaque pas n'en était pas moins une victoire, un pas qui les éloignait un peu plus des troupes ducales qui devaient être à leur recherche.

Le directeur a forcément prévenu le Duc de notre départ...

songea Ern'lak, sans réelle rancœur à l'égard du petit homme qui, s'il avait tenu parole et leur avait octroyé quelques jours d'avance, s'était montré plus digne de confiance qu'il ne l'avait imaginé.

La créature savait toutefois que la foudre du nouveau Duc ne s'abattrait sur eux que lorsque Windrasor ne serait plus que ruines. *Quand tous les enfants...* Ern'lak chassa de son esprit ces sombres pensées. Il ne devait pas laisser les supplications de Théodore le hanter de plus belle. Sa mission était ailleurs. Vers ce Sud qui n'avait pas le droit de le décevoir.

Inconsciemment, il avait forcé le pas, comme si une pointe d'accélération pouvait lui permettre de distancer ce sentiment de culpabilité que peu parmi les siens auraient été capables de comprendre. La vie isolée dans les tunnels de l'ancienne forteresse de Windrasor et les enseignements d'Araknor et de ses prédécesseurs avaient empêché les Ignobles de développer la moindre empathie à l'égard des pensionnaires. Et sans Agrippa, la première – la seule même – humaine avec laquelle Ern'lak s'était lié d'amitié, il serait probablement resté comme eux.

Agrippa...

Il ne put retenir le flot de souvenirs et se la figura telle qu'il l'avait vue lors de leur première rencontre, il y avait plus de quinze ans.

Ern'lak ne savait plus vraiment ce qui l'avait poussé ce soir-là jusqu'au repaire des humains, cet endroit où Araknor, s'il ne l'interdisait pas formellement, leur déconseillait d'aller. Il se rappelait par contre très bien le faible vagissement qui l'avait attiré dans les cuisines du bâtiment des garçons. L'âtre y brillait avec une intensité étonnante pour l'heure tardive et une petite créature – comme, suspendu aux barreaux des fenêtres à l'extérieur de la nurserie, il en avait observé des dizaines, mises au lit, sans même un mot doux, dans des rangées de berceaux que seule l'usure différenciait – remuait dans les bras de sa mère. Elle avait trouvé ce sein gorgé d'amour maternel qu'elle lui proposait et s'était tue.

La curiosité d'Ern'lak s'était mue en surprise quand la minuscule femme, assise sur un banc, le corps en biais, lui avait dit le plus simplement du monde qu'il n'avait pas besoin de se cacher. C'était la première fois qu'on le repérait au cours d'une de ses explorations du royaume des Hommes ; du moins la première fois contre son gré – personne ne pouvait se targuer ou s'épouvanter d'avoir aperçu davantage qu'une ombre ou qu'une cape noire disparaître dans la nuit. Cela faisait le jeu d'Araknor et des maîtres de l'orphelinat. Le moyen le plus efficace de perpétuer la rumeur de l'existence de monstres effroyables autant auprès des pensionnaires que des gardiens qui n'étaient pas dans le secret. Une arme psychologique à laquelle les générations successives de directeurs n'avaient jamais hésité à recourir.

Aujourd'hui encore, bien qu'il eût appris plus tard une partie du sinistre passé d'Agrippa et ce qui l'avait obligée à fuir sa vie antérieure avec ce fils dont le monde n'aurait jamais voulu, il se demandait comment elle avait pu si facilement détecter sa présence. Et surtout pourquoi... pourquoi elle l'avait invité à se montrer ? Des mots si simples qui avaient changé tant de choses.

Ce sourire, dont elle ne s'était pas défaite en se retournant vers lui, en dépit de son apparence qu'il savait hideuse pour elle, resterait gravé dans sa mémoire pour toujours.

— Voici mon fils Bartholomée, avait-elle annoncé en soulevant légèrement la tête du nourrisson pour faciliter sa prise sur ce téton qu'il mâchonnait goulûment.

Elle s'était présentée à son tour, avait tenté d'initier la conversation, mais Ern'lak s'était dérobé aux premiers pleurs du bébé.

Il avait longuement craint que tout cela ne lui retombe dessus, qu'on lui reproche de s'être montré, mais personne n'en avait jamais rien su. Guère plus tard, il avait retrouvé l'éclat de ce feu nocturne. La femme y allaitait encore son bébé. Cette fois, il avait répondu...

— Ern'lak !

La voix d'Erg'rika le ramena au moment présent.

—Tu as entendu ?

Il ne pouvait pas dire que oui, mais une nouvelle détonation suffit à lui faire réaliser ce que son alliée avait perçu. Les bribes du passé s'évanouirent.

— Des chasseurs ? suggéra-t-il aussi improbable cela soit-il maintenant que la nuit était bien installée.

Cette région du Duché était peu peuplée et ils n'avaient guère croisé de bourgades importantes depuis Swansy la Glorieuse. Et pourtant, l'existence d'un village à proximité était indubitable.

Aux éclats d'armes à feu toujours plus nombreux s'étaient mêlés des cris d'hommes, de femmes et d'enfants. Face à ces hurlements, la forêt tout entière avait été réduite au silence. Il n'y avait plus que plaintes stridentes, gémissements d'agonie et lamentations de désespoir.

— Qu'est-ce qui se passe ? s'inquiéta Erg'rika.

Ern'lak avait peur de le savoir.

Les Hommes… voilà ce qu'il se passe. Les Hommes et leur folie destructrice.

— Restez là ! Je reviens, siffla-t-il alors qu'une lueur incandescente s'élevait à quelques centaines de mètres entre les arbres.

Sans les coups de feu, les Ignobles auraient pu tomber sur la bourgade endormie sans même s'en rendre compte. Mais tous les habitants avaient été arrachés au confort de leur lit de la pire façon. Conscient qu'il prenait un risque inutile, qu'il aurait dû ordonner aux siens de s'éloigner et de contourner cet obstacle, Ern'lak bondissait entre les troncs, ombre presque imperceptible à l'œil humain. Il s'immobilisa à la vue de la première bâtisse dont le toit de chaume s'enflamma brutalement. Elle n'était cependant pas la première à brûler et les flammes, sans pudeur, ni honte aucune, révélaient le carnage auquel les Hommes s'adonnaient encore.

Une mère tirant son garçon par la main accourait dans sa direction. Elle ne l'avait pas vu et espérait gagner le couvert des arbres pour disparaître dans la forêt et y attendre que cette tempête – comme tant d'autres qui avaient ravagé le Duché des années auparavant – se dissipe. Son visage, véritable masque d'effroi cloué à même la peau, se figea quand la foudre, matérialisée par un projectile métallique brûlant, la frappa. La femme cracha un jet de sang et s'effondra, emportant dans sa chute son enfant.

Un instant, Ern'lak crut reconnaître les traits de Théodore et faillit se précipiter hors de sa cachette, mais une terreur, telle qu'il n'en avait plus ressentie depuis longtemps, le percuta de plein fouet.

Une immense créature aux yeux vitreux, mousquet en main, avait bondi sur le garçon. Sans aucune hésitation, ni le moindre regard pour le gamin prostré, elle acheva sa victime d'un poing ferme et écailleux.

Déjà, elle fixait l'ombre où Ern'lak assistait impuissant au massacre.

IPHIS

L a tempête – du moins celle qui les avait trempés jusqu'aux os – s'était éloignée. Ses sombres nuages avaient déserté le ciel. Une chaude matinée de printemps s'annonçait.

Iphis ne tenait plus en place. Elle avait passé une bonne partie de la nuit à se retourner, d'un côté, puis de l'autre, incapable de trouver une position dans laquelle s'abandonner au sommeil. Il n'était venu à elle que par intermittence, la ballottant sans cesse d'un rêve agité à un cauchemar épouvantable. Les ronflements de certains de ses compagnons n'avaient pas aidé.

Pic-Rouille, qui avait promis de monter la garde toute la nuit, avait craqué des heures avant l'aube et s'était effondré auprès d'Iphis. Pas même la pluie torrentielle n'avait réussi à le débarbouiller ; tout juste la crasse de son visage s'était-elle étirée en de longues stries noires. Il dégageait une forte odeur d'animal mouillé.

Iphis scruta un instant le visage de son ami – bouche ouverte et paupières à peine closes –, puis s'intéressa aux deux bambins blottis l'un contre l'autre sur la banquette qui occupait l'arrière de la roulotte. Ils avaient beau afficher une détestation réciproque, chacun avait trouvé un véritable réconfort dans la chaleur de son ennemi. Le premier à se réveiller ne manquerait cependant pas de repousser l'autre. Et leurs disputes reprendraient. L'orpheline écarta sa couverture et tâta du bout des doigts ses vêtements humides, étendus la veille à la va-vite parmi le bric-à-brac de Vulfran. Les heures écoulées, heures d'angoisse et de doute, n'y avaient rien fait : ils dégoulinaient encore. Iphis soupira, retroussa les longues manches de la tunique de Vulfran qu'elle avait jetée sur ses épaules à leur retour de Rasorburgh après s'être déshabillée à l'abri des regards des garçons et se leva. Saisissant au passage le tas d'habits détrempés, elle ouvrit lentement la porte et s'assit pour enfiler ses chaussures que le sol gorgé d'eau accueillit, tel un noyé aux poumons remplis, en régurgitant un liquide boueux.

L'oreille tendue, elle installa rapidement les vêtements à l'avant de la roulotte où l'ombre des chênes régnait pourtant en maître et vérifia que les branches brisées par la tempête que Pic-Rouille avait disposées contre la voiture la veille n'avaient pas bougé. Un voyageur attentif ne manquerait pas de repérer la roulotte, mais les enfants pouvaient encore moins la déplacer de jour au risque d'être surpris. Cela devrait faire l'affaire.

Il le fallait.

L'odeur de la pluie et de l'humus humide s'immisça dans les narines d'Iphis. Nez en l'air, elle la savoura un instant.

La tempête est passée, ça va aller, essaya-t-elle de se rassurer avant de se faufiler entre les buissons qui se refermaient sur l'étroit chemin que Placide leur avait fait suivre.

J'aurais dû les prévenir, se dit-elle en pensant aux trois garçons endormis qu'elle avait quittés. Mais elle pensait surtout aux trois autres qui avaient décidé de passer la nuit au point de rendez-vous avec Spinello.

— C'est moi ! s'exclama Iphis lorsqu'une branche se brisa sous son pied à l'approche du point de ralliement.

Le visage de Bartholomée apparut de derrière un pin et le gaillard la salua d'un fébrile mouvement de la main. La fatigue réclamait son dû. Les yeux ovales du garçon, écrasés par des paupières plissées, étaient soutenus par des poches bleuâtres. Il semblait néanmoins en meilleure forme que Placide.

L'orpheline le découvrait pour la première fois à la lumière du jour depuis leur rencontre la veille. Elle l'avait déjà aperçu à l'orphelinat et avait sans mal fait le rapprochement avec ce pensionnaire que certaines filles avaient érigé au rang de légende pour sa laideur exceptionnelle, mais elle n'aurait jamais pensé que les épreuves qu'il avait endurées aient pu le rendre plus repoussant encore. Ce qui n'empêcha pas le garçon de lui sourire de bon cœur.

— Toujours rien ? demanda-t-elle en les rejoignant.

Théodore, recroquevillé au pied d'un arbre, s'agita sans pour autant se réveiller. Les lèvres pincées, Placide secoua la tête. Ils avaient attendu sous la pluie glaciale pour rien.

— Vous devriez aller vous changer à la roulotte, suggéra-t-elle en attirant leur attention sur son propre accoutrement. Vulfran avait plusieurs tenues.

C'est ce qu'il aurait voulu, songea-t-elle avec un pincement au cœur.

Lui aurait su quoi faire. Il avait plus d'un tour dans son sac.

Bartholomée éternua bruyamment.

Ce fut pourtant un tout autre son qui frappa Iphis. Et elle n'était pas seule à l'avoir entendu.

Placide croisa rapidement son regard et se glissa derrière un pin élancé.

— Ça doit être Pic-Rouille... Il a dû voir que j'étais partie et me cherche, murmura Iphis en parcourant les bois des yeux.

Un craquement plus distinct s'éleva et Bartholomée attrapa l'épaisse branche qu'il avait mise de côté pour se défendre.

Une seconde s'égrena... Une autre, puis encore une autre.

— Pic-Rouille, c'est toi ? osa Placide d'une voix croassante.

Théodore s'était réveillé et s'était placé dans le dos massif de Bartholomée.

— Pic ? tenta Iphis à son tour, sans grande conviction.

— Édouard ? continua Placide.

L'orphelin transpirait l'inquiétude et Iphis crut qu'il allait de nouveau céder à cette panique qui l'avait envahi quand Édouard avait reconnu cet homme aux cheveux gris à Rasorburgh. Elle n'avait pas réellement saisi de qui il s'agissait, mais la célérité avec laquelle Placide avait réussi à remonter la pente glissante ne pouvait témoigner que d'une chose : ce type était dangereux, mortellement dangereux. Et c'étaient peut-être bien ses hommes, ou lui-même, qui approchaient. Ou pire encore… Et ils venaient bêtement de révéler leur présence.

— Édouard, réponds ! insista Placide.

— Me dis pas que ce foutu morveux est toujours avec vous ! lança une voix d'entre les buissons.

Spinello ! fut la première pensée qui traversa l'esprit d'Iphis. Il était redescendu sans qu'ils ne s'en rendent compte. Ils allaient enfin savoir ce qui s'était passé à l'orphelinat ! Mais elle se trompait.

— Asm' ! cria Placide, fou de joie.

Il contourna le pin derrière lequel il s'était réfugié et slaloma entre les arbres à toute vitesse.

Un adolescent aussi costaud que Bartholomée surgit des fourrés et cueillit Placide en plein élan.

— Salutations !

— Asmodée ! s'exclamèrent Théodore et Bartholomée de concert.

— Et moi alors ?

Un maigrichon aux lourds cernes était apparu à son tour.

— Anselme !

Les cinq garçons s'enlacèrent.

— J'arrive pas à y croire ! pleurait de bonheur Placide.

Bouche bée, Iphis assistait à ces retrouvailles inattendues, en proie à la plus vive confusion. Placide avait fini par leur expliquer la veille que ses amis étaient restés loin dans les montagnes et voilà qu'ils étaient là à leur tour. C'était impossible.

— Ça fait quelque chose, pas vrai ? la fit sursauter une voix dans son dos.

Un type à la barbe épaisse s'était faufilé derrière elle sans qu'elle ne l'entende. Il la fixait avec un grand sourire.

— Qui… Qui êtes-vous ? demanda-t-elle méfiante.

— Moi ? Je ne suis personne, mais mes amis m'appellent tout de même Ambroise.

Son sourire sembla s'agrandir.

— Vous êtes là pour…

— Pour vous aider. J'espère qu'on n'arrive pas trop tard… Où sont Élias et Fradik ?

— Je… Ils...

Elle pointa du doigt les hautes falaises.

— Évidemment, toujours pressés ces deux-là.

Comment cet homme pouvait-il faire preuve d'humour dans une telle situation ? Bien sûr que ça pressait ! On parlait de la vie de dizaines d'enfants !

— Ils sont coincés, précisa-t-elle.

Une nouvelle qu'Ambroise prit en revanche avec le plus grand sérieux. Un homme et une femme le rejoignirent et Iphis constata qu'en réalité, une dizaine de personnes étaient maintenant présentes.

— Les garçons, venez là ! leur ordonna le barbu.

Obéissants, ils accoururent, le visage rayonnant.

— Ambroise ! Comment avez-vous fait ? l'interrogea Placide en essuyant les larmes de ses joues.

— La chance, lui répondit-il. On a croisé Florimond en chemin…

— Mais je croyais qu'Élias vous avait demandé d'attendre son retour.

— À croire qu'on l'a mal entendu. C'est un miracle que vous ayez réussi à vous échapper de la prison. Ce Spinello est un véritable héros à ce que Florimond nous a dit.

— Il a vraiment perdu un bras ? s'enquit Asmodée.

Placide acquiesça.

— Et il est où, là ? poursuivit le gaillard.

Ambroise intervint avant que Placide ne puisse répondre.

— Ils vont nous raconter tout ça.

Il se tourna vers Iphis.

— Tu disais qu'ils sont coincés ?

Placide et elle leur firent le récit des événements de la veille – l'explosion de l'accès à l'orphelinat, la présence de Fromir.

— Ils n'ont pas perdu de temps pour s'en servir, commenta un homme à la barbe clairsemée, celui qu'ils avaient appelé Florimond.

Iphis ne comprenait pas de quoi il parlait.

— Tu veux dire… commença Placide comme s'il venait de réaliser quelque chose de la plus haute importance.

— Oui, ce sont eux qui ont détruit l'accès. J'en suis certain. Ils n'avaient probablement pas d'autre solution pour empêcher l'intrusion des hommes de Fromir.

— Et maintenant les gamins sont faits comme des rats… ajouta Ambroise.

— Fradik était en mauvais état, mais je ne comprends pas qu'il ne soit pas revenu, même seul, dit Florimond.

— Il faut faire quelque chose ! s'exclama subitement Théodore qui avait eu le plus grand mal à garder le silence jusque-là.

Ils avaient beau savoir que ce Fromir n'était pour rien dans l'explosion, qu'il n'avait pas cherché à affamer les pensionnaires en détruisant l'accès, cela ne changeait pas grand-chose. Et Théodore avait parfaitement résumé la situation : il fallait agir. Mais comment ?

— Une attaque surprise pourrait réussir. Mais même si on se débarrasse de Fromir et de ses hommes, rien ne dit qu'on pourra accéder à l'orphelinat, avoua Ambroise.

Il soupira et reprit :

— Il faut absolument qu'on communique avec eux là-haut…

— Au moins, la situation ne peut pas s'aggraver, avança Florimond pour tenter de redonner un peu d'espoir aux troupes.

Mais ses mots n'auraient pu avoir une résonance plus cruelle.

Une violente explosion retentit soudain. Sa provenance, une évidence. Cette fois-ci, Spinello et ses compagnons n'y étaient donc pour rien.

Iphis avait très bien vu le projectile s'élever au loin dans le ciel avant de redescendre avec une force meurtrière.

Ils bombardent Windrasor !

7

SPINELLO

Lorsque Spinello ouvrit les yeux, la surprise le submergea aussi vivement que la lumière se précipita dans ses pupilles dilatées. Battant des paupières, il n'arrivait pas à croire qu'il ait pu dormir aussi longtemps dans un endroit pareil et dans une telle situation. L'explication était pourtant limpide : la fièvre et l'épuisement avaient eu raison de lui. Le vent, toujours aussi fort et impitoyable, avait emporté au loin les derniers vestiges de la tempête et un ciel clair et cristallin offrait à présent un spectacle au décor immaculé. Le matin était déjà là et ils étaient encore en vie ; pour l'instant.

Putifare, songea-t-il. *Putifare, pourquoi toi ?*

Cela lui en coûtait de l'admettre, mais le sort d'Élias et le sien dépendaient désormais en grande partie de cet imbécile qui avait tant contribué à rendre infernale la vie à Windrasor. Un garçon bête et méchant dont les actes étaient commandés par un seul objectif : nuire aux autres. À l'heure qu'il était, il avait certainement raconté à son frère sa rencontre avec les deux prisonniers ainsi que la petite blague qu'il leur avait réservée avant son départ.

Spinello devait néanmoins s'avouer surpris de ne pas avoir reçu d'autres visites cette nuit... Putifare et les siens ne s'étaient pas privés de lui faire vivre un calvaire quand Octave l'avait enfermé sur cette horrible plateforme pour la première fois. Étaient-ils réellement parvenus à le convaincre et avait-il passé le mot ? Spinello n'osait pas l'espérer.

Quelques jours plus tôt, Élias et lui avaient réussi à libérer leurs amis des horribles geôles de Straham et voilà que les rôles avaient été inversés. Ils étaient maintenant les prisonniers et Fradik et Placide leurs sauveteurs ; sauf qu'ils n'avaient aucune idée d'où se trouvait l'Ignoble et que Placide avait cédé sa place à ce bon à rien de Putifare. Pire, le bain de sang qui s'annonçait risquait fort de ridiculiser tous ceux qui avaient coulé dans les salles de torture de la prison. Les horreurs qui se préparaient ici n'allaient pas uniquement souiller une pièce, elles allaient défigurer un orphelinat tout entier... Et Spinello ne voyait pas comment ils pourraient se tirer de ce mauvais pas, qu'on vienne les libérer ou non.

Élias, qu'on avait débarrassé de ses armes et de son attirail de crochetage, était debout, appuyé contre le mur. Il observait l'horizon, paysage inaccessible encadré par les deux pics rocheux qui marquaient l'entrée du couloir venteux au milieu duquel la plateforme s'extirpait de la roche, étrange anomalie de bois qui aurait dû se perdre dans l'abîme depuis des années.

À quoi pouvait-il bien penser ?

Regrettait-il d'avoir accompagné Spinello jusque-là ? Au fond de lui, l'orphelin s'en voulait d'avoir entraîné son héros dans cette folie. Il s'en voulait encore plus d'avoir laissé Placide en arrière. Le pauvre devait être mort d'inquiétude tout seul et sans nouvelles.

Ne fais pas de bêtises, mec...

— Élias, tu crois que tout est fichu ? demanda-t-il, prêt à gober n'importe quel mensonge d'adulte pour se donner un coup de fouet.

Mais ce fut un coup bien différent qui fit vibrer l'air. Un coup sec et puissant, bientôt suivi d'un sifflement et d'un terrible fracas.

— Élias, qu'est-ce qui... paniqua le garçon qui se releva d'un bond, manquant de déraper sur la surface immonde de la plateforme.

Il se rattrapa de justesse.

— Fradik avait encore des bombes ?

— Non, Frad' n'y est pour rien... avoua Élias, le visage blême.

Spinello comprit.

Non, ce n'est pas possible, pas possible !

— Ils attaquent l'orphelinat, confirma l'homme en donnant un violent coup d'épaule – pas le premier – dans la lourde porte qui les retenait prisonniers.

À ces mots, Spinello se mit à tambouriner lui aussi contre le battant. Son poing rougissait à chaque coup. Il hurlait.

— Ouvrez-nous ! Ouvrez-nous ! Il faut que tout le monde se mette à l'abri !

La veille, lorsqu'ils avaient discuté avec Putifare, Spinello n'avait pas pensé une seconde qu'un gardien puisse se trouver derrière la porte – si c'était le cas, l'homme avait dû tout entendre et tomber sur Putifare avant qu'il ne porte son message –, mais cela lui paraissait maintenant une évidence ; le directeur n'aurait pas laissé ses précieux prisonniers sans surveillance. Le gardien, quel qu'il soit, ne pouvait pas les abandonner là, pas en plein bombardement ! Et pourtant...

— Fermez-la, je me casse, moi ! cria un homme de l'autre côté du battant.

— Reviens ! beugla Élias.

Il s'écrasa de tout son poids contre le bois ; en vain.

De nouveau, l'air vibra. Le ciel siffla. Et, quelque part, touché mortellement, l'orphelinat hurla de douleur dans une chute d'ardoises et de briques.

Ils vont tout détruire !

— Reviens !

Spinello n'était plus le seul à paniquer et tout Windrasor semblait avoir cédé à l'hystérie. Malgré l'épaisseur des murs et de la porte qui les séparaient du reste du pensionnat, des cris leur parvenaient par dizaines. Et pas uniquement des hurlements d'enfants. La peur était devenue collective et frappait sans discernement.

Spinello sursauta quand une clé fut subitement enfoncée dans la serrure devant lui.

Le gardien ! Il est revenu !

La silhouette qui les attendait derrière la porte n'avait cependant rien à voir avec celle de leur geôlier improvisé.

— Frad' ! s'exclama Élias.

— Désolé d'avoir traîné, s'excusa l'Ignoble.

Un homme, probablement le gardien qui avait voulu fuir, gisait inconscient à une dizaine de mètres, dans l'ombre du bâtiment des garçons. Mais cela n'était qu'un détail. Un autre, bien plus saisissant, avait frappé Spinello.

— Fradik...

— Ne t'inquiète pas mon garçon, siffla la créature en réajustant son vêtement pour mieux cacher l'étendue de ses blessures.

Suintantes, elles s'étaient rouvertes.

— Fromir ? s'enquit Élias sans commenter l'état de son ami.

Il savait qu'on ne pouvait rien y faire pour le moment.

— Ses hommes et lui ont réussi à passer avant l'explosion. Mais il est coincé en bas...

— D'où il nous bombarde ! intervint Spinello.

— Ce n'est pas lui... Hippolyte est là...

La situation ne faisait qu'empirer.

— Je n'aurais jamais cru qu'il pourrait être là si vite, avoua Élias. Il faut que...

— Laisse-les, sale monstre !

Fradik fit volte-face et reçut une pierre dans le torse.

— Arrêtez ! s'écria Spinello en se jetant devant la créature blessée. Il est avec nous !

— Spin'...

Tous s'étaient immobilisés, bouche bée. Mais ce n'était pas l'apparence hideuse de l'Ignoble qui les avait fait stopper – ils l'avaient attaqué sans hésiter. Tous n'avaient d'yeux que pour le moignon du garçon.

— Spin', qu'est-ce qui se passe ? hasarda Attale qui avait pris la tête de cette troupe hétéroclite de soldats désordonnés.

Ils étaient tous là.

Spinello avait envie de se précipiter dans les bras de ses amis et de leur demander pardon d'être parti. En dépit de la présence des frères Helrik et de certains de leurs sbires, il aurait pleuré. Mais le temps pressait.

L'orphelinat gémit à nouveau, non loin.

— Ne restons pas là ! ordonna Élias. Tous à l'intérieur !

Chose inhabituelle à Windrasor, aucun pensionnaire ne se le fit dire deux fois.

Sa fièvre oubliée, Spinello sprinta et prit rapidement la tête du groupe en direction du bâtiment des garçons.

Il dépassa l'angle ouest de l'édifice et se jeta sur la porte qu'il maintint ouverte.

Élias, qui avait chargé le gardien évanoui sur son épaule, et Fradik furent les derniers à entrer.

— Faites descendre tout le monde ! criait Quirin, juché sur les premières marches menant aux dortoirs.

Comme Spinello, il avait compris que les étages supérieurs représentaient dorénavant un piège mortel.

— On s'en occupe, dit Attale, quand Spinello fit mine de monter.

Une dizaine de garçons se ruaient déjà dans les escaliers et hurlaient à qui voulait bien l'entendre de regagner le réfectoire dans lequel de nombreux enfants s'étaient réfugiés.

Élias pénétra dans cette salle où il avait pris tant de repas dans le passé, et allongea le gardien sur l'une des tables.

— Combien sont-ils ? s'enquit-il auprès de Fradik.

Dehors, les obus continuaient leur travail de sape à un rythme constant.

— J'étais trop loin pour compter, mais au moins un régiment entier… Cent hommes au minimum et…

— Ces maudits mortiers.

— Hippolyte avait tout prévu depuis le début…

Les yeux écarquillés, Spinello réalisait ce que ces mots impliquaient.

Cet Hippolyte n'aurait jamais pu savoir que l'accès à Windrasor serait détruit ; il avait réellement planifié la destruction complète, jusqu'à la dernière pierre, de Windrasor. Il tiendrait parole et peu lui importait qu'il faille d'abord anéantir le pensionnat avant d'aller éradiquer les derniers cafards encore en vie parmi ses ruines.

— C'est quoi ce bordel ? les coupa un blond qui s'était départi de son sourire coutumier.

Gabriel...

Celui-là ne lui avait pas manqué non plus. Armaël, un garçon de son groupe, avait été une des victimes de madame Agrippa.

Il se remémora soudain la promesse qu'il avait faite à Placide d'essayer de savoir ce qui était arrivé à Bartholomée. Ce n'était pourtant pas le moment.

— L'orphelinat est attaqué, répondit Élias.

— Ça, je le vois bien ! répliqua l'adolescent avec son arrogance habituelle.

— Mais pourquoi ? On a rien fait ! s'épouvanta un gamin qui n'avait rien raté de leur discussion.

Les pensionnaires affluaient toujours plus nombreux dans le réfectoire, véritable ribambelle de l'effroi sous toutes ses formes. Les visages couverts de larmes sursautaient à chaque explosion. Les plus jeunes se bouchaient les oreilles et fermaient les yeux.

— Éloignez-vous des fenêtres ! tempêta Élias.

Un projectile s'écrasa justement dans la cour, au milieu du potager, soulevant des kilos de terre qui vinrent frapper les vitres du réfectoire comme autant de grêlons malveillants.

L'agitation se mua en réelle panique et les enfants commencèrent à se bousculer pour s'éloigner des ouvertures.

— Asseyez-vous ! rugit soudain Fradik.

Un instant, sa voix couvrit toutes les autres.

Ses yeux brûlaient d'une lueur ardente.

Le temps semblait avoir suspendu son cours.

Les garçons les plus impressionnables ne tardèrent pas à lui obéir puis, hésitants, les pensionnaires s'assirent un à un. Pas un ne protesta en découvrant que sa place habituelle était déjà occupée. Chacun investit le banc le plus proche. Tous tremblaient. Le garçonnet affolé avait parfaitement résumé la situation : ils n'avaient rien fait et pourtant on voulait les mettre à mort !

— Bien ! s'exclama Élias, conscient que son ami avait puisé dans ses dernières forces pour pousser un tel cri. Il va falloir que vous gardiez votre calme… Les hommes qui bombardent l'orphelinat sont là pour détruire Windrasor et peu leur importe que nous nous y trouvions.

— Il faut partir ! Se tirer de là ! s'immisça Gabriel.

Les garçons de son groupe ainsi qu'une bonne partie des pensionnaires approuvèrent ses propos dans un brouhaha inintelligible.

— Écoutez-moi ! L'accès à l'orphelinat a été détruit…

Spinello était peut-être le seul à pouvoir ressentir le poids qui pesait sur les épaules de son héros. C'était lui qui avait décidé sa destruction… qui les avait condamnés.

— Il va…

— Mais t'es qui, toi ? beugla un grand brun à l'acné fort développée.

Encore quelques mois et il aurait été envoyé au front. Seulement la guerre avait préféré venir à lui, et à tant d'autres, plus tôt que prévu. Et rien ne l'y avait préparé.

— C'est Élias Cartier ! lança Putifare qui, malgré la situation, se rengorgeait de connaître la réponse à une question.

— Ne les écoutez pas !

Le directeur, suivi de plusieurs gardiens armés, avait fait irruption dans le réfectoire.

— Tout ça est de leur faute ! Ils ont fait exploser l'entrée ! Il faut les livrer au Duc au plus vite !

Il n'avait toujours rien compris…

8

THÉODORE

L e projectile siffla brièvement dans le ciel puis s'acquitta de sa mission destructrice avec la plus grande efficacité. De là où il était, Théodore ne pouvait pas le constater de visu – les hautes falaises de Windrasor s'en assuraient –, mais le fracas qui avait accompagné l'impact n'avait laissé aucun doute. Ce premier tir avait fait mouche et il en annonçait très certainement d'autres. La mort allait pleuvoir sur l'orphelinat.

— Les fils de chiens ! s'énerva Asmodée. Ils vont voir...

— Calme-toi, gamin ! le gronda le dénommé Ambroise.

L'homme toussa et grimaça, incapable de masquer la douleur qui tiraillait son torse.

— Ils sont en train de massacrer nos amis ! protesta Placide, ses doigts refermés sur ceux d'Anselme dont il avait pris la main au son de l'explosion.

Théodore bouillonnait intérieurement. Tout cela se produisait par sa faute et il se retrouvait encore dans la peau d'un banal spectateur. Sa faute ! S'il avait réussi à arrêter Anastase, à l'empêcher d'assassiner le Duc, tout aurait été différent. Hippolyte ne se serait jamais lancé dans une telle opération d'extermination et le Duc l'aurait peut-être même félicité de l'avoir sauvé... Tout aurait été différent. Ou pas.

Théodore se remémorait le jour où l'énergumène avait offert à Anastase la broche avec laquelle elle avait tranché la gorge du souverain. Hippolyte avait beau avoir affirmé qu'il s'agissait d'un cadeau émanant de son père, Théodore avait du mal à le croire. Tout juste pouvait-il espérer que même sans son intervention tout cela se serait produit de quelque façon. En plaçant l'orphelinat au cœur de ces machinations politiques, les responsables de la mort du Duc avaient condamné l'établissement à la destruction. Tout était joué d'avance et Théodore n'aurait rien pu y faire ; exactement comme à cet instant précis.

— Il… On peut… bafouilla-t-il.

— Il faut faire quelque chose ! le supplanta Iphis, dont le visage livide trahissait les pensées.

Elle ne s'inquiétait pas uniquement pour les pensionnaires – elle ne s'était après tout jamais liée avec aucun d'entre eux – ; elle était terrorisée à l'idée que les obus ravagent l'immense bibliothèque de l'orphelinat, cible si facile au centre du plateau.

— Ambroise, on n'a pas le choix, intervint un type à la barbe épaisse.

Les poils auburn qui couvraient son visage brillaient de multiples reflets ; ses yeux affichaient en revanche un éclat unique, celui de la détermination la plus folle.

Ambroise passa ses troupes en revue, la bouche crispée par le doute.

Une autre explosion suffit à le convaincre.

— Ça ne plairait pas à Élias, soupira-t-il.

— Si on frappe vite, tout ira bien. Ils ne savent pas que nous sommes là et on dirait qu'il n'y a qu'un engin de siège, commenta un homme aux cheveux virant au gris et à la carrure imposante.

— Philo a raison ! s'exclama Asmodée, les poings serrés.

— Vous, vous restez là, trancha Ambroise.

Théodore venait de comprendre leur plan. Les amis d'Élias, ceux que Placide avait appelés les Insaisissables, comptaient attaquer les troupes stationnées à Rasorburgh en espérant faire cesser les tirs.

Ils étaient prêts à mettre leur vie en jeu pour sauver celle de leurs compagnons et des pensionnaires. C'était une mission suicide ! Ils ne pouvaient pas assumer tous les risques.

— Laissez-nous venir !

Surpris par la puissance de la voix de Théodore, tous – les insurgés comme ses amis – se tournèrent vers lui. Asmodée le fixait, les sourcils levés. Théodore indiqua le sabre qu'Ambroise portait à sa ceinture ainsi que le fusil qui dépassait de ses épaules.

— Vous allez avoir besoin de vos mains.

Les Insaisissables les avaient rejoints à pied, mais leurs montures ne devaient pas être loin.

— Vous ne pourrez pas attaquer et diriger correctement vos chevaux ! continua-t-il. Nous, on peut le faire.

L'orphelin ne s'était que rarement intéressé à l'équitation dans ses lectures et n'en connaissait guère que les règles les plus basiques – plus d'un cavalier émérite aurait d'ailleurs ri face à de tels propos –, et pourtant il avait vu juste.

— Il n'a pas tort, avoua l'homme grisonnant.

Haut dans le ciel, l'orphelinat encaissa un nouvel assaut tonitruant.

— Ouais, c'est une bonne idée ça, Théo ! s'enthousiasma Asmodée.

— Ça plaira encore moins à Élias, mais on n'est plus à ça près. Qui est partant ? demanda Ambroise en se massant le thorax.

Théodore et Placide levèrent la main, imités par Asmodée. Celles d'Anselme et de Bartholomée suivirent presque aussitôt.

— On va les massacrer ! s'emballa Asmodée.

— Non, pas toi, ni ton ami, précisa Ambroise en désignant Bartholomée. Vous ralentiriez les…

— Iphis ! le coupa soudain une voix que Théodore aurait aimé ne pas réentendre de sitôt.

— Non, pas lui ! paniqua Asmodée.

La voix fluette d'Édouard avait suffi à faire oublier au gaillard le rejet dont il venait d'être victime. Ce n'était pourtant pas le bambin qu'il craignait, mais son molosse dont Théodore avait eu un bref aperçu à la capitale.

Le bras d'Asmodée affichait une marque d'un rouge vif, souvenir de sa rencontre avec Édouard et sa chienne.

— T'es là, toi ! s'étonna le garçonnet. Et vous aussi !

En dépit de sa petite taille, il toisait du regard les nouveaux venus.

Pic-Rouille apparut brusquement au côté d'Iphis, son couteau à la main.

— Ils sont là pour nous aider, le rassura l'orpheline.

— On a 'tendu les explosions, t'sais c'qui s'passe ?

Iphis soupira.

— L'attaque a commencé…

— Justinien !

Aliaume surgit à son tour des fourrés. Ignorant la petite troupe, il se précipita dans les bras d'un adolescent resté en retrait. Le petit blondinet pleurait à chaudes larmes.

Théodore était perdu. Tous semblaient se connaître d'une manière ou d'une autre, mais son esprit agité avait du mal à rassembler toutes les pièces du puzzle.

— Oh ! Je te reconnais ! s'exclama soudain Iphis.

Elle se tourna vers Pic-Rouille.

— C'était un des petits anges du Duc !

Une pièce venait de s'assembler, mais une nouvelle détonation ramena Théodore à l'urgence de la situation.

— Il faut y aller !

— Où ça ? s'enquit Pic-Rouille en plissant les yeux.

— On doit les empêcher de tirer. On va attaquer ! expliqua Iphis.

— Toi aussi ?

La fillette acquiesça.

— Alors, je viens !

Elle n'essaya même pas de l'en dissuader. C'était peine perdue.

— Très bien, un de plus ! D'autres fous parmi vous ? demanda Ambroise.

Malgré son apparente décontraction, il craignait d'être en train de commettre une grave erreur.

— Ben, Barth et moi !

Asmodée revenait à la charge, à présent tranquillisé par l'absence du molosse. Ils ne partiraient pas sans lui !

— Vous nous gêneriez plus qu'autre chose, mon garçon. Vous êtes...

— Costauds ! On peut se battre !

— Et vous en aurez l'occasion, mais pas aujourd'hui, trancha Isidore, l'homme à la barbe auburn qui vint prêter main forte à son ami.

Asmodée soutint un instant son regard puis baissa les yeux.

— Très bien, allons chercher les chevaux ! lança Ambroise.

Les Insaisissables se mirent aussitôt en route suivis des jeunes volontaires.

— Où tu vas, Iphis ? couina Édouard en la voyant partir. Il n'avait rien écouté.

— Reste là. On va revenir très vite, répondit-elle.

Non loin, Aliaume et Justinien, qui avait apparemment décidé de participer à l'expédition, avaient la même discussion.

Ils ne pouvaient pas continuer à perdre du temps en négociations stériles. Alors, Théodore prit les devants :

— Asm', tu peux surveiller Édouard, s'il te plaît ? Et occupe-toi aussi d'Aliaume, le petit blond là.

Asmodée lui adressa un sourire que Théodore ne connaissait que trop bien.

Le gaillard avait une idée en tête et Théodore craignit une seconde qu'il ne profite de leur absence pour se venger du petit aristocrate. Théodore haussa les épaules. Après tout, Édouard l'avait bien cherché.

— On revient vite, promit-il.

— Y a plutôt intérêt, répliqua Asmodée.

Rongés par l'inquiétude, Anselme et Placide ne leur avaient même pas dit au revoir comme si ignorer l'existence du danger auquel ils allaient s'exposer pouvait le rendre moins réel. Ils avaient déjà disparu entre les branches basses, à la suite des Insaisissables.

Édouard protesta quand Iphis, Théodore et Pic-Rouille s'éloignèrent, mais ses cris furent bientôt étouffés. Asmodée rigolait déjà.

Le trio s'enfonça à son tour dans les bois, la boule au ventre, et retrouva les montures des Insaisissables à proximité du sentier.

Neuf chevaux pour huit cavaliers.

Huit cavaliers pour six enfants suicidaires.

En apercevant le visage de Placide, qu'une femme à la musculature impressionnante et au teint hâlé aidait à grimper sur son cheval, Théodore regretta d'avoir embarqué ses amis dans pareille folie. Mais il était trop tard.

Anselme avait déjà pris place devant Isidore et d'autres Insaisissables faisaient signe à Pic-Rouille et Iphis d'approcher.

— Toi, tu montes avec moi ! lança Ambroise qui fit avancer sa bête auprès de Théodore.

Il lui tendit la main.

— Allez, en selle, mon gars.

Au moment où les doigts de Théodore se refermaient sur ceux du barbu, un nouvel obus éclata.

Pas le choix… Pas le choix…

Ambroise hissa Théodore. Le garçon dut se cramponner maladroitement à l'animal pour ne pas perdre l'équilibre quand l'Insaisissable relâcha son étreinte.

— T'es sûr de savoir ce que tu fais ? s'enquit l'homme, une pointe d'anxiété dans la voix.

Comment Théodore aurait-il pu lui répondre que non ?

— On va y arriver, dit-il avec une apparente confiance.

Ambroise le dévisagea puis sourit.

— Alors, allons-y !

Les huit Insaisissables s'élancèrent après avoir confié les rênes aux enfants pour s'assurer qu'ils se montreraient à la hauteur. Sans un contrôle ferme des lanières, les chevaux pouvaient facilement céder à la panique de la bataille et précipiter leurs cavaliers vers une mort certaine. Les enfants n'auraient pas le droit à l'erreur.

— Comme ça, c'est bien, mon garçon, l'encouragea Ambroise tandis qu'ils débouchaient sur la piste principale.

Les chevaux filaient. Le vent battait aux oreilles des cavaliers.

Et, toujours plus proche, une arme de siège crachait sa haine dans le ciel.

À chaque foulée de sa monture, Théodore avait l'impression que son rythme cardiaque s'accélérait et pourtant son cœur sembla au contraire s'arrêter lorsqu'il distingua enfin les rues de Rasorburgh.

Ambroise se saisit brutalement des rênes et les tira en arrière.

Tous s'immobilisèrent et une bourrasque rabattit sur eux la poussière qu'ils avaient soulevée dans leur sillage.

— Ils sont trop nombreux ! s'inquiéta Florimond, l'homme auquel ils devaient l'arrivée inattendue d'une bonne partie de leur troupe.

Théodore n'en revenait pas lui-même. La veille, Placide, Iphis et Pic-Rouille avaient affirmé qu'il n'y avait pas plus d'une douzaine de soldats au village. Le spectacle qui se donnait à eux imposait cependant une tout autre réalité. Une réalité où une partie de l'avenue centrale de Rasorburgh avait été transformée en camp militaire aux tentes récemment dressées et parmi lesquelles déambulaient des soldats par dizaines. Une réalité où le mortier, installé fièrement à une intersection dans la grand-rue, éjectait ses cruelles offrandes sur Windrasor. Une douzaine d'hommes armés s'affairaient rien qu'autour de lui.

Terrorisé, Théodore réalisa avec horreur ce que la présence d'un tel régiment signifiait : ce fameux Fromir n'était pour rien dans le pilonnage de Windrasor... Et le responsable était tout désigné : cet homme qu'ils pensaient avoir pris de court en fuyant la capitale inaperçus. Avait-il confié leur recherche à des subalternes et s'était-il empressé de gagner l'orphelinat ?

Rien ne se passait jamais comme prévu.

L'orphelin se mordit la langue. Aider les Insaisissables à tenter de neutraliser les hommes de Fromir ainsi que l'engin de siège rugissant n'avait pas été le seul but de son plan.

Honteusement, il avait espéré que la participation à l'expédition de Placide, dont l'évasion avait probablement humilié ce Fromir, offrirait une raison supplémentaire à l'officier et à ses hommes de se lancer à leurs trousses et de cesser leur assaut sur l'orphelinat. Mais avec l'arrivée d'Hippolyte le nom de l'appât de choix venait de changer...

S'il me voit...

Théodore s'imaginait sans mal l'énergumène, à l'abri derrière ses hommes, beugler son prénom, le prénom du maudit orphelin qui avait, le proclamait-il, tué son père.

Pauvre lâche ! Iphis et Pic-Rouille aussi pourraient être reconnus ! Eux n'ont pas hésité à foncer pour te sauver !

— Ça ne change rien... Frappons et disparaissons, dit Isidore.

— Très bien... soupira Ambroise. Dans ce cas-là, nous ne ferons qu'un passage. Privilégiez le sabre et abattez les artificiers en priorité. Sans eux, ils ne pourront pas utiliser le mortier.

Il se tourna vers les deux hommes, seuls sur leurs montures.

— Agostino, Loman, occupez-vous de leur stock d'obus, d'accord ?

Ils acquiescèrent et tirèrent des lanternes à huile de leur équipement.

L'attaque était imminente.

— Bien, les enfants, vous êtes sûrs de vouloir faire ça ? demanda Ambroise. On aura peut-être pas le temps de sortir nos fusils, on peut se passer de vous, je pense.

Il leur laissait une dernière porte de sortie, mais personne ne s'y engouffra, pas même Justinien. Il fallait qu'ils fassent le maximum de dégât et, pour ça, les insurgés auraient besoin de chacun d'entre eux quoi qu'Ambroise en dise.

— Pour les Insaisissables ! s'écria alors l'homme.

Ses compagnons répondirent d'un signe de tête, visages sérieux et concentrés.

Ils allaient se jeter dans la gueule du loup et ils le savaient.

ERN'LAK

C'est impossible ! paniqua Ern'lak. La créature qui venait de massacrer un enfant humain devant lui l'avait repéré et le fixait sans bouger de ses yeux mornes et vides, comme si un engrenage mal huilé de son cerveau s'était subitement grippé et qu'elle hésitait sur la marche à suivre.

Ern'lak savait qu'il devait fuir sans tarder, mais la vue de ce monstre – car il n'y avait pas d'autre mot pour le qualifier aussi proche lui soit-il physiquement – l'avait percuté de plein fouet. Son crâne bouillonnait de pensées confuses.

Ont réussi... Maudits soient-ils... Araknor avait raison... Perdus ! Pas nous ! Différents !

Chahuté par le flux d'idées, Ern'lak était incapable de détacher son regard de cet être auquel la Nature n'aurait jamais donné naissance d'elle-même.

Son corps aux membres allongés et terminés de griffes reptiliennes, était enserré dans une cotte de mailles aux reflets bleutés qui lui conférait une fausse impression de lourdeur et de lenteur.

Dans son dos battait une cape qui avait dû être blanche autrefois. D'où qu'elle soit venue, cette créature avait parcouru des dizaines, voire des centaines, de kilomètres pour semer la mort à Morenvagk.

Pourtant, c'était son faciès, que ni capuche, ni casque ne masquaient, qui accaparait toute l'attention d'Ern'lak. Cette bouche animale aux crocs aiguisés de laquelle une langue serpentine s'échappait par intermittence, cette peau écailleuse et surtout ces yeux qui ne reflétaient rien. Derrière le voile opaque qui les couvrait, il n'y avait aucune âme, pas l'ombre d'une intelligence empathique.

Ern'lak était confronté à une machine de guerre, la plus parfaite que l'Homme ait jamais créée. Et il lui faisait face, ne sachant comment agir.

S'il bougeait, cette chose l'attaquerait-elle ? Le percevait-elle comme un ennemi ? Il n'eut pas besoin d'attendre la réponse.

Un soudain afflux de lubrifiant cérébral remit brutalement le cerveau de la créature en branle et Ern'lak eut à peine le temps de bondir en arrière pour échapper à son assaut. L'équipement d'acier de son agresseur ne l'avait pas ralenti le moins du monde. Pire, le mécanisme qui faisait se mouvoir cet horrible pantin meurtrier tournait à présent à plein régime dans un but unique : tuer.

Déjà, la créature jaillissait de nouveau vers lui, ses yeux toujours pleins de ce néant effroyable. On ne pouvait rien y lire. Pas la moindre haine. Pas le moindre plaisir – tel celui que les plus sadiques ou fous ressentaient au combat. Rien. Elle agissait comme un fusil tirait ; parce que c'était sa fonction. Et sa gâchette était pressée sans discontinuer.

Sans un bruit, si ce n'était celui des mailles de son armure s'entrechoquant, elle envoya sa main droite en direction de la gorge d'Ern'lak. Ses griffes brillaient du même éclat que ses protections métalliques, à peine ternies par le sang frais qui les maculait.

La vivacité extraordinaire de la charge contraignit Ern'lak à se jeter au sol auquel il fut aussitôt cloué par cet atroce automate.

— Arrête… essaya-t-il, la gorge comprimée par le bras gauche de la chose.

Mais un rocher sur le point de l'écraser aurait davantage entendu raison.

Alors que la créature l'étouffait, Ern'lak devait concentrer toutes ses forces pour retenir son autre bras dont l'extrémité, pourvue de griffes s'agitant dans l'air comme autant de poignards, était prête à s'enfoncer dans son cœur. Et déjà il faiblissait sous la puissance terrible de son assaillant… S'il ne succombait pas asphyxié, il mourrait transpercé.

C'était inéluctable.

Des lueurs rouges, issues d'yeux bien vivants, vinrent à son secours.

— Ern'lak !

Lancés à toute vitesse, Erg'rika et un des siens qu'Ern'lak fut incapable d'identifier percutèrent son agresseur, l'obligeant à relâcher son étreinte mortelle.

Les trois créatures roulèrent au sol.

L'air s'engouffra dans la trachée écrasée d'Ern'lak.

Fuyez ! Fuyez ! voulut-il crier, mais ses avertissements ne furent qu'un cri étranglé.

Le monstre fut le premier à se relever.

Il n'affichait toujours rien. Ni surprise. Ni peur de se retrouver en infériorité numérique. Rien.

Le soudain cliquetis de sa cotte de mailles se mua en un hurlement sinistre.

La tête enserrée par les griffes de la chose, l'Ignoble, qu'Ern'lak reconnut alors, gémit.

Un instant seulement.

Peau et os perforés, il s'effondra, le regard désormais presque aussi mort que celui de son assassin.

— Meurs ! beugla Erg'rika en sautant à la gorge du maléfique pantin de chair et d'acier.

Ses yeux brillaient avec l'intensité de braises attisées par le vent.

D'un geste vif, elle esquiva l'attaque qui lui était destinée et se faufila sous l'imposant bras de la créature. Ern'lak ne l'aurait pas crue aussi rapide. Elle allait peut-être y arriver !

Déterminée à débarrasser le monde de cette abomination, Erg'rika planta ses griffes dans les maillons de son gorgerin. Le métal tint bon… Désespérément bon.

Erg'rika fut propulsée dans les airs comme un fétu de paille et s'écrasa, le souffle court, au côté d'Ern'lak.

Leurs regards se croisèrent l'espace d'une seconde. Tous deux avaient compris. Il était trop fort… beaucoup trop fort.

Parfaitement silencieux, sans un râle de fatigue, ni un cri de déchaînement, le monstre enfonça son poing dans la cage thoracique de la jeune Ignoble. Il ne lui avait pas laissé la moindre chance.

Non !

Les yeux fous, plus rouges qu'ils ne l'avaient jamais été, Ern'lak réalisa alors qu'Erg'rika, volontairement ou non, lui avait peut-être sauvé la vie. Sans hésiter, il bondit à son tour sur le monstre et trancha d'un mouvement horizontal sa gorge à présent en partie dégagée. L'assaut d'Erg'rika, sans atteindre la chair, avait déchiré la protection et Ern'lak s'était précipité dans la brèche. Pour la première fois, Ern'lak crut lire quelque chose dans le regard de la créature, mais cette impression se dissipa quand les serres ennemies lui lacérèrent le visage.

Aveuglé par son propre sang, l'Ignoble multipliait les sauts en arrière, ne percevant des attaques répétées du monstre qu'une série de mouvements flous, toujours plus proches. Si un tronc se dressait dans son dos, il serait bloqué et ne pourrait esquiver. Ce qui arriva inévitablement dans ces bois maudits. Heureusement, le sang d'Ern'lak et des siens n'était pas le seul à avoir coulé... La puissance de frappe de la créature avait considérablement diminué. Ern'lak para.

Le monstre, ouvrant et fermant sa bouche de prédateur, tel un brochet titanesque tiré hors de l'eau, tomba à genoux et leva la tête en l'air. Les quatre griffes d'Ern'lak avaient laissé de profonds sillons dans sa gorge ; si profonds que ses cordes vocales apparurent, perdues au milieu d'un magma de sang.

— Ern'lak ! Qu'est-ce qui… commença un autre Ignoble qui l'avait rejoint.

Un gémissement strident, chœur de centaines d'enfants torturés et brûlés vifs, leur vrilla les tympans.

Le monstre, conscient de l'imminence de sa mort, hurlait à s'en faire éclater les poumons, faisant vibrer sa gorge tranchée.

Il avertit ses congénères ! réalisa Ern'lak avec effroi.

Déjà, l'écho le plus terrifiant qu'il n'entendrait jamais résonnait. Le message avait été reçu. Il en venait de partout.

— Cours ! cria Ern'lak malgré sa trachée douloureuse. Cours !

Il se saisit du bras de son compagnon et l'entraîna plus profondément dans la forêt.

— Il faut partir, vite !

Qu'est-ce qui lui avait pris ? Il aurait dû rester avec les siens et fuir au premier signe de danger. Qu'avait-il fait ?

Il n'avait pas le temps de penser à cela, pas maintenant. Il devait essayer de sauver ce qui pouvait encore l'être.

Dans leur dos, les buissons craquaient et les arbres s'agitaient en tous sens. Leurs poursuivants, en dehors des plaintes qu'ils arrachaient à la forêt et du cliquetis tenace de leurs armures, n'émettaient pas le moindre son. Leurs yeux ne dégageaient aucune lueur.

— Fuyez ! beugla Ern'lak quand il aperçut les siens.

Les plus vaillants entouraient déjà les plus fragiles, comme lors de leurs déplacements, visiblement prêts à se battre contre les responsables de ces cris épouvantables.

Sauf que le combat qui s'annonçait était perdu d'avance.

— Fuyez ! hurla de plus belle Ern'lak.

Mais il était trop tard.

Les créatures qui le talonnaient et celles qui arrivaient de sa droite surgirent d'entre les troncs et passèrent aussitôt à l'attaque.

Une mer monstrueuse, véritable déferlante de vagues démentielles, silencieuses et mortelles, se refermait sur lui et les siens.

Il n'en fallut pas plus pour que l'apparente unité affichée ces derniers jours vole en éclats. Grorl, un des Ignobles que Cyriaque avait convaincu d'agir pour lui, bouscula un de ses compagnons et tenta d'échapper à son assaillant. En vain. La créature, en tout point similaire à celle qu'Ern'lak avait eu tant de mal à tuer, le cueillit dans son élan. La tête de Grorl, sectionnée à la perfection, roula dans l'herbe.

C'était fini et Ern'lak le savait. Il les avait conduits à leur perte.

Et pourtant, il refusait de mourir sans un dernier acte de bravoure.

Le visage ruisselant de larmes – un phénomène physiologique des plus rares chez les Ignobles –, il se jeta au cœur de la mêlée où le combat touchait déjà à sa fin. Les siens, du moins les malheureux qui n'avaient pas fui, s'étaient défendus avec courage et quelques créatures gisaient mourantes. Mais elles étaient si peu...

Une mère, son bébé plaqué contre son corps ensanglanté, résistait encore, aidée de trois Ignobles. Ils n'allaient pas tenir.

D'un bond, Ern'lak vint se porter à leur secours.

Il emporterait dans la tombe autant de ces abominations qu'il le pourrait.

Autant qu'il le pourrait !

Il n'en emporta aucune.

Un coup à la tempe le projeta dans la terre gorgée d'un sang noirâtre et poisseux.

Alors qu'il tentait de se relever, la tête brûlante, deux corps s'effondrèrent sur lui. Les viscères de la mère, mêlés à ceux de sa progéniture, le couvrirent. Sa vision se brouillait. Il luttait, luttait pour que tout ne se finisse pas ainsi. Mais comme il l'avait pressenti, tout était terminé.

Le noir de la nuit, ce même noir qui alimentait ces monstres, prit le dessus.

Il perdit connaissance.

Son sang, celui des siens, celui de tout un peuple, se mêlaient dans une fange effroyable.

SPINELLO

Ne les écoutez pas ! rugit le directeur en entrant dans le réfectoire.

Spinello se retrouva nez à nez avec le canon d'un mousquet. À son extrémité, Lothaire ne cillait pas. Obéissant aux ordres de son supérieur, il n'avait pas hésité à le prendre pour cible. Au premier mouvement de l'orphelin, il tirerait. Peut-être pas pour tuer si le directeur avait décidé de les épargner – ils étaient sa monnaie d'échange –, mais il tirerait ; c'était certain.

Le corps de Spinello refusait de bouger ; il avait déjà reçu plus que son lot de blessures et ne voulait pas tester les compétences de tireur de Lothaire. Avec une telle arme, le moindre manque de précision pouvait signifier la mort ; Spinello en savait quelque chose. Sa cicatrice à la joue, souvenir du domaine des Fontiairy, le brûla sournoisement en guise de rappel.

Élias et Fradik étaient quant à eux sous la menace des armes de trois autres gardiens. Cette sale fouine de Darius était parmi eux, le visage parcouru de tics nerveux que chaque explosion semblait renforcer. Son agitation allait grandissant et son mousquet tremblait dans sa main.

— Tout ça est de leur faute ! Ils ont fait exploser l'entrée ! Il faut les livrer au Duc ! poursuivit le directeur.

Même dans cette situation, alors qu'il aurait pu sortir avec ses prisonniers sans chercher à s'expliquer, il tenait à rappeler aux orphelins qu'il était le seul maître à bord de ce navire pourtant voué à sombrer.

Une vague de protestation s'éleva parmi les pensionnaires. C'était toutefois la confusion qui prédominait encore.

Il y avait tant de choses qu'ils ne comprenaient pas.

— Vous êtes aveugle, bon sang ! enragea Élias.

Ignorant l'arme pointée sur lui, il esquissa un pas vers le directeur qu'il incendia du regard.

— Cette institution a décidément toujours été dirigée par des incapables, par…

— Taisez-vous !

— Par des petites gens de l'esprit, ou devrais-je dire de véritables crétins écervelés, pourris et corrompus par leurs ambitions.

— Ferme-la, assassin ! Vous avez condamné ces enfants, et nous avec !

Comme si tu t'étais un jour soucié de notre sort, songea Spinello.

Seuls des êtres sans cœur, ou obéissant à un pragmatisme odieux, pouvaient perpétuer l'horrible tradition de cet orphelinat. Ce fut justement ce qu'Élias lui fit remarquer.

— Combien d'enfants avez-vous envoyé mourir au front depuis que vous avez pris vos fonctions ? Combien d'innocents ? Et vous osez me traiter, moi, d'assassin. Oui, j'ai tué ! Plus d'une fois ! Mais jamais le sourire aux lèvres ou les yeux fermés sur les conséquences de mes actes.

— Tais-toi ! Tais-toi ! s'impatienta Darius à son tour.

Sa bouche se plissait de manière monstrueuse.

— Ouvrez les yeux ! Hippolyte ne vous épargnera pas ! On doit se serrer les coudes si on espère pouvoir s'en sortir. Il faut mettre tout le monde à l'abri ! insista Élias.

— Foutaises ! Il me… nous pardonnera si on… tenta le directeur.

— Il vous pardonnera. À vous peut-être. Rien ne l'empêchera par contre de massacrer les enfants.

— Il ment ! s'offusqua le directeur, mais son visage blême criait le contraire.

— Il espère sauver sa peau et rien d'autre. Et même à ça il ne parviendra pas ! tempêta Élias.

Le directeur regrettait déjà de ne pas les avoir immédiatement traînés à l'extérieur.

— Ne l'écoutez pas…

Il marqua un pas en retrait, mais il était trop tard.

— Eh ! Laissez-les ! beugla soudain Attale qui venait de réapparaître à l'autre bout du réfectoire en compagnie d'une douzaine d'enfants.

Les derniers pensionnaires, ceux qui étaient encore en classe quelques minutes auparavant, arrivaient et se précipitaient, tête rentrée dans les épaules, dans la pièce. Tous, ou presque, s'immobilisaient en découvrant le spectacle qui s'offrait à eux. Cette immense créature, l'inconnu à ses côtés et Spinello – mutilé ! –, tenus en joue par quatre gardiens.

— Vous avez vraiment fait exploser l'entrée ? s'enquit Gabriel dont les siens avaient réussi à se réunir malgré la pagaille.

— Ils ont fait ça pour nous protéger ! s'exclama Spinello. Des hommes étaient là pour nous massacrer. Ils les ont empêchés de monter !

— C'est faux !

Le directeur n'avait d'autre choix que de s'enfoncer dans le mensonge.

— Nous allons nous occuper d'eux et régler tout ça ! continua-t-il. Ce sera bientôt terminé. Soyez rassurés, mes petits.

Mes petits…

— Avance, sale monstre ! brailla Ozias, un des gardiens qui, en dépit de l'état physique pitoyable de Fradik, n'osait pas s'approcher de lui.

— Toi, tu me suis ! s'énerva Lothaire qui posa sa main libre sur l'épaule de Spinello.

Le gardien glapit.

— Je vais t'apprendre, morveux ! beugla-t-il en se retournant vers Quirin qui s'était glissé dans son dos et l'avait frappé au mollet, le forçant à mettre un genou à terre.

Spinello n'hésita pas une seconde ; son corps était prêt à tenter le coup.

Il bondit sur Lothaire et planta les dents dans son poignet.

Croque-Miaou aurait été fière, songea-t-il, pensée aussi absurde qu'inattendue.

Lothaire lâcha un hurlement de douleur en laissant échapper son arme dont Quirin se saisit maladroitement.

— Laissez-les, on vous a dit ! menaça le garçon.

Lothaire, le poignet ensanglanté, battit aussitôt en retraite.

Le dernier gardien, celui qui s'était assuré avec Ozias de l'immobilité de Fradik, braqua son arme sur Quirin.

Dans la salle commune, tous les pensionnaires s'étaient levés. La bande à Spinello et une partie des garçons du groupe des Helrik qui étaient venus libérer les prisonniers un peu plus tôt, avaient ressorti leurs armes de fortune. L'air était chargé d'une tension asphyxiante. La bouche de Darius était déformée de manière toujours plus hideuse, son front se plissait sans contrôle. Et le chaos n'était pas encore à son comble.

— Ah ! Vous êtes là ! s'exclama un gardien en pénétrant comme une flèche dans le réfectoire. Monsieur, les…

Ses mots se noyèrent dans sa gorge, étouffés par la lourdeur de l'atmosphère. Et pourtant, il sembla juger que ce qu'il avait à dire méritait d'être entendu.

— Les filles, Monsieur ! Elles ont…

Il chercha ses mots.

— Elles ont capturé tout le monde ! Les professeurs et les gardiens… Je suis le seul à leur avoir échappé.

Ce n'étaient pas les garçons qui auraient été capables d'un tel tour de force en si peu de temps. Il avait fallu attendre que l'orphelinat soit sur le point d'être ravagé pour que les pensionnaires commencent à réaliser qu'ensemble, ils étaient plus forts ; beaucoup plus forts.

Les avis divergeaient toutefois dans le réfectoire.

Certains, souvent les plus jeunes, avaient envie de croire le directeur ; d'autres étaient prêts à se battre pour aider Spinello et ses compagnons. La majorité ne penchait cependant pour aucun camp, malheureux partisans de la Grande Confusion, cette entité qui asseyait un peu plus à chaque seconde sa domination sur l'orphelinat.

— Qu'elles aillent brûler en enfer ! s'agaça le directeur. Comme vous tous !

Il craquait. L'impatience et la peur gagnaient du terrain.

Dehors, un nouveau projectile ravagea une partie du potager commun.

— Emmenez-les ! ordonna-t-il.

— Bougez pas ! hurla Quirin derrière lequel plusieurs garçons étaient venus en renfort.

Il ne comptait pas baisser son arme.

— Merdeux de merde ! beugla Darius.

Il pivota subitement sur ses talons.

Le cœur de Spinello lui remonta violemment dans la gorge.

Le coup partit avant que le garçon n'ait pu esquisser le moindre geste.

Quirin vola en arrière, emportant dans sa chute plusieurs de ses camarades.

La Grande Confusion avait acquis toute la salle à sa cause.

Élias écrasait son point sur le visage de Darius sur lequel il avait plongé au moment où son doigt sec enfonçait la gâchette. Fradik, dans un élan de célérité inimaginable dans son état, avait immobilisé Ozias. Lothaire et deux autres gardiens s'enfuyaient aux côtés du directeur qui savait la situation perdue. Sans l'intervention insensée de Darius, il aurait encore pu espérer mettre la main sur Élias, quitte à abandonner le gamin pour apaiser ses petits copains.

— Ça suffit, Élias ! gronda Fradik.

Sous l'Insaisissable, le gardien à la face de rat respirait bruyamment entre ses dents fracassées. Ses pommettes fendues saignaient à gros bouillon. Mais Spinello se moquait éperdument de Darius.

— Quirin !

Il se jeta auprès de son ami et put enfin respirer.

— Ça va, ça va, j'ai rien, dit Quirin, une main sur l'épaule. Il m'a à peine touché.

Par chance, aucun des garçons qui se trouvaient derrière lui n'avait récolté la balle à sa place. Un des lourds piliers de la salle s'en était chargé. Il en garderait un souvenir éternel, minuscule cicatrice comparée aux plaies béantes que les obus continuaient de tailler dans les chairs de l'orphelinat.

Justement, un projectile secoua soudain le bâtiment et une pluie d'ardoises et de briques brisées se répandit partout dans la cour. Un orage au travers duquel le directeur et ses sbires passèrent miraculeusement sans encombre. Déjà, ils s'enfonçaient dans le hall des adoptions à la coupole perforée.

— Faut les rattraper ! cria Attale.

Élias, les mains couvertes de sang, le retint.

— Laissez-les.

Un autre sujet de préoccupation s'imposait déjà à eux.

— Et s'ils bombardent la nurserie ? s'inquiéta un gamin qui avait dû la quitter depuis peu.

Le cœur de Spinello se serra à l'idée de tous ces bébés et bambins dont il avait lui-même un jour fait partie.

— On ne peut rien faire pour le moment, dit Élias. Les nourrices ne les abandonneront pas.

Le silence qu'il marqua avant de poursuivre trahissait son désarroi.

— Il faut qu'on se prépare !

— À quoi ? lança Gabriel.

Il semblait avoir retrouvé sa voix à présent que la situation s'était calmée.

— À un siège, avoua Élias.

— Un siège ? s'étonna Tobie.

Mais personne ne prit le temps de lui expliquer ce dont il s'agissait.

— Ils ne pourront pas nous bombarder éternellement et je vous rappelle que Windrasor est une ancienne forteresse. Nous pouvons résister ! clama Élias.

Il était loin de se douter que deux autres mortiers n'attendaient plus qu'à entrer dans cette danse de destruction. Tout pouvait encore empirer… et bien plus vite qu'il ne le pensait.

PLACIDE

P lacide n'avait pas hésité une seule seconde pour se porter volontaire. Il n'aurait pas pu en être autrement.

En dépit de tout ce que ces dernières semaines avaient changé dans sa vie – elles lui avaient notamment ouvert les yeux sur la véritable nature de l'orphelinat, l'avaient forcé à découvrir une autre facette de lui-même –, il avait l'impression que chaque détonation arrachait une partie de son âme. Savoir que Windrasor, ou du moins l'idée qu'il s'en faisait encore aujourd'hui malgré sa prise de conscience de l'horrible fonction de l'établissement, croulait sous les bombes lui était insupportable... Et pourtant, il ne s'agissait que de pierre et de briques, que de vestiges sauvés de la ruine par l'édit qui avait, un jour, décrété la restauration de l'ancienne forteresse pour accueillir ces misérables enfants qui avaient envahi les rues du Duché pendant la guerre. Il fallait bien trouver une utilité à tous ces parasites. Les autorités en avaient alors fait une marchandise que s'arrachaient la Lombronia et l'Aristie, empires coupables du massacre de leur propre jeunesse.

Placide s'interdisait de penser à tous ses amis pris au piège et sur lesquels les projectiles, meurtriers et indifférents à l'âge de leurs victimes, risquaient à tout moment de tomber. Pleurer maintenant tandis que, mètre après mètre, leur petite troupe de suicidaires approchait au pas de Rasorburgh pour ne pas se faire détecter, ne servirait à rien.

Il était mort de trouille. Le malheur leur avait si souvent sauté à la gorge à ses amis et lui depuis qu'ils s'étaient enfuis de l'orphelinat ; et même avant – dès les premiers meurtres à Windrasor. Et voilà qu'il courait au-devant du danger. Il aurait voulu avoir le droit de se montrer lâche et d'accepter la proposition d'Ambroise de renoncer, mais il refusait de laisser faire les autres... de laisser mourir les autres...

Non, abandonner ne faisait plus partie des choix envisageables. Surtout depuis qu'ils avaient constaté l'arrivée de renforts à Rasorburgh.

Isidore avait raison : la présence de tout un régiment ne changeait rien à leur plan. Au contraire, cela rendait leur intervention plus nécessaire que jamais... S'ils agissaient vite et dans la confusion, ils pouvaient neutraliser le mortier et les artificiers qui le manœuvraient. S'ils échouaient, l'orphelinat ne serait bientôt plus qu'un champ de ruines où les survivants seraient condamnés aux griffes de la soif, de la faim et de la détresse physique.

Placide secoua la tête. Il ne devait pas se laisser aller non plus à de telles pensées. Il devait rester concentré sur les rênes dont il avait les commandes pour permettre à Darina, l'Insaisissable montée derrière lui, un sabre déjà à la main, d'attaquer sans la moindre gêne.

Conscient – peut-être trop même –, de l'imminence du combat, il se répétait les paroles d'Ambroise.

Nous ne ferons qu'un passage. Qu'un passage ; qu'un passage ; qu'un...

Quelques mots qui ne tardèrent pas à tourner en boucle dans son esprit comme une cruelle litanie car, quoique murmurés inlassablement, ils n'avaient aucune emprise sur la réalité, ne la rendaient pas moins dangereuse.

Justement, le point de non-retour se rapprochait inexorablement. Les bois qui bordaient la piste se faisaient moins denses et les toits des premières bâtisses dépassaient d'un massif d'arbres fruitiers en fleurs que la brise dépossédait de pétales blancs à chaque souffle. Un spectacle qui aurait ravi Placide si ses yeux n'avaient pas été braqués sur leur destination. Leur inévitable destination.

Il ne réalisait même pas leur chance de ne pas avoir été repérés jusque-là. Ils arrivaient certes par une allée secondaire, perpendiculaire à l'avenue principale du village, où s'était massé le gros des troupes du nouveau Duc, mais ils n'allaient pas non plus surgir de nulle part.

Droit devant eux, à l'intersection avec la grand-rue, crachait le mortier qu'une dizaine de soldats s'efforçaient de recharger. Ils avaient reçu des ordres d'une clarté limpide et ne prendraient pas le risque de s'exposer à la rage d'Hippolyte. Ils ne perdraient pas une seconde pour jeter un coup d'œil dans leur dos.

Sans cette pression et le sentiment de devoir agir dans la précipitation, l'un d'eux se serait assurément retourné et aurait vu la Mort approcher. Mais il n'en fut rien.

Placide ne put s'empêcher de penser à Isaïelle, l'Insaisissable qui l'avait pris sur son cheval après leur rencontre avec la bande d'Élias et qui avait succombé au supplice et à ses blessures à Straham, quand Ambroise lança l'assaut d'un signe de la main.

Je vais porter malheur à Darina ! On va mourir !

Trop tard.

Ses bras, guidés par leur propre volonté, avaient fait claquer les lanières et leur monture fonçait à présent au galop.

Le bruit de la cavalcade avait attiré l'attention, mais les défenses négligées des troupes d'Hippolyte, venues massacrer des enfants et non affronter des insurgés déterminés, avaient donné un avantage temporaire aux cavaliers.

Les huit Insaisissables, dont six secondés par un enfant, fondirent sur les premiers soldats avant que ceux-ci ne comprennent ce qui se passait. À pied, ils n'avaient aucune chance d'échapper aux sabres qui s'abattirent sur eux. Un instant, ils chargeaient le mortier, tâchant pour beaucoup de ne pas songer aux vies infantiles que les bombes allaient emporter, le suivant, la Mort, celle qu'ils étaient venus semer, les saisissait, revêtant les traits d'une créature démoniaque mi-homme mi-animal à trois visages. Le plus effrayant était celui de ces orphelins qui avaient fui Windrasor pour venir les précipiter eux-mêmes en Enfer.

Placide eut tout juste le temps de constater la monstruosité de l'engin de siège lorsqu'ils arrivèrent à son niveau. Gueule béante au milieu d'un bloc d'acier cylindrique, la bouche du mortier dégageait une odeur de poudre et, Placide en aurait juré, un relent de putréfaction. Derrière l'énorme support de bois et d'acier sur lequel il était monté, une pile prodigieuse de boulets avait été élevée. Une cible idéale pour Agostino et Loman qui avaient allumé leurs lanternes à huile. À chacun sa mission. Placide devait leur faire confiance pour les débarrasser de cette abomination.

Darina fendit à nouveau l'air de son sabre et un autre soldat ducal mordit la poussière.

Placide eut un pincement au cœur à l'idée de toutes ces vies arrachées. Il refusait néanmoins de s'apitoyer sur le sort d'hommes capables d'obéir avec une telle ferveur à des ordres aussi cruels.

Dans leur sillage, les corps s'amoncelaient et, de la troupe chargée de nourrir la bête d'acier, il ne resta aucun survivant après leur passage. Seul le monstre d'acier subsistait. Pour l'instant.

La lanterne d'Agostino explosa en morceaux parmi l'imposant tas de boulets et l'huile s'enflamma.

On va y arriver !

Il se trompait lourdement.

Quelques secondes avant l'immense explosion qui allait soulever une bonne partie de l'avenue centrale de Rasorburgh et emporter avec elle le mortier et ses munitions, Placide perçut avec une netteté des plus étranges ce qui patientait plus haut dans la grand-rue.

Dissimulés par la hauteur inhabituelle d'un des bâtiments – un des rares au village à comporter deux étages, magasin primeur au rez-de-chaussée et locaux en attente d'un remplaçant à l'inspecteur Melchior au-dessus –, les deux frères du monstre d'acier, ricanant des mésaventures de la petite troupe, leur avaient complètement échappé.

Trois mortiers ! paniqua Placide.

Comment avaient-ils pu les manquer ? Mais la bonne question était : comment auraient-ils pu savoir qu'Hippolyte mettrait autant de moyens dans la destruction de l'orphelinat ?

Dès leur arrivée, les soldats ducaux avaient installé en urgence un premier mortier afin que le pilonnage débute aussi rapidement que possible et en avaient délaissé deux autres qu'une perspective fâcheuse avait masqués aux regards des insurgés. Isidore ne pouvait plus soutenir que rien n'avait changé. Ils ne pourraient pas détruire deux autres mortiers ! Surtout pas avec la vingtaine d'hommes qui les avaient entourés pour les protéger ; sans compter ceux qui accouraient du camp.

Loman les avait forcément remarqués et pourtant... il obligea sa monture à faire demi-tour et chargea, sa lanterne à la main, prêt à tout pour mettre hors d'état de nuire un de ces engins de mort.

— Loman, non ! cria Ambroise.

En vain.

À peine l'homme, sous le feu des soldats, eut-il dépassé le premier empilement de boulets dont l'huile embrasée avait, pour certains, activé le système de mise à feu – un dangereux mécanisme qui nécessitait des calculs parfois savants pour augmenter l'impact de chaque tir –, qu'il explosa.

Un immense nuage de poussière et de fumée s'engouffra aussitôt dans le moindre recoin, bête affamée que rien n'arrêterait, pas même l'épaisseur du verre des fenêtres encore intactes.

Tout avait disparu.

Les oreilles sifflantes, Placide n'avait pas besoin d'entendre les ordres d'Ambroise pour savoir ce que l'homme paniqué aboyait. Il agita les rênes et entraîna le cheval droit devant.

Personne ne vit jamais la dépouille de Loman tomber au sol.

Il avait foncé, tête baissée, et avait péri, criblé de balles, un fragment de seconde avant que Rasorburgh ne se retrouve plongé dans une nuit aussi artificielle que terrifiante.

Les Insaisissables en profitaient pour fuir, le cœur lourd.

Dans leur dos, les tirs se multipliaient, mais, obligés de viser à l'aveuglette, leurs ennemis cessèrent leur attaque, craignant de toucher un allié.

— Allez ! Vite ! s'exclama Ambroise. Ils ne vont pas tarder à se lancer à nos trousses !

Égoïstement, Placide fut heureux de constater, lorsqu'ils émergèrent enfin de l'immense nuage de poussière, que tous ses amis étaient encore là. Que seul Loman manque à l'appel relevait du miracle.

Chevauchant en rangs serrés, les sept cavaliers et les enfants bifurquèrent soudain à droite puis une seconde fois quelques centaines de mètres plus loin.

Darina avait repris le contrôle de l'animal et suivait Ambroise qui ouvrait la marche. Il n'avait pas besoin d'expliquer ses intentions à ses compagnons. Ce n'était pas la première fois qu'ils participaient à une telle manœuvre même s'ils ne s'étaient jamais essayés au combat face à tant d'ennemis. La désorganisation de leurs adversaires – si Fromir n'avait pas été accaparé par le Duc, les choses auraient été bien différentes – et la rapidité de leur attaque leur avaient sauvé la mise.

Placide reconnut alors la piste par laquelle ils étaient arrivés.

Ils étaient revenus sur leurs pas !

L'oreille tendue, le garçon guettait le moindre son de sabots lancés à leur poursuite, mais ne percevait rien pour le moment.

Parvenus au croisement avec le chemin qui les mènerait au pied de la falaise, les cavaliers s'immobilisèrent brutalement.

— Les enfants, vous allez retourner à la falaise. Nous, nous allons nous séparer et brouiller les pistes. Nous reviendrons aussi vite que possible, annonça Ambroise.

Placide le dévisagea un instant, se demandant si l'homme ne projetait pas un autre assaut pour tenter de neutraliser les derniers mortiers. Élias en aurait été capable.

— Allez-y ! Ne perdez pas de temps !

Tous obéirent, sauf Justinien qui resta à cheval.

Aussitôt les enfants à terre, les Insaisissables poursuivirent sur la piste où ils ne tarderaient pas à se disperser. Le claquement des sabots de leurs chevaux s'éloigna, mais un autre, né de montures poussées à leur maximum, sembla lui faire écho au loin.

— Filons ! s'exclama Théodore qui s'était déjà engagé sur l'étroit chemin.

Comme ses camarades, il portait les marques de la violence de l'attaque sur son visage.

— Et la roulotte ? s'inquiéta Iphis.

D'où ils étaient, malgré les branches que les enfants avaient disposées pour la camoufler, il était difficile de la manquer.

— On n'a pas l'temps ! trancha Pic-Rouille qui se saisit de la main de la fillette et l'entraîna à sa suite sans lui laisser l'occasion de protester.

Alors qu'ils couraient sur le sentier, Anselme fut le premier à verbaliser ce que tous pensaient :

— Ça n'a servi à rien…

Placide s'attendait à ce que Théodore lui réponde – il avait toujours été le plus fin stratège d'entre eux –, qu'il tente de défendre le plan qu'il avait aidé Ambroise à élaborer ; il n'en fut rien.

Cela lui revenait.

— Un mortier en moins, ce n'est pas rien, les encouragea Placide. Et maintenant, ils vont nous pourchasser.

Il ne savait pas si c'était réellement une bonne chose. Toute l'attention allait être portée sur eux et rien ne disait que les soldats n'allaient pas repérer leurs traces et leur tomber dessus en l'absence des adultes.

Il avala sa salive.

— Ils ne vont pas tous nous rechercher ! rétorqua Anselme.

Il n'avait pas tort.

— Au moins, y savent qu'on s'laissera pas faire ! s'emballa Pic-Rouille.

Placide ne put s'empêcher de sourire.

Que ce garçon, qu'il connaissait à peine, parle ainsi et emploie ce "on" si inclusif dans cette bataille qui ne le regardait finalement que si peu, lui réchauffait le cœur. Lui aussi avait raison. Ils n'avaient pas gagné la guerre avec cette apparente victoire, mais ils avaient fait un premier pas en faveur d'un dénouement peut-être moins horrible, aussi ridicule ce pas fût-il.

— Hippolyte n'en restera pas là, affirma Théodore.

— Tu crois qu'il est vraiment là-bas ? s'enquit Iphis.

— J'en suis certain. Je ne saurais pas l'expliquer, mais je l'ai senti. Je suis sûr qu'il est en train de hurler qu'on nous mette à mort.

Les enfants, qu'ils aient déjà rencontré le nouveau Duc ou non, sombrèrent dans le silence. Tous se figuraient ce monstre qui avait ordonné la destruction de l'orphelinat. Dans l'esprit de Placide, il avait revêtu les traits d'un Édouard adulte au visage rougi par la fureur.

L'orphelin secoua la tête et revint à la réalité.

Il s'immobilisa brusquement et leva un bras pour forcer ses compagnons à s'arrêter.

Mais il ne put retenir Théodore.

— Ern'lak, tu es revenu ! s'exclama le garçon en fonçant vers l'immense silhouette que Placide avait aperçue du coin de l'œil.

Théodore, comme son ami, stoppa net.

— Qui…

— Fradik ! s'écria Placide.

Ce fut à son tour de claudiquer vers l'Ignoble. Son cœur battait la chamade. Ils n'avaient peut-être détruit qu'un mortier mais ses amis étaient de retour !

— Vous voilà enfin ! siffla la créature.

Sa voix ne lui ressemblait pas. Réduite à un souffle, elle trahissait l'état d'épuisement dans lequel elle se trouvait.

L'Ignoble passa rapidement en revue la petite bande et s'assit. Il accepta la gourde que Bartholomée lui tendait et but une longue gorgée.

— Content de vous revoir, les gars ! les interpella Asmodée.

— Iphis ! piailla Édouard qui décrivit un cercle pour garder un minimum de distance avec Fradik et se blottit contre l'orpheline.

Elle ne fit rien pour le déloger, le regard tourné vers l'Ignoble. Elle aussi attendait de savoir ce qu'il avait à leur dire.

Il n'avait fallu qu'une seconde pour qu'une partie des espoirs de Placide s'envole à tire-d'aile – le temps qu'il lui avait fallu pour constater l'absence de Spinello et d'Élias. Il refusait pourtant de croire que le retour de Fradik sans ses compagnons annonçait nécessairement un malheur.

— Ils vont bien, le rassura l'Ignoble en constatant la lividité du visage du garçon. La situation est compliquée, mais ils vont bien.

Ils allaient bien quand tu les as quittés, songea Placide amèrement.

— Où sont Ambroise et les autres ? demanda Fradik.

Visiblement, Asmodée lui avait déjà fait un topo de la situation.

— Ils ont continué à cheval pour brouiller les pistes, dit Placide. Ils ne savent pas quand ils reviendront.

— Pas avant un moment… se désola Fradik qui, même si une telle réponse ne le surprenait pas, avait espéré qu'elle serait différente.

Placide sentait que tous avaient envie de bombarder Fradik de questions, mais ils se retenaient, honteux d'avoir tant risqué et perdu pour si peu de résultats.

— On a échoué… avoua-t-il.

Cette fois, Pic-Rouille ne le démentit pas.

— Y a encore deux mortiers. Ils vont détruire l'orphelinat, poursuivit Placide.

Aussi terrible que fût cette nouvelle, le faciès de Fradik ne laissa percer aucune émotion.

— Vous en avez déjà fait beaucoup. Gardez confiance, d'accord ?

Il reprit son souffle, incapable en revanche de dissimuler la douleur qui parcourait son corps meurtri à chaque inspiration.

— Écoutez, le temps presse. Je… Mes… Il faut que je retourne là-haut ; que je prévienne Élias, au plus vite, continua-t-il.

Bien sûr ! Spinello et lui sauraient quoi faire !

— Et nous ? demanda Théodore.

— Restez cachés, ne vous montrez que si vous êtes sûrs que mes amis sont de retour. Je reviendrai dès que je le pourrai.

Il se tourna vers Placide.

— Je peux te faire monter si tu veux.

L'orphelin écarquilla les yeux, surpris de cette proposition. Sans réfléchir, il acquiesça.

Il venait tout juste de retrouver Bartholomée, Théodore, Asmodée et Anselme et il était déjà prêt à les abandonner. Mais il savait qu'ils comprendraient. Il devait aider Spinello et les autres ! Il serait plus utile à l'orphelinat qu'ici, à attendre.

— Rejoins-moi à la falaise, dépêche-toi, ajouta Fradik qui se releva difficilement et s'éloigna.

— Plac'…

Anselme n'en dit pas plus. Il le serra dans ses bras. Il comprenait.

Ils comprenaient.

Comme lors de leurs retrouvailles, moins d'une heure auparavant, les cinq garçons s'enlacèrent.

Une longue étreinte qu'Asmodée rompit.

— À croire que tu ne nous supportes plus, plaisanta-t-il en s'écartant.

Il sourit.

— Salue les copains de notre part.

Placide secoua à nouveau la tête, submergé par l'émotion.

— À tout à l'heure, les mecs ! lança-t-il.

Lorsqu'il leur tourna le dos, il ne put retenir ses larmes. Il avait l'horrible sensation de leur avoir menti.

Il était trop tard pour reculer.

Fradik s'accroupit sans un mot.

À ses pieds, son sang avait commencé à détremper l'herbe.

— Frad', t'es...

— Tais-toi et accroche-toi. On n'a pas le temps.

Placide obéit et referma ses bras autour du cou de la créature amoindrie.

Et ainsi, ils s'élevèrent au rythme des râles de plus en plus plaintifs de Fradik.

Après une dizaine de mètres seulement, Placide ferma les yeux pour ne pas voir le sol s'éloigner et ses amis se transformer en de minuscules billes.

Mètre après mètre, quoique toujours plus lentement, Fradik progressait.

Collé à son dos, Placide était condamné à renifler l'odeur abominable, celle de la mort, que l'Ignoble dégageait. Elle ne le dégoûtait pourtant pas ; elle le terrifiait. Non pas qu'il eût peur de chuter – cela était une évidence à une telle hauteur ! – si Fradik faiblissait davantage, mais la simple idée du calvaire supplémentaire que l'Ignoble s'était imposé en décidant de l'emmener l'horrifiait.

— Tiens bon, Frad' ! l'encouragea-t-il sans obtenir de réponse.

L'Ignoble se hissa un peu plus haut.

— Tu peux le faire, on y est presque !

Placide ne saurait jamais si ses mots y furent pour quelque chose, mais le promontoire auquel Ern'lak les avait conduits le jour de leur fuite, fut bientôt à leur niveau.

Fradik avait réussi !

Mais l'orphelin n'eut pas à descendre du dos de son compagnon. La créature s'effondra de tout son long contre la roche.

Les yeux fermés et la respiration saccadée, elle ne bougeait plus.

IPHIS

Trois jours plus tard.

A u loin, les deux mortiers indemnes rugirent d'une voix unique. Ils avaient hurlé toute la nuit avec une fréquence que les orphelins avaient fini par réussir à estimer – tout était bon pour s'occuper l'esprit. Ils étaient à présent capables d'anticiper à la seconde près le prochain tir et seuls de rares arrêts temporaires pour laisser le métal des canons chauffé à blanc refroidir, déjouaient parfois leurs prévisions. Trop peu souvent à leur goût. Ils auraient aimé se tromper d'une heure, d'une minute, même d'une seconde... de n'importe quelle fraction de temps, synonyme de répit pour l'orphelinat.

L'usage des mortiers était d'ailleurs si intense que les Insaisissables avaient espéré que l'acharnement des troupes ducales se retournerait contre elles et que les engins de mort finiraient par voler en éclats, mais les artificiers qui avaient réchappé à l'assaut de Rasorburgh étaient des hommes rompus à la guerre. Ils obéiraient aux ordres du Duc et tireraient aussi fréquemment qu'ils le pourraient sans mettre en danger leur artillerie.

Alors, les mortiers grondaient, se reposaient et repassaient à l'attaque.

Un tel vacarme aurait dû réveiller Iphis, comme il aurait dû faire s'envoler des nuées d'oiseaux – du moins ceux qui n'avaient pas déjà fui l'atmosphère assourdissante de la forêt. L'orpheline ouvrit toutefois les yeux pour une tout autre raison. Le cauchemar. Ce cauchemar qui, semblait-il, avait décidé de la hanter dès que ses paupières se fermaient.

Il la renvoyait à l'époque où elle travaillait comme assistante bibliothécaire, ce poste auquel les Fontiairy l'avaient arrachée sans qu'elle n'ait son mot à dire. Le scénario était toujours identique. Comme suspendue, ou plutôt ligotée dans les airs par des chaînes aussi transparentes que l'éther où elle était immobilisée, elle assistait dès qu'elle s'assoupissait à la même scène d'apocalypse.

Razonel, son ancien maître, le visage figé dans un masque de sang, s'extirpait subitement des décombres de la vaste bibliothèque de Windrasor. Le regard hagard, il se relevait péniblement sous la pluie de pages calcinées, encore rougeoyantes, qui tombait tout autour de lui, alimentée par l'incendie qui se propageait aux rangées d'ouvrages sans que rien ne puisse l'arrêter. Parfois, et c'était peut-être le seul élément qui changeait, la barbe du lettré blessé s'enflammait ; ce qui ne l'empêchait pas de se traîner en avant parmi les gravats. Sauf que la carcasse ravagée de la bibliothèque n'était pas constituée de briques, de fragments de vitraux, de lourdes poutres, d'ardoises et de plâtre ; elle n'était que chair et boyaux, qu'un entrelacs de membres d'enfants sectionnés. L'horrible enchevêtrement paraissait respirer d'un souffle unique, celui de l'agonie. Impuissante, Iphis assistait aux errances de son maître parmi ces terrifiantes ruines fumantes – là où le feu était passé, il ne restait que des os anonymes –, jusqu'à ce que le vieil homme s'effondre, le visage tourné vers le ciel, les lèvres figées sur le prénom de l'assistante qui l'avait abandonné.

Cette fois-ci, Iphis n'avait pas crié, comme si une part d'elle-même, peut-être celle qui s'était habituée si vite aux hurlements des canons, avait fini par accepter qu'il ne s'agissait que d'un cauchemar, résidu mental de toutes les souffrances qu'elle avait subies ces dernières semaines.

Elle se redressa et inspecta brièvement la crevasse dans laquelle ils avaient trouvé refuge. Aliaume l'avait découverte peu de temps après le départ de Placide lorsque, poussé par une pudeur que sa fréquentation du milieu aristocrate lui avait enseignée, il s'était éloigné du petit groupe et avait longé la falaise pour s'isoler.

Ce n'était guère plus qu'un renfoncement d'une dizaine de mètres, à peine protégé des intempéries, mais les enfants s'y étaient rapidement installés pour patienter jusqu'au retour des Insaisissables. L'attente avait été longue, diaboliquement longue, mais Ambroise et deux de ses compagnons étaient finalement revenus pour les rassurer. Depuis, seul Philodinor était resté avec eux. De leur côté, les insurgés faisaient tout leur possible pour occuper les hommes lancés à leur poursuite dans un jeu du chat et de la souris qui, malheureusement, n'avait pas distrait les deux lions rugissants de Rasorburgh.

Une énième détonation se fit entendre.

Consciente que le sommeil ne la gagnerait plus et peu sûre de vouloir à nouveau être condamnée à assister au calvaire de Razonel, Iphis se leva et enjamba ses compagnons.

Bien évidemment, Anselme avait été le premier réveillé. Il montait la garde avec Asmodée à l'entrée de l'étroit défilé. Malgré ses lourds cernes, son visage ne trahissait pas que de la fatigue.

Cela faisait trois jours que Placide et Fradik étaient montés à l'orphelinat – Iphis ressentait encore la terreur qui l'avait envahie lorsque, chancelant, l'Ignoble avait affiché un mal grandissant à s'élever –, et ils étaient toujours sans nouvelles. Trois jours au cours desquels les bombardements avaient continué. Trois jours à ne rien pouvoir faire si ce n'était croiser les doigts et attendre le retour des Insaisissables avec un plan, n'importe lequel, pourvu qu'ils puissent sortir de cette inaction qui les rongeait lentement mais sûrement.

— … revenir, t'inquiète pas. Spinello et Élias savent ce qu'ils font, dit Asmodée qui avait certainement autant besoin qu'Anselme d'être rassuré.

— Salut, Iphis, lança justement l'avorton, juché sur un rocher.

Elle lui répondit d'un léger sourire.

Ils n'échangèrent aucune autre banalité.

— Vous pensez qu'Ambroise viendra aujourd'hui ? demanda-t-elle.

Lors de leur dernier passage, les Insaisissables avaient réquisitionné Délicate, Virevoltant et Robuste et lui avaient promis de déplacer la roulotte à l'abri. Par chance, elle n'avait pas été repérée par les patrouilles qui avaient commencé à quadriller le secteur après la destruction d'un des mortiers.

Iphis aurait aimé les accompagner pour veiller sur les amis et les trésors de Vulfran, mais le barbu s'était montré intransigeant. Elle devait rester là, pour le moment.

Asmodée haussa les épaules et soupira.

— Nous laisser là, en plan... se plaignit-il.

C'était injuste de le reprocher à Ambroise. La mort de Loman lors de leur assaut lui avait rappelé que la guerre était on ne peut plus réelle. Il avait risqué la vie de ces enfants et ne comptait pas le refaire. Iphis était prête à parier qu'il les aurait envoyés loin d'ici s'il avait pu les en convaincre. Il ne s'y était pas même essayé.

— Je pourrais aller jusqu'au village, me mêler aux habitants et tenter d'apprendre quelque chose. Ils ne me connaissent pas après tout, suggéra le gaillard.

Il n'avait eu de cesse de proposer des idées, rarement sensées.

— C'est faux. Les hommes de Fromir t'ont forcément remarqué, rectifia Anselme. Et si tu crois passer inaperçu, toi...

— Qu'est-ce que tu entends par là ?

La moindre remarque pouvait virer à la foire d'empoigne et même si Asmodée ne s'en serait jamais pris physiquement à son ami, une joute verbale l'aurait au moins diverti quelques minutes.

Il en allait différemment des deux enfants qui, une seconde plus tôt, dormaient encore à l'intérieur avec Pic-Rouille, Théodore, Bartholomée, Philodinor et Justinien auquel Ambroise avait ordonné de rester lors de leur précédente visite.

— Tu me l'as volée ! piailla Édouard.

— Menteur ! riposta Aliaume.

— Fermez-la ! intervint Pic-Rouille, hors de lui.

Comme ses camarades, il en avait assez des disputes des deux garçons. Ils se battaient pour tout et n'importe quoi.

Pourtant, plus que de l'exaspération ou de la colère, Iphis ressentait une profonde méfiance à l'égard du bambin des Fontiairy. Elle savait très bien ce dont il était capable – ses cheveux toujours courts en témoignaient –, mais, là, il y avait autre chose. Un pressentiment.

Elle l'avait vu se tourner de plus en plus souvent vers le village d'où, avec cette fréquence quasiment inchangée, les mortiers projetaient leurs bombes sur l'orphelinat. Sauf qu'il ne regardait plus dans sa direction, surpris d'entendre une détonation, il le faisait avec une certaine mélancolie.

Avait-il enfin réalisé que sa place n'était pas parmi eux ? S'était-il lassé d'elle, vexé par l'aversion qu'elle affichait ? Iphis n'en était pas bien sûre. Le garçon se montrait toujours aussi collant et s'efforçait même, quand il ne se disputait pas avec Aliaume, d'attendrir Iphis avec une maladresse étonnamment touchante. Quelque chose l'attirait cependant à Rasorburgh... quelque chose qui pourrait tous les mettre en danger si Édouard leur glissait entre les doigts. Or, tant que toute cette histoire n'était pas terminée, ils devaient le garder avec eux. Alors seulement elle s'enfuirait loin de lui, loin du souvenir de ses parents. Le ferait-elle réellement sans se retourner ?

Iphis n'eut pas l'occasion de creuser la question.

— Y a du mouvement, cachez-vous... s'étonna soudain Asmodée qui se plaqua contre la roche, la tête à peine sortie pour voir ce qui se passait.

— Silence, dedans ! s'exclama Iphis. On n'est plus seuls !

La querelle des bambins fut oubliée.

Philodinor, son fusil à la main, approcha.

— Les nôtres ?

Asmodée se retourna, un air confus sur le visage.

— Ils nous ont retrou... commença Théodore, fataliste.

— Non... ce sont des Ignobles, plusieurs...

Les Ignobles ! Ils sont de retour ! Ils ont changé d'avis ! se réjouit Iphis intérieurement.

Théodore fut en revanche incapable de se contenir. Il se rua hors de la crevasse et courut au pied de la falaise.

— Ern'lak ! Ern'lak ! criait-il, fou de joie.

Quelques pas en dehors de leur cachette suffirent à faire s'envoler tous les espoirs de la fillette.

Plusieurs créatures – bien moins que lorsqu'ils avaient rencontré le groupe d'Ern'lak près de Swansy – s'étaient déjà jetées sur la paroi et la gravissaient dans la précipitation avec autant de mal que Fradik quelques jours auparavant. Et la distance ne cachait pas leur état déplorable. Ils n'étaient pas là pour les aider ; ce n'était pas la compassion qui les avait forcés à faire demi-tour. Tels des rats qui auraient fui un navire incendié, les Ignobles avaient décidé de remonter à bord malgré les flammes. Le sort des orphelins était le dernier de leurs soucis.

THÉODORE

Ern'lak ! Ern'lak ! criait Théodore sans se soucier des oreilles ennemies qui pourraient l'entendre.

Il courait le long de la falaise que plusieurs créatures escaladaient déjà ; il n'en revenait pas.

Ils étaient là ! Les Ignobles allaient pouvoir les aider.

L'un d'entre eux surgit brusquement à sa droite et le frôla, manquant de le renverser.

Sans accorder le moindre regard au garçon, il se jeta sur la paroi, y planta ses griffes et commença à s'élever. Un sang noir et épais dégoulinait de ses membres difformes et laissait de longues traînées sur la roche.

— Attends ! essaya Théodore en constatant que plus aucune créature n'arrivait.

Tout au plus étaient-elles une dizaine à s'être lancées à l'assaut de la falaise.

Elles auraient dû être bien plus nombreuses.

À moins qu'il ne s'agisse que d'un petit groupe qui avait cessé de partager les idéaux d'Ern'lak et avait rebroussé chemin, abandonnant ses frères et sœurs à leur interminable périple ?

Théodore peinait à le croire. Il avait été témoin de la violence des Ignobles – le combat entre Ern'lak et Araknor resterait longtemps gravé dans sa mémoire –, mais il était incapable d'imaginer Ern'lak traiter avec une telle violence un désaccord. Car, et c'était une évidence à présent, quoi qu'il soit arrivé à ces créatures, il n'y avait là que des survivants.

Ern'lak, tu n'as pas le droit...

Un sifflement strident, cri d'effroi et de surprise, résonna soudain.

Suivi d'un choc sourd.

Sauf que les mortiers et leurs projectiles n'y étaient pour rien.

Le corps brisé, un Ignoble, l'un des premiers à avoir atteint la falaise, avait chuté et gisait dans une posture improbable au sol. Ses membres tressaillaient encore, mais la créature était morte sur le coup à n'en pas douter.

Non ! Ce n'était pas comme ça que ça devait se passer !

— Ern'lak ! Ern'lak ! insista Théodore. Je t'en supplie ! Ern'lak !

Ses plaintes se perdaient dans le vent et il s'en moquait. Où qu'il soit, Ern'lak devait l'entendre et lui répondre ! Même s'il était mort !

Théodore n'en pouvait plus d'être ainsi chahuté par les émotions. Il refusait que ses espoirs soient à nouveau brisés. L'attente et l'inaction de ces derniers jours l'avaient poussé à bout et la simple vue des Ignobles avait suffi pour que son esprit s'emballe. La déception le ravageait.

— Ern'lak ! Ern'lak !

Un craquement dans son dos alimenta sa folle imagination.

— Ern…

Ce n'étaient que les autres. Tous avaient quitté la cachette.

Tête levée, la majorité observait les Ignobles à mesure qu'ils s'éloignaient. Bientôt, ils retrouveraient l'obscurité des souterrains où ils avaient vécu emprisonnés dans un semblant de paix.

— Ils doivent nous aider ! s'exclama Théodore.

De retour à Windrasor, ils ne pourraient pas fermer les yeux sur ce qui s'y passait. C'était tout simplement inenvisageable.

— Théo… Calme-toi, essaya Anselme.

— Ça ne sert à rien, confirma Asmodée.

— Non !

— S'ils doivent revenir, ils reviendront… commença Philodinor qui s'interrompit subitement.

Ses yeux avaient capté un mouvement dans le dos de Théodore. L'orphelin fit volte-face et sprinta.

— Ern'lak, arrête-toi !

Il dut répéter son appel plusieurs fois avant que l'immense créature ne s'immobilise, un bras déjà tendu le long de la paroi. D'un bond, elle aurait pu être hors d'atteinte.

— Je n'ai pas le temps, garçon, murmura Ern'lak d'une voix faible.

Comme ses compagnons, le sang avait imbibé ses vêtements et une cape poisseuse lui collait au dos.

Théodore n'avait pas besoin qu'Ern'lak lui raconte ses mésaventures pour savoir qu'il n'y avait pas là que le sien.

— Ern'lak… chuchota Théodore.

Maintenant qu'il se trouvait en face de l'Ignoble, il ne savait plus quoi dire. Qu'avait-il bien pu leur arriver ?

La créature le dévisagea un instant puis lança son autre bras vers la falaise. Elle se hissa difficilement d'un mètre.

Sans réfléchir, Théodore s'agrippa à sa jambe gauche, faisant abstraction du magma noirâtre qui tacha aussitôt ses mains et ses vêtements. Il ne le laisserait pas partir.

— Vous devez nous aider ! s'exclama-t-il. Ils bombardent l'orphelinat ! Par pitié, aidez-nous à évacuer les enfants !

Les larmes qu'il avait retenues ces derniers jours jaillirent toutes en même temps.

— Je ne suis même pas capable de m'occuper des miens…

Ern'lak…

— Alors occupe-toi des miens, rétorqua Théodore.

Il savait que lui parler ainsi était injuste. La créature qui avait déjà tant fait pour eux exsudait la souffrance autant que le sang et Théodore était conscient que ses paroles ne faisaient rien pour la soulager de ses peines. Qu'aurait-il d'ailleurs pu dire pour la réconforter ?

— Ce n'est pas trop tard, pas encore, poursuivit Théodore bien que ce ne soit probablement qu'un mensonge pour des dizaines d'enfants.

Tous ces jours de bombardements avaient forcément fait des victimes.

— Même si je souhaitais vous venir en aide, ils ne m'écouteront plus. Plus maintenant…

Théodore resserra un peu plus sa prise.

— La mort nous est tombée dessus, par ma faute. Ma seule et unique faute.

Les paroles d'Ern'lak trahissaient son besoin de se torturer. Il voulait qu'on hurle sa culpabilité et être puni. Il s'exprimait comme un condamné.

— Ern'lak, je t'en supplie.

Théodore n'avait rien d'autre à dire.

— Je suis désolé, c'est fini…

La créature agita violemment la jambe pour tenter de se débarrasser de Théodore. Mais comme une tique pourtant rassasiée depuis des heures, l'orphelin se cramponnait pour ne pas être séparé de son hôte.

— Ern'lak !

— Là ! lui fit soudain écho une voix.

Théodore se tordit le cou et aperçut avec effroi une douzaine d'hommes armés qui accouraient vers eux.

Non ! Pas maintenant !

Tournant violemment la tête dans la direction opposée, il vit que ses compagnons avaient repéré la troupe ennemie. Ils fuyaient, prêts à se faufiler dans l'étroite cavité qu'ils avaient découverte au fond de la crevasse. Si les soldats ne les voyaient pas s'y engouffrer, ils pouvaient encore leur échapper. Pour lui, c'était trop tard !

— Accroche-toi ! cria Ern'lak en sautant au sol et en s'accroupissant auprès de l'orphelin forcé de libérer sa jambe.

Théodore ne se le fit pas dire deux fois.

— Feu !

Ern'lak jaillit en l'air et les balles s'écrasèrent contre la falaise, là où les fugitifs se tenaient un fragment de seconde auparavant.

Puisant dans ses dernières forces, l'Ignoble s'élevait avec une rapidité déconcertante, marquant à son tour de son sang la roche, comme les survivants de son peuple avant lui. Il faudrait des mois avant que les intempéries n'effacent la dernière trace.

Un nouveau tir les frôla et Théodore rentra la tête dans les épaules. Pourtant, il ne put s'empêcher de regarder en arrière.

Leurs poursuivants s'étaient arrêtés à une dizaine de mètres du pied de la falaise et les visaient, sachant que chaque seconde écoulée les rendrait plus difficile à atteindre.

Au moins, ils ne semblaient pas avoir repéré les autres.

Alors, pourquoi...

Le cœur de Théodore fit une embardée dans sa poitrine.

Que faisait-il ?

Les bras levés, Édouard fonçait vers les soldats.

Non !

Ern'lak se glissa derrière un affleurement rocheux et Édouard disparut du champ de vision de Théodore.

— Il va les trahir ! paniqua Théodore.

Ern'lak resta imperméable à la peur du garçon, trop concentré sur l'escalade. Toutes ses forces étaient mobilisées dans l'ascension.

Ils auraient dû le pressentir ! Édouard n'était pas un des leurs. Toute cette histoire, les privations et le stress de ses compagnons avaient fini par le lasser. Il voulait rentrer chez lui et se rendre aux soldats ducaux était le plus court chemin. Mais allait-il se priver de leur indiquer la cachette des autres ?

Quand Ern'lak se hissa enfin sur un vaste promontoire abandonné au vent et à la pluie, Théodore bondit de son dos, rampa jusqu'au bord du précipice et plongea le regard dans l'abîme qui s'ouvrait sous lui.

Il ne voyait plus personne. Les soldats étaient-ils déjà partis ? Ou étaient-ils en train de déloger ses amis de la grotte où ils avaient trouvé refuge ? Il aurait entendu des coups de feu, non ? Paniqué, il se tourna vers Ern'lak.

Debout, la créature se traînait vers un étroit passage taillé entre deux lames de roche.

— Ern'lak ! s'écria Théodore.

— Tu es en sécurité. Pour le moment, avoua-t-il. Je dois y aller.

Il allait le laisser là !

Théodore se releva, sans remarquer la longue trace de sang séché, que des gouttes plus fraîches d'hémoglobine avaient en partie recouverte, et se précipita à la suite de l'Ignoble. Mais Ern'lak ne se laisserait pas rattraper et Théodore se retrouva bien vite à sprinter parmi les ruines où, une éternité plus tôt, il avait filé Octave dans ce qui avait été la première véritable folie de sa courte existence. Il avait depuis cessé de les compter.

Quand l'orphelin surgit dans la cour où s'ouvrait l'antre des Ignobles, Ern'lak avait déjà disparu.

Hésitant, il fixa la sombre entrée, rectangle sinistre dans le pavage inégal, puis se tourna vers l'orphelinat. D'ici, seuls la coupole du hall des adoptions et le haut donjon étaient visibles. Les deux édifices avaient perdu de leur majesté et en perdirent davantage lorsqu'un nouvel obus emporta dans sa chute une des nombreuses cheminées qui s'extirpaient du dôme du vaste hall avant d'exploser.

Il devait d'abord s'assurer que ses amis allaient bien ! Ensuite, il reviendrait chercher les Ignobles.

Essayant de chasser de ses pensées la trahison d'Édouard, Théodore repartit en courant. Fonçant vers la lourde porte qui séparait les ruines de la cour des filles, il ignora les statues de stuc qui l'avaient tant effrayé des semaines auparavant. Par chance, elle était ouverte.

Le garçon faillit ne pas reconnaître l'endroit où il déboucha.

Le potager patiemment entretenu par les filles n'était plus que terre labourée par les bombes et amas de mottes organisés en profonds cratères. Le corps d'une gamine était à moitié enseveli sous les projections. La vue du bâtiment des filles lui arracha un cri d'effroi. Des toits, ne subsistaient que quelques poutres calcinées.

La fenêtre mansardée de la chambre qu'il avait occupée quand il assistait Razonel à la bibliothèque avait été éjectée et s'était fracassée une dizaine de mètres plus loin. Des derniers étages, il ne restait plus rien et les bombes s'attaquaient sans relâche aux niveaux inférieurs.

Ophélia ! Les filles !

La chaîne qu'il avait tendue pour contenir sa panique avait définitivement cédé. Elle pendait dans son dos, retournait à son tour la terre meurtrie de la cour. Théodore cavalait comme un dément à travers le potager ravagé.

Les traits tirés dans une expression de parfaite horreur, le front poisseux et les yeux rougis, il enfonça la porte du bâtiment des dortoirs la plus proche et s'étala de tout son long à l'intérieur.

Une rangée de chevilles et de souliers fut la première chose qu'il vit.

— Théo !

Puis ce visage qui – et il ne s'en rendait vraiment compte que maintenant – lui avait tant manqué apparut.

Les lèvres d'Ophélia rencontrèrent les siennes.

SPINELLO

Le même jour.

es ordures ! s'exclama Spinello.

Ils n'avaient vraiment pas besoin de ça ; pas maintenant ! Élias et lui avaient enfin réussi à convaincre tous les pensionnaires d'aller se réfugier parmi les ruines où se terraient les Ignobles avant leur fuite – cette partie du plateau ne semblait pas être la cible des mortiers – afin d'échapper au bombardement. Et voilà que la bêtise et l'égoïsme humains menaçaient encore de tout gâcher. Sans provisions, quand bien même ils survivraient déjà au périlleux périple jusqu'au domaine des Ignobles, ils seraient condamnés à y mourir de faim.

— Ils se sont barricadés à l'intérieur et refusent d'ouvrir ! poursuivit Quirin qui l'avait informé de la situation.

— On n'a qu'à enfoncer la porte ! proposa Attale.

Aux grands maux, les grands remèdes.

— Ils ont pris en otage des petits de plusieurs groupes et ont menacé de leur faire du mal si on tentait quoi que ce soit.

— Et on fait quoi alors ? On part et on attend de mourir de faim et de soif ? s'emporta Attale.

Si les bombes ne nous tuent pas en chemin, songea Spinello avec amertume.

— On doit pouvoir les faire changer d'avis, intervint Élias d'une voix d'où perçait la lassitude autant que la fatigue.

En dehors des trois gardiens prisonniers, assis sous bonne garde dans un coin de la vaste salle des bains, il était le seul adulte présent et cela commençait à lui peser.

En trois jours, il semblait avoir vieilli d'une dizaine d'années, voire davantage. Son visage s'était creusé, révélant des rides que Spinello n'avait jamais remarquées. Son menton, sa mâchoire, ses joues et sa gorge avaient peu à peu disparu sous le fouillis de poils roux, parsemés de blanc, qui lui rongeait le bas du visage. Cela en disait long sur leur situation. Même lors de leur éreintant voyage pour Straham, Élias avait toujours veillé à se débarrasser presque quotidiennement de ces poils importuns. Peut-être cette négligence était-elle volontaire, un moyen de s'affirmer parmi tous ces enfants qui ne cessaient de le dévorer des yeux, peinant à croire qu'il s'agisse de l'Élias Cartier de la légende, et qui paraissaient si peu enclins à lui obéir. Mais Spinello n'y croyait guère. Chaque explosion à l'extérieur, chaque mauvaise nouvelle, chaque minute d'incertitude quant au sort de Fradik approfondissait un peu plus les rides de son héros. Encore une semaine et il aurait l'air d'un vieillard…

— Il faut leur rentrer dans le lard, on n'a pas le choix, contra Attale, d'humeur guerrière.

Spinello s'en voulait de ne pas avoir anticipé cette situation.

Que Putifare ait été le premier à les aider n'aurait pas dû l'empêcher de prévoir ce coup de poignard dans le dos. Mais si ça n'avait pas été les frères Helrik, un autre groupe aurait saisi sa chance.

— Je ne sais pas s'ils tiendront longtemps… dit Quirin. La réserve est mal aérée, et la fumée de leurs torches finira par les faire sortir. Et s'ils les éteignent, c'est le noir qui s'en charge-ra. Ils ne le supporteront pas longtemps ! Imaginez-vous dans le noir complet pendant des heures !

Les laisser ainsi étouffer dans l'obscurité du Grand Stock aurait été un bon plan ; en d'autres circonstances.

Non, ils ne pouvaient pas attendre que cette manœuvre désespérée prenne fin d'elle-même. Chaque seconde les rap-prochait du moment où les projectiles détruiraient les voûtes de pierre du rez-de-chaussée. Alors, il serait trop tard.

La veille, une partie des arches du plafond du hall ouest s'était effondrée sans crier gare, indifférente aux trois garçons qui se trouvaient dessous.

Leurs amis avaient bravé le danger pour les dégager ; en vain. Seul un corps sans vie avait été libéré des décombres avant qu'une autre voûte ne cède à son tour.

Tout le rez-de-chaussée ne serait bientôt plus qu'un champ de ruines et l'immense salle des bains, où les enfants s'étaient réfugiés, ainsi que les profondes réserves que la bande à Putifare et Tobie avait envahies deviendraient de véritables mausolées souterrains, isolés du monde par des tonnes de gravats.

Attale avait raison, ils n'avaient pas le choix : s'ils voulaient récupérer des vivres pour s'établir hors de portée des bombes, ce devait être maintenant. Ensuite, il leur faudrait fuir avant que le bâtiment ne s'écroule complètement, scellant définitivement leur sort.

— Ces crétins n'auraient pas pu choisir pire moment, dit Spinello.

— Ce Putifare et son frère n'ont pas l'air des plus vifs d'esprit... On peut les forcer à ouvrir sans en arriver là. Spinello, qu'est-ce que tu en penses ? demanda Élias.

— Justement... Ils ne comprennent qu'une chose.

Le temps d'abuser par la ruse des Helrik était révolu.

— Attale, prépare les gars et tous les volontaires. On va s'occuper d'eux, vous allez voir, poursuivit Spinello.

Malgré l'âpreté des doutes qui l'habitaient, il était heureux de se trouver là. Il se sentait à sa place, ici, parmi les siens. Ils l'écoutaient, lui faisaient confiance et il avait tout naturellement repris son rôle de leader sans que ni Attale, ni Quirin qui l'avaient suppléé après sa fuite, ne s'y opposent une seule seconde.

Sans ces maudites bombes, sans cette peur odieuse, j'aurais réussi à tous les fédérer, pensa Spinello. *On serait déjà loin d'ici.*

Mais spéculer sur ce qui aurait pu être était inutile. Il fallait avant tout régler cette histoire. Ils pouvaient le faire.

— Tout va bien se passer, dit-il en fixant son héros.

***

— Tobie ! hurla Putifare auquel l'ouverture soudaine de la porte fracassée laissa une estafilade à la joue.

Les enfants menés par Spinello et Helmi, le chef d'un dortoir qui n'avait jamais fait de vagues, avaient mis des heures à venir à bout de l'épais battant qui reliait l'obscure remise souterraine de la réserve au Grand Stock. Des heures à suer dans la pénombre, à guetter régulièrement que la trappe qui menait aux cuisines et par laquelle ils étaient descendus par une longue échelle était toujours ouverte, à faire levier pour dégonder la porte, à essayer de l'enfoncer et même de la percer au couteau... Ils avaient enfin réussi !

Spinello ne s'en réjouissait pourtant pas.

Comme Putifare, il avait vu Tobie être projeté par-dessus la rambarde.

Non contents d'avoir verrouillé puis barré la porte, les garçons du groupe des frères Helrik avaient entassé de nombreuses caisses sur le palier en bois surélevé qui donnait sur la vaste crypte du Grand Stock. Et Tobie se tenait dessus, près de Putifare, quand l'ultime poussée avait vaincu leur résistance.

— Tobie !

Le cri de désespoir de Putifare résonna sous l'énorme nef. Un instant, le nom du malheureux parut être le seul son à parvenir aux oreilles de Spinello, puis le vacarme assourdissant de l'assaut le rattrapa.

La fatigue, le stress et le comportement belliqueux d'Attale qui n'avait eu de cesse de haranguer tout le monde avaient formé un cocktail explosif et tous étaient chauffés à blanc, prêts à en découdre.

Pourtant, personne n'aurait pu rivaliser avec Putifare qui, enragé, au lieu de reculer – voire de capituler pour épargner une inévitable déculottée à ses amis –, bondit dans l'entrebâillement de la porte et agrippa le premier assaillant par le col.

— Fils de chienne ! brailla-t-il en se laissant volontairement tomber en arrière, indifférent aux morceaux de bois brisés qui jonchaient le plancher du palier.

Sa victime n'eut pas le temps de réagir. Putifare la fit passer par-dessus lui et l'envoya à la suite de son frère, une dizaine de mètres plus bas, contre le pavage dur et froid du Grand Stock où plusieurs garçons s'étaient portés au secours de Tobie.

La violence de cette attaque avait fini de mettre le feu aux poudres. Helmi se jeta sur Putifare et lui assena un violent coup de coude dans le sternum, lui coupant le souffle.

Une autre poussée et la porte vola en éclat. Des caisses de la barricade furent propulsées à droite dans l'escalier qui dégringolait jusqu'au fond de la crypte. Elles le dévalèrent en emportant avec elles les orphelins qui étaient massés sur les marches. D'autres furent éjectées du palier et vinrent se fracasser aux côtés des corps de Tobie et de Zaven.

— Arrêtez ! s'époumonèrent d'une même voix Spinello et Élias coincés dans la remise par le flot d'enfants-guerriers.

La situation leur avait échappé. Une trentaine de garçons enragés, partiellement armés, s'étaient déjà engouffrés dans la brèche, abandonnant Helmi et Putifare à leur lutte sur le palier. Ils descendaient l'escalier en hurlant.

— Ils vont s'entre-tuer ! s'écria Élias.

Il n'y avait cependant pas la moindre trace de panique dans sa voix, uniquement de la colère.

Sans prévenir, il arracha soudain le mousquet que Spinello portait à la ceinture – celui que Quirin avait dérobé à un des gardiens –, et se précipita à l'intérieur, sur la plateforme. Il écarta violemment Putifare qui avait repris le dessus sur Helmi et fit feu dans la pénombre que seules de rares torches affrontaient encore. Il régnait dans la pièce une lourde odeur de fumée.

— Arrêtez ! beugla-t-il en se saisissant de sa propre arme – celle de Darius. Le prochain qui bouge y aura droit !

Il parcourut du bout du canon les enfants, parfois figés dans des positions grotesques. La situation n'avait pourtant rien d'amusant et Spinello, qui l'avait rejoint, peina à garder le contenu de son maigre repas dans son estomac lorsqu'il aperçut les pieds horriblement immobiles d'un garçonnet qui dépassaient d'un tonneau. Ils l'avaient noyé !

— Séparez-vous ! cria Élias en descendant quelques marches. Allez ! Remontez un par un ! On va régler toute cette histoire calmement. Vous croyez qu'il n'y a pas déjà eu assez de morts ? Putain ! Mais qu'est-ce qui vous prend ?

— Vous avez tué mon frère, rugit Putifare qui se lança sur un Spinello apathique.

Un puissant claquement retentit, plus fort encore que le coup de feu, et Putifare s'écroula sur son séant. Il se mit aussitôt à sangloter. Mais il ne pleurait pas de douleur.

La gifle d'Élias l'avait brutalement fait passer du stade de la colère à celui de la tristesse la plus vive. Il venait de perdre un frère.

Spinello, sans vraiment réaliser ce qu'il faisait, l'étreignit de son bras et joignit ses larmes à celles de son ennemi. Tout cela était de leur faute, à l'un comme à l'autre. Putifare avait cru jouer au plus malin en s'enfermant ici ; Spinello avait cru pouvoir tout régler par la violence sans pour autant que tout ne s'achève dans un bain de sang. Ils avaient eu tort sur toute la ligne.

— C'est terminé ! Aidez les blessés et remontez un par un ! s'impatienta Élias.

Attale, le visage en sang, fut l'un des premiers à gravir les marches et à regagner les cuisines par l'échelle. Puis les autres obéirent. La haine avait laissé place à la honte. Têtes baissées, yeux rougis, ils passaient à côté d'Élias sans oser lui accorder le moindre regard.

— Vous, là, vous restez. Vous allez m'aider, ordonna Élias aux derniers.

Il descendit et Spinello, le bras toujours refermé autour du corps agité de sanglots de Putifare, le regarda s'approcher des corps inanimés qui jonchaient le sol du Grand Stock. L'homme ne put malheureusement que constater le décès des enfants.

Tobie était visiblement mort sur le coup, en témoignait l'angle terrifiant que formait sa nuque avec sa tête contre les pavés. Zaven, le crâne fendu, avait quant à lui succombé en quelques secondes à une hémorragie.

Deux autres corps venaient compléter l'édifiant tableau : celui du garçon noyé et celui d'un gamin dont le cœur avait été transpercé par un morceau de bois. Le combat au corps à corps aurait fait bien plus de victimes sans l'intervention d'Élias.

— Mettez-les là, dit l'Insaisissable en indiquant un recoin sombre derrière une énorme barrique.

Il n'avait pas oublié que certains orphelins devraient bientôt redescendre ici pour y récupérer des provisions et mieux valait qu'ils ne voient pas les cadavres de leurs camarades.

— Allez, venez, soupira Élias lorsqu'il fut de retour sur le palier.

Il tendit une main à Spinello qui s'en empara vivement. Le garçon se jeta contre lui et l'enlaça.

— Je suis désolé ! sanglota-t-il. On aurait dû t'écouter.

— La vie n'est qu'une succession de choix, se contenta de répondre Élias en s'écartant.

Et, cette fois encore, Spinello avait fait le mauvais.

— Viens. Retournons aux cuisines, murmura le garçon à l'attention de Putifare, toujours assis, la tête entre les genoux.

— Laisse-moi ! cria ce dernier.

Il se leva et dévala les marches. Il avait un petit frère à bercer dans ses bras.

Le cœur lourd, Spinello tourna les talons et s'enfonça dans la remise à présent déserte.

Un rectangle de lumière se dessinait dans la voûte. Celui-ci se brouilla quand Élias, qui montait à l'échelle, le traversa puis il reprit sa forme parfaite. Spinello posa les doigts sur les premiers barreaux et suivit son héros.

Arrivé à mi-hauteur, des cris lui parvinrent et il craignit un instant que la bataille n'ait repris à l'étage. Il y avait toutefois quelque chose de différent dans leur sonorité.

De la surprise.

Il ne lui fallut qu'un regard dans les cuisines pour comprendre la raison de l'étonnement qui s'était propagé aux garçons encore sur place.

Des visages encadrés de longs cheveux le fixaient avec insistance.

— Spin' ! s'exclama une voix familière.

Théodore !

Son ami, le petit rat de bibliothèque comme il aimait l'appeler pour le taquiner, avait surgi d'entre deux filles à l'air peu amical.

Spinello se hissa sur le sol glacial des cuisines et se redressa.

— Comment... bafouilla-t-il.

Il était sidéré ; tout autant que lorsque Quirin et Attale lui avaient appris que Bartholomée – encore en vie ! – et Théodore avaient été adoptés par le Duc et qu'ils étaient peut-être les responsables de l'assassinat du souverain.

Il allait enfin connaître la vérité !

Et, si Théodore était là, Bartholomée n'était peut-être pas loin. Placide en aurait été si heureux.

La seule pensée de son ami que Fradik était parti retrouver trois jours auparavant lui glaça le cœur. Ils n'avaient aucunes nouvelles de leurs deux compagnons.

— Qu'est-ce que tu fais là ? demanda Spinello.

— On est venus dès que les bombardements se sont arrêtés ! répondit Théodore.

Spinello resta sans voix.

Dans la réserve, trop occupés à faire tomber les défenses des frères Helrik, aucun d'entre eux n'avait constaté la fin soudaine de la pluie de poudre et de métal qui avait ravagé Windrasor. Et personne ne les avait prévenus...

Un tsunami d'émotions contraires le submergea.

Tobie, Zaven et les autres étaient morts pour rien.

Ils auraient pu patienter comme l'avait suggéré Quirin et personne n'aurait été tué.

Ils l'ont noyé !

Mais comment Spinello aurait-il pu prévoir que les bombardements allaient cesser ? Et qu'est-ce qui les empêchait de reprendre à tout moment ?

Assailli par le doute, Spinello serra Théodore de son bras valide.

15

ÉDOUARD

Les bras en l'air, Édouard fonçait vers les soldats dont les fusils braqués sur les hautes falaises de Windrasor dégageaient une fumée opaque que le vent dispersait avec empressement.

Lorsqu'il les avait repérés, le garçonnet avait d'abord fait mine de suivre les autres fugitifs et de retourner se cacher dans la crevasse, puis il avait fait volte-face sans que personne ne remarque son changement soudain de direction. Il avait couru, couru comme jamais.

Les hommes du Duc n'auraient pu choisir moment plus opportun pour débarquer.

Édouard était à deux doigts d'abandonner toute idée de fausser compagnie aux autres, aussi impératif que cela lui apparaisse, mais l'arrivée des soldats lui avait offert une solution inespérée.

Il avait saisi sa chance, celle-là même qui s'était refusée à lui jusque-là – la veille, il s'était éloigné à plusieurs reprises, sans néanmoins réussir à s'affranchir du regard accusateur de ses compagnons. La nuit passée, poussé par un sentiment d'urgence, il s'était même levé et avait prétexté une envie pressante à Asmodée qui montait la garde. Un nouvel échec. Le gaillard avait insisté pour l'accompagner et lui avait collé la peur de sa vie en disparaissant subitement dans les buissons pour ressurgir un peu plus loin.

À présent, ils ne pourraient plus rien faire pour le retenir.

— Ne tirez pas ! cria-t-il quand deux hommes détournèrent leur fusil de la falaise pour le pointer sur lui.

Leurs précédentes proies étaient désormais hors de portée.

Et une autre, telle qu'ils n'en avaient jamais traquée, venait de se jeter entre leurs griffes.

— Ne bouge pas ! ordonna un militaire qui, malgré l'apparence inoffensive d'Édouard, bondit sur le bambin et commença à le fouiller.

— Ôtez vos sales pattes ! s'offusqua le garçonnet. Père et Mère vont...

Une gifle le fit taire.

Comment ose-t-il !

Interdit, Édouard porta une main à sa joue et comprit, à la crasse qui s'était glissée sous ses ongles et aux saletés qui couvraient ses manches qu'il n'avait plus rien du petit garçon propre sur lui parti à la recherche d'Iphis.

Sa gorge se noua à l'idée d'être aussi sale que Pic-Rouille, d'être pris pour l'un de ces pouilleux de la capitale.

— Je m'appelle Édouard de Fontiairy. Fils de Monsieur et Madame les marquis de Fontiairy, bafouilla-t-il dans l'espoir que ces mots laveraient ces souillures qui le maculaient. Ils m'ont enlevé !

— Et moi, je suis l'empereur d'Aristie, plaisanta un homme au visage dur.

— Mais, c'est la vérité ! Je dois voir...

Une autre claque lui coupa la parole.

Ses deux joues lui brûlaient atrocement, mais il retenait ses larmes.

— La seule chose que tu dois faire, c'est te taire, rétorqua l'homme qui l'avait giflé pour la seconde fois.

Édouard était déboussolé ; il n'avait pas imaginé que ce serait si compliqué, ni qu'il aurait affaire à de simples sous-fifres sans jugeote.

— Perig, ramène-le au camp et interrogez-le. Vous, ratissez la zone. S'il est là, il doit y en avoir d'autres. Y avait au moins quatre gamins lors de l'attaque. Retrouvez-les !

Les joues en feu, Édouard ne protesta pas lorsque le dénommé Perig le saisit par le bras et l'entraîna à sa suite.

— Allez, dépêche-toi !

Ce qu'il fit.

Tout au long du chemin, Édouard s'efforça de mémoriser

trait pour trait le visage du soldat qui l'avait frappé. Il le regretterait.

***

— Lui, là ! s'exclama Édouard quand il aperçut l'homme aux cheveux gris qu'il avait rencontré pour la première fois au "*Bouillon du Félin*".

Perig et lui venaient à peine de gagner Rasorburgh. Ils se faufilaient entre les tentes dressées dans la rue principale du village.

— Qu'est-ce que… Eh, reviens !

En dépit de ses jambes lourdes et douloureuses d'avoir marché sur une telle distance, Édouard s'était élancé vers Fromir.

— Monsieur ! Monsieur !

L'homme à l'épaule bandée leva sur le garçonnet un regard froid et pénétrant d'où ne transparaissait qu'une contrariété exacerbée mêlée à une rage certaine. Puis ses pupilles se dilatèrent brièvement.

— Quelle surprise !

Malgré l'accoutrement d'Édouard, il l'avait reconnu.

— Colonel, je suis désolé. Ce morveux ne…

— Ce morveux, comme tu dis, est le fils des Fontiairy, bon à rien ! Allez ! Dégage !

Je te l'avais dit, andouille, se réjouit Édouard en voyant le visage de Perig se décomposer.

Le soldat obtempéra sans rechigner et tourna les talons, heureux de s'en sortir avec une simple réprimande orale.

— Qu'est-ce que vous faites là, petit ? s'enquit aussitôt Fromir en s'accroupissant auprès du garçonnet.

C'était à Édouard de jouer.

— Ils m'ont enlevé ! Ils voulaient demander une rançon !

Il n'allait pas lui dire qu'il avait fait le voyage depuis la capitale avec Iphis et ses compagnons de son plein gré. L'autre version seyait mieux.

— Qui ça ?

Les yeux de l'homme brillaient avec intensité.

— Des…

Il réfléchit.

— Des barbus à cheval. Ils se faisaient appeler les Insaisissables ; je les ai entendus. Ceux de l'auberge !

La bouche de Fromir se tordit, mais Édouard fut incapable de déterminer s'il s'agissait d'un sourire ou d'un signe d'agacement. Maintenant qu'il devait lui mentir, le militaire lui semblait moins sympathique que lors de leur première rencontre.

— Et vous venez de leur échapper ?

— Oui, tout à l'heure, grâce aux soldats. Ils ne sont pas loin !

Cette fois-ci, aussi glacial fût-il, ce fut bien un sourire qui se dessina sur les lèvres étroites du colonel.

— Suivez-moi, mon garçon.

Fromir se releva et prit la direction de la taverne de Rasorburgh à l'entrée de laquelle six hommes montaient la garde, les pieds impeccablement joints et le menton en l'air. Immobiles, ils paraissaient absents, presque morts, et pourtant Édouard était prêt à parier qu'ils seraient les premiers à entrer en action en cas d'alerte.

— Sa Grandeur a demandé à ne pas être dérangée, lança l'un d'entre eux à l'approche de Fromir et d'Édouard.

— Écartez-vous, fut tout ce que le militaire eut à dire pour que les ordres de "Sa Grandeur" soient oubliés.

Ils s'écartèrent.

Fromir et Édouard furent accueillis à l'intérieur par un vacarme assourdissant.

Par réflexe, Édouard se jeta derrière Fromir.

L'homme, lui, n'avait pas esquissé le moindre mouvement.

— Cet endroit est un ramassis de vermines ! Tous des incapables ! s'énervait une voix.

Le rez-de-chaussée était désert et, au fond de la pièce, au-delà d'une multitude de tables et de chaises usées, le comptoir profitait de ses premiers jours de repos depuis des décennies.

Une tornade semblait en revanche avoir pris d'assaut le premier étage. Organisé autour de la large ouverture rectangulaire qui le donnait à voir de la salle principale, l'étage comportait une dizaine de chambres rarement occupées d'ordinaire.

Un vase chargé de fleurs à l'odeur printanière franchit soudain la rambarde et vint s'écraser en contrebas à quelques mètres des deux arrivants. Il explosa en mille morceaux. Les bottes de Fromir en stoppèrent plusieurs. Il n'avait toujours pas cillé.

— C'est le… commença Édouard.

Fromir le fit taire sans même décoller les lèvres.

Il attendait que la tempête se calme.

— Allez donc préparer un repas digne de ma personne, bande d'incompétents !

Trois domestiques apparurent comme par magie et dévalèrent les escaliers en toute hâte sans se soucier de la présence de Fromir et d'Édouard. Puis la tornade se matérialisa enfin.

Édouard fut frappé par la laideur de l'homme qui se penchait à présent à la balustrade.

Il avait beau se mouvoir avec une certaine grâce, son visage – celui d'un être souffreteux que la maladie aurait dû emporter depuis longtemps – criait quant à lui par sa disgrâce à l'injustice. Seules les deux billes brillantes qui les fixaient avec une insistance déplaisante trahissaient la présence d'une quelconque vie derrière ce masque mortuaire.

Édouard, en bon fils d'aristocrates, avait cependant appris qu'il ne fallait jamais juger les gens sur leur aspect physique, mais sur leur allure. Le raffinement et la richesse de la tenue de l'homme suffirent à lui inspirer le plus grand respect.

— Encore un incapable qui ose se présenter devant moi, déclama l'homme.

Fromir ne broncha pas et laissa l'insulte passer au-dessus de sa tête.

— Votre Majesté, voici Édouard de Fontiairy.

Il s'écarta et Édouard se sentit rapetisser sous le regard inquisiteur du nouveau Duc.

— Un nom qui ne me rappelle rien de bon ! Une des dernières familles que mon défunt père ait visitée avant son trépas. Quelle tragédie !

Les manières théâtrales d'Hippolyte tranchaient avec ses mots.

— Il était détenu par les rebelles ; il vient de s'échapper, poursuivit Fromir. Il va pouvoir nous aider.

Il se tourna vers Édouard.

— N'est-ce pas, mon garçon ?

Sans hésiter, Édouard acquiesça. L'homme se méfiait de lui, il le sentait.

— Je sais où ils se trouvent ! s'exclama le garçonnet. Ces sales vermines doivent payer.

Il avait veillé à employer le même vocabulaire que le Duc. Encore une leçon de ses parents.

— Vraiment ? siffla l'homme qui, une main toujours posée sur la rambarde, avança jusqu'à l'escalier. Et où sont-ils ?

Édouard avait du mal à soutenir son regard.

Le Duc ne hurlait pas, ne s'emportait pas après lui et pourtant il avait le sentiment d'être face à son père lors de ses rares moments de colère.

— Je les ai entendus, dit-il. Je sais où ils doivent se retrouver. Cet… Euh Ambroise, oui c'est ça ! Il a tout prévu. Ils veulent vous réattaquer. Ils se sont donné rendez-vous.

À présent, Hippolyte les avait rejoints.

Il sautillait d'un pied sur l'autre, contenant difficilement son excitation.

— Et les enfants sont avec eux ?

— Ils se sont vantés d'avoir réussi à fuir la capitale ! De vous avoir échappé, à vous, Votre Grandeur ! Je les déteste. Ce sont des vauriens, des voleurs, des malpropres ! Il n'y a qu'Iphis qui mérite la vie sauve.

— La gamine que tu recherchais ? s'enquit Fromir.

— De qui parlez-vous ? s'énerva le Duc qui n'appréciait pas de ne pas disposer de tous les éléments pour suivre la conversation.

— D'Iphis. Mes parents l'ont adoptée pour être mon amie, mais ces sales voyous l'ont forcée à sauver ces assassins à la capitale. Je sais qu'ils ont tué votre père, Votre Seigneurie. Et ils sont là, pas loin. Mais Iphis n'y est pour rien, insista-t-il.

Hippolyte claqua délicatement des mains, étirant ses fines lèvres cadavériques dans un sourire effroyable.

— Nous allons nous occuper d'eux alors. Puis nous terminerons ce pour quoi nous sommes venus.

Hippolyte se mit à rire.

— J'épargnerai ton amie. Tu pourras témoigner de ma miséricorde. Mais je n'aurai aucune pitié pour les autres.

— Ils n'en méritent pas, Votre Majesté, confirma Édouard.

Le garçon réprima un sourire.

— Colonel ?

— Oui, Votre Majesté ?

— Vous savez ce qu'il vous reste à faire.

Il le savait.

Édouard lui raconta tout ce qu'il pouvait.

16

PLACIDE

Les genoux le long du buste et couché sur le flanc, Placide se morfondait, le visage plaqué contre le pavage glacial de sa cellule. La source de ses larmes semblait intarissable – ce monde ignoble lui en avait pourtant déjà tant arrachées – et de nouveaux sanglots l'agitaient à chaque inspiration. Il n'y avait pas une pensée pour l'emmener pour une douce balade mentale loin des horreurs de la réalité, toutes l'entraînaient de force sur les pentes du désespoir. Et, glissant dans les flaques nées de son chagrin et de ses pleurs, il les dévalait, incapable de se retenir.

Il était monté à Windrasor pour retrouver ses amis, pour les aider à se tirer de ce mauvais pas – bien qu'il ne sache comment –, pas pour finir dans un endroit pareil, un endroit si semblable aux horribles geôles de Straham. Il ne manquait que Fromir pour compléter le tableau. Quoique Placide n'était pas sûr d'avoir gagné au change.

— Quand vas-tu cesser de chouiner, misérable ? lança justement son nouveau bourreau dont les yeux éclairèrent brièvement les anciennes geôles.

Les barreaux d'une des cellules mitoyennes à celle du garçon avaient été délogés de leur emplacement et gisaient, tordus, au sol.

Quand vous me laisserez partir. Quand tout sera terminé... songea Placide.

Mais il ne verbalisa pas ses pensées.

Il n'avait pas l'audace de Spinello et provoquer Araknor ne pouvait rien lui apporter de bon.

Rien.

Ou quand je serai mort...

— Laisse-le, le défendit Fradik d'une voix faible.

Comme à Straham, Placide avait perdu toute notion du temps – ici, il n'y avait ni les rotations des gardes, ni les maigres collations en guise de repères –, mais, à la faim qui lui rongeait l'estomac, le garçon estimait que l'Ignoble les avait enfermés depuis deux ou trois jours, peut-être davantage. Et ce n'était que la troisième fois que Fradik ouvrait la bouche depuis leur emprisonnement.

Araknor n'avait eu qu'à ramasser son fils étendu dans une mare de son propre sang sur le promontoire rocheux et à le charger sur une épaule pour le conduire jusqu'ici.

Coincé sous l'autre bras de la créature, Placide n'avait pas osé se débattre. Il avait à vrai dire opposé autant de résistance que son ami inconscient. Aucune. Et il ne s'en voulait même pas. Ce pragmatisme que le monde extérieur avait réussi à lui imposer, avait à nouveau parlé et lui avait dicté la meilleure marche à suivre. Sans la moindre possibilité de discuter. Au moins, il pouvait se targuer d'être encore vivant, ce que Fradik ne pourrait plus faire si on ne traitait pas très rapidement ses blessures.

— Soignez-le ! C'est votre fils ! supplia Placide, à genoux.

Étonnamment, les liens de sang qui l'unissaient à Fradik étaient l'une des premières choses dont l'immense Ignoble s'était vanté après les avoir enfermés, comme si mettre la main sur cet enfant rebelle avait, quoi qu'il en dise, toujours fait partie de ses projets.

— S'il vous plaît, il va mourir ! poursuivit Placide.

Il ne supportait plus les râles d'agonie de son compagnon. Et savoir qu'il avait puisé dans ses maigres forces pour prononcer ces quelques mots en sa faveur était un supplice.

Araknor bondit contre la grille métallique de la cellule de Placide, inondant la minuscule alcôve humide d'une lueur rougeoyante. Le garçon s'était jeté contre le mur du fond et protégeait son visage de ses mains. Il fixait, la peur au ventre, son adversaire entre ses doigts écartés.

— Dernier avertissement, engeance hideuse. Tes prochains mots, ou pleurs, seront les derniers. Tu comprends ?

Placide acquiesça en silence même s'il ne comprenait pas vraiment.

Pourquoi Araknor le gardait-il en vie ? Que lui réservait-il ?

— Je m'occuperai de lui lorsqu'il aura réellement saisi ce qu'il en coûte de s'acoquiner à une espèce telle que la vôtre. Je lui avais dit qu'il le paierait.

Il a suffisamment payé !

Des mots qui moururent eux aussi à l'état de pensées.

— Vieux fou… siffla Fradik.

Araknor ignora l'insulte et s'écarta de la cellule de Placide.

Tandis qu'il prenait la direction de la sortie, un ricanement lui échappa. Il fit brusquement volte-face.

— Soyez patients, vous serez bientôt réunis avec vos amis… S'ils sont toujours en vie.

Non ! Il ne peut pas ! Les pensionnaires ont besoin d'eux !

Placide dérapa sur une traînée huileuse de colère et sombra dans les eaux noires de la fureur, mais ce qui ressortit de son plongeon ne fut qu'une rage stérile, impuissante à le libérer de cette cage rouillée qui le retenait.

— Élias te tuera, sois en sûr, menaça Fradik.

Une violente quinte de toux le secoua et les râles qui s'ensuivirent trahirent l'immense souffrance qui l'habitait. Son corps n'était que douleur, chaque inspiration le torturait, mais il trouvait encore la force de protéger ses amis, ne fusse qu'avec quelques mots.

Fradik...

Araknor ricana de plus belle. Son rire, davantage un grincement strident qu'une succession d'éclats d'amusement, s'interrompit soudain.

— Que…

Il jaillit dans l'obscur couloir qu'un étrange vent souterrain balayait par intermittence.

Placide s'était levé et, la tête collée aux barreaux rongés par le temps, essayait de voir ce qui se passait. Araknor avait entendu quelque chose.

C'était forcément eux !

Alors, sous la pression de la faim, de la soif et du désespoir, Placide oublia le pragmatisme qui l'avait maintenu en vie jusque-là. Il devait les alerter.

— Spin', Élias ! Attention, il arrive !

Les cris qui lui firent écho n'avaient rien d'humain.

Placide recula.

Araknor avait raconté, lors d'un de ses monologues, que les siens l'avaient abandonné, qu'il était le dernier Ignoble à Windrasor, mais ces sifflements indiquaient une tout autre vérité.

— Fradik, tu as une idée de ce qui se passe ? demanda Placide.

Il n'obtint aucune réponse.

Submergé par la douleur, l'Ignoble était retombé dans l'inconscience.

Placide allait devoir décider tout seul. Il fit un pari sur l'avenir, certainement le plus fou qu'il n'ait jamais fait.

— À l'aide ! hurla-t-il.

Il avait entendu les menaces de mort d'Araknor, n'avait aucune idée de ce que les nouveaux arrivants allaient bien pouvoir faire de lui, mais il voulait croire en une issue heureuse ; il en avait le besoin le plus essentiel. Ern'lak les avait aidés, ses amis et lui, à s'enfuir de l'orphelinat ; Spinello et lui devaient la vie sauve à Fradik ; alors les Ignobles allaient peut-être le secourir et réaliser qu'ils étaient tous dans le même bateau, cette sombre galère en flammes qu'était devenue Windrasor.

— Ici ! Aidez-moi !

Il voulait y croire.

— Ici !

Une créature surgit soudain du couloir. Le souffle court, elle leva un visage lacéré vers Placide.

— Ern'lak ! se réjouit l'orphelin.

Il avait eu raison d'y croire. Ern'lak était là !

— Où est Arak…

L'Ignoble fut violemment projeté en avant et percuta les barreaux de la cellule de Placide.

— Derrière toi ! le prévint, trop tard, l'orphelin.

Araknor était de retour. Et il n'était pas seul.

Entouré de créatures, dont les vêtements ensanglantés et en lambeaux avaient connu autant de déboires que ceux de Fradik, l'Ignoble bouillonnait de rage.

— Tout ceci est de ta faute ! hurla-t-il.

Il bondit sur Ern'lak, prêt à prendre sa revanche.

IPHIS

Où est Édouard ? s'exclama Iphis en constatant l'absence du garçonnet.

Ce n'était pas possible ! À quel moment avait-il...

— Pas un bruit, la fit taire Philodinor.

L'homme avait été le dernier à se faufiler dans l'étroit conduit qui menait à la minuscule grotte humide à l'intérieur de laquelle ils s'étaient réfugiés ; ou plutôt entassés.

Basse de plafond – une paroi inclinée hérissée de stalactites, dont certaines, millénaires, avaient fini par rencontrer le sol –, la cavité était à peine assez grande pour tous les accueillir. Le moindre mouvement brusque ou d'inattention pouvait s'y conclure par une énorme bosse sur le crâne ou une profonde entaille ; c'est pourquoi ils avaient préféré s'abriter dans la crevasse qui lui servait d'antichambre et la garder en guise de cachette de dernier recours. Et il était clair à présent qu'Édouard ne les y avait pas suivis.

— Il va leur… commença Asmodée qu'un grondement de Philodinor réduisit au silence.

Asmodée avait raison ; ils ne pouvaient pas rester là. Édouard allait dévoiler où ils se trouvaient !

Iphis se maudissait.

Elle avait remarqué tous les signes avant-coureurs de la trahison d'Édouard – ses regards constants vers Rasorburgh, ses tentatives de s'éloigner –, mais n'avait rien fait pour prévenir son départ. Elle aurait pu essayer d'apaiser la situation avec Aliaume ou servir au garçon le baratin qu'il aurait aimé entendre. Elle aurait même pu jouer avec lui comme elle l'avait fait chez ses parents – peut-être d'ailleurs aurait-elle apprécié cette distraction ?

Aussi paradoxal cela soit-il dans leur situation, elle avait péché par excès de confiance. Ou bien était-ce par bêtise ? Elle avait fermé les yeux, avait refusé de se salir les mains – ou plutôt l'ego – et elle, comme ses compagnons, risquait fort d'en payer les pots cassés. Et ils ne roulaient pas sur l'or.

— Théo ! s'exclama soudain Bartholomée comme s'il venait à peine de réaliser qu'Édouard n'était pas l'unique absent.

Philodinor rampa jusqu'à lui et plaqua ses mains sur la bouche du gaillard.

— Chut, chut, chut, murmura-t-il pour l'apaiser.

Dans la panique, les pensées d'Iphis s'étaient focalisées sur Édouard. Il n'était pourtant pas le seul au-dehors. Théodore s'était précipité auprès d'Ern'lak pour le supplier de les aider juste avant que les soldats ne surgissent ; personne ne savait ce qui lui était arrivé. Peut-être gisait-il dans une mare de sang ? Ou bien avait-il réussi à s'échapper avec Ern'lak ? Quoi qu'il en soit, les hommes du Duc avaient cessé de tirer depuis peu et le silence qui s'était installé à la fin de la fusillade était tout aussi effrayant que le vacarme des armes. L'appréhension, comme l'humidité de la grotte, s'infiltrait dans tous les pores de la peau de l'orpheline.

Ils auraient dû s'enfuir, courir et tenter de distancer leurs poursuivants. Pas se cacher ici. Si Édouard parlait, ils étaient perdus. Philodinor pourrait sans doute abattre un ou deux soldats grâce à l'étroitesse stratégique de l'accès, mais il aurait tôt fait d'être neutralisé à son tour. Il ne leur restait qu'à attendre, les doigts croisés, espérant un miracle.

Plusieurs minutes s'égrenèrent – pas suffisamment pour que les fugitifs se croient tirés d'affaire – avant que les voix de plusieurs hommes, étouffées par la distance et l'épaisseur de la pierre, ne leur parviennent. Comme Iphis le craignait, ils approchaient. Ce n'était plus qu'une question de secondes avant qu'ils ne leur tombent dessus.

Les yeux braqués sur l'étroit passage, que seule une inspection minutieuse de la crevasse aurait permis de détecter sans l'aide d'Édouard, Iphis s'attendait à tout moment à voir apparaître un visage ennemi. Les voix s'éloignèrent pourtant, jusqu'à se dissiper complètement.

Qu'est-ce qui avait empêché Édouard de parler ? L'avaient-ils abattu ou... Iphis fut envahie de sentiments contradictoires. Elle comprenait.

En les épargnant, en l'épargnant, Édouard venait de lui offrir une nouvelle preuve de l'affection qu'il prétendait avoir pour elle et qu'il avait si souvent – et d'une manière bien étrange parfois – tenté de lui témoigner. Peut-être son ultime marque d'attachement.

Quelque part, sans oser y croire, la fillette se prit à espérer que le bambin s'était résolu à retrouver sa vie paisible auprès de ses parents et avait abandonné l'idée qu'elle lui appartenait. Elle ferma les yeux et se concentra sur les sons extérieurs. Elle n'arrivait décidément pas à y croire.

Une dizaine de minutes s'étaient écoulées quand Bartholomée craqua. Philodinor fut incapable de le retenir. Le géant s'extirpa de leur cachette, se précipita hors de la crevasse et prit la direction de la falaise où ils avaient aperçu Théodore pour la dernière fois.

— Barth ! glapirent Anselme et Asmodée que cet instant ramenait plusieurs semaines auparavant lorsque Bartholomée s'était jeté sans prévenir dans les griffes des Fontiairy.

Philodinor ne put pas plus les empêcher de sortir.

— Bon, filons, ordonna-t-il.

Il aurait aimé patienter encore un peu – les soldats ne devaient pas être loin –, mais ces garçons ne lui avaient pas laissé le choix. Il se tassa sur le côté pour laisser passer les enfants.

Iphis, suivie de Pic-Rouille, d'Aliaume et de Justinien, rampa dans le conduit, se glissa dans la crevasse puis osa un œil vers la forêt où les hommes du Duc devaient toujours les chercher. Il n'y avait pourtant ni trace sonore, ni visuelle de leur présence. Alors, comme les trois garçons qui l'avaient précédée, elle quitta l'abri. Anxieuse, elle se dirigea vers eux. Par bonheur, aucun corps – si ce n'était celui de l'Ignoble qui avait chuté – ne gisait au pied de la falaise. Ce qui ne voulait pas dire que les soldats n'avaient pas capturé Théodore et Ern'lak.

On aurait entendu des bruits de combat, se rassura Iphis.

— Ils ont réussi à s'enfuir, Barth. Ne t'inquiète pas, dit Anselme qui avait abouti à la même conclusion.

— Il a des couilles, notre Théo, commenta Asmodée, la tête levée vers Windrasor.

Il gardait un souvenir effroyable de sa descente du promontoire sur le dos d'Ern'lak et préférait ne pas imaginer à quel point monter, sous le feu de plusieurs fusils, avait dû être terrifiant. À présent, tous étaient réunis en bas de l'immense paroi.

— Philo, il faut prévenir Ambroise, lança Justinien qui tenait Aliaume par la main.

L'homme et Pic-Rouille, d'un naturel méfiant, leur tournaient le dos et scrutaient l'orée des bois.

— Je sais bien. De toute façon, il ne faut pas traîner là. Ils peuvent revenir à tout instant.

— Oui, mais comment on va faire ? s'enquit Anselme.

Comme Iphis, il n'avait aucune idée d'où se trouvait le meneur du petit groupe de rebelles. Le jour où Ambroise et ses compagnons avaient emporté la roulotte de Vulfran, ils n'avaient divulgué à personne l'endroit où ils se rendaient.

Des fois qu'un de nous se fasse capturer… songea Iphis, rassurée par la prudence de l'Insaisissable.

Car, si Édouard ne les avait pas livrés aux soldats pour ne pas nuire à Iphis, rien ne disait qu'il ne révélerait pas tout ce qu'il savait des Insaisissables, surtout si Hippolyte ou ce Fromir, dont Placide avait dressé le plus horrible des portraits, décidaient qu'il devait parler.

— Ne t'inquiète pas pour ça, répondit Philodinor. Allez, suivez-moi. Nous nous arrêterons à la rivière pour nous désaltérer. Surtout, restez sur vos gardes.

***

— Ah ! C'est vous. J'aurais pu… commença Darina, l'Insaisissable qui avait partagé son cheval avec Placide lors de l'assaut de Rasorburgh, en abaissant son arme.

Iphis n'aurait jamais cru qu'ils étaient si proches.

Elle avait été prête à multiplier les kilomètres malgré l'allure forcée que Philodinor leur avait imposée, mais une bonne heure de marche depuis leur brève pause pour remplir leurs outres s'était avérée suffisante pour rejoindre les Insaisissables.

— Des bonnes nouvelles ? s'enquit la femme.

Elle aurait dû savoir que non.

— Le petit aristo s'est enfui… expliqua Philodinor. Il s'est rendu à un groupe de soldats.

— Et vous avez réussi à leur échapper ?

— On a eu de la chance, je crois, avoua l'homme aux cheveux grisonnants.

Au loin, les salves des mortiers encore opérationnels retentissaient toujours.

— Ambroise est là-bas, indiqua Darina.

La femme avait pris position au bord d'un ravin, derrière un chêne dont les racines, plus larges que les troncs de certains arbres, avaient été mises à nue par la pluie. C'était un miracle qu'il ait résisté à la tempête qui avait agité la forêt quelques jours auparavant et qu'il n'ait pas chuté, barrant la piste, visiblement oubliée, qui remontait le vallon.

Darina émit un petit cri animal auquel un de ses compagnons, en planque plus loin, répondit.

— C'est bon, Philo. Vous pouvez y aller, dit-elle en lui adressant un large sourire qu'il lui rendit.

Le petit groupe longea la crête de la ravine parallèle à la piste et arriva enfin là où les Insaisissables avaient établi leur campement temporaire. Eux non plus n'avaient pas osé faire de feu par peur d'être repérés. Ils s'étaient contentés de bâtir un abri de branchages plus exigu encore que leur grotte.

Ce fut Isidore et son épaisse barbe auburn qui les accueillirent.

— On a des problèmes ? demanda-t-il, bien plus pragmatique que Darina.

— Le morveux, il s'est enfui.

Les yeux de l'homme s'illuminèrent.

Il fit volte-face.

— Tout le monde en place ! s'exclama-t-il. On risque d'avoir de la compagnie !

Tous obéirent et se dispersèrent en un rien de temps. Iphis resta interdite.

Pourquoi ne fuyaient-ils pas s'ils s'attendaient à avoir de la visite ? Ils avaient vu, comme elle, le nombre d'hommes qui accompagnaient Hippolyte. Ils ne pouvaient pas espérer faire le poids !

Et pourquoi...

Iphis venait d'apercevoir la roulotte de Vulfran, stationnée en contrebas sur la piste, sans le moindre branchage pour la camoufler. La voiture était une cible si facile ; idéale.

— Ne fais pas cette tête, petite, intervint Ambroise qui les avait rejoints à son tour.

Elle le dévisagea, sidérée par le calme qu'il affichait.

Un cri d'oiseau insistant s'éleva soudain.

Ambroise ne se départit pas de son expression sereine, malgré l'agitation qui avait gagné ses compagnons.

— Tu sais, ce gamin aimerait vraiment être ton ami. Vraiment... poursuivit-il.

Il adressa un clin d'œil à l'orpheline.

— Allez vous cacher, là derrière, dit-il tandis que Philodinor, comme les Insaisissables encore présents, s'allongeait au bord du précipice, fusil pointé vers le ravin.

Incrédule, Iphis laissa Pic-Rouille l'entraîner en retrait.

Elle n'arrivait pas à détacher son regard d'Ambroise.

Qu'avait-il voulu dire ?

18

ÉDOUARD

Édouard n'attendit même pas qu'on le resserve. Il plongea ses doigts déjà dégoulinants de graisse dans le plat encore frémissant et arracha sa dernière cuisse à ce malheureux poulet rôti qu'on lui avait apporté tout entier. Le garçonnet avait entendu les piaillements paniqués du volatile lorsque les propriétaires de l'auberge réquisitionnée par le Duc s'étaient lancés à ses trousses dans l'arrière-cour. Il n'avait jamais rien entendu d'aussi beau, d'aussi appétissant.

Il porta le membre sectionné à sa bouche et ferma les yeux de plaisir. La peau, parfaitement cuite et dorée, craqua sous ses dents, libérant toutes ses saveurs.

Comment avait-il pu oublier ce qu'était un véritable repas ? Ici, pas de portion minable, pas de fruits et de baies matin, midi et soir. Son estomac était enfin traité avec la considération qu'on lui devait.

Quand Édouard fut venu à bout de la cuisse – ce qui ne lui prit guère que quelques secondes –, il enfourna le pilon entier, le suça avec une maîtrise édifiante et ressortit de sa bouche un os impeccablement nettoyé qu'il jeta sur la table d'un geste nonchalant. Toute son attention était accaparée par la petite carcasse et la garniture qui l'accompagnait.

Cela faisait environ quatre heures qu'Édouard était arrivé à Rasorburgh en compagnie de ce soldat qui, en ce moment même pelait certainement encore les centaines de pommes de terre bouillies qui seraient servies au régiment en guise de repas, et il s'était déjà habitué aux rugissements des mortiers à proximité. Ce n'était pas un son nouveau pour lui – les engins de siège attaquaient presque sans relâche depuis plusieurs jours et leurs cris résonnaient à des kilomètres à la ronde –, mais l'intensité des grondements n'avait rien à voir avec celle qu'ils avaient perçue au pied de la falaise. À chaque tir, les vitres tremblaient et les bouteilles alignées derrière le comptoir s'entrechoquaient et avançaient de quelques millimètres ; tôt ou tard ce serait la catastrophe. Attablé devant un tel plat, à lui seul réservé – qu'il avait détesté devoir partager sa nourriture avec cet Aliaume et les autres ! –, Édouard était prêt à accepter n'importe quel vacarme. Rien ne l'empêcherait de se remplir la panse convenablement.

Pourtant, la série d'explosions qui s'éleva subitement à l'extérieur lui arracha un cri aigu de surprise. Par réflexe, il se propulsa en arrière et réalisa, en déséquilibre sur sa chaise vacillante, que personne ne le rattraperait. Le soldat tenu de le surveiller pendant que le Duc se préparait à l'étage, probablement pour un banquet qui ridiculiserait le repas d'Édouard, avait foncé vers la porte. Seuls ceux chargés de la protection immédiate d'Hippolyte étaient restés en place devant la chambre du souverain, leurs armes prêtes à sévir. Le garçonnet eut tout juste le temps de protéger son crâne avant son inévitable rencontre avec le sol.

En d'autres circonstances, il aurait braillé plus que de raison, mais les coups de feu qui suivirent lui firent oublier la douleur et il rampa sous la table pour se mettre à l'abri. Une nouvelle pétarade, aussi puissante que la première, fit trembler les murs de la taverne et couvrit les hurlements d'un Hippolyte scandalisé.

Derrière le bar, la catastrophe ne fut pas évitée et plusieurs bouteilles d'alcool fort chutèrent et se fracassèrent sur le plancher.

La fusillade reprit un bref instant puis s'acheva aussi rapidement qu'elle avait débuté. Dehors, parmi les cris d'agonie et de colère, des ordres étaient beuglés. Le Duc, avec d'étranges rouleaux métalliques dans les cheveux, identiques à ceux dont la mère d'Édouard se couvrait régulièrement la tête, fit irruption sur le palier et se précipita dans les escaliers, suivi de trois soldats.

— C'était quoi, ça ? rugit-il.

Mais en dehors d'Édouard et de plusieurs domestiques qui s'étaient eux aussi mis à couvert, il n'y avait personne pour lui répondre.

L'homme enragé se rua sur la porte qu'il ouvrit à la volée en dépit des protestations de ses gardes.

— Reculez, Votre Majesté. Ne restez pas là ! s'interposa Fromir qui entrait au même moment.

Il repoussa le souverain à l'intérieur.

— Qu'est-ce... commença le Duc.

— Ces maudits rebelles ! s'énerva Fromir qui balayait la pièce du regard. Ils ont réussi à détruire les deux autres mortiers !

— Quoi !

Le revers de la main d'Hippolyte percuta violemment la joue du colonel.

Incrédule, l'homme porta les doigts à son visage, sans lâcher le Duc des yeux. On aurait cru qu'il allait se jeter sur lui. Mais la raison – ou peut-être la présence des trois gardes ducaux –, l'en retint.

— Comment est-ce possible ? s'indigna Hippolyte. Vous aviez juré que cela ne se reproduirait plus. Vous étiez censé surveiller tous les accès au village ! Soyez maudit !

— Ils se sont joués de nous. Ils portaient nos couleurs !

Devant l'air interrogateur d'Hippolyte, Fromir s'expliqua :

— Nos assaillants étaient en uniforme. C'est comme ça qu'ils ont pu approcher.

Comme pour confirmer les propos du colonel, la porte fut brusquement poussée. Les gardes écartèrent le Duc, faisant bouclier de leur corps. Mais les ennemis étaient déjà loin. Les deux soldats au visage rougi par les explosions qui venaient d'entrer se débarrassèrent de leur macabre chargement au sol.

Malgré le sang qui maculait son front et ses joues, Édouard reconnut le dénommé Isidore à sa barbe auburn. Il semblait le fixer de son regard vide.

Fromir fit basculer le cadavre sur le dos du bout du pied.

— Ces gibiers de potence ont dépouillé nos hommes pour se vêtir comme eux !

— Vous voulez dire…

— Le groupe que nous avons envoyé à leur poursuite est tombé dans un piège.

— Montre-toi ! hurla le Duc, la face cramoisie.

Édouard n'avait pas besoin qu'on lui explique à qui il s'adressait. Toujours tapi sous la table rustique sur laquelle refroidissaient les derniers morceaux de poulet, le bambin tenta de se faire aussi petit que possible, mais rien n'y fit. Des doigts, secs et aux ongles pointus comme des serres, l'attrapèrent par le col et le tirèrent hors de sa cachette.

— Je savais pas ! se défendit-il aussitôt.

— Sale petit menteur ! vociféra le Duc qui le plaqua violemment contre le plateau de la table.

Édouard ne s'était pas attendu à ce qu'il ait autant de force.

— Je vous ai dit la vérité ! Pitié !

— Soit tu nous as menti sur leur nombre, soit c'était un traquenard ; dans tous les cas tu as menti, contra Fromir qui s'était approché lui aussi.

Les deux visages penchés au-dessus d'Édouard brûlaient de rage.

— Je vous le jure !

Le bambin se mit à pleurer et, étonnamment, ses larmes semblèrent réorienter une seconde la colère du Duc.

— Et vous ? Qu'attendez-vous pour vous occuper d'eux ? s'énerva le Duc.

— Mes hommes sont à leurs trousses, Votre Majesté, exposa Fromir. Ils ont l'interdiction formelle de rentrer tant qu'il restera un seul de ces rebelles !

— Je les ferai pendre s'ils échouent.

Le répit d'Édouard était déjà terminé.

— Quant à toi !

Hippolyte le saisit brutalement par l'oreille et tira aussi violemment que le garçon avait détaché la cuisse du poulet, sauf que l'oreille d'Édouard, elle, ne rompit pas.

La douleur n'en fut que plus grande. Il couina.

— Mon bébé ! gémit soudain la voix de celle qui avait été tout son monde jusqu'à sa rencontre avec Iphis.

En quelques enjambées, la marquise de Fontiairy fut à ses côtés et l'encercla de ses longs bras pour l'écarter de tout danger potentiel.

— Mon bébé, mon Édouard, pleurait-elle.

Édouard n'avait jamais été aussi heureux de la voir.

— Votre Seigneurie Hippolyte, qu'est-ce qui se passe ici ? lança le père d'Édouard qui avait lui aussi fait son apparition sans que les gardes ne réagissent.

Espérait-il vraiment des explications ?

— Est-ce ainsi que vous vous adressez à votre Duc ? le tança l'énergumène.

— Pardon, Votre Majesté, mais comprenez…

— Taisez-vous ! Votre fils est un traître !

— Notre petit Édouard, un traître ? s'offusqua la marquise.

Cela était tout bonnement inconcevable.

— Il a aidé ces maudits rebelles. Il en paiera le prix fort, insista le Duc.

— Ce n'est qu'un enfant ! se scandalisa le marquis.

— Un enfant que nous croyions perdu ! Il nous a été enlevé à la capitale. Quelle surprise de le retrouver ici ! Quel bonheur surtout ! sanglota la marquise.

Les bras serrés autour du cou de sa mère, Édouard réalisait que l'arrivée de ses parents relevait effectivement du miracle. Que faisaient-ils là ?

— Détruire cet endroit de malheur est une sage décision, Votre Excellence. C'est d'ici que vient la vaurienne qui nous l'a enlevé. Nous étions venus assister à ce délicieux spectacle. Mais vous pensez bien que notre fils n'a rien fait de mal.

À la mention d'Iphis, Édouard serra les dents. Il avait un rôle à jouer, ne devait pas s'en écarter.

— Ils m'ont fait tant de misères. J'étais si content de leur avoir échappé, mais Sa Majesté le Duc est convaincue que j'ai pactisé avec ces criminels !

Des larmes de crocodile roulèrent sur son visage joufflu.

— Regardez dans quel état il est, se lamenta la marquise.

— Assez ! s'impatienta le Duc. Nous tirerons cette histoire au clair quand nous les aurons rattrapés, n'est-ce pas Colonel ?

— De toute évidence, Votre Majesté.

Hippolyte ferma les yeux un instant.

— Me voilà las de ce petit jeu... soupira-t-il avec calme.

Édouard n'aimait pas ce brusque changement de comportement ; pas du tout. Cela ressemblait trop à ses propres caprices pour faire tourner ses parents en bourrique. Personne ne pouvait s'y méprendre. L'apparente langueur d'Hippolyte était en grande partie simulée.

— Nous allons donc y mettre un terme plus tôt que prévu. Il est temps d'aller ramasser les cadavres et de finir notre travail à l'orphelinat, poursuivit le Duc.

— Mais l'accès a été détruit, Votre Majesté, s'étonna Fromir.

Hippolyte ricana, un grand sourire sur ses étroites lèvres livides.

— Oh, mais peut-être en connais-je un autre ?

Il tourna les talons.

— Je dois terminer de me préparer, dit-il.

Il gravit quelques marches puis s'intéressa une dernière fois à l'assistance ébahie.

— Colonel, vous passerez à l'attaque tout à l'heure. Préparez vos hommes.

Incrédule, Édouard suivit le souverain du regard jusqu'à ce que, escorté de sa flopée de domestiques et de ses gardes, il disparaisse dans ses quartiers.

Le garçon n'en revenait pas.

Il avait fait tout ce qu'Ambroise lui avait demandé ; tout. Mais cela n'était pas prévu !

La destruction des mortiers était censée offrir un peu de répit aux orphelins et permettre au barbu et à ses amis de trouver un moyen de les tirer d'affaire ; pas précipiter les choses. Et s'il ne prévenait pas les Insaisissables au plus vite, Iphis ne le lui pardonnerait jamais. Il aurait fait tout cela pour rien. Pour rien...

Mais, comme les pensionnaires là-haut, il était ici pris au piège, coincé par des bras parentaux qui ne le lâchaient plus.

ERN'LAK

Ern'lak était sourd aux cris de Théodore.

Oublie-moi, petit ! Oublie-moi !

Il filait aussi rapidement que ses membres courbaturés et écorchés le lui permettaient, sans même regarder où il mettait les pieds. Sa connaissance parfaite de cet endroit qu'il avait cru pouvoir oublier le guidait parmi les ruines, si différentes de celles de l'orphelinat. Ici, seul le temps – quoique souvent secondé par l'Homme – avait accompli son inévitable travail d'érosion. Ce n'étaient que vestiges froids et érodés, qu'empilements de pierres recouverts par la végétation, que murets rongés par la mousse, que colonnes battues par les vents. Ce n'étaient que ruines rendues à la Nature. Mais si près... Tout était différent.

Au-delà des pics rocheux qui avaient toujours masqué l'existence des Ignobles aux orphelins, Windrasor brûlait. Windrasor gémissait à chaque impact. Windrasor goûtait aux horreurs de la guerre à laquelle elle avait destiné ses pensionnaires sans les y préparer, préférant cultiver chez les enfants le fol espoir d'être un jour adoptés. Windrasor trépassait et Ern'lak avait choisi de l'ignorer tout comme les appels de Théodore. Seule comptait l'ultime mission qu'il s'était juré de remplir en s'extirpant, après des heures d'inconscience, du tas de cadavres sous lequel il avait perdu connaissance lors de l'affrontement avec... ces créatures.

Le simple souvenir des regards vitreux de ces automates suffit à rendre la souffrance d'Ern'lak plus insoutenable encore. Il serra les dents et accepta pleinement cet élan de douleur. Il le méritait, lui qui, comme tant des siens, aurait dû être mort. Il ne devait sa survie qu'à la chance – entrailles fumantes qui l'avaient dissimulé – et à l'instinct purement meurtrier de ces êtres innommables qui, une fois leurs exactions commises, s'étaient contentés de partir sans même offrir aux dépouilles de leurs congénères une quelconque sépulture, ni donner à manger aux flammes le corps de leurs victimes. Ils avaient semé la mort et avaient continué leur chemin, rien de plus. Et, sans cette précipitation, Ern'lak aurait été achevé par ces pantins aux yeux vides de toute empathie sans la moindre hésitation.

À son réveil, après avoir peiné à se dégager des corps froids dont même les charognards se détournaient, Ern'lak était resté de longues minutes prostré, la tête coincée entre ses énormes mains, dévasté par l'étendue de son échec. Sans le souvenir de l'Ignoble enfermé à Windrasor et le fol espoir que certains des siens aient réussi à s'enfuir – il y avait tant de cadavres autour de lui qu'il avait du mal à y croire –, il serait resté là à appeler la mort de tous ses vœux. Il la sentait tout près, guettant son prochain faux pas ou attendant qu'il l'autorise à venir le cueillir.

Encore une chose et je suis à toi, avait-il murmuré avant de s'élancer à la recherche de potentiels survivants.

Il n'avait pas réfléchi une seconde à la direction à suivre. Il n'y en avait qu'une.

Très vite, la présence d'autres miraculés fonçant comme lui à travers bois était devenue une évidence et Ern'lak avait redoublé d'efforts pour tenter de les rejoindre. Mais, même sans s'arrêter ni dormir, il en avait été incapable. Les gouttes de sang qu'ils laissaient derrière eux précédaient toujours les siennes.

La destruction de Windrasor, trahie par un épais nuage de fumée visible à des kilomètres à la ronde et le grondement des armes de siège qui ravageaient l'orphelinat s'étaient imposés à lui des heures avant qu'il n'aperçoive enfin le premier des siens. Comme lui, l'Ignoble filait tout droit sur le pensionnat, sans un regard en arrière. Sans l'intervention et les supplications de Théodore, Ern'lak l'aurait certainement rattrapé…

Oublie-moi, Petit. Je t'ai sauvé, c'est déjà bien assez, songea-t-il en se précipitant dans les souterrains qui marquaient l'entrée du repaire des Ignobles.

Il était peut-être encore temps.

Peut-être.

Pourtant, après quelques pas seulement dans l'obscurité des galeries, Ern'lak réalisa qu'il était trop tard. Il le sut à deux choses.

Aux cris de joie, de colère et de fatigue mêlés qui s'élevèrent soudain du fond des souterrains. Et à ceux d'effroi, bien humains en revanche, qui provenaient de là où il l'avait laissé.

— Ici ! Aidez-moi ! appelait la voix.

Sans se l'expliquer, Ern'lak se rua dans sa direction. Il avait fui devant les implorations de Théodore et voilà qu'il cédait à celles qui lui parvenaient à présent.

— Ici !

Son ultime mission aurait dû passer avant. Toujours est-il qu'il fit violence à son corps dévasté et jaillit dans les couloirs. Il déboucha dans les anciennes geôles.

— Ern'lak !

L'Ignoble n'avait pas reconnu Placide à sa voix déchirée par la détresse. Maintenant qu'il découvrait les traits horrifiés du garçon, il comprenait ce qui l'avait poussé vers la prison. Ce pensionnaire, comme ses camarades qu'il avait aidés à s'enfuir de l'orphelinat, n'était pas un inconnu. Il en était responsable.

L'enfant n'était cependant pas le seul prisonnier et Ern'lak fut surpris de voir un autre Ignoble dans la cellule adjacente. Évidemment, Araknor avait disparu.

— Où est Arak… commença-t-il.

Quelque chose, ou quelqu'un, le percuta avec la plus grande puissance. Projeté en avant, il eut tout juste le temps de se retourner en vol pour éviter une rencontre frontale avec les épais barreaux de la cellule de l'orphelin ; ce qui n'empêcha pas la douleur cuisante de son dos de le clouer au sol.

— Tout ceci est de ta faute ! beugla Araknor, fou de rage.

Ern'lak savait que la vérité était bien plus complexe, mais, comme la souffrance, il accueillait avec bonheur la colère de son ancien leader.

Oui, le massacre d'une grande partie des siens était le résultat de ses actes et il en acceptait les conséquences. Il refusait toutefois que son échec entraîne un retour aux valeurs prônées par Araknor et ses prédécesseurs. Et pour s'en assurer, il allait le tuer. C'était sa dernière mission.

Regroupant ses maigres forces, Ern'lak bondit sur Araknor avec autant de détermination que ce dernier ce soir lointain où ils s'étaient affrontés sous les yeux terrorisés de Théodore. Mais le Ern'lak d'alors n'avait rien à voir avec celui qui se jetait dans ce duel à mort. Sa vigueur l'avait déserté, les ressources physiques – comme le sang – lui manquaient. Il ne faisait pas le poids.

Araknor le plaqua violemment face au sol et lui lacéra le dos, terminant d'arracher ce qui restait de ses vêtements.

— Ern'lak ! gémissait le garçon emprisonné.

Araknor ricana.

— Aussi faible que mon fils. Nous avons engendré une génération de faibles !

Le coup latéral qu'Araknor asséna, griffes déployées, à Ern'lak, tailla un damier sanguinolent et irrégulier entre ses épaules.

— Tue-le ! Tue-le ! scanda un des Ignobles qui accompagnait Araknor, un jeune qui avait pourtant fait partie des premiers à croire en Ern'lak.

Il pouvait crier tout ce qu'il voulait. Ern'lak ne souhaitait que cela ! Mourir ! Mais il devait d'abord tuer Araknor, s'assurer que les survivants puissent choisir eux-mêmes leur futur.

Qu'importait ce qu'ils feraient de cette opportunité – peut-être imiteraient-ils ce qu'ils avaient toujours connu ? –, mais Ern'lak ne capitulerait pas avant de leur avoir offert cette chance. Ils avaient le droit de décider de leur avenir.

Écrasé par le poids d'Araknor sur son dos, il tenta de se débattre et ne récolta qu'un nouvel élancement douloureux qui lui traversa tout le corps.

— Il me serait odieux de tuer une telle loque, s'amusa Araknor.

Ern'lak se sentit soudain soulevé du sol. Ses bras refusaient de lui obéir.

— Brogk, déverrouille la porte, ordonna Araknor qui tendit les clés à l'intéressé.

— Ne bouge pas, siffla la créature à l'orphelin horrifié qui se trouvait à l'intérieur.

Ern'lak essaya de se cramponner, sans succès. Araknor se débarrassa de lui comme d'un fétu de paille et claqua la grille que Brogk s'empressa de refermer.

— Tu mourras à l'endroit même où tu m'as abandonné ; où tu as décidé de tous nous trahir ! s'exclama Araknor.

Ses yeux rougeoyaient.

— Au moins, tu ne seras pas seul quand la faim deviendra insupportable, poursuivit-il.

Chancelant, Ern'lak se saisit des barreaux.

— Je te tuerai ! hurla-t-il.

Du moins était-ce ce qu'il pensait. Tout juste murmura-t-il ce qui aurait dû être un cri de rage.

Araknor avait déjà tourné les talons et enjoignait aux siens de se reposer et de se soigner au plus vite.

— Ern'lak, essaya inutilement l'orphelin.

Comme son voisin de cellule, Ern'lak était déjà ailleurs.

**

Ballotté dans un étrange état de transe fiévreuse, Ern'lak se noyait dans un océan de culpabilité auquel il s'abandonnait sans réellement se débattre. Il sombrait. Une partie de lui-même, peut-être la seule que le chagrin n'avait pas encore brisée, tentait cependant de se maintenir à flot, clamant au milieu de la mer déchaînée et des embruns qu'Ern'lak n'était pas le seul coupable. Sa voix, chahutée par le vent du désespoir et entrecoupée par la fureur de la tempête qui précipitait Ern'lak vers les abysses, lui parvenait à peine. *Pas le seul fautif... Les Hommes, toujours les Hommes... Un malheureux hasard.*

Tout ceci ne lui semblait que cruelles facéties, pathétique bouée jetée à la mer sans personne pour la tracter à bord. Et pourtant, malgré son état de semi-conscience, Ern'lak lui prêtait une oreille de plus en plus attentive.

Les jours passés, il avait réuni toutes ses forces pour activer son corps fourbu et épuisé. L'esprit concentré sur cette course contre la montre aux mille obstacles, il n'avait pas vraiment cherché à analyser la situation et avait laissé la culpabilité envenimer les plaies de son âme.

Étonnamment, en dépit de la fièvre, il accordait à présent toute son attention à cette voix qui lui racontait une histoire si différente. Dans celle-ci, personne ne lui pardonnait ses erreurs – elles étaient bien réelles, marquées du sang des siens ; inexpiables –, mais il n'était plus le seul coupable. Une créature sans visage, gigantesque, égoïste et destructrice l'accompagnait : l'Homme. L'Homme dans tout ce qu'il avait de plus terrible. L'Homme qui brisait par choix et par plaisir. L'Homme qui innovait, mû par le désir de perfectionner son art de tuer. L'Homme qui s'affranchissait de la Nature et jouait avec la Vie. L'Homme qui, un jour, avait considéré les Ignobles comme un résultat de ses expériences peu satisfaisant et avait décidé de les cacher aux yeux du monde en attendant d'être un jour capable de les améliorer. L'Homme qui, quelque part en Aristie, y était parvenu et avait envoyé ses abominations à Morenvagk. L'Homme qui avait fait chanter une mère pour assassiner des enfants innocents. L'Homme, uniquement mû par des desseins funestes et belliqueux, qui avait comploté pour détrôner un souverain, aussi dément soit-il. L'Homme qui bombardait l'orphelinat. L'Homme contre lequel Théodore l'avait supplié de l'aider à se battre.

Ern'lak ouvrit brusquement les paupières.

Ce n'était pourtant pas un afflux de détermination qui l'avait tiré de l'évanouissement. L'orphelin s'était blotti au fond de la cellule et le fixait les yeux écarquillés.

— Ern'lak... soupira-t-il.

Il était terrorisé.

Un vacarme assourdissant de coups de feu, de hurlements et de cris d'agonie résonnait dans les souterrains.

Ern'lak se redressa, la tête lourde.

— Qu'est-ce qui se passe, petit ? siffla-t-il en ignorant la douleur.

Il n'avait pas le temps de lui demander ce qu'il faisait là. Il le comprenait. Comme Théodore et ses compagnons, il avait dû apprendre le sort qu'Hippolyte avait juré de réserver aux orphelins.

Le garçon se contenta de secouer la tête, rendu muet par la terreur.

Le vacarme se rapprochait.

Le sifflement des balles trouvait un écho sinistre dans les sombres galeries.

Les cris d'épouvante des humains emplissaient l'obscurité des tunnels.

Et parfois, trop souvent au goût d'Ern'lak, beaucoup trop souvent, ceux des Ignobles s'élevaient à leur tour.

— Araknor ! cria-t-il.

Il tuerait tous ces misérables qui attaquaient les siens avant de s'occuper de lui.

— Araknor !

Le tumulte de la bataille ne tarda pas à s'évanouir.

Ern'lak gaspillait ses forces et, s'agrippant d'un barreau à un autre, traversait la cellule de gauche à droite, sans poser les pieds au sol.

— Araknor ! hurla-t-il quand l'Ignoble apparut soudain devant lui. Arak...

Il s'immobilisa, toujours suspendu en l'air.

Titubant, l'ancien leader vacilla, menaça de chuter, mais parvint malgré tout aux abords de la cage.

— Père ! siffla l'Ignoble emprisonné dans la cellule voisine et qui s'était gardé de toute parole jusque-là.

Ern'lak l'ignora. Il n'avait d'yeux que pour Araknor. Que pour les mains plaquées contre sa gorge ; piètre barrage face au flot de sang qui giclait de sa carotide perforée.

Araknor toussa, tentant de chasser l'épais liquide de sa trachée et tomba à genoux.

— Tomb... Tombeau... Ignork, réussit-il à dire.

Il s'écrasa sur le flanc, agité de brefs spasmes.

Abasourdi, Ern'lak n'arrivait pas à décrocher son regard du mourant. Que voulait-il dire ?

— Ai-aidez-les... expira Araknor.

Il avait rendu son dernier souffle.

Sa main tendue vers la cage s'ouvrit sur un trousseau de clés.

— Père... chuchota la créature voisine sans réelle tristesse dans la voix.

Elle semblait constater avec bien moins d'émotion qu'Ern'lak le décès d'Araknor.

Intérieurement, Ern'lak bouillonnait de rage.

L'Homme venait de le priver de l'ultime mission qu'il s'était confiée ! De la seule raison qui l'avait poussé à revenir à Windrasor !

Il aurait pu s'en réjouir. Ils l'avaient débarrassé d'Araknor. Mais combien des siens étaient encore vivants à présent ? Combien, libres des préceptes d'Araknor, allaient pouvoir choisir leur voie comme il l'aurait aimé ? Ern'lak ne se faisait pas d'illusions.

L'Homme – celui qui était venu les massacrer dans leur propre maison – allait le payer.

Ern'lak passa un bras à travers les barreaux et se saisit des clés.

Les mains tremblantes, il déverrouilla sa cellule puis celle d'à côté.

— Vous l'avez entendu ! Il faut les aider ! s'exclama-t-il à l'attention des deux autres prisonniers.

Sauf qu'Ern'lak, et il le savait, dévoyait les propos d'Araknor.

Lui ne les aurait jamais aidés. Pas eux.

Et pourtant...

Quelque part, Théodore et tous les autres allaient avoir besoin de lui.

20

THÉODORE

Théodore adressa un sourire radieux à Spinello lorsque ce dernier desserra enfin son étreinte.

— Ça fait plaisir de te revoir, dit-il, en évitant de fixer le moignon de son ami.

Spinello inspectait déjà les six filles qui l'accompagnaient ; non pas du regard qu'un garçon plus âgé aurait pu leur accorder, mais de celui d'un animal auquel la vie avait enseigné la plus grande méfiance.

— Voici Ophélia, Mayeule et Clothilde, commença Théodore.

Il en resta là, ne connaissant pas le prénom des autres filles qui venaient de pénétrer pour la première fois sur les terres des garçons. Certaines, comme Clothilde, la brute qui l'avait passé à tabac à la bibliothèque, ne faisaient même pas partie de la bande à Ophélia, mais la grande brune avait visiblement acquis une autorité totale suite aux bombardements. Une autorité qui l'autorisait à embrasser un avorton comme lui sans que personne ne fasse le moindre commentaire. Sentant le rouge lui monter aux joues, il chassa le souvenir de leur baiser de son esprit. À ses côtés, Ophélia affichait un air des plus sérieux.

— Théo a dit que tu saurais quoi faire, affirma-t-elle.

Une expression que Théodore ne connaissait pas à Spinello – celle d'un manque de confiance en soi – traversa brièvement le visage de son ami ; il baissa les yeux.

— Rien ne dit qu'ils ne vont pas recommencer à bombarder l'orphelinat, intervint un homme que Théodore n'avait même pas remarqué en entrant dans les cuisines.

Élias Cartier. Ce ne pouvait être que lui.

À en croire tout ce qui se racontait à son sujet, Théodore avait devant lui la personne qui se rapprochait le plus des héros des romans de fiction qu'il avait dévorés et pourtant Élias ne lui fit pas forte impression. Comme Spinello, et probablement comme lui-même, Élias avait été rincé, vidé, desséché par les événements des derniers jours. S'il avait gardé le silence, Théodore ne l'aurait sans doute pas vu.

— Notre plan ne change pas. Profitons de l'accalmie pour gagner les ruines des Ignobles pour nous y mettre à l'abri, poursuivit l'homme.

Ce n'était pas une mauvaise idée.

Car, si Théodore avait pu constater l'étendue des dégâts causés par les mortiers partout dans l'orphelinat, il n'avait décelé aucun changement notable en traversant les vestiges abandonnés aux Ignobles. Et s'y rendre les rapprocherait d'une éventuelle issue… Mais ils devaient d'abord fuir la zone bombardée. L'heure de convaincre les Ignobles viendrait bien assez tôt.

Face au silence de Spinello, il prit les devants :

— Très bien, on va avertir les filles. On se retrouve là-bas au plus vite.

— Emportez tous les vivres que vous pouvez, suggéra Élias. On ne sait pas combien de temps on devra attendre.

— Les Ignobles pourront peut-être nous aider ; ils sont revenus… Du moins, certains d'entre eux, avoua Théodore.

— Mon ami Fradik était-il parmi eux ? s'enquit aussitôt Élias, le regard brillant.

L'inquiétude qui pointait dans la voix de l'homme terrorisa le garçon. Trop heureux de retrouver ses anciens compagnons de chambrée, il n'avait pas noté l'absence de Placide que Fradik avait emmené trois jours auparavant.

— Ils ne sont pas avec vous ? demanda-t-il.

— Ils ? s'alarma Spinello.

— Fradik a pris Placide avec lui, il y a trois jours. On les a vus monter ! Ils devaient vous rejoindre !

Élias baissa la tête et soupira.

— Ils ne sont jamais revenus…

Le cœur de Théodore se serra.

— Désolée de vous interrompre, mais on n'a pas de temps à perdre, intervint Ophélia. Vous l'avez dit, on ne sait pas combien de temps va durer l'accalmie. Vous chercherez vos amis plus tard.

Théodore ne pouvait pas lui en vouloir de se montrer si dure, si pragmatique. Elle avait raison.

— Nous les retrouverons, promit-il.

Mais, aux visages de Spinello et d'Élias, il savait qu'ils n'y croyaient pas.

— Rendez-vous chez les Ignobles, ajouta-t-il.

Il fit une accolade à Spinello et murmura :

— Placide est plus fort que tu ne le crois.

— Je le sais, reconnut Spinello. Allez-y ; on réunit les garçons et les provisions et on vous rejoint.

Théodore tourna les talons et quitta les cuisines suivi des filles.

Dès leur entrée dans le réfectoire, Ophélia lui prit la main avec un léger sourire qu'il lui rendit. Le contact des doigts fins de l'adolescente lui donna des frissons qu'il tenta de réprimer. Que lui arrivait-il ?

Incapable de dissimuler sa gêne, il pénétra, les joues empourprées, dans le hall. À contrecœur, il libéra ses doigts de ceux d'Ophélia et poussa la porte principale.

Dehors les attendait le potager des garçons. Son état de dévastation n'avait rien à envier à celui du jardinet des filles. Il n'en restait plus rien. Un vent glacial soufflait sur la terre brûlée et s'enfonçait dans les cratères pour en ressortir plus froid encore.

Au moins le pilonnage avait cessé.

Tâchant d'ignorer cet horrible spectacle de destruction, le groupe avait pris la direction du hall des adoptions, le bâtiment qui, en-dehors de la bibliothèque dont l'incendie se poursuivait encore, avait été le plus touché. Pour se rendre chez les garçons, ils avaient dû serpenter parmi les décombres de la coupole dont une large portion s'était affaissée à l'intérieur. Loin était l'époque où les choristes de l'orphelinat pouvaient y faire la démonstration de leur talent, profitant de l'acoustique exceptionnelle du lieu. Aujourd'hui, leurs chants, certainement un hymne au désespoir, se seraient perdus par l'immense ouverture qui déchirait les voûtes.

Théodore escaladait un monticule de terre dans la cour quand il entendit le premier coup de feu.

Il se jeta au sol par réflexe, mais réalisa presque aussitôt que le tir venait de l'autre côté de l'orphelinat.

Ophélia voulut le dépasser. Il se saisit de son poignet, dans un geste qui n'avait plus rien d'une marque d'affection, et la retint tant bien que mal.

— Non, n'y allez pas ! N'y allez pas, paniqua-t-il tandis qu'un deuxième coup de feu retentissait.

L'instinct du garçon, bête enragée qui lui hurlait de courir se mettre à l'abri, avait pris le dessus.

Théodore avait connu suffisamment de malheurs ces dernières semaines pour savoir que l'éclat des armes à feu ne pouvait qu'annoncer un drame bien plus grand que celui auquel Ophélia devait penser. Non, les gardiens et les professeurs que les filles avaient réussi à maîtriser au début des bombardements n'étaient pas parvenus à retourner la situation à leur avantage. Non, les filles n'avaient pas décidé de s'entre-tuer.

Il n'eut pas à attendre pour que ses craintes se matérialisent.

— À couvert ! paniqua-t-il en entraînant Ophélia au sol.

Tous se tapirent dans le creux d'un large cratère.

— En avant ! hurla un des hommes qui venaient de surgir du hall des adoptions.

Théodore n'avait eu qu'un bref aperçu du premier d'entre eux. Un aperçu suffisant pour voir qu'il ne portait pas la tenue des gardiens de l'orphelinat, mais arborait les couleurs du Duché. Ce n'était pas possible ! Les soldats d'Hippolyte avaient réussi à arriver jusque-là.

Avaient-ils réparé l'accès à Windrasor ? Non, les Insaisissables l'auraient remarqué.

La situation ne pouvait pas être pire.

— Ne bougez pas, murmura Théodore.

S'ils se faisaient repérer, il ne donnait pas cher de leur peau.

— Des soldats du Duc, expliqua-t-il pour s'assurer que les filles, et notamment Clothilde, ne tentent rien de désespéré.

Il savait parfaitement comment ce genre de manœuvre se soldait toujours.

Il jeta un œil inquiet à sa gauche vers la bâtisse où les professeurs, avant les bombardements, donnaient les derniers cours de leur carrière à Windrasor. Une dizaine de mètres les séparait de la porte la plus proche. Le bâtiment des dortoirs était trop loin et battre en retraite les placerait trop longtemps dans la ligne de mire des soldats.

Mayeule, qui était arrivée à la même conclusion que lui, le fixait d'un air décidé.

Elle s'était emparée d'une lourde motte de terre.

— Je la lance pour faire diversion et on court jusqu'à la porte, indiqua-t-elle.

Théodore secoua la tête.

— S'ils voient d'où vient le projectile, ils vont nous repérer tout de suite.

Sans parler du fait que l'explosion d'une motte ne ferait guère de bruit.

— À trois, on sprinte vers la porte, là. OK ?

Mayeule relâcha sa motte et acquiesça, imitée des autres filles.

— Un, commença Théodore.

— Deux, fit Ophélia, le regard plongé dans le sien.

— Trois.

— Maintenant !

Ils se propulsèrent hors du cratère et se précipitèrent vers l'immense bâtisse où Théodore avait passé tant d'heures à écouter ses professeurs.

— Là ! cria un homme.

Un coup de feu fit aussitôt écho à son cri.

— Ne tirez pas ! ordonna un militaire dans le dos des fuyards.

Par chance, personne n'avait été touché et les enfants se ruèrent à l'intérieur, indemnes. Indemnes, mais pris au piège.

Si la voûte du vestibule dans lequel ils s'étaient réfugiés avait tenu bon, il n'en était rien de celles des pièces attenantes qui avaient rompu sous l'assaut dévastateur des mortiers. Toutes les issues étaient condamnées par des gravats.

— Aidez-moi ! hurla Ophélia qui s'était jetée sur une poutrelle en bois rescapée des flammes qui dépassait d'un tas de décombres. Il faut barrer la porte !

Théodore se hâta de lui prêter main forte, convaincu que la porte allait voler en éclats à tout instant.

— Sortez de là ! Vous aussi là-bas ! Sortez tous ! s'exclama la même voix que celle qui avait ordonné la fin des tirs. Sortez tous, aucun mal ne vous sera fait. Nous sommes venus vous sauver.

Comment pouvait-il affirmer une chose pareille après qu'un de ses hommes avait fait feu sans même un mot de sommation ? Prenait-il réellement les pensionnaires pour des écervelés ? Un tel stratagème aurait pu marcher avec les enfants les plus crédules, mais il ne fonctionnerait pas avec Spinello et les autres.

Le front couvert de sueur, Théodore et les filles parvinrent enfin à déloger la poutre qu'ils traînèrent jusqu'à la porte qu'ils bloquèrent tant bien que mal. Elle ne résisterait pas à la charge de soldats déterminés.

— Sortez tous ! répéta l'homme dehors.

Même sa voix – son ton froid et terrifiant plein d'une condescendance tangible – trahissait ses intentions réelles.

Qui pouvait-il bien être ?

Théodore succomba à un accès de curiosité et glissa la tête derrière l'unique fenêtre du vestibule. De sa vitre, il ne restait plus grand chose, mais les menuiseries étaient étonnamment intactes.

— Théo, le réprimanda Ophélia.

Bien qu'il ne l'eût jamais vu, l'homme était exactement comme il l'avait imaginé. Exactement comme Placide avait décrit ce Fromir, le responsable de l'horrible mutilation de Spinello. Malgré la distance, il transpirait la suffisance et... l'amusement. Se jouer des plus naïfs lui plaisait.

— Ne tirez pas ! cria une voix à l'autre bout du potager ravagé.

Le directeur, suivi de deux gardiens, venait de sortir des jardins privés de l'administration par une porte que, de mémoire, Théodore n'avait jamais connue ouverte.

— Ne tirez pas ! On peut encore vous aider à capturer l'Insaisissable ! ajouta le petit homme à la barbichette poivre et sel.

Que faisait-il ?

— Le Duc sera ravi de mettre la main sur le responsable ! Tout ceci n'est qu'un malentendu, vous verrez, continua-t-il.

Et que racontait-il ? Comment un homme que Théodore avait toujours trouvé si vif d'esprit pouvait-il commettre une erreur aussi grossière ? Fromir sourit.

— Cartier est là-dedans ? demanda-t-il en indiquant le bâtiment des dortoirs de la tête.

— Oui, avec les gamins. Ils ont dérobé trois mousquets, mais ils n'ont aucune autre arme. Je vous aiderai à le capturer ; tout pour plaire à Sa Majesté ! La vérité sera faite.

— Sa Grandeur sera ravie d'apprendre votre dévotion. Nous n'en attendions pas autant de vous, avoua le militaire.

— Notre dernière rencontre n'aurait pas dû se dérouler ainsi... confessa le directeur.

— Effectivement, répondit le colonel sur le même ton froid. Elle n'aurait pas dû...

Il rengaina son arme et tendit un bras vers le vaste bâtiment en L.

— Je vous en prie, allez donc le chercher.

— Que... Moi ? s'étonna le petit homme qui marqua un pas en retrait.

— Vous avez bien dit que vous étiez prêt à tout pour plaire à notre Duc ? Je peux vous assurer que la tête de Cartier le ravirait. Eh bien, nous vous regardons.

— Mais... vos hommes. Je...

— Pourquoi tant d'hésitation ?

Rendu muet par l'appréhension, le directeur dévisagea son interlocuteur. Il prit une grande inspiration.

— Bien, allons-y. Venez, messieurs, dit-il aux deux gardiens qui l'avaient suivi jusque-là et commençaient à regretter leur loyauté.

— Non, non, pas eux, intervint Fromir.

Tout ceci n'était qu'un jeu pour lui.

Le petit homme écarquilla les yeux.

— Sa Majesté sera si déçue d'apprendre... reprit le colonel.

— Très bien ! capitula le directeur.

Il se tourna brusquement vers Lothaire, un des gardiens qui l'accompagnaient et dont le bandage au poignet affichait une couleur jaunâtre, et le déposséda sans mal de son arme.

Théodore aurait pu se réjouir de voir cet homme se faire ridiculiser de la sorte, mais il n'en était rien. Aussi odieuse soit sa tâche ici à Windrasor, un autre l'aurait remplie s'il ne l'avait pas fait, et peut-être avec bien moins de miséricorde. Non, Théodore n'arrivait pas à le détester. Ce Fromir, en revanche, avait déjà droit à toute sa haine.

— Rendez-vous, Élias ! cria le directeur, son arme maladroitement tendue devant lui, avant d'esquisser un premier pas vers le bâtiment des garçons.

À mesure qu'il approchait, sa démarche, au départ déterminée, se fit plus hésitante.

— Inutile de résister ! tenta-t-il malgré tout.

Dans son dos, Fromir ricanait.

Il s'esclaffa lorsque le petit homme trébucha et faillit tomber.

Puis, soudain, son visage s'assombrit. Ce petit jeu avait cessé de l'amuser.

— Courez ! hurla une voix d'homme depuis le bâtiment.

Trop tard.

Fromir avait dégainé son mousquet et pressé la gâchette.

21

PLACIDE

Vous l'avez entendu ! Il faut les aider ! s'exclama Ern'lak après avoir déverrouillé la cellule de Fradik. Stupéfait, Placide n'arrivait pas à détacher son regard du cadavre d'Araknor. L'orphelin avait du mal à réaliser que l'Ignoble qui l'avait enfermé dans ces cachots humides était le même que celui qui venait de trépasser sous ses yeux. Le sang de la créature avait déjà formé une épaisse flaque sous son immense carcasse et s'écoulait dans les rainures poussiéreuses du dallage, comblant les vides d'une mélasse malodorante.

Placide était en proie à la plus vive confusion. Les hurlements de détresse et d'agonie ainsi que les coups de feu qui avaient précédé le retour d'Araknor résonnaient encore à ses oreilles, mais il ne se les expliquait pas.

Que s'était-il passé ?

Qui avait pu s'en prendre ainsi aux Ignobles ?

Ces questions s'agitaient dans son esprit fatigué sans trouver de réponses ; il se perdait en spéculations que la logique écartait sans aucune considération.

— Ern'lak, qu'est-ce qui se passe ? demanda-t-il finalement, conscient que chaque seconde écoulée dans ces geôles était une seconde perdue.

À l'orphelinat, ses amis avaient besoin de lui.

— L'Homme…

Ce fut tout ce que la créature, yeux rougeoyants et terrifiants, lui offrit en guise d'explication.

Étonnamment, ces deux mots rassasièrent le désir de comprendre de Placide. Il n'avait pas besoin qu'Ern'lak éclaircisse le fond de sa pensée pour en saisir le sens ; au son des cris horribles qu'il avait perçus, il avait su que les assaillants, quels qu'ils soient et d'où qu'ils viennent, étaient humains, mais exposée ainsi, avec un terme aussi général – l'Homme –, la réponse d'Ern'lak laissait entrevoir une vérité encore plus grande.

— Allez ! Dépêchez-vous ou restez ici ! les pressa Ern'lak.

— Juste une minute… avec lui, requit Fradik en indiquant la dépouille de son géniteur.

L'ami d'Élias s'était extirpé de sa cellule. Le corps horriblement voûté, torturé par la douleur, il se traîna jusqu'au cadavre auprès duquel il s'accroupit.

— Si vous n'êtes pas dehors dans deux minutes, je me débrouillerai sans vous, les prévint Ern'lak qui quitta la salle d'un bond dont Placide ne l'aurait pas cru capable après les coups qu'il avait reçus.

Néanmoins, au lieu de tourner à gauche et d'emprunter le long couloir par lequel Araknor – Fradik sur une épaule et Placide sous un bras – avait conduit ses prisonniers jusqu'à leur cellule, il s'enfonça à droite, plus profondément dans l'antre des Ignobles.

Placide l'oublia presque aussitôt ; ses yeux s'étaient à nouveau posés sur le gigantesque corps privé de sang et sur celui, flageolant, qui se tenait au-dessus de lui.

En dehors du tremblement de ses membres, Fradik était parfaitement immobile, le visage vide de toute émotion – ou bien Placide était-il incapable d'y en lire. Penché sur le corps de son père, ce père qui l'avait enfermé ici sans même soigner ses blessures, Fradik se contentait de fixer le cadavre. Rien ne transparaissait de ses pensées. Peut-être imaginait-il quelle aurait été sa vie s'il n'avait pas décidé de suivre Élias loin de Windrasor des décennies auparavant ? Peut-être cherchait-il au plus profond de lui-même un souvenir heureux avec ce père si terrible ?

Placide esquissa un pas vers son compagnon.

— Je suis désolé, murmura-t-il.

Ce fut tout ce qu'il trouva à dire. Tout ce que cette part de lui, celle qui n'avait jamais connu ses parents et qu'Araknor n'avait pas enfermée des jours durant, avait pu formuler pour essayer de réconforter Fradik. Celle victime de la folie d'Araknor se taisait.

Placide ne pouvait qu'imaginer ce que perdre un père, aussi monstrueux se soit-il montré, pouvait représenter, mais il n'envisageait pas que le chagrin ne soit pas là, tapi quelque part parmi les chairs ravagées de l'Ignoble.

Fradik garda le silence et plusieurs secondes s'écoulèrent avant qu'il ne s'arrache à la contemplation du corps de son père. Ainsi, d'un simple mouvement de tête, le lien qui les avait unis fut rompu. La créature tenta de se relever, mais vacilla sur le côté.

Placide dut planter les talons dans le sol pour le retenir et ne pas s'écrouler sous son poids. Fradik avait maigri et perdu beaucoup de sang, mais Placide n'en demeurait pas moins un avorton en comparaison.

— Laisse-moi t'aider, dit le garçon en serrant les dents.

Après quelques pas en direction de la sortie, Fradik se faisait déjà plus pesant et reposait presque entièrement sur l'orphelin.

Placide aurait dû le reconduire à sa cellule et l'y allonger, il le savait, mais la ferme conviction que l'Ignoble mourrait s'il l'abandonnait ici l'en empêchait.

Non, ces souterrains étaient un lieu de malheur – il ne l'avait déjà que trop constaté –, mieux valait emmener Fradik au-dehors. Au moins pourrait-il y respirer un air frais, quoique chargé de la lourde odeur du nuage de poudre et de fumée qui planait sur tout le plateau.

— Tiens bon, l'encouragea-t-il comme il l'avait exhorté lors de leur ascension de la falaise.

Fradik se fit soudain plus léger, comme s'il avait retrouvé l'usage complet de ses jambes, mais l'Ignoble, les membres toujours aussi faibles, n'y était pour rien.

Arrivé dans leur dos, sans que Placide n'ait rien entendu, Ern'lak était venu lui prêter main forte, malgré ses propres blessures.

— Tu seras mieux dehors, siffla la créature, faisant écho aux pensées de l'orphelin.

Jusque-là, elle n'avait visiblement pas pris conscience de la gravité de l'état de Fradik et réalisait maintenant qu'il ne lui serait pas d'une grande aide. Mais elle ne pouvait pas l'abandonner ainsi, pas après le spectacle d'horreur qu'elle avait découvert dans la nef qui servait d'infirmerie aux Ignobles.

— Les autres ? s'enquit justement Fradik dans un souffle.

Lui aussi avait perçu des cris d'Ignobles entre les coups de feu quelques minutes auparavant.

— Certains des nôtres doivent se cacher... mais ces salauds ont massacré les blessés.

Ern'lak ralentit, écrasé par une charge bien plus lourde que celle du corps de Fradik.

— Ils étaient convaincus que cet endroit était le seul où ils seraient jamais en paix après...

Il se tut.

— Ils le paieront de leur vie. Tous, conclut-il sans s'étendre sur ce qui leur était arrivé à lui et aux siens.

Placide n'osa pas l'interroger. Ce n'était pas le moment.

— Je ne comprends pas. Pourquoi nous avoir épargnés ? demanda Fradik.

— Celui qui a envoyé ces hommes ici, ne les avait pas prévenus que nous pourrions être là, répondit Ern'lak.

Il fit une pause et continua :

— Ils n'en avaient pas après nous, pas directement.

Ern'lak n'avait pas besoin d'en dire davantage. Cet escadron de la mort ne pouvait avoir qu'une seule autre cible.

— D'où... commença Fradik.

— Garde tes forces, nous chercherons des réponses quand ils seront morts, le coupa Ern'lak en accélérant subitement.

Placide, incapable de suivre un tel rythme, fut obligé de se dégager du bras de Fradik et trottina derrière les deux créatures. Couvert de sang de la tête aux pieds, le garçon avait tout d'un supplicié échappé des Enfers tentant de retrouver la lumière du jour. Mais, dehors, la nuit s'annonçait déjà. Encore une heure ou deux et le monde sombrerait dans l'obscurité. Les ombres des pics rocheux de Windrasor et des ruines de la forteresse s'étiraient au sol, se moquant des obstacles qui se dressaient sur leur passage. Elles les gravissaient et les contournaient sans mal. Toutes fuyaient et pointaient aussi loin que possible de l'orphelinat dévasté à l'ouest.

— Passe devant, ordonna Fradik en s'écartant d'Ern'lak. Je peux marcher tout seul.

C'était un mensonge, il pouvait à peine claudiquer, misérable marionnette aux fils emmêlés.

— Tu devrais rester là, essaya Ern'lak.

Sans vérifier si Fradik allait suivre son conseil, il fila vers Windrasor, abandonnant le garçon et l'Ignoble blessé à la pénombre grandissante.

— Fradik… voulut intervenir Placide en voyant que l'Ignoble ne s'arrêtait pas, mais il se tut aussitôt.

Il n'avait pas son mot à dire. Surtout vu son propre état. Tout juste Araknor lui avait-il apporté un peu d'eau durant sa captivité et le manque d'énergie se faisait ressentir sur son organisme ; en témoignait la distance constante qui le séparait de Fradik. Car, l'Ignoble, de sa démarche chancelante, ne le lâchait pas d'une semelle ; il ne se laisserait pas semer. Ce combat était aussi devenu le sien. Alors, pauvres vieillards que le temps n'avait pas épargné, les deux compagnons d'infortune traversèrent les ruines pas après pas.

Un coup de feu résonna soudain depuis l'orphelinat, son écho se répercutant entre les pics acérés avec une force trahissant la proximité du tireur.

Ern'lak !

Malgré leurs jambes torturées, Placide et Fradik tentèrent d'accélérer, mais un second éclat retentit avant même qu'ils n'aient atteint la lourde porte ouverte qui donnait sur la cour des filles. Arrivé à son niveau, Placide tendit l'oreille puis glissa discrètement la tête par l'encadrement ; Fradik se tenait derrière lui prêt à le défendre.

Placide réalisa presque immédiatement qu'Ern'lak était celui qui était passé à l'assaut. Il n'avait aucun mal à se figurer la scène qui venait de se dérouler ; il l'avait déjà vécue, le soir où madame Agrippa s'était révélée être la meurtrière et qu'Ern'lak l'avait sauvée en brisant la nuque d'un des siens sous le regard effrayé des orphelins.

Deux soldats aux couleurs du Duché, leur fusil encore à la main, gisaient au sol, leurs yeux désormais capables de voir ce qui se trouvait entre leurs omoplates. Courbé au-dessus d'eux, Ern'lak reprenait son souffle. Il fixait le bâtiment des filles – du moins ce qu'il en restait – dont l'obscurité rongeait peu à peu la façade.

— Ils t'ont touché ? s'inquiéta Placide.

Ern'lak se retourna et secoua la tête.

— C'est sur elles qu'ils ont tiré… Ces deux-là étaient sûrement là pour tenir les filles en respect. Les autres soldats ont déjà traversé.

Confirmant ses propos, un coup de feu s'éleva de l'autre côté du dôme du hall des adoptions, chez les garçons.

— Fromir… siffla Fradik.

Placide le dévisagea. L'Ignoble avait raison. Ça ne pouvait être que lui ; cet homme qui avait mutilé son ami et l'avait lui-même menacé de tant d'horreurs. Tout s'expliquait. Les soldats qui avaient surgi d'ils ne savaient où et tué les Ignobles blessés, n'étaient pas seulement là pour exécuter l'horrible vengeance d'Hippolyte ; ils étaient là pour satisfaire cet homme au regard glacial. Et il n'y avait qu'une chose pour le contenter.

— Vite ! paniqua Placide.

Plus que les pensionnaires, Spinello et Élias étaient en grave danger. Ignorant les visages à présent massés contre les vitres rescapées du bombardement du réfectoire des filles, Placide courut aussi rapidement que son état le lui permettait vers les portes également ouvertes du hall des adoptions.

Ern'lak, qui avait dépossédé ses deux victimes de leur fusil, le doubla et s'engouffra dans le gigantesque bâtiment perforé.

Placide le suivit, les jambes hurlant de douleur.

Il resta sans voix en découvrant ce qui subsistait du hall, cet endroit où il avait été si heureux de se rendre lors des rares cérémonies d'adoption auxquelles il avait participé. Ce qui le frappait n'était cependant pas tant le degré de destruction de ce bijou architectural, que la parfaite horreur qui s'était peinte sur les visages des dizaines de statues de stuc qui étaient encore suspendues à ses murs. Beaucoup avaient chuté pour se fracasser en milliers de fragments blanchâtres sur le sol couvert de débris. Celles toujours accrochées exposaient leurs mutilations ; nez, portion de front ou oreille manquants. Les plus proches de la bibliothèque avaient été noircies par les flammes. Mais quelles que soient leurs blessures, toutes affichaient ce même air d'effroi ne fussent-elles que morceaux éparpillés ou visages brisés et calcinés.

Les poils de Placide se hérissèrent – il sentait tous ces regards lourds de jugements et terrifiés. Tête baissée, il se traîna dans les décombres, s'efforçant de ne pas penser au sort qu'avait subi sa propre représentation de plâtre.

Ern'lak avait déjà franchi l'immense pièce saccagée et s'était immobilisé à l'autre extrémité. La tête passée par l'entrebâillement de la majestueuse porte, il observait l'extérieur. Il ne sentit pas Placide se glisser dans son dos… au moment où une nouvelle détonation emplissait la cour dévastée des garçons.

Le temps sembla suspendre son cours un instant et Placide vit avec une netteté édifiante le sang gicler du dos du directeur dans un bouquet de perles rougeâtres. Elles s'élevèrent, rondes et pleines, captant les rayons du soleil qui parvenaient encore à se faufiler jusque-là. Pas une seconde, Placide ne douta de l'identité de l'homme mortellement touché. Il ne douta pas plus de celle de celui qui tenait le mousquet assassin.

La haine que le garçon avait accumulée et contenue toute sa vie sans jamais le savoir, échappa brutalement à son contrôle, se muant en réelle rage aveugle. Piloté par la fureur, il se jeta sur un morceau de bois calciné dont le feu avait durci la pointe et s'élança à l'extérieur.

Sourd à la plainte de Fradik – un "non !" sifflé avec difficulté – et libéré des doigts d'Ern'lak qui avaient essayé de le retenir, Placide ne pensait plus qu'à une chose : tuer cet homme qui, comme la trentaine de soldats qui l'accompagnaient, lui tournait le dos. Deux gardiens, que Placide identifia comme tels uniquement à leur accoutrement, tentèrent de fuir à sa gauche, de regagner l'abri des bâtiments de l'administration, mais deux autres balles les cueillirent. Cela aurait dû l'avertir de ce qui l'attendait, mais Placide ne comptait pas rebrousser chemin. Il avait fini d'être lâche.

Des larmes, lourdes comme l'angoisse qui lui comprimait la poitrine, coulaient sur ses joues. La folie le guidait – Ern'lak aurait peut-être pu abattre Fromir depuis le hall ! –, il le savait, mais peu importait, il courait vers sa cible, indifférent aux trois soldats qu'il lui faudrait d'abord dépasser pour l'atteindre. Cela lui revenait ! C'était à lui de les débarrasser, de débarrasser le monde, de ce monstre.

La longueur inégale de ses membres inférieurs, ses genoux tordus, ses souffrances, tout était oublié. Il courait. Et sa vitesse, associée à l'effet de surprise, le mena avant que quiconque ne réagisse à portée de son ennemi.

— Colonel ! s'écria un soldat à l'instant même où Placide, brandissant son arme de fortune, jaillit sur Fromir.

L'orphelin se figea et hoqueta, le bras toujours en l'air. Vif comme l'éclair, l'homme s'était retourné à l'appel de son grade. D'un geste expert, il avait tiré son sabre de sa ceinture en pivotant. Il n'avait cependant pas effectué l'ample mouvement avec lequel il avait sectionné le bras de Spinello. Il l'avait propulsé pointe en avant… Pointe en avant vers ce vaurien sorti de nulle part.

Les yeux écarquillés, Placide abaissa son bras mollement et laissa tomber le morceau de bois. Sa tunique déjà trempée d'hémoglobine goûtait à un nouveau cru, frais et abondant.

À l'autre bout de la cour, si loin, dans un autre univers peut-être, on hurlait à la mort.

22

SPINELLO

Spinello sentit la lame de l'horreur percer sa peau, se glisser entre ses côtes et traverser ses organes.

— Placide ! beugla-t-il à s'en écorcher la voix.

Malgré la muraille d'hommes en armes – une quarantaine, peut-être un peu moins – qui s'élevait entre lui et le hall des adoptions, il avait aperçu son ami sitôt ce dernier avait-il jailli de l'immense édifice. La suite s'était déroulée bien trop vite et Spinello n'avait pas eu le temps de se réjouir de savoir Placide sain et sauf. Les folles intentions du garçon étaient trop évidentes pour cela.

Alors même que Lothaire et un autre gardien étaient abattus comme des chiens, Placide avait couru vers Fromir, une arme de fortune à la main, avait dépassé plusieurs soldats et s'était jeté sur ce maudit colonel.

L'homme avait fait volte-face.

Comme lors de cette terrible nuit à Straham, le sabre de Fromir avait goûté au sang d'un orphelin ; il s'en abreuvait au plus profond des entrailles de Placide. Et, impuissante, à l'image du garçon empalé, la distance ne faisait rien pour cacher l'air de parfaite douleur et d'effroi sur lequel le visage de Placide s'était figé.

Élias n'avait rien manqué de la scène non plus et, accroupi sous une des fenêtres brisées du réfectoire, enserra le bras de Spinello avec vigueur.

— On le vengera, je te le promets, murmura-t-il, conscient que s'il relâchait son étreinte, le garçon aveuglé par la rage pouvait à son tour commettre une erreur fatale.

Mais Spinello ne voulait pas entendre de telles choses.

Placide n'était pas encore mort ! Il fallait lui venir en aide au plus vite !

Contenant ses larmes avec peine, il tenta de se dégager de la poigne d'Élias.

— Ressaisis-toi ! Tu as vu combien ils sont ? Si tu sors, c'est terminé !

Et cela Fromir le savait parfaitement.

— Envoyer un estropié pour essayer de me tuer ! s'amusat-il en arrachant violemment son sabre des chairs de Placide.

Il ricana à ses propres mots.

— Vous n'avez rien d'autre ? les provoqua-t-il.

Les dents serrées, Spinello fixait Élias.

L'homme cligna lentement des paupières puis agita la tête.

— On l'aura… chuchota-t-il.

Ils n'étaient pas les seuls à le souhaiter.

Un coup de feu retentit soudain en provenance du hall des adoptions et un homme – celui qui avait alerté Fromir et se tenait dans la ligne de mire – s'effondra brutalement, raide mort.

— En position ! cria le colonel, surpris de se retrouver pris en tenailles par de potentiels adversaires.

Ses provocations avaient obtenu une réponse ; pas celle qu'il avait espérée.

Mais une poignée de morveux armés ne l'empêcherait pas de profiter de ce moment.

Obéissant à ses ordres, les soldats se déployèrent de part et d'autre de la cour et formèrent deux lignes – une tournée vers la gigantesque coupole, une vers le bâtiment des garçons. Au sein des rangs, chaque homme avait pris sa place, certains debout, d'autres un genou à terre. Tous braquaient leurs armes vers les murs ravagés derrière lesquels se terraient leurs cibles.

— Une confrontation directe est à notre désavantage, réfléchit Élias à voix haute.

— On ne peut pas attendre. Placide va mourir ! paniqua Spinello.

— Si on attaque maintenant, bien d'autres mourront.

Spinello en avait parfaitement conscience.

— Alors, qu'est-ce qu'on fait ?

Il avait besoin qu'on le guide, qu'on le raisonne ou il ferait une bêtise.

Élias parcourut du regard la dizaine de garçons qui les avaient suivis dans le réfectoire pour voir ce qui se passait. Au premier coup de feu, la majorité des orphelins avaient détalé dans la salle des bains ou étaient partis se cacher en cuisines. Seuls demeuraient les plus vaillants, des enfants déterminés à ne pas mourir aujourd'hui, mais refusant de rester les bras croisés.

— On réduit leur nombre puis on les force à attaquer, expliqua Élias avec sang-froid.

Spinello le dévisagea puis acquiesça. L'heure de faire entièrement confiance à son héros était arrivée.

— Je crois que ce laideron n'en a plus pour longtemps ! cria Fromir, caché entre les deux lignes. Il est fort pâle !

Cette nouvelle bravade reçut la même réponse que la précédente et un homme de Fromir se plia en deux, les mains plaquées sur son ventre ensanglanté. Seulement, cette fois-ci, les soldats avaient parfaitement repéré où se trouvait le tireur embusqué et ripostèrent.

Ceux qui se tenaient debout firent feu au même instant, criblant le lourd battant du hall des adoptions, puis s'agenouillèrent pour recharger tandis que leurs collègues se levaient pour les remplacer au milieu d'un nuage de poudre.

— OK, voilà ce qu'on va faire, dit Élias qui n'avait toujours pas libéré le bras de Spinello.

L'homme exposa rapidement son plan et les courageux encore présents obéirent à ses consignes. Même Putifare, qui venait de remonter de la réserve où il avait délaissé le corps de son frère, s'exécuta, le visage rougi par les pleurs.

Les garçons sans armes rampèrent en direction des cuisines puis revinrent moins d'une minute plus tard ; une éternité pour Spinello qui se retenait de passer la tête par la fenêtre pour voir Placide. Les poêles étaient devenues des haches à la tranche usée, les rouleaux à pâtisserie de lourds gourdins, les casseroles de piètres casques, les planches à découper de pathétiques boucliers, mais les couteaux, nombreux dans l'assistance, n'auraient pas pu être plus menaçants qu'entre les mains de ces enfants décidés à voir le lendemain.

Satisfait, Élias adressa un signe à ses petits soldats. Ils renversèrent subitement les lourdes tables sous lesquelles ils avaient trouvé refuge.

Malgré l'obscurité grandissante dans laquelle baignait le réfectoire, les hommes de Fromir ne loupèrent rien de ces soudains mouvements et une dizaine de balles s'engouffrèrent aussitôt par les fenêtres brisées sous lesquelles Spinello et Élias s'étaient allongés.

Une pluie de verre les recouvrit.

Les tables rustiques tinrent bon et les projectiles qui les atteignirent s'enfoncèrent dans leur épais plateau sans les traverser. D'autres balles se perdirent au fond du réfectoire.

— En place, en place ! encouragea Élias qui savait qu'une autre salve allait suivre.

Les garçons qui, pour beaucoup, avaient été prêts à s'entre-tuer quelques minutes auparavant dans le Grand Stock, se serrèrent les coudes et, sans jamais s'exposer aux fusils pointés sur eux, déplacèrent les tables, plateau en avant, afin de créer une longue barricade coupant le réfectoire en deux. Quiconque y entrerait serait obligé de la franchir pour attaquer les enfants qui avaient pris position derrière elle, dos aux cuisines. Plusieurs d'entre eux s'étaient éclipsés pour aller chercher du renfort. Ils allaient en avoir besoin.

Et, pendant ce temps, Fromir, bien à l'abri entre les deux rangées d'hommes, continuait son petit jeu.

Un cri aigu perça le silence de la cour.

— Ah tiens ! Il n'est pas encore mort ! constata le colonel.

— Je vais te tuer ! hurla Spinello.

— Alors, viens ! s'amusa le militaire.

Élias, qui avait libéré l'orphelin à contrecœur pour que ce dernier se mette en position, darda sur lui un regard lourd d'autorité.

Fais-lui confiance, fais-lui confiance, se répétait le garçon.

Alors, comme son héros le lui avait ordonné après lui avoir rendu son arme, Spinello posa discrètement le canon de son mousquet sur le rebord de la fenêtre brisée et prit son temps pour viser. Élias en faisait de même à sa gauche. Chaque tir devait faire mouche.

Élias fut le premier à presser la gâchette. Un cri s'éleva parmi les hommes de Fromir, aussitôt suivi d'une autre rafale. Les derniers vestiges de la fenêtre au-dessus de lui volèrent en éclat, mais Élias pouvait compter sur l'épaisseur du mur derrière lequel il était tapi pour le protéger. Après avoir résisté aux bombes, il n'allait pas capituler face à d'aussi navrants projectiles.

Derrière la barricade, les orphelins attendaient, en proie à la plus vive appréhension. Et pourtant, malgré les tirs et la peur, d'autres enfants arrivaient. Longeant les murs, ils enjambaient l'alignement de tables et allaient s'équiper en vitesse en cuisines. Leur armée grandissait de seconde en seconde, mais les hommes de Fromir restaient trop nombreux.

Applique-toi !

Spinello chassa Placide de ses pensées et se concentra.

Son doigt imita celui d'Élias, avec bien moins de réussite.

Sa balle se perdit entre deux hommes sans en toucher aucun.

Heureusement, comme Élias s'y était attendu, le tireur posté de l'autre côté de la cour, dans le hall des adoptions, avait compris leur stratagème et fit feu à son tour.

Mais Élias aurait dû savoir que Fromir n'assisterait pas bien longtemps à l'exécution de ses hommes les uns après les autres sans réagir. Et s'il ne pouvait pas faire sortir ses proies de leur terrier, il les débusquerait.

— Chargez ! hurla le colonel.

Le moment était arrivé.

— Tenez-vous prêts ! cria Élias alors qu'une vingtaine de soldats couraient dans leur direction.

Il aurait aimé en abattre d'autres avant que Fromir ne se lasse de jouer avec eux.

Ce n'était maintenant qu'une question de secondes, tandis que la seconde rangée de soldats fonçait sur le hall des adoptions, avant qu'ils ne s'engouffrent dans le réfectoire.

— Allez, viens ! dit Élias en attrapant Spinello par le bras.

Le garçon eut tout juste le temps d'apercevoir le corps de Placide au milieu de la cour avant d'être entraîné en arrière.

J'arrive, mec ! J'arrive !

Il lui faudrait d'abord franchir une véritable muraille... Une muraille d'hommes exercés dont les baïonnettes fixées à leurs fusils n'allaient pas tarder à entrer en action. Face à elle ? À peine quarante enfants dont la moitié tenterait de fuir la queue entre les jambes à la première vue du sang.

Cette bataille était perdue d'avance !

Et pourtant, Spinello, comme Élias, sauta derrière les tables et accepta sans un mot le hachoir que lui tendit Attale.

Élias, qui avait rechargé dans la précipitation, accueillit le premier soldat d'une balle dans le torse et se débarrassa de son arme, inutile dans la mêlée qui s'annonçait. Comme lui, les militaires firent feu puis se ruèrent sur l'armée d'orphelins. Aucun ne prit le risque de recharger ; tous savaient que les prochaines victimes ne tomberaient pas sous les balles. Ce fut le chaos.

Et, alors que l'extérieur explosait dans un tonnerre de tirs, trop nombreux pour être uniquement nés des fusils des hommes de Fromir partis à l'attaque du hall des adoptions, les orphelins firent quant à eux pleuvoir une pluie de verres et de récipients en terre cuite sur les militaires venus les tuer.

Pas de quoi les retenir.

Véritable tsunami, les soldats s'abattirent sur les tables renversées, la pointe de leur baïonnette en avant.

Les premiers cris d'enfants se firent entendre.

Spinello esquiva l'attaque d'un soldat joufflu et trancha devant lui.

Vêtus de tenues légères, étrangement tachées de boue, les hommes de Fromir n'étaient pas réellement équipés pour livrer un combat au corps à corps. Le hachoir de l'orphelin – un parmi tous ceux que madame Agrippa s'était toujours vantée de garder aiguisés et dont les frères s'activaient dans la lutte – ne rencontra qu'une piètre opposition et ouvrit la peau de son assaillant sur une vingtaine de centimètres.

Ce n'était pas suffisant. Loin de là.

Les blessés étaient déjà nombreux dans chaque camp, mais les hommes, physiquement supérieurs aux orphelins, avaient rapidement pris l'avantage. Plusieurs avaient franchi la minable barricade et, en dépit des enfants qui se jetaient sur eux toutes griffes dehors, continuaient à causer des dégâts irréparables.

Dans la confusion, Spinello ne savait même plus où se trouvaient ses amis. Et il s'en moquait. Dans cette bataille, il n'avait plus que des ennemis, plus qu'un ennemi.

Fromir venait d'apparaître à son tour et, mousquet en main, visait avec soin. Spinello n'eut pas besoin de vérifier quelle était sa cible. Il leva son bras gauche – à cet instant il aurait tout donné pour avoir encore le droit –, envoya son arme de toutes ses forces vers l'officier et… l'atteignit à la jambe au moment où celui-ci faisait feu. Le tir de Fromir fut dévié, évita Élias et frappa un de ses hommes.

Un de moins !

Il en restait pourtant suffisamment pour venir à bout des derniers enfants. Bien trop ! Et Fromir, bien que blessé, était toujours de la partie.

— Toi ! rugit le colonel qui troqua son mousquet contre son sabre taché de sang.

Spinello aurait pu répondre au défi que lui lançaient les yeux glacials du colonel et se précipiter sur l'homme, mais il ne commettrait pas la même erreur que Placide.

Privé de son arme, le garçon s'empara d'une poêle qu'un orphelin blessé avait laissé tomber, mais Fromir était déjà sur lui.

D'un bond, le colonel avait atteint les tables et, son sabre brandi à deux mains au-dessus de la tête, s'apprêtait à le maculer du sang d'un nouvel innocent.

— Non ! hurla Spinello en levant son arme de fortune pour se protéger.

Les yeux de Spinello captèrent à peine ce qui se produisit. Un instant, Fromir était là ; le suivant, il rencontrait, projeté à toute vitesse, un pilier deux mètres plus loin.

— Fradik ! cria Spinello.

Mais déjà l'Ignoble...

Les Ignobles !

S'attaquaient aux soldats encore debout.

Et ils n'étaient pas seuls.

Spinello se releva.

En plus des six créatures blessées engagées dans la mêlée, des dizaines de filles armées de bric et de broc, plusieurs gardiens et même des professeurs avaient rejoint le combat. Tous étaient marqués par l'âpreté de celui qu'ils venaient de mener à l'extérieur, mais aucun n'avait hésité à se lancer dans cette seconde bataille. Marvich, une des enseignantes de calligraphie et de lecture, enfonça, sous les yeux éberlués de Spinello, une longue pique artisanale dans le dos d'un soldat, tandis qu'un autre s'effondrait sous les assauts répétés de quatre filles aux regards déments.

La pagaille générale se prolongea quelques secondes puis s'acheva avec un ultime cri lorsque le dernier militaire s'effondra, une lame de couteau enfoncée dans le cœur par un gamin d'à peine sept ans. La fatigue prit brusquement le dessus sur les dernières forces des apprentis guerriers et nombre de combattants tombèrent à genoux. Certains, blessés, criaient à l'aide. Mais toute l'attention de Spinello était tournée vers cet homme qui, le front en sang et groggy, rampait vers le sabre qu'il avait laissé échapper.

L'orphelin se glissa entre deux tables et s'en saisit avant lui.

— Je te l'avais dit, lâcha Spinello.

Fromir écarta les lèvres, prêt pour une dernière provocation, mais le coup de Spinello le fit taire à jamais. La tête du colonel, alourdie par la lame qui y était plantée, émit un bruit métallique en basculant sur le côté.

Cette fois-ci, Spinello n'avait pas hésité.

La vie n'est qu'une succession de choix... se rappelait-il.

Une main se posa sur son épaule et le garçon sursauta.

— Élias... commença-t-il.

Mais ce n'était pas lui.

— C'est fini, mon garçon. C'est fini, siffla Ern'lak.

C'était peut-être vrai, mais à quoi bon si c'était pour voir ses amis mourir ?

ÉDOUARD

Quelques heures auparavant.

Non, je ne veux pas rentrer ! s'écria Édouard, les poings sur les hanches.

De loin, avec ses courtes jambes collées et son buste massif, il avait l'apparence d'une gigantesque coupe aux anses en arc de cercle. Une coupe que ses parents n'avaient eu de cesse de brandir en signe de victoire contre le destin.

On leur avait rendu leur enfant !

C'était un miracle !

Cela ne faisait même pas une heure qu'il avait retrouvé ses parents – ou plutôt qu'ils l'avaient retrouvé –, et Édouard en avait déjà assez d'être ainsi cajolé et passé de bras en bras.

— Mon chéri, voyons. Avez-vous vu dans quel état vous êtes ? N'avez-vous pas envie d'un bon bain chaud et d'un délicieux repas ? Zachée vous en fera couler un et vous préparera tout ce que vous souhaitez, tenta la marquise dont les larmes de bonheur avaient fait couler le maquillage.

Elle ne tarderait pas à s'éclipser pour aller s'arranger.

— Non, je veux rester, mentit Édouard.

Il aurait tout donné – ou presque – pour accepter la proposition de sa mère, mais il ne pouvait pas abandonner Iphis ; surtout pas après avoir pris tant de risques. Ce gredin de barbu n'avait pas pensé à tout et, par sa faute, Édouard se retrouvait dans une situation des plus désagréables. Sans l'arrivée inopinée de ses parents qui sait d'ailleurs jusqu'où serait allé cet affreux Hippolyte ?

— Nous nous devons d'insister, c'est le rôle de tout bon parent, avança son père.

L'homme, un chapeau démesurément haut sur la tête, attrapa le garçonnet par le bras et le tira hors de la taverne.

— Allons-y, ajouta-t-il de ce ton qui, normalement, mettait fin à toute protestation.

Ce fut pourtant davantage par curiosité que par obéissance qu'Édouard se laissa entraîner dehors.

À l'extérieur, Hippolyte et Fromir avaient réuni tous les rescapés de l'attaque des Insaisissables à l'issue de laquelle, à leur grande terreur, les parents d'Édouard étaient arrivés. Personne ne saurait jamais ce qui les avait poussés à braver les rues envahies d'une lourde poussière et des cris des blessés de Rasorburgh au lieu de rebrousser chemin. Un sixième sens parental peut-être ?

Toujours est-il qu'ils comptaient à présent ramener leur enfant à l'abri chez eux. Et c'était hors de question.

— Lâchez-moi, Père ! s'agaça Édouard tandis qu'Hippolyte expliquait leur mission aux soldats réunis dans l'avenue parmi les tentes souillées par les projections des explosions des mortiers.

Plus haut, la grand-rue avait été éventrée par les explosions successives et d'importants travaux de terrassement seraient nécessaires avant que les voitures puissent à nouveau y circuler et les passants y déambuler sans risque. Par chance, les dégâts, en dehors de quelques tuiles arrachées et de fenêtres soufflées par les explosions, s'étaient limités à la chaussée – un incendie aurait si facilement pu se déclarer et emporter avec lui l'intégralité du bourg. Et pourtant, Rasorburgh avait déjà des airs de ville fantôme, de ville condamnée...

Le garçon se jeta brusquement au sol pour échapper à son père puis se releva, les yeux fixés sur l'énergumène. Le Duc semblait incapable de contrôler son excitation.

— Pas un seul survivant ! C'est bien compris ? s'exclama-t-il.

Il inspecta ses troupes d'un regard dément puis se tourna légèrement vers Windrasor.

— Le colonel va vous indiquer la voie jusqu'à l'orphelinat et prendra la tête de l'expédition. Ne revenez que lorsque mon père, votre Duc, sera vengé par le sang de tous ces misérables ! poursuivit-il.

Fromir, silencieux, affichait un air impassible.

Édouard avait néanmoins l'impression de pouvoir ressentir la chaleur que le sang bouillonnant de l'homme dégageait. Fuir aussi loin que possible de lui n'était peut-être pas une mauvaise idée. Mais Édouard savait que même dans une telle situation Iphis n'aurait pas abandonné.

Même si les pensionnaires sont tous morts ?

Cette pensée, cruelle et égoïste, se mua en léger sourire sur les lèvres du garçon. Iphis n'aurait plus aucune raison de rester ici si les pensionnaires étaient massacrés ; ils pourraient alors retourner à la maison ensemble. Il pourrait prendre ce bain tant espéré, gober les bons petits plats et jouer avec son amie !

Il devait simplement s'assurer qu'elle et les Insaisissables ne tenteraient pas n'importe quoi. Mais comment ?

— Vous avez entendu Sa Majesté ? En route, messieurs ! ordonna Fromir.

Et ainsi, près d'une cinquantaine d'hommes se dispersèrent dans un désordre seulement apparent. Chacun savait ce qu'il avait à faire et, le temps de cligner des yeux, une longue colonne s'était formée.

— Pour Morenvagk ! cria le Duc qui s'était écarté pour laisser passer ses troupes.

— Pour Morenvagk ! répliquèrent les soldats.

Ils se mirent en branle, Fromir à leur tête. Le régiment d'Hippolyte se réduisait désormais à une petite vingtaine de membres, la garde rapprochée du Duc. L'énergumène allait certainement attendre caché dans ses quartiers que les hommes aient rempli leur mission et reviennent les mains couvertes du sang des orphelins qu'ils étaient partis tuer.

À moins qu'il n'ait d'autres projets...

— D'ici une heure, nous leur emboîterons le pas, annonça Hippolyte à l'un de ses soldats.

Le militaire, tenue impeccable malgré l'affrontement qui avait précédé et le nuage de poussière qui terminait à peine de retomber, masqua sa surprise et acquiesça. Il s'éloigna en aboyant des ordres. Ses hommes ne devaient pas laisser la moindre possibilité aux Insaisissables de frapper à nouveau.

— Votre Sublimité, peut-être souhaitez-vous manger quelque chose ? proposa un des domestiques, ombre sempiternelle du souverain.

Édouard repensa à contrecœur au repas dont l'attaque programmée des rebelles et la colère d'Hippolyte l'avaient empêché de venir à bout.

Le poulet devait être froid à présent. Immangeable. Et pourtant, son estomac gargouillait encore.

— Comment de tels mots peuvent-ils sortir de votre bouche ? s'agaça Hippolyte. Croyez-vous que je pourrais avaler quoi que ce soit après ce que ces vermines ont fait ?

— Non, bien sûr que non. Pardonnez-moi, Votre Grandeur.

Le Duc sourit et dépassa son serviteur.

— Apportez-moi une pâtisserie, lâcha-t-il sans tourner la tête.

Il s'approchait d'Édouard et de ses parents.

— Tout ceci sera bientôt terminé, dit-il.

Le garçonnet le souhaitait plus que tout. Ces quelques jours d'aventure – avec leur lot de privations et ce fichu Aliaume – avaient eu raison de sa patience.

— Imaginaient-ils réellement pouvoir s'en prendre à notre cher Duc impunément ? demanda le marquis. Vous êtes encore bien trop miséricordieux.

Édouard le foudroya du regard.

Pourquoi avait-il dit ça ?

Un sourire mauvais se dessina sur les lèvres livides d'Hippolyte.

— Vous avez raison, mon bon marquis. La petite entourloupe de votre fils m'a d'ailleurs fait reconsidérer certaines choses.

— Comment, Votre Grandeur ? s'étonna la marquise.

— Quand Fromir en aura fini avec ces misérables, là-haut, il se chargera de toute la racaille qui sévit dans ces bois. Aucun ne sera épargné.

Édouard se retint de crier. Il avait promis ! Il ne pouvait pas changer d'avis comme ça !

— Une décision fort sage, fit remarquer le marquis, les doigts fermement serrés autour du bras de son fils.

— Bien, je vais aller me reposer. Je ne vous retiens pas, dit-il en adressant un regard entendu à Édouard. Je sens que cette fin de journée va être éprouvante ; la vue de tout ce sang ! Ohlala !

— Reposez-vous bien, Votre Grandeur.

Le Duc tendit sa main au marquis qui l'embrassa sans rechigner, puis à son épouse qui l'imita avec une légère courbette. Lorsque les longs doigts secs d'Hippolyte apparurent devant les yeux d'Édouard, le petit résista à l'envie de les mordre à pleines dents. Mais, comme ses parents, il les effleura du bout des lèvres. Le goût de la mort tenta de s'introduire dans sa bouche.

Le Duc leur tourna le dos pour entrer dans la taverne.

— Et où est donc cette pâtisserie ? demanda-t-il avant que la porte ne se referme.

Le père d'Édouard tira aussitôt sur le bras de son fils.

— Allons-y, dit-il.

Les sourires béats de convenance dont ils s'étaient parés en présence du Duc avaient disparu du visage des parents d'Édouard. Ils arboraient une mine des plus sérieuses.

— Je ne sais pas ce que vous avez fait, mon chéri, mais sachez que Père et moi vous pardonnons. Mais nous devons rentrer maintenant.

Édouard l'entendait autrement.

— Non !

Peu lui importait que Fromir se rende à Windrasor à la tête d'un escadron de la mort... Le barbu s'était trompé ! Tous les efforts auxquels Édouard avait consenti n'avaient fait qu'empirer les choses. Il devait avertir Iphis au plus tôt des intentions d'Hippolyte. Chez lui, et nulle part ailleurs, elle serait en sécurité.

— Ça suffit, jeune homme ! s'impatienta son père.

Il passa ses longs bras sous les aisselles du garçonnet et le souleva en lâchant un petit cri de douleur – son dos regrettait déjà ses retrouvailles avec Édouard.

— Nous rentrons !

— Non ! Je veux rester.

Édouard se débattait, tapant des pieds et des mains, mais son père résistait. Il ne laisserait pas son fils se corrompre davantage pour cette maudite Iphis.

— Arrêtez, Édouard ! Voyez comme on nous regarde ! se plaignit la marquise qui les suivait d'un pas rapide.

Jamais elle ne se serait abaissée à courir. Certainement pas en public.

Le trio atteignit enfin l'intersection avec l'allée perpendiculaire à la grand-rue par laquelle les parents d'Édouard, comme les Insaisissables quelques minutes avant eux, étaient arrivés.

Plus loin dans l'artère principale, les deux mortiers victimes de l'attaque gisaient, gueule fendue, sur le flanc, terrassés. Tandis qu'il tentait de pincer le visage de son père, Édouard aperçut soudain la voiture de ses parents, garée à proximité de la carcasse du premier mortier détruit.

— Croque-Miaou ! s'exclama-t-il, oubliant brièvement sa colère.

S'il était heureux de revoir sa chienne, il n'en allait pas autant de l'homme qui la tenait difficilement en laisse.

— Madame, Monsieur ! Vous l'avez retrouvé ! Est-ce qu'il va bien ? s'inquiéta Gédéon en passant une main sur son crâne dégarni.

— Nous savions qu'elle nous porterait bonheur, expliqua la marquise à Édouard en ignorant ouvertement la question du valet. Depuis le retour de Gédéon de la capitale, nous l'avons emportée partout avec nous dans l'espoir qu'elle flaire votre présence, et vous voilà, mon chéri !

Le marquis libéra Édouard et le garçonnet courut en agitant les bras vers la chienne qui se laissa aussitôt tomber sur le dos, exposant son large ventre velu que le bambin s'empressa de caresser.

— Je suis si heureux de vous revoir, Jeune Maître, s'émotionna Gédéon.

Édouard, pas plus que sa mère, ne lui accorda la moindre attention. Il se releva d'un bond.

— Croque-Miaou, debout !

La chienne obéit, vive comme l'éclair.

Souriant, Édouard se tourna vers ses parents, un air de défi sur le visage.

— Je ne partirai pas, dit-il calmement. Je veux les voir mourir.

— Comment ? s'offusqua la marquise.

— Ces sales gredins, je veux les voir mourir, précisa-t-il.

— Mais je croyais que... commença le marquis.

— Je me moque d'Iphis. Ses vauriens d'amis et elle m'ont capturé, Père. Si elle s'en sort, tant mieux. Sinon vous m'achèterez un autre ami, non ?

— Bien sûr, mais... bredouilla sa mère.

Il n'avait plus qu'à enfoncer le clou.

— Accompagnons le Duc et je vous promets d'être sage.

Ses parents échangèrent un bref regard. Une telle promesse dans la bouche de leur garçon relevait autant du miracle que de l'avoir retrouvé dans ce fichu patelin.

— Vous jurez de rentrer sans faire de caprices après ça ?

Édouard acquiesça.

— Quand tout sera terminé, oui.

SPINELLO

Spinello se détourna du cadavre de Fromir et sprinta vers la fenêtre brisée la plus proche. Il l'enjamba d'un bond, ignorant les fragments de verre qui éraflèrent son flanc droit, traversa les vestiges de l'ancienne véranda et se précipita dans la cour, vaste champ de bataille boueux jonché de dépouilles, en direction du petit attroupement qui s'était formé autour de Placide. Il avait peut-être d'autres amis blessés à l'intérieur, dans le réfectoire – c'était même une certitude –, mais le sort de Placide occupait toutes ses pensées.

— Plac' ! cria-t-il en se jetant au sol au côté de Théodore.

Le garçon, sous le regard des filles qui l'avaient accompagné jusqu'ici, avait soulevé la tête de son ami avec délicatesse pour la poser sur ses genoux.

Le visage exsangue et les paupières closes, Placide semblait avoir fui ce monde ignoble.

— Je suis désolé, mon pote. Je suis désolé, sanglota Spinello.

Le blessé ouvrit lentement les yeux et un sourire, révélant des dents de travers et couvertes de sang, se dessina sur son visage livide. Spinello lui saisit la main et la pressa avec vigueur.

— Tu tiens bon, hein !

Il se releva, paniqué.

— Quelqu'un, vite ! Il faut le soigner !

Mais Placide n'était pas le seul dont l'état nécessitait des soins urgents, loin s'en fallait. Pour beaucoup, enfants, soldats, comme employés de l'orphelinat, il était même trop tard. Dans le réfectoire, le chaos de la bataille avait cédé la place à une confusion de douleur, de plaintes et de pleurs. Choqués, certains pensionnaires, recouverts du sang de leurs amis, de leurs ennemis et souvent du leur, erraient en silence parmi les cadavres. D'autres, heureusement, refusaient de céder à une telle apathie et venaient au secours des victimes.

Séléna, une femme aux cheveux gris et courts, que Spinello mit plusieurs secondes à reconnaître, convaincu qu'elle avait quitté l'orphelinat depuis des années, surgit soudain par la porte Est du bâtiment des garçons.

— Suivez-moi, allez ! s'exclama-t-elle.

Derrière elle, les survivants s'étaient organisés en une file ininterrompue de chair meurtrie, à vif et arrachée, que les plus vaillants, ainsi que nombre de pensionnaires ayant abandonné la salle des bains où ils s'étaient terrés pendant le combat, portaient à bout de bras. Attale et Quirin soutenaient le petit Venceslas, le visage barré de l'oreille droite au menton par une longue balafre ; Élias était là lui aussi, aidant un Fradik à peine lucide à avancer. Et ce spectacle se répétait sans discontinuer à mesure que les blessés étaient évacués.

— Ici ! cria Spinello en agitant les bras.

— Continuez jusqu'à l'infirmerie, vite ! ordonna la femme en quittant la sinistre procession.

Elle accourait vers le garçon, et les filles, qui entouraient Placide, s'écartèrent pour lui libérer le passage. Les yeux écarquillés, elle s'accroupit.

— Il a perdu beaucoup de sang !

Un constat d'une évidence accablante...

— Faites pression sur ses blessures, poursuivit-elle.

Spinello s'exécuta aussitôt. Le liquide de vie de son ami s'écoulait entre les doigts de sa main gauche. À peine échappé de l'abdomen de Placide, il semblait adopter la tiède température extérieure.

— Il faut l'emmener à l'infirmerie et...

Séléna s'interrompit. Une ombre prodigieuse, allongée par le soleil baissant, venait d'envelopper le petit groupe. Comme certains membres de l'administration et du corps professoral, Séléna avait pris part au combat, y avait été mêlée aux

Ignobles, mais elle avait l'air de seulement réaliser ce qui se tenait dans son dos. Les filles, en dehors d'Ophélia qui leur avait pourtant révélé l'existence des Ignobles, n'en menaient pas large non plus.

— Ern'lak… dit Spinello.

— Je t'avais dit que tu n'oublierais pas ce nom.

Et sans rien ajouter, il souleva Placide, plaquant ses doigts griffus autour du garçon pour comprimer la plaie béante. En quelques enjambées, il rejoignit la tête de la colonne de blessés qui s'engouffrait déjà dans les jardins privés de l'administration par la porte d'où avaient surgi le directeur et les deux gardiens avant leur horrible exécution.

Spinello voulut le suivre, mais Séléna le retint d'une main d'acier.

— Allez voir si vous ne pouvez pas être utile ailleurs ! lui intima-t-elle sèchement. Je m'occupe de votre ami.

— Mais…

— Tout de suite !

Sur ces mots, elle tourna les talons et trottina à la suite d'Ern'lak, s'assurant rapidement en chemin de l'état de certains pensionnaires et professeurs.

— Les filles, allez voir là-bas, indiqua Ophélia, la grande brune que Théodore avait présentée à Spinello après leur retrouvailles, en pointant du doigt les corps qui gisaient à proximité du hall des adoptions.

Parmi les cadavres, de nombreux soldats ducaux, surpris par les renforts inattendus sur lesquels Fradik et Ern'lak avaient pu compter.

Spinello, Théodore et Ophélia coururent quant à eux en direction du réfectoire.

Spinello s'efforçait de ne pas penser à Placide, mais c'était mission impossible. Il savait pourtant qu'il ne pouvait rien faire de plus. Il devait faire confiance à Séléna et aux autres infirmières pour le sauver, comme lui s'était reposé sur ses amis et Armance pour s'en tirer.

Tiens bon, mec…

Une mer de corps inertes avait submergé l'immense réfectoire.

Ceux encore capables de se mouvoir sans assistance avaient déserté les lieux pour l'infirmerie ou avaient regagné la salle des bains où certains, qui s'étaient lâchement cachés en attendant que la bataille se termine, se trouvaient encore ; les autres, du moins ceux toujours en vie, avaient été emportés par leurs camarades.

Au milieu de cet océan rougeâtre aux îlots de cadavres, seul un dernier navire – *Le Vengeur Rouge* – voguait de récif en récif.

— Crève ! cria Putifare en enfonçant la lame de son couteau entre les côtes d'un soldat qui remuait encore.

Le garçon remarqua soudain les nouveaux venus.

— Avec Tobie, on aurait fait qu'une bouchée de ces ordures, se vanta-t-il amèrement.

Avec ses yeux rougis et l'hémoglobine qui avait dessiné des peintures guerrières sur son visage, il avait l'air d'un forcené.

— Ouais, on les aurait éclatés, continua-t-il sans les lâcher du regard.

Méfiant, Spinello s'attendait à un "mais", à ce que Putifare transfère brutalement toute sa colère et son chagrin sur eux. Il ancra les pieds dans le sol, prêt à contrer la charge du garçon.

— Mais…

Le voilà.

— On a merdé sur toute la ligne.

Putifare baissa la tête.

Spinello se détendit et s'approcha lentement de celui qui avait été son principal rival depuis toujours. Leurs petits guerres semblaient si ridicules comparées à ce qui venait de se passer. Il saisit la main ballante de Putifare et le déposséda délicatement de son couteau.

— Je suis désolé. C'est terminé maintenant.

Il répétait les mots d'Ern'lak sans réellement y croire. Malgré toutes les horreurs qui venaient de se produire, il ne pouvait pas encore se le permettre.

— Les mortiers ! s'exclama-t-il brusquement.

Dès qu'Hippolyte apprendrait l'échec de Fromir et de son escadron de la mort, les bombardements allaient reprendre ! Rien n'était terminé. Ils devaient fuir l'orphelinat au plus vite et emporter les blessés avec eux.

— Hippolyte est encore à Rasorburgh ! réalisa Théodore à son tour.

— Putifare, dis à tout le monde de se rassembler dans la cour des filles ! s'affola Spinello.

— Je me charge des filles ! annonça la grande brune qui déposa un léger baiser sur la joue de Théodore avant de courir rejoindre ses amies dont l'inspection près du hall n'avait rien donné non plus.

Ceux qui avaient survécu au combat de ce côté de la cour s'étaient précipités dans le réfectoire quelle que soit l'étendue de leurs blessures.

Spinello accorda un bref regard surpris à son ami.

Son étonnement fut emporté par un nouvel afflux de panique.

— Il faut les prévenir à l'infirmerie !

Théodore et Spinello se ruèrent vers le bâtiment de l'administration. Ses façades autrefois d'un blanc immaculé avaient été noircies par l'incendie qui avait consumé l'intégralité de l'aile droite de l'édifice en U. Les quartiers du directeur dans lesquels Fradik, Élias et Spinello s'étaient introduits quelques jours auparavant avaient complètement disparu comme la majorité des étages du bâtiment.

Spinello s'immobilisa brutalement sous l'arche qui menait aux jardins par lesquels il était passé pour accueillir les derniers orphelins arrivés à Windrasor, une éternité plus tôt. Élias, Ern'lak, Attale, Quirin, d'autres pensionnaires et quatre Ignobles venaient vers eux, s'extirpant un à un par une porte dégondée entravée par des gravats.

— Élias ! Il faut partir ! s'exclama le garçon. Les mortiers !

L'homme parut rassuré en entendant la raison de la panique de Spinello.

— Ils sont hors d'état de nuire, expliqua-t-il avec calme.

— Vraiment ?

C'était trop beau pour être vrai.

— Les bombardements n'ont pas cessé pour laisser le champ libre à Fromir et ses hommes. Quelqu'un s'est chargé des mortiers au village, précisa Élias.

— C'est Ambroise et les autres, c'est sûr ! s'enthousiasma Théodore.

Et il raconta leur premier assaut sur Rasorburgh et ses monstres d'acier.

Spinello n'en revenait pas du courage de ses amis.

Et Asmodée, Anselme et Bartholomée étaient là quelque part, en bas !

— Nous devons tout de même partir au plus vite, dit Élias.

— Et les blessés ? s'inquiéta Quirin.

— Pour eux, il faudra patienter, mais les valides ne doivent pas prendre de risques inutiles. Hippolyte est encore à Rasorburgh.

— Et il ne laissera jamais tomber, compléta Théodore.

Ils oubliaient cependant un problème de taille.

— Ils ont réparé l'accès ? demanda Spinello qui, jusqu'à présent, n'avait pas réellement songé à la façon dont les hommes de Fromir avaient réussi à s'introduire à l'orphelinat.

— Non, mais je pense savoir par où les soldats sont arrivés, siffla Ern'lak.

Éreinté, l'Ignoble s'était assis sur un tas de décombres.

Il aurait dû se faire soigner, mais il lui restait une mission à accomplir.

— Laissez-moi vous montrer.

Il se leva à grand-peine et leur indiqua de le suivre dans la cour.

Spinello fut heureux de constater que Putifare avait réussi – son apparence terrifiante avait dû y jouer pour beaucoup – à convaincre les derniers récalcitrants de quitter la sécurité apparente des bains souterrains.

Ils traversèrent le champ de bataille.

— Venez, dit Ern'lak en se glissant dans le hall des adoptions à la suite des premiers orphelins guidés par Putifare.

Quand ils débouchèrent dans la cour des filles, celles qui n'avaient pas participé à l'assaut franchissaient déjà l'ancien potager en direction du rempart qui, des années durant, les avaient séparées d'un monde, celui des Ignobles, dont elles ignoraient tout. Comme les garçons qui les avaient suivies et mettaient les pieds ici pour la première fois, elles jetaient des regards apeurés de tous côtés. Nombreux furent ceux à glapir en découvrant la montagne de statues décrépites qui s'était formée au-delà de la haute muraille.

— Ophélia ! s'exclama Théodore en apercevant la jolie brune.

Ses lieutenants et elle se joignirent au petit groupe qui prit la tête de la colonne de rescapés, semant, parmi les enfants qui n'avaient jamais vu d'Ignobles, un champ de visages éberlués sur son passage.

— On ne sait pas d'où ils sont arrivés, Ern'lak, siffla l'une des créatures.

— Ils nous sont tombés dessus sans prévenir, ajouta une autre qui maintenait un œil continuellement fermé.

— Je pense qu'Araknor me l'a révélé avant de mourir, répondit Ern'lak.

Il fut le premier à s'engouffrer dans l'antre des Ignobles.

— Restez là, ordonna Élias en se tournant vers l'assemblée de mines terrorisées qui s'était massée dans la petite cour desservant l'entrée du domaine des créatures et au-delà. Nous serons vite de retour.

S'il avait des réserves quant à leur venue, il ne les exposa pas lorsque Spinello, Théodore, Attale, Quirin, Ophélia et Mayeule lui emboîtèrent le pas.

Les Ignobles s'étaient répartis afin d'éclairer pour tout le monde les sombres couloirs de leurs regards rougeoyants. Personne, pas même Élias, n'ouvrit la bouche. Seul le vent souterrain ricanait... Plusieurs minutes interminables s'écoulèrent puis Ern'lak s'immobilisa.

Ils avaient parcouru une multitude de couloirs et traversé de nombreuses cryptes plus ou moins grandes – dans l'une d'entre elles, une dizaine de créatures gisaient mortes, le corps perforé de balles –, et Spinello avait perdu tout repère depuis longtemps ; il aurait été incapable de retrouver son chemin jusqu'à la sortie.

Il en était à se demander si Ern'lak ne s'était pas égaré lorsque l'Ignoble se glissa dans un étroit passage que l'orphelin n'aurait jamais remarqué tout seul.

— Blasphème ! siffla une créature.

— Tais-toi ! répliqua une autre.

Malgré la chiche lumière dégagée par les Ignobles fatigués, Spinello eut le souffle coupé devant l'immensité de la nef dans laquelle ils émergèrent enfin.

Le Grand Stock dans lequel Putifare et les siens s'étaient barricadés était ridicule en comparaison, ridicule mais bien rempli. Car, sous les voûtes et piliers magistraux qui s'élevaient devant eux, il n'y avait rien d'autre que du vide, un néant absolu comme si l'obscurité parfaite dans laquelle l'endroit baignait habituellement avait tout dévoré depuis des siècles.

— Le Repos des Géants, annonça Ern'lak. C'est là que les premiers Ignobles ont été inhumés. Bien que je craigne maintenant que cela n'ait été qu'un mensonge de plus.

— C'est un lieu sacré ! s'énerva la créature dont l'unique œil ouvert s'éclaira plus intensément.

— Ou une manipulation de plus de l'Homme, objecta froidement Ern'lak.

— Tu crois qu'ils sont arrivés par là ? demanda Élias, lui aussi subjugué par l'énormité du sanctuaire.

Il n'avait jamais rien su d'un tel endroit.

— Le tombeau d'Ignork… murmura Ern'lak.

L'Ignoble s'élança en avant et disparut dans la pénombre.

— Ici ! cria-t-il quelques secondes plus tard.

— On ne doit pas approcher, s'opposa la créature qui avait déjà fait part de son désaccord.

— Tu ne comprends pas que c'est justement ce qu'ils voulaient ? rétorqua un autre Ignoble. Ils ont même bafoué la mémoire de nos ancêtres. Tout n'était que mensonge pour nous tenir à distance.

— Venez ! répéta Ern'lak.

Hésitant, un œil sur les deux créatures les plus agitées, Spinello avança en s'assurant de rester à proximité d'Élias.

Ern'lak les attendait près d'un énorme bloc de pierre qu'un savant mécanisme dissimulé avait permis de déplacer sur le côté.

Là où il s'était trouvé moins d'une heure auparavant, un escalier étroit s'enfonçait dans le sol.

— Et dire qu'ils avaient tout prévu depuis le début... chuchota-t-il.

Il tourna la tête vers les siens.

— Vous croyez qu'Araknor était au courant ?

Sa question n'était pas un énième défi, une provocation de plus envers leurs croyances...

Le doute l'habitait réellement.

Mais personne ne lui répondit.

— Bon, allons-y.

Il entra, suivi d'Élias.

— Je n'arrive pas à croire que ce tunnel a toujours été là, dit l'Insaisissable en se retournant vers Spinello.

Il sourit.

— Et nous l'empruntons ensemble.

C'était écrit, pensa Spinello.

Tous pénétrèrent dans la galerie. Les premiers Ignobles — s'ils étaient vraiment là — allaient pouvoir reprendre leur repos ancestral.

Si le périple du petit groupe jusqu'au Repos des Géants avait paru ne jamais vouloir s'achever, celui qu'il entamait sembla s'affranchir du temps. Leur progression était lente, compliquée par l'état désastreux de certains conduits. Par endroits, l'eau s'était infiltrée dans le souterrain et avait érodé les marches étriquées qui s'enfonçaient toujours plus profondément dans les entrailles de la montagne. La troupe descendait, retrouvait une portion plane de galerie, avançait, puis redescendait d'un étage. Un trajet qui n'en finissait plus, un parcours hors du temps. Seule l'absence de bifurcation permettait à Spinello de ne pas perdre la tête. S'il avait dû réfléchir au chemin à suivre, il aurait sûrement succombé à un accès de claustrophobie.

Derrière lui, Théodore et Ophélia se tenaient la main et s'entraidaient pour franchir les obstacles. Spinello, avec un bras en moins, devait faire preuve de la plus grande concentration pour ne pas chuter.

Et pourtant, malgré ses propres difficultés, il se mit soudain à la place de Fromir et de ses hommes, dont les torches avaient laissé une odeur de fumée dans les tunnels, les imaginant gravir à toute allure cet horrible passage souterrain. Où avaient-ils puisé la force de se lancer au combat après une telle ascension ?

Les orphelins devaient-ils leur victoire uniquement à l'état d'épuisement de leurs adversaires ? Spinello préférait ne pas y penser. Seul importait ce qui se trouvait au bout de ces galeries ; une issue qui – une heure, peut-être plus, ou n'était-ce qu'une demi-heure ? – se matérialisa au détour d'un virage.

Les contours d'Ern'lak s'étaient parés de reflets dorés tranchant nettement avec le rouge projeté par ses yeux.

— Le jour, annonça Ern'lak qui, au lieu de se précipiter vers la sortie comme Spinello et ses camarades auraient aimé le faire, ralentit. Méfiance, on ne sait pas ce qui nous attend dehors.

— Restez là. Je vais voir, dit Élias qui dépassa l'Ignoble.

Spinello retint son souffle sans s'en rendre compte.

La silhouette de son héros rétrécit puis fut dévorée par la lumière déclinante du jour.

Une seconde s'écoula, puis une autre.

— La voie est libre, indiqua finalement l'Insaisissable en réapparaissant à l'entrée.

Enfin !

Il n'en fallut pas plus pour que les orphelins, qui avaient réprimé si longtemps leur peur de ce noir poisseux, se mettent à courir.

Ils étaient libres !

Spinello bondit à l'extérieur, embrassant du regard la vaste clairière sur laquelle débouchait le souterrain ; il avait l'impression de revivre le moment où il avait quitté Windrasor pour la première fois.

Un énorme rocher, qui avait dû masquer l'entrée du passage des décennies durant, avait été renversé au moyen d'explosifs. Gisant sur le flanc et malgré son poids de plusieurs tonnes, il avait glissé sur une cinquantaine de centimètres dans la pente caillouteuse qui menait à la clairière.

— C'est Rasorburgh, là ? s'étonna Théodore en indiquant, non loin, une portion de toit qui dépassait de la cime des arbres et reflétait les rayons rasants du soleil.

Tout ce temps leur porte de sortie avait été si proche du village… si proche de…

— Ne bougez pas ! crièrent soudain plusieurs hommes dans leur dos.

Élias et Spinello firent volte-face, découvrant les fusils braqués sur eux.

Six soldats, juchés en hauteur au-dessus de l'entrée, les défiaient de faire le moindre mouvement et de tenter de regagner le couvert du tunnel.

Non !

Plus bas, dans la clairière, on tapa dans les mains.

— Eh bien, eh bien… Si ce n'est pas une surprise ! Une désagréable surprise !

Spinello n'avait pas besoin de connaître cette voix nasillarde pour savoir à qui elle appartenait. L'expression de Théodore était suffisante.

— Éloignez-vous du passage, beuglèrent des gardes ducaux qui étaient apparus de chaque côté de l'entrée.

— Élias… soupira Spinello.

— Obéis, petit, trancha l'Insaisissable. J'ai merdé…

— Allez, venez donc ! les provoqua l'homme qui venait de s'extraire du couvert des arbres. Venez voir votre Duc adoré.

Spinello se retourna vers la clairière avec l'horrible sensation de pouvoir sentir entre ses omoplates les canons des fusils pointés dans son dos. La rage l'envahit aussi soudainement que les soldats avaient surgi et le laissa sans voix. Mais la présence d'Hippolyte et leur situation désespérée n'y étaient pour rien.

Ses yeux s'étaient arrêtés sur ce maudit gamin qu'il avait juré de tuer s'il faisait du mal à Iphis ou si Octave les retrouvait un jour. Son affreuse chienne en laisse à ses côtés, l'ignoble bambin se tenait bien sagement derrière le nouveau maître de Morenvagk. Ce morveux venait de commettre une autre erreur punissable de la peine de mort. La dernière.

IPHIS

Quelques heures plus tôt.

L'échauffourée s'était soldée par un bain de sang. Les hommes du Duc, coincés dans une position désavantageuse au fond de la ravine, n'avaient rien pu faire. Le piège s'était refermé sur eux et la mort les avait capturés un à un de ses longs doigts osseux.

Les Insaisissables n'avaient pas perdu une seconde à fêter cette victoire et s'étaient hâtés de déshabiller leurs victimes et de revêtir leurs uniformes. Puis ils étaient partis au galop après avoir ordonné aux enfants de poursuivre vers le nord à bord de la roulotte, leur jurant qu'ils les rattraperaient plus tard.

À l'intérieur de la voiture, Asmodée, Anselme, Bartholomée, Aliaume et Justinien étaient à cran, conscients que les rebelles jouaient gros et ne reviendraient peut-être jamais.

Tandis qu'elle guidait Virevoltant, Délicate et Robuste au côté de Pic-Rouille, un tout autre sentiment rivalisait avec l'appréhension d'Iphis : l'incrédulité. L'orpheline n'en revenait toujours pas qu'Édouard ait pu prendre tant de risques pour eux. C'était pure folie !

Elle avait certes accepté l'idée qu'il ait pu garder pour lui la localisation de leur cachette au pied de la falaise afin de ne pas lui nuire directement, mais elle n'arrivait pas à croire qu'il se soit rendu aux soldats uniquement pour les aider… pour lui plaire à elle seule. Et qu'Ambroise et Édouard aient tenu secret leur petit stratagème était encore plus incroyable !

Alors, s'escrimant à comprendre les raisons de leurs cachotteries, Iphis ne cessait de ressasser les rapides explications qu'Ambroise lui avait données avant de repartir à l'assaut de Rasorburgh. Ne sachant pas à quel point Édouard était digne de confiance, l'homme avait ordonné au bambin de ne rien dire de leur plan à quiconque et de se débrouiller pour se sauver. Le déposer près de Rasorburgh et le laisser porter son message mensonger aurait été trop suspect, avait-il expliqué au garçon ; mais la réalité était différente. Ambroise souhaitait qu'Édouard s'expose au danger de son plein gré. Alors, pour s'assurer de la sincérité de ses motivations, Ambroise n'avait rien fait pour lui faciliter la tâche, quitte à ce que son plan tombe à l'eau, noyé par l'inaction ou l'échec d'Édouard. C'était un risque à prendre ; il l'avait pris, avec raison.

Iphis aurait bien rétorqué à Ambroise qu'après une telle mise à l'épreuve, rien ne lui garantissait – surtout si le garçon en avait bavé pour rejoindre Rasorburgh – qu'Édouard n'allait pas décider de les trahir et de tout révéler au Duc. Ses soldats auraient pu surprendre les Insaisissables par derrière et les massacrer aussi rapidement qu'ils avaient eux-mêmes péri dans la ravine, mais cette possibilité – en témoignaient les corps étendus sur la piste qu'ils avaient laissés derrière eux – ne s'était pas réalisée. Édouard avait tenu sa langue et avait menti à l'homme le plus puissant du Duché.

Quant à leur petit groupe, forcé à rester en retrait, il s'éloignait inexorablement de Rasorburgh. Ils avaient parcouru plusieurs kilomètres sans croiser âme qui vive depuis leur départ du campement provisoire des Insaisissables et venaient tout juste de regagner une piste plus praticable que celle où l'embuscade avait été tendue.

Plongée dans ses pensées, Iphis guettait la prochaine intersection, se demandant si elle y verrait la petite construction en briques qu'Ambroise avait mentionnée comme lieu de rendez-vous. Soudain, les têtes d'Asmodée et d'Anselme apparurent par le fenestron gardé ouvert entre Iphis et Pic-Rouille. Tendus, ils avaient bondi comme des diables hors de leur boîte.

— Vous avez entendu ? s'exclama Anselme.

Bien sûr. Personne n'aurait pu rater l'impressionnante pétarade qui venait de s'élever au loin. Cela ne pouvait signifier qu'une chose !

Vous pouvez le faire ! Allez ! s'enthousiasma Iphis.

Une seconde série d'explosions suivit, plus puissante encore.

Dans la roulotte, tous les enfants étaient debout.

— Ils ont réussi ! cria Anselme.

Iphis pouffa lorsque le garçon entama une étrange danse de la joie, aussi saugrenue que celle à laquelle il s'adonnait le matin en se réveillant.

— Maintenant sauver copains là-haut ! dit Bartholomée qui, quoi qu'on puisse en penser, avait parfaitement saisi les enjeux.

— Ouais, on sauve les copains, confirma Asmodée en lui tapant amicalement sur l'épaule.

Ils devaient d'abord attendre le retour des Insaisissables victorieux.

Attendre… Toujours attendre.

***

Près d'une heure s'était écoulée depuis leur arrivée au point de ralliement – ils avaient tenté de cacher la roulotte dans l'ombre de l'étrange bâtiment qui marquait l'intersection –, lorsque de premiers bruits de sabots retentirent. Ils n'avaient toutefois rien de la course effrénée d'Insaisissables poursuivis, ni de celle de soldats ducaux lancés aux trousses de rebelles. C'était l'écho du pas lent d'un vieil âne tiré de sa retraite pour transporter une famille de Rasorburgh et toutes ses possessions.

Les enfants observèrent le triste convoi – visages chagrinés chassés de leur village par la folie ducale – depuis les fourrés puis échangèrent des regards inquiets.

Quand les Insaisissables allaient-ils revenir ?

Attendre... Toujours attendre.

La charrette semblait avoir disparu depuis une éternité quand une nouvelle cavalcade se fit entendre ; sauf que, cette fois-ci, le responsable, visiblement pressé, était seul.

— Agostino ! s'exclama Anselme en s'extirpant des branchages à l'approche de l'Insaisissable.

L'uniforme qu'il avait revêtu était couvert de sang. Le sien ? Ou bien n'était-ce que celui du soldat qui avait enfilé la tenue ce matin, sans savoir que cette journée serait la dernière de sa vie ? Probablement un mélange des deux.

— Où sont Ambroise et les autres ? demanda Agostino en sautant de sa monture.

La bouche de l'animal épuisé laissait échapper un magma de bave blanchâtre.

— Ils ne sont pas encore revenus, précisa Anselme.

— Qu'est-ce qui se passe ? intervint aussitôt Iphis.

Ils avaient réussi à détruire les mortiers, ils avaient réussi ! Agostino aurait dû afficher une autre expression. À moins que...

— Ils se sont fait avoir ! paniqua Anselme, devançant l'inquiétude d'Iphis.

— Non... Je ne pense pas... On a détruit les mortiers et on s'est enfuis...

Il se tut.

— Isidore ; il ne manquait qu'Isidore... avoua-t-il, les yeux baissés.

Les enfants le fixaient sans rien dire, pendus à ses lèvres.

— J'étais resté en arrière pour surveiller le village, voir comment ils allaient réagir là-bas.

Iphis se sentait oppressée, comme écrasée par le poids de la mauvaise nouvelle qui allait inexorablement sortir de la bouche d'Agostino.

— Fromir et ses hommes vont attaquer l'orphelinat, lâcha l'homme.

Quoi ?!

— Mais l'accès a été détruit, rétorqua Pic-Rouille.

Les épaules d'Agostino s'affaissèrent.

— Je les ai vus s'engouffrer par un passage dans la falaise. C'est pour ça que je suis revenu. Il faut prévenir Ambroise.

— Y a pas de passage ! Y a pas de passage ! s'affola Anselme qui savait malheureusement ce que l'existence d'une telle entrée signifiait.

— Anselme a raison, c'est pas possible. Spin' l'aurait trouvé ! Et les soldats auraient pas perdu de temps avec ces bombardements s'ils avaient pu monter dès le début, avança Asmodée, plus sérieux que jamais.

Mais il ne connaissait pas Hippolyte.

Iphis soupira.

Elle non plus à vrai dire.

Mais elle n'en avait pas besoin pour savoir qu'avec cet homme-là la logique se mourait certainement aux oubliettes.

Il n'y avait plus à hésiter.

— On y va ! s'exclama-t-elle.

Surpris, les garçons la dévisageaient.

Une lueur s'alluma dans leur regard.

— Ouais, on y va ! renchérit Asmodée aussitôt suivi d'Anselme.

— Non, vous ne… essaya Agostino.

Trop tard, les enfants couraient déjà vers la roulotte.

***

Pourvu qu'il ne soit pas trop tard, pas trop tard, se répétait Iphis en claquant les rênes.

Elle n'avait aucune idée de ce qu'ils pourraient faire si le massacre avait débuté à Windrasor, mais, comme ses compagnons, elle n'aurait pas pu attendre une seconde de plus.

Ils fonçaient droit sur Rasorburgh, conscients que les soldats lancés après Ambroise et les autres pouvaient surgir à tout instant.

Et pourtant, quand le village se dessina enfin en contrebas, personne n'était venu leur barrer la route.

Agostino, qui avait finalement pris la tête, s'était immobilisé au sommet du virage qui amorçait la descente vers la bourgade.

— Où sont-ils ? demanda-t-il, une main plaquée sur le front pour protéger ses yeux des rayons déclinants du soleil.

Ce n'était pas réellement une question.

Comme Iphis, le regard plongé vers l'avenue principale, il constatait simplement l'absence apparente de militaires dans les rues de Rasorburgh. Les hommes du Duc auraient dû être encore là ; à moins que ce ne soit un piège.

— On devrait continuer à pied, suggéra Agostino.

Iphis claqua de la langue, secoua les lanières et les chevaux démarrèrent en trombe.

— Attendez ! s'écria l'homme en agitant les bras.

Déjà, la voiture s'éloignait.

— T'sûre d'toi ? demanda Pic-Rouille.

Il aurait fallu qu'Iphis soit insouciante ou folle pour répondre positivement.

Elle savait juste que les rues désertes de Rasorburgh étaient une preuve de plus de l'urgence de la situation.

Elle agita de nouveau les bras et la roulotte déboula dans le village. Les chevaux stoppèrent net à une dizaine de mètres du cratère qui obstruait le passage. Un bruit de chute résonna à l'intérieur de la roulotte et une insulte fusa depuis le compartiment.

Paniqué, Agostino, qui avait mené une attaque meurtrière dans cette rue quelques heures auparavant, les avait rattrapés et regardait de tous côtés.

— On dirait que même Hippolyte et ses hommes sont... commença-t-il, sans perdre le temps d'adresser des reproches à Iphis.

— Là-bas ! s'exclama Pic-Rouille tandis que les passagers sortaient de la roulotte à l'arrière.

Une femme était brièvement apparue dans l'encadrement d'une fenêtre brisée avant de disparaître derrière d'épais rideaux ; un pan de tente avait soudain claqué au vent ; mais le doigt tendu de Pic-Rouille indiquait tout autre chose : le petit bois qui séparait le village des hautes falaises de Windrasor et d'où s'élevaient des voix puissantes.

— C'est là-bas que les hommes de Fromir ont filé, c'est trop dangereux, indiqua Agostino.

Mais l'homme ne pouvait plus rien faire pour raisonner ces enfants.

Seuls Aliaume et Justinien semblaient hésiter à se jeter dans la gueule du loup. Asmodée, Anselme et Bartholomée trottinaient à la suite d'Iphis et de Pic-Rouille en direction du bois. Aucun n'accorda la moindre attention à la voiture parquée à proximité du cratère, pas même Iphis qui avait quitté l'orphelinat et traversé Rasorburgh à son bord. Ils avaient bien autre chose en tête.

C'était la première fois qu'ils foulaient le sol de la bourgade – depuis peu souillé par la mort et l'irrespect des troupes ducales – et qu'ils déambulaient dans ses rues, mais leur destination était si évidente, comme brillante à leurs yeux, que leurs jambes les portaient d'elles-mêmes. Comme Agostino qui avait fini par leur emboîter le pas, ils balayaient néanmoins le village du regard à la recherche du moindre mouvement. Mais Rasorburgh était mort. Les villageois – ceux qui avaient eu le courage de rester – se terraient chez eux. Les troupes d'Hippolyte s'étaient quant à elles tout simplement volatilisées. Elles n'étaient pourtant pas loin.

Après avoir remonté la grand-rue en direction de l'orphelinat, Iphis bifurqua à droite dans un verger au bout duquel la Nature, que l'Homme malgré les années s'était avéré incapable de dompter, reprenait ses droits. Le petit bois était cependant moins dense que les vastes étendues forestières que les enfants avaient eu l'occasion de parcourir ces dernières semaines. Ils progressaient sans mal et les voix que Pic-Rouille avait perçues leur parvenaient toujours plus distinctes. Toujours plus proches.

À tout moment, ils s'attendaient à être repérés, à apercevoir les soldats d'Hippolyte ou à se retrouver pris au piège.

Qu'importe, ils avançaient.

— C'est fini, Hippolyte. Vous pouvez décider de mettre un terme à ce bain de sang inutile ici et maintenant ! clamait une voix qu'Agostino reconnut aussitôt.

— C'est Élias !

La présence, si proche, du leader des Insaisissables parut lui redonner espoir. Son épée à la main, il fit signe à Iphis de ralentir.

Plié en deux, il se glissa entre les arbres en catimini.

— Suppliez-moi autant que vous le souhaitez, justice doit être rendue et sera rendue, répondit le Duc de sa voix désagréable.

— Justice !

À l'instant même où ce cri d'indignation parvint aux oreilles de la fillette, Iphis entrevit le garçon des lèvres duquel il s'était échappé.

Enfin.

Il était là... Ce pensionnaire dont l'audace et la persévérance avaient nourri les espoirs d'Iphis de vivre une existence pleine d'aventures, comme celle de ses héros favoris.

— Je ne suis peut-être qu'un ignare, qu'un orphelin mal éduqué, mais je sais que ceci n'est pas justice ! poursuivit Spinello.

Le garçon se tenait droit et fier au milieu d'une clairière, malgré la menace immédiate des fusils des hommes du Duc. Une sombre entrée était creusée dans la falaise à une vingtaine de mètres dans son dos.

Le garçon n'était pas seul.

Théo ! Ophélia ! Et même Mayeule étaient là, en compagnie d'autres orphelins qu'Iphis ne connaissait pas. Cinq créatures, dont celle qui avait réussi à sauver Théodore lors de l'attaque surprise des soldats au pied de la falaise, étaient là également ; elles affichaient une impatience grandissante en dépit de leurs blessures. Et il y avait cet homme... cet Élias dont Iphis avait tant entendu parler. Haine et dégoût se disputaient dans son regard.

— Massacrer des innocents n'a jamais été justice ! continua Spinello.

— Alors que fait l'assassin de mon père à tes côtés, misérable cloporte ? s'amusa le Duc.

Iphis le repéra enfin, encore plus ridicule, avec l'entrelacs sophistiqué d'étoffes colorées qu'il avait revêtu, que la première fois où elle l'avait vu, le jour de l'exécution à la capitale. Des cheveux étrangement frisés lui tombaient sur les épaules. Mais la fillette se moquait bien de l'apparence du souverain, elle n'avait d'yeux que pour le garçon, sa chienne, l'ignoble valet et les deux échalas derrière lui. Les battements de son cœur s'accélérèrent.

— Je n'y suis pour rien ! s'interposa Théodore. C'était un coup monté ! C'est Anastase qui...

— Si l'innocence existe, cette pauvre gamine l'incarnait et tu l'as tuée ! s'emporta le Duc.

Iphis ne comprenait pas qu'il n'ait pas encore ordonné à ses hommes de tirer.

— Vous êtes vraiment aveugle ! rugit soudain Ern'lak.

Iphis et ses compagnons s'étaient immobilisés à l'orée de la clairière, à l'abri des regards ; ils ne savaient que faire. Leurs amis ne gagneraient rien à essayer de parlementer avec un tel personnage ; rien, si ce n'était du temps.

— Retournez dans votre palais et continuez à fermer les yeux sur ce qui se passe réellement dans ce Duché, enchaîna Ern'lak.

— Silence, créature démoniaque !

Ern'lak n'en démordit pas, on l'avait traité de bien pire.

— Mon peuple et moi avons vu les horreurs qui s'apprêtent à ravager Morenvagk une fois de plus et vous, vous vous enfoncez dans une vengeance stérile et pathétique. Au Sud, le Duché brûle, des hordes monstrueuses.... Vous me traitez de monstre, mais je ne suis rien comparé à ce qui déferle en ce moment même sur vos terres. Des hordes monstrueuses sont passées à l'attaque et vous n'en savez rien, aveuglé par votre propre bêtise.

En entendant Ern'lak prononcer ce dernier mot, Iphis déglutit. Remettre en question les compétences d'Hippolyte était une chose, pointer du doigt sa stupidité en était une autre.

— Et ainsi prononça-t-il ses derniers mots ! déclama le Duc, main tendue vers l'Ignoble. Messieurs !

— Vous pouvez nous abattre, mais aucun d'entre vous ne survivra à cette journée ! lança Élias.

Il ne s'adressait plus au Duc, mais aux hommes que le souverain avait entraînés jusqu'ici.

— Fromir est mort ; ce garçon l'a tué ! Et des comme lui, il y en a encore des dizaines là-haut. Tous résolus à se battre jusqu'à la mort. Et ils ne sont pas seuls ! Cessez cette folie et vivez.

— Mensonges ! rugit le Duc, hors de lui, secouant son affreuse chevelure bouclée.

— Eh bien, tuez-nous et découvrez-le par vous-même ! cria Élias.

Il est fou ! s'épouvanta Iphis.

Elle ne pouvait pas le laisser faire ça.

— Non ! gémit-elle en courant vers l'attroupement. Arrêtez !

Et toi, qu'es-tu alors dans ce cas ? Pauvre folle ! Que fais-tu ?

— Iphis, reviens !

Pic-Rouille avait lui aussi quitté le couvert des arbres et tentait de la rattraper.

— C'est fini, messire Hippolyte ! C'est fini ! Vous devez arrêter ! sanglotait-elle.

— On arrive, les gars ! criait Asmodée dans son dos.

Surpris, les gardes avaient détourné leurs fusils de leurs cibles et ne savaient plus vers qui les diriger.

— Le mongolien ! beugla Hippolyte en apercevant Bartholomée. Les assassins de mon père, réunis !

Iphis regarda brièvement en arrière et le vit à son tour. Perché sur ses énormes jambes et le visage couvert de larmes, Bartholomée était presque arrivé à son niveau.

Hippolyte se trompait. L'innocence existait et n'avait rien à voir avec Anastase. Elle était là, derrière la fillette, son visage de poupon rougi par les pleurs.

— Pour le Duc ! cria Hippolyte.

L'orpheline stoppa brutalement sa course et écarta les bras, piètre barrière face aux balles qui allaient pénétrer ses chairs et celles de Bartholomée.

— Abattez-les ! ordonna le Duc.

Plusieurs soldats avaient orienté leur arme vers le géant et Iphis.

Tous les regards étaient braqués sur les deux condamnés.

Étonnamment, l'orpheline se sentait la force et le courage de n'en soutenir qu'un seul ; celui d'un Édouard, bouche figée par l'hésitation et la confusion.

Elle lui sourit.

Il l'avait mérité.

— Qu'attendez… commença le Duc.

Mais son ordre fut réduit au silence par un cri aigu.

— Attaque !

Aussitôt suivi d'un grognement enragé.

Hippolyte n'eut pas le temps de réaliser ce qui lui arrivait.

Croque-Miaou lui avait bondi au visage et, les crocs plantés dans sa gorge, secouait la tête sous les cris horrifiés du marquis et de la marquise. La vigueur et la férocité de l'animal n'avaient laissé aucune chance au Duc.

Stupéfaite, Iphis ne put retenir un haut-le-cœur lorsque la chienne relâcha enfin sa victime. La tête presque sectionnée du souverain embrassait son sternum. Ses cheveux bouclés se mêlèrent au sang et à la terre.

Par miracle, pas un coup de feu n'avait été tiré.

— Baissez vos armes ! cria Élias. C'est terminé !

Si un seul des gardes ducaux pressait maintenant la détente, tous mourraient, c'était certain. Élias voulait profiter de la confusion.

— Ne vous sacrifiez pas pour ce dément, continua-t-il. Le sang a suffisamment coulé.

— La guerre est aux portes du Duché ; personne ne se souviendra du règne éphémère de ce forcené, ajouta Ern'lak. Partez et laissez ces enfants vivre.

Les cinq créatures présentes réunirent leurs dernières forces et étirèrent leurs longs membres en signe d'insoumission. Le message était clair : si les soldats refusaient d'entendre raison, elles emporteraient certains d'entre eux avec elles dans la mort.

— Qu'as-tu fait, Édouard ? Qu'as-tu fait ? piaillait la marquise, à la limite de l'hystérie.

Un homme s'était approché de la dépouille d'Hippolyte pour constater – aussi inutile cela soit-il – le décès du souverain, les yeux vissés sur la chienne aux babines ensanglantées sagement assise auprès de son maître. Les parents du bambin l'avaient enlacé pour l'empêcher de commettre une nouvelle folie... et le protéger des fusils à présent tournés vers lui.

Confus, les soldats échangeaient des regards dubitatifs.

— Partez, dit Élias qui, sans attendre, se dirigea vers les souterrains. L'heure de quitter cet endroit de misère est arrivée. C'est terminé.

— Iphis ! s'exclama soudain Édouard.

Il avait réussi à se libérer de l'étreinte de ses parents et fonçait vers la fillette. Sa lourde bedaine, fraîchement remplie, s'agitait à chaque pas. Il se jeta contre elle et la serra dans ses bras tandis qu'Asmodée, Anselme et Bartholomée les dépassaient, les bras ouverts, prêts à retrouver leurs amis.

Les larmes aux yeux, la fillette étreignit le garçonnet.

Il les avait sauvés.

— Merci, sanglota-t-elle.

Édouard s'écarta vivement. Il rayonnait.

— Tu veux bien être mon amie maintenant ?

Rien ne te changera, pas vrai ?

Les lèvres d'Iphis s'étirèrent dans un sourire des plus sincères.

— Je crois bien que oui.

Les yeux du bambin s'écarquillèrent ; le bonheur irradiait de son visage angélique.

— Père ! Mère ! cria-t-il. Vous avez entendu ? Iphis veut bien être mon amie !

L'orpheline pouffa.

Édouard les avait débarrassés d'un fou dangereux, d'un homme auquel des milliers de soldats devaient obéissance, mais il s'en moquait. Il avait réussi, là où il n'avait jamais réussi auparavant. Il s'était fait une amie.

Iphis se tourna vers Pic-Rouille et lui sourit à son tour. Jusqu'au bout, le petit voyou avait tout fait pour la protéger. Elle s'approcha de lui, déposa un léger baiser sur sa joue sale puis le prit par la main. Elle saisit celle d'Édouard au passage et entraîna les garçons vers les orphelins regroupés un peu plus loin, alors que les soldats complètement perdus commençaient à se disperser.

Les éclats de joie des orphelins avaient déjà été terrassés par la réalité.

— Ne t'inquiète pas ; Plac' s'en sortira, dit Spinello, une main posée sur l'épaule de Bartholomée.

Il indiqua l'entrée au sommet de la petite pente qui descendait vers la clairière. Ern'lak, Élias et deux Ignobles les y attendaient.

— Allons-y !

Les amis de Spinello, ainsi que les filles qui n'avaient cessé de dévisager Iphis, s'élancèrent sans un mot vers le passage.

Pas lui. Il fixait Édouard.

— J'aurais jamais pensé dire ça un jour, mais je suis ravi de te revoir, morveux.

Édouard grimaça, mais garda le silence.

— Et je suis encore plus heureux de voir que je n'aurai pas à tenir ma promesse, ajouta Spinello. Je l'aurais tenue, tu sais.

De quoi parle-t-il ? se demanda Iphis.

— Iphis est mon amie maintenant ! répliqua le bambin avec fierté, le torse bombé.

— Je vois ça.

Spinello expira d'amusement par le nez et leva les yeux pour les plonger dans ceux de l'orpheline. Tant de tendresse et de détermination y brillaient.

— Enchanté, Iphis. Moi, c'est Spinello.

Morenvagk n'avait jamais vu de présentations aussi inutiles.

Les rires de la fillette chassèrent tout autre son.

ÉPILOGUE

Tandis que leurs lanternes à huile menaient un combat perdu d'avance contre l'obscurité du tunnel, leurs esprits étaient engagés dans une tout autre bataille. Ils luttaient contre le flot de souvenirs que la pénombre et le silence qui s'était imposé entre les trois garçons ravivaient avec ardeur. Un courant d'air froid chargé de miasmes souffla sur les braises de leur mémoire. Tous revivaient les événements – les horreurs – d'il y avait un an, jour pour jour.

Spinello avait du mal à croire que cela faisait déjà si longtemps, et pourtant il s'était passé tant de choses depuis ce jour fatidique… Depuis ce jour qui avait changé le cours de la vie de dizaines d'orphelins et modifié le futur du Duché tout entier. Aujourd'hui, les zones d'ombres demeuraient encore nombreuses.

Suivi de ses deux compagnons, l'orphelin ne pouvait s'empêcher de repenser à tout ce que ses amis et lui avaient vécu depuis l'assassinat d'un premier pensionnaire à Windrasor. Tant de souvenirs, souvent malheureux, parfois heureux ; tant d'interrogations.

Il avait eu de longues discussions avec Théodore, Ern'lak et Élias, tâchant de comprendre dans les rouages de quelle effroyable machine ils avaient été entraînés, mais il avait désormais accepté l'idée que Windrasor et ses sinistres galeries garderaient pour toujours un voile de mystère.

Aucun d'entre eux n'était d'accord. Pour Théodore, Hippolyte avait été l'instigateur de toute cette affaire et sa haine affichée à l'égard des orphelins n'avait été qu'une manière minable d'essayer de se prémunir de tout soupçon et de légitimer son ascension au trône ; pour Élias, ce dément avait été lui-même victime de machinations qui le dépassaient et la folie qui l'avait conduit à sa perte avait été le seul élément que les véritables coupables, privés ainsi d'une marionnette idéale, n'avaient pas prévu. D'autres, comme Ern'lak, partageaient les convictions d'Élias, convaincus que l'Aristie ou la Lombronia s'étaient lancées dans ce plan tordu afin de brouiller les pistes et de profiter de la déstabilisation du Duché pour l'annexer, ou pire encore. Personne ne s'accordait cependant sur le sens à donner aux attaques perpétrées au Sud après l'intronisation d'Hippolyte. Pas même sur les origines des créatures qui avaient semé la mort des semaines durant avant que Hector, un oncle d'Hippolyte qui avait coupé les ponts avec son frère, son neveu et la politique, ne soit forcé d'accepter le titre qui lui revenait et ne mène une offensive dont les historiens s'étonneraient encore de longues années.

L'arrivée de cet homme au pouvoir avait, aux dires des voyageurs que Spinello et ses amis avaient rencontrés, mis fin à une série de règnes marqués par la démesure. Hector n'était pas un révolutionnaire pour autant – un patriote, assurément, mais pas un révolutionnaire – et, en bon marchand qui avait fait fortune dans le commerce de la soie, il avait refusé de fermer les frontières de Morenvagk aux deux empires voisins.

En dépit de l'horreur des attaques du Sud, il n'avait pas interrompu les échanges commerciaux avec celui ou ceux qui avaient tenté de détruire le Duché dont il était le nouveau maître, conscient que quelque part, les joueurs installés de chaque côté de cet immense échiquier préparaient leur prochain coup.

Élias avait tâché d'expliquer à Spinello qu'accepter l'argent de son ennemi n'était pas l'idée la plus stupide qui soit, mais l'orphelin lui avait cloué le bec en lui rappelant que le Duché continuait également à vendre ses enfants aux armées adverses. Car, malgré la destruction d'un des principaux pourvoyeurs d'orphelins, ce terrible trafic se poursuivait ailleurs dans Morenvagk, prospérant grâce aux milliers d'enfants privés de parents par les carnages du Sud.

Spinello soupira mais ni Anselme, ni Asmodée ne lui demandèrent ce qui n'allait pas. Eux aussi étaient plongés dans leurs pensées.

Le garçon aurait voulu qu'il en soit autrement, mais dès qu'il s'abandonnait à de telles réflexions, les visages d'enfants de Windrasor apparaissaient inévitablement parmi ceux des condamnés. Et ce n'était certainement pas qu'un jeu de son imagination. Qu'était-il advenu des dizaines d'orphelins qui avaient refusé d'accompagner Élias et les Insaisissables et s'étaient dispersés aux quatre vents sitôt avaient-ils débouché dans cette clairière qui avait vu Hippolyte trépasser entre les crocs de la chienne d'Édouard ?

Spinello préférait ne pas y songer ; ils avaient fait leur choix, tout comme les employés de Windrasor qui étaient restés plusieurs semaines parmi les ruines pour soigner les blessés et s'occuper des plus petits, malgré les risques de représailles qui planaient sur eux. Finalement, personne n'était venu réclamer vengeance pour la mort d'Hippolyte. Depuis, eux aussi avaient plié bagages sans laisser de traces.

Lorsque les trois garçons débouchèrent enfin dans l'immensité du Repos des Géants, leurs jambes leur faisaient un mal de chien. Les mois passés dans les montagnes avec les Insaisissables avaient contribué à développer leur musculature, mais tout l'entraînement du monde n'aurait pu faire de cette ascension une partie de plaisir.

— Vous croyez qu'on va trouver la sortie ? s'inquiéta Anselme.

C'était la première fois que les trois garçons revenaient à Windrasor et qu'ils étaient sans guide dans les souterrains de l'ancienne forteresse. Si Ern'lak avait été là…

Ern'lak... songea Spinello. *Parti chasser de nouvelles chimères.*

Fradik avait bien essayé de convaincre l'Ignoble de se joindre à eux, mais rien n'y avait fait. Les quatre survivants de son peuple et Ern'lak s'étaient volatilisés dans la nature du jour au lendemain, mûs par un dernier but : retrouver Cyriaque, le gardien de Windrasor, la seule et unique personne dont l'implication dans l'assassinat du Duc était une certitude ; leur seul lien avec cet Homme dont ils voulaient se venger. Spinello aurait aimé pouvoir croire qu'ils y parviendraient ; il savait juste qu'il ne reverrait probablement jamais Ern'lak...

— Espérons que oui... Mais je ne suis pas sûr de me souvenir du chemin... avoua Spinello.

— T'es sérieux ? paniqua Anselme qui brandit sa lanterne au visage de Spinello.

Un large sourire l'attendait dans le faisceau lumineux.

— Si on se perd et que je suis le premier à mourir, je vous en voudrai pas si vous me mangez, les gars, plaisanta Spinello.

— T'es con !

— Ouais, parce que si c'est Ans' qui clamse le premier, on aura pas grand-chose à bouffer, renchérit Asmodée.

Les trois amis rirent de bon cœur, égayant ce lieu sacré dont toute gaieté avait été bannie des décennies durant.

— Allez, venez, c'est par là, dit Spinello qui reprit la tête de leur procession.

Il suivit les indications de Fradik, fit appel à sa mémoire et les mena à bon port.

Un vent tiède leur souhaita la bienvenue à l'extérieur et les garçons expirèrent pour débarrasser leurs poumons de l'air vicié des galeries.

— Ça fait bizarre de revenir, dit Anselme.

— C'est comme si tout ça s'était passé dans une autre vie, avança Asmodée.

La brise souffla.

— Quoi ? Me regardez pas comme ça ! s'exclama le gaillard.

— C'est que t'es un vrai poète des fois, le charria Spinello.

Mais il avait beau se moquer de son ami, Asmodée avait très justement décrit ce qu'il ressentait. Cet endroit qui avait représenté tout son monde pendant de si longues années, lui semblait complètement étranger maintenant. Et pourtant, les pics rocheux du plateau ne lui avaient jamais paru aussi peu menaçants qu'aujourd'hui, comme si le mal qui rongeait ces lieux avait fui le jour où l'orphelinat avait été ravagé et définitivement abandonné. Les ruines de Windrasor, comme Rasorburgh désertée de tous ses habitants, avaient même l'air heureuses de recevoir des visiteurs.

Les garçons progressèrent parmi les vestiges, les yeux rivés sur les restes du vaste hall des adoptions qui dépassaient des lames de roche acérées, puis gagnèrent la cour des filles.

— Vous croyez qu'on est les premiers ? demanda Anselme, le nez levé pour profiter des rayons de soleil sur son visage.

Les lourds cernes qui étiraient la peau sous ses yeux avaient disparu.

— Je sais pas. Mais j'espère que les autres ont...

Des rires s'élevèrent d'entre les portes entrouvertes de la bibliothèque dont seuls les murs subsistaient. Les bombardements, l'incendie qui en avait découlé et les intempéries étaient venus à bout du majestueux toit de l'édifice. De ses nombreux étages chargés de livres, ne demeuraient que quelques poutres calcinées ancrées aux énormes piliers toujours debout. Un véritable charnier de savoir à ciel ouvert.

Les trois amis échangèrent un simple regard et coururent vers la bibliothèque. Des aboiements les accueillirent et Asmodée se plaqua contre un mur, les bras croisés devant la tête.

— Croque-Duc, reviens !

La chienne, la queue battant l'air, renversa Spinello et se mit à lui lécher le visage goulûment.

— Ah ! Arrête !

— Croque-Miaou, stop !

La chienne recula et trottina auprès de son maître.

— Désolé ! Elle ne répond pas bien encore à son nouveau nom, s'excusa Édouard.

Spinello ne put se retenir de rire.

Croque-Duc...

Ce gamin était vraiment un phénomène.

— Qu'est-ce que tu fais là, le morveux ? cracha Asmodée qui, rassuré par le comportement amical de la bête, jouait les gros durs.

— Iphis est passée me chercher, monsieur Pétoche !

Spinello et Anselme ricanèrent.

Voilà un surnom qui allait suivre Asmodée un long moment.

Le garçonnet continua :

— Père et Mère voulaient que Gédéon m'accompagne. Et puis quoi encore ? Je suis assez grand maintenant. J'ai réussi à les convaincre de me laisser partir.

Spinello imaginait très bien la scène.

— Où sont les autres ? demanda Anselme.

— Venez ! s'exclama Édouard qui déguerpit en courant, Croque-Miaou – ou plutôt Croque-Duc – sur les talons.

Ils contournèrent un énorme pilier effondré, escaladèrent un amas de poutres brûlées puis dévalèrent une pente de gravats.

— J'en ai un ! s'écria une voix familière, non loin.

— Vraiment ? lui répondit celle d'Iphis.

La fillette, accroupie auprès d'un énorme tas de décombres, se releva.

Mais quoi que Théodore ait trouvé, elle l'oublia.

— Les garçons ! Vous êtes là !

Les têtes de Théodore, Pic-Rouille et Ophélia émergèrent de derrière les décombres.

— Messieurs dames, mes sincères salutations ! déclama Asmodée en faisant une courbette.

— On savait pas si vous viendriez, avoua Iphis.

Élias les avait mis en garde des nombreux dangers auxquels ils allaient s'exposer, mais il n'avait aucunement tenté de les dissuader d'entreprendre ce voyage ; il savait quelle importance il revêtait pour eux.

— On aurait raté ça pour rien au monde, s'amusa Asmodée.

— Qu'est-ce que vous faisiez ? demanda Spinello quand Théodore vint les embrasser.

— On cherchait des rescapés ! On a rendu visite à Razonel ; il habite à Launkeston maintenant. Il nous a chargés de fouiller la bibliothèque pour voir si on pouvait encore sauver des livres.

Spinello n'en revenait pas que le vieux maître bibliothécaire ait survécu à la perte de la collection de Windrasor.

— Et on n'en a jamais assez pour la roulotte ! ajouta Iphis, toutes dents dehors.

La roulotte ! Ils devaient l'avoir bien dissimulée pour que ses amis et lui ne la repèrent pas en arrivant ; mais les rues désertes de Rasorburgh offraient dorénavant nombre de cachettes.

Spinello serra la main de Pic-Rouille.

— Salut, Tueur, lança-t-il.

Le garçon lui sourit, ravi de ce surnom que Spinello lui avait donné en apprenant qu'il avait sauvé Iphis et ses compagnons des griffes d'Octave.

Spinello chassa aussitôt ce prénom de son esprit. Certaines personnes étaient mieux dans les limbes de l'oubli.

— On peut vous aider en attendant les autres, commença-t-il.

Théodore, un air taquin sur le visage, se mordit la lèvre inférieure :

— En attendant qui ?

Les yeux du garçon fixaient quelque chose dans le dos de Spinello.

Ou quelqu'un.

Spinello fit volte-face.

— Plac' ! s'exclama-t-il. Barth !

Il s'élança vers ses copains et prit Placide dans son bras.

— Doucement !

Parfois, Spinello oubliait ce à quoi son ami avait réchappé.

— Je suis tellement content de vous voir, les gars ! poursuivit Placide. Venez, vite, papa et maman ont préparé à manger dans la cour. Maintenant qu'on est tous là, on va pouvoir en profiter ! Vous devez me raconter tout ce qui vous est arrivé depuis la dernière fois !

— À nous aussi ! s'enthousiasma Théodore.

Placide franchit l'encadrement de l'immense porte noircie et pénétra dans la cour des garçons au milieu de laquelle Florimond et Armance avaient allumé un petit feu de camp. Un fumet délicieux se dégageait d'une marmite.

— Allez, venez !

Main dans la main, les enfants coururent vers la promesse d'un repas succulent ; d'un repas en la meilleure compagnie possible.

Et qu'importe que le destin, plume trempée dans une encre aussi noire que l'âme de ce bourreau qui s'était tant joué d'eux dans leur précédente vie, continue à s'acharner sur eux. Ils étaient prêts à poursuivre cette seconde vie dont ils avaient tant rêvé. Une vie aussi unique que chacun d'entre eux.

FIN

MOT DE L'AUTEUR

Ainsi s'achèvent les aventures de nos jeunes héros, ces gamins ordinaires que la cruauté du monde des adultes aura forcés à aller au-delà de tout ce dont ils se pensaient capables. Du moins, c'est ici que se termine leur histoire telle que je l'ai amorcée en juillet 2016 lorsque j'ai couché sur le papier – ou plutôt tapé – les premiers mots de cette saga. Nul doute que l'avenir leur réservera encore beaucoup de surprises. Je ne serai simplement plus là pour le raconter. Eh oui, les voilà enfin libres et affranchis de ce sadique qui les aura torturés pendant plus de deux ans. Je crois qu'ils l'ont mérité.

Le choix de conclure la saga par cet épilogue, bouffée d'espoir et de bonheur dans ce monde ignoble, était pour moi une évidence, mais, après tant d'aventures et d'épisodes, j'ai bien conscience que ces personnages ne m'appartiennent plus complètement. Je leur ai donné naissance, mais c'est en vous, mes lecteurs, qu'ils ont réellement pris vie. Le droit d'imaginer ce qui leur est arrivé passée cette ultime bataille dans l'ombre de Windrasor vous revient donc autant qu'à moi. Peut-être ma version vous satisfera-t-elle, peut-être que non… Libre à vous donc d'esquisser un futur différent. Plus sombre, plus cruel ou plus heureux encore. Tout est possible !

À ce titre, je sais que certains continueront à se poser des questions après la lecture de la dernière page ; que beaucoup bâtiront leur propre scénario à partir d'éléments plus ou moins obscurs de l'histoire ; je ne vous ai pas tout dit, c'est sûr. Si c'est le cas, alors j'aurai atteint mon objectif. Votre imagination est reine et si mes mots, le récit des aventures de nos petits héros, ont su la mettre en branle, alors c'est gagné pour moi.

Nul doute que nombre d'entre vous me poseront l'inévitable question de savoir si la saga aura un jour une suite ; alors autant prendre le taureau par les cornes. Aujourd'hui, après tant de mois passés la tête plongée dans cet univers, j'ai tout simplement besoin de me changer les idées, de me lancer de nouveaux défis créatifs. Je peux donc vous dire que, non, **Les Orphelins de Windrasor** n'aura pas de suite à proprement parler, ce qui ne signifie pas pour autant que je m'interdis de replonger dans ce monde cruel un jour. Il y a tant d'histoires à raconter. Mais, comme je l'ai si souvent répété aux fans de mon premier roman **Les Décharnés**, qui me demandent à cor et à cri une suite, seul l'avenir nous le dira. En attendant, soyez rassurés : l'aventure continue !

REMERCIEMENTS

Après deux premiers romans horrifiques, me lancer dans une saga d'aventure à destination des Jeunes Adultes et Adultes était un pari osé, voire risqué pour ma courte "carrière" d'auteur. Un pari que j'aurais été incapable de relever seul.

Je tiens donc tout particulièrement à remercier les lecteurs qui m'auront fait part, d'une manière ou d'une autre, de leur enthousiasme tout au long de la publication sous forme d'épisodes de la saga ; ma chérie qui continue, inlassablement, à accepter que je consacre tant de temps à cette aventure un peu folle ; ma maman pour son soutien continu, ses nombreux conseils et surtout les dizaines d'heures passées à corriger mes écrits et à chasser, parfois à m'en rendre fou, les répétitions et approximations de mes écrits ; mon frère Arthur qui a su donner vie à mon univers et à ses personnages et qui continuera à le faire en 2019 ; mon amie Amélie pour les ultimes corrections ; et enfin le reste de ma famille pour ses encouragements.

J'ai la chance d'être bien entouré. J'ai la chance d'être lu. J'ai la chance de pouvoir m'adonner à ma passion. À moi de ne pas la gâcher. Alors rendez-vous en 2020, avec un nouveau thriller horrifique de mon cru !

À PROPOS DE L'AUTEUR

Bien que s'adonnant depuis 2015 à sa passion de l'écriture, Paul est diplômé de l'EDHEC, une célèbre école de commerce de Lille, ainsi que d'une université de Brisbane en Australie où il s'est spécialisé en publicité stratégique.

Ex-rédacteur en chef de **My Zombie Culture**, le premier site francophone consacré à la culture zombie, qui a fermé ses portes début 2019 après six ans d'activité, il publie en décembre 2015 **Les Décharnés Une lueur au crépuscule**, son premier roman, rapidement suivi du thriller horrifique **Creuse la Mort**, tous deux primés à plusieurs reprises. En septembre 2018, il termine de publier sa saga d'aventure **Les Orphelins de Windrasor**. **Elle est la Nuit** marque son retour, en 2020, à l'horreur avec un roman à la frontière des genres. **Les Décharnés Sans Futur** est la suite tant attendue de son premier roman.

Découvrez ses futurs projets sur :
www.paul-clement.com

Contactez-le à :
contact@paul-clement.com

ME SOUTENIR

Pour que l'aventure ne s'arrête pas en si bon chemin et si vous avez aimé passer ce moment avec mes orphelins, n'oubliez pas qu'un livre se partage avant tout et que, sans bouche-à-oreille, il n'y a pas d'auteur indépendant.

Alors, n'hésitez pas à parler de mes écrits à vos proches et connaissances ainsi qu'à faire part de votre avis sur les réseaux sociaux et sur les plateformes de vente comme **Amazon**. Je compte sur vous et vous dis à très bientôt !

DU MÊME AUTEUR

Les Décharnés : Une lueur au crépuscule
Post-apocalyptique / Aventure – 2015

Creuse la Mort
Horreur / Thriller Fantastique – 2016

Les Orphelins de Windrasor
Épisodes 1 à 8
Aventure / Young Adult – 2017/2018

Les Orphelins de Windrasor
Édition Trilogie
Tome 1 : Épisodes 1 à 3
Tome 2 : Épisodes 4 à 6
Tome 3 : Épisodes 7 et 8
Aventure / Young Adult – Nov. 2018

Elle est la Nuit
Horreur / Thriller Fantastique – 2020

Les Décharnés : Sans Futur
Post-apocalyptique / Aventure – 2022

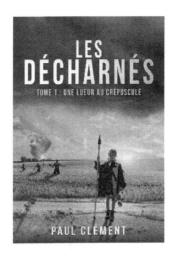

Une journée de juin comme une autre en Provence... jusqu'à ce que tout bascule dans l'horreur.

Lorsque les automobilistes, coincés dans un embouteillage non loin de chez lui, se transforment soudain en fous affamés de chair humaine, Patrick, un agriculteur solitaire et vieillissant, n'a d'autre choix que de se battre pour sauver la seule chose qui compte à ses yeux : sa peau.

Il ne tarde pourtant pas à la risquer pour secourir une fillette aux prises avec les monstres qui assaillent déjà sa ferme. Pourquoi ? Il ne le sait pas...

À présent pris au piège, tous deux vont devoir apprendre à se comprendre et à se connaître s'ils espèrent survivre dans ce nouveau monde...

Prix Livraddict 2016
(catégorie roman Fantastique)
et élu "Meilleur roman SF / Fantasy"
aux Indés Awards 2017.

Disponible en livre broché sur Amazon, en librairie (sur commande)
et en version dédicacée sur le site de l'auteur ;
existe aussi en numérique.

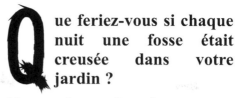

ue feriez-vous si chaque nuit une fosse était creusée dans votre jardin ?

Vous la rebouchez ; une nouvelle vous y attend le lendemain. Vous interrogez les autorités ; nul ne vous répond.

C'est la situation à laquelle Frédéric, un banquier de province, est confronté lorsqu'il découvre un beau matin une mystérieuse fosse en plein milieu de sa pelouse.

Décidé à en découvrir l'origine, il est loin de se douter de l'ampleur que les événements vont bientôt prendre. Et s'il creusait sa propre tombe ? Celles de sa famille et de ses proches ?

Élu **"Meilleur Thriller / Polar à Suspense"** aux **Indés Awards 2017.**

Disponible en livre broché sur Amazon, en librairie (sur commande) et en version dédicacée sur le site de l'auteur ; existe aussi en numérique.

Forcés de se terrer à Lewistown dans le Montana après un braquage particulièrement sanglant, les frères Reed ne tardent pas à découvrir qu'il leur est impossible de quitter cette bourgade où ils pensaient avoir trouvé refuge. Et ils ne sont pas les seuls à être pris au piège.

Coincée, elle aussi, dans cette petite ville où elle croyait pouvoir refaire sa vie, Laurel, une jeune institutrice, doit à son tour prendre part à un jeu aussi mortel que violent.

Quelles en sont les règles ?
Et surtout que leur veut *Elle* ?

S'ils espèrent obtenir des réponses et survivre, ils n'ont qu'un seul choix : jouer.

**Elle est la Nuit est un thriller fantastique
à la frontière des genres entre horreur,
action et suspense haletant.**

*Disponible en livre broché sur Amazon, en librairie (sur commande)
et en version dédicacée sur le site de l'auteur ;
existe aussi en numérique.*

Printed in Poland
by Amazon Fulfillment
Poland Sp. z o.o., Wrocław

36641313R00215